李惠泉·著

犯罪无证

中国工人出版社

图书在版编目（CIP）数据

犯罪无证／李惠泉著. —北京：中国工人出版社，2017.6
ISBN 978-7-5008-6717-3

Ⅰ.①犯… Ⅱ.①李… Ⅲ.①推理小说—中国—当代 Ⅳ.①I247.5

中国版本图书馆CIP数据核字（2017）第124315号

犯罪无证

出 版 人	芮宗金
责任编辑	宋　杨
责任校对	董春娜
责任印制	黄　丽
出版发行	中国工人出版社
地　　址	北京市东城区鼓楼外大街45号　邮编：100120
网　　址	http://www.wp-china.com
电　　话	（010）62005043（总编室）　（010）62005039（出版物流部） （010）62379038（社科文艺分社）
发行热线	（010）62005049　（010）62005042（传真）
经　　销	各地书店
印　　刷	北京市密东印刷有限公司
开　　本	710毫米×1000毫米　1/16
印　　张	24.75
字　　数	405千字
版　　次	2017年8月第1版　2018年8月第2次印刷
定　　价	45.00元

本书如有破损、缺页、装订错误，请与本社出版物流部联系更换

1

井上林接到姜大明的电话是在凌晨五点半。

昨天晚上，井上林为一起案子忙到十二点才到家，洗洗刷刷到深夜一点才躺下，刚睡熟，姜大明的电话就打来了。他没有好气，发着牢骚，说你还让人活不活啊！你看看天，还没有亮呢。姜大明打着哈哈，说老井，你可不要怪我，你带我的时候说过，有了案子，不管什么时候，都要通知你。现在我通知你，你倒说我了。井上林无奈，说得了，你说吧，又有什么事。

姜大明是刑警队长，井上林的徒弟。

“阳明路前进饭店死了一个人，保卫处报案，说是被人杀的，我通知了付一、陆凤、贾二亮，你赶快过去一下吧。老井，没有办法，刑警队几个人，就你有经验。这个案子，你们组负责吧。反正，你现在一个人过，有的是时间。好了，就这样。”他挂了电话。

“这个姜大明，我真是白教育了他，现在用我的办法对付我了，真有他的。”井上林三十五岁，结婚三年就离了婚，没有孩子，一个人过。他长得不高，人有些猥琐，怎么看都不像一个刑警。只是那对小眼睛，白多黑少，透着狡黠。特别是他露出白眼珠的时候，让人感到心悸。

他在自来水下面冲了冲头，就下了楼。

到达前进饭店，刚停好车，饭店保卫处处长丹长庆就跑了过来，问是不是市局刑警队的。井上林说了自己姓名，还说这个案子由他负责。丹长庆要带他去现场，他说等等，等法医到了再说。刚抽完一根烟，法医付一带着人就到了，紧接着他的搭档陆凤、贾二亮也到了，几个人一块进现场。

饭店共十层，位于阳明路最好的位置，它的东边是青昌市政府，青昌市是省会城市。西边是省国家安全厅，南边是马路，北边是市政府宿舍。死者位于五层靠东边第一个房间，房间是标准的双人间。前进饭店在青昌市不是最好的饭店，应该算是中等的吧，一晚上三百多块钱，但在一九九四年也不算便宜。

付一开始工作。

在一张普通的双人床上，淡蓝色的床单上印有片状血迹，床上有带血的A字标志的挂绳，地上有一把锤子，锤子上可见毛发、血迹，床上还有一把双刃匕首。尸体位于房间地面上，头西脚东呈侧卧状，地面上可见50厘米 ×70厘米大小的血迹，在尸体北边有一把刀鞘，尸体南侧地上有一把黄色小刀。付一提取了锤子、匕首、黄色小刀、床单、挂绳等证物。死者为男性，年龄约五十岁，四肢、胸、背部被刺数刀。付一鉴定：死者左前臂可见贯通刺创伤一处，右手背刺创伤一处，右膝外侧刺伤一处，头部有钝器伤。死亡原因系重度颅脑损伤合并失血性休克。

房间里没有发现任何证明死者身份的材料，也没有发现任何有价证券等物件。付一检查完了，叫来了车，把尸体送回局里做进一步检查。井上林这个组，就是一辆破桑塔纳，陆凤和贾二亮没有汽车，打车过来的。付一走了，三个人坐在车上。陆凤问，我们下一步如何办？井上林说，先回家睡一觉，明天上班再说。

“警官，是不是先调查派出所上报的失踪案件？”贾二亮刚二十七岁，一听说有案子就特别兴奋，根本睡不着。陆凤接着说，我看可以，我们先到市局办公室，就可以查清楚了。井上林说，那也要等上班再说，你们不睡，我可要回去睡了。

他没有刷牙，满嘴都是不好的味道。

“那好，先送我们回市局。”陆凤不高兴了。

井上林没有理她，开着车，把他们俩送到市局，就回去睡觉了。两人来到市局门口，天就亮了。贾二亮说，我们先找个地方吃了早饭，再调查吧。陆凤说，也只能这样了，跟着这个井上林，我看办不出什么漂亮的案子，你看他那个窝囊的样子。

“唉！这男人没有女人就算完了，你看他，脏成什么样子了？没有人管的男人，就是没有套上笼头的马，野了啊！二亮，你为什么不找对象，我帮你介绍一个吧。”陆凤一边走，一边和贾二亮调侃着。

贾二亮没理她。

两个人吃完早饭，贾二亮突然想到，还没有调查那个死去男人登记的身份呢。

他跟陆凤说了，两人又返回饭店，找到丹长庆，说明了来意。他带着两人来到服务台，询问那个死去的男人情况，服务员拿出登记册，只见上面写着：高林生，五十三岁，九江市人。登记的单位是九江市盛大贸易公司。登记的时间是三天前，也就是说，他是三天前住进来的。

“名字可能是假的。”贾二亮说。

陆凤问为什么，说没有调查，怎么知道是假的？贾二亮说，是我的推测，如果他陷入了一件秘密事情，不可能用真身份证登记。他让丹长庆把登记的表册复印一份给他。材料复印好后，贾二亮叮嘱他，有什么新的线索，马上报告。他留下了刑警队电话和三人姓名，就打车走了。

早八点，井上林坐在办公桌边吃油条。

“去了饭店，调查登记情况了？”他头都没有抬，随便说着。陆凤瞪大眼睛，问他为什么知道。他鼻子冷冷哼了两声，怪声怪气地说：“没有我不知道的，我还知道你陆凤背后说了我的坏话，我告诉你，我过的桥比你走的路还多。你们俩记着，不要看不起我，我的经验你们这辈子也学不到。”他那不屑一顾的神情，让两人非常气愤。陆凤要说什么，被贾二亮拦住了，他要看看井上林下一步如何做。

“二亮，不要那样瞪着我。”他瞟了对方一眼，脸上肌肉松弛下来了，“我就喜欢你这倔脾气，像我，不服输。好好学着吧，你会成为一名出色的侦探。听着，我给市局打了电话，他们调查了近来失踪人员，我进行了排查，发现省进出口公司副总经理谢易梵特别符合条件。他是三天前失踪的，家里联系不上他。我约了他的妻子莫美琪九点在市局门口见面，如果是他，我们就可以开展下一步调查。”

“你昨晚回去后没有睡？”陆凤问。

“你说呢？”井上林瞪了她一眼，拿着根油条一边吃一边向姜大明房间走去。姜大明刚走进房间，屁股还没有靠着椅子，一看他走进来了，就叹着气，说师傅啊！你让徒弟喘口气。不就是死了个人吗？青昌哪天不死人，有什么大惊小怪的？

“那我走了。”他扭头要走。

“站住。”姜大明喊住，“师傅，我算服了你，说吧，越简单越好。九点钟我还有个会，是王明阳局长主持的，晚了不好，你知道他的脾气，我不想挨训。”他泡好了茶，端起来喝了一口。

“队长，是王明阳代局长。”井上林多说了一句。

姜大明瞪了他一眼，特别不高兴。

井上林嘿嘿笑着，扼要汇报了事情经过。

“先查着吧。这种无头案子也不是第一起。老井呀！先把人的身份弄清，再查死亡原因，当然，抓住凶手是第一的。我向你保证，如果这次破了案，我争取给你记功。不要拒绝，有了功，下次分新房子，你就可以多记几分了，而且可以涨工资，你不是嫌钱不够用吗？对了，公事说完了，说点私事。”姜大明靠近井上林，还递给他一支红塔山，小心地说：“告诉我，还没有女人吧？我给你介绍一个，她叫……”

姜大明话还没完，他就摆手：“再说，再说。”扭头就往外走。走到门口，他又站住：“队长，是不是再给我们一台车？这样的案子，我们要到外面跑，没有车不好要啊！”

姜大明生气：“没有车，命倒有一条。”

“那把队里那辆三轮挎子给我们吧。”

“这……”

姜大明话还没有说完，他就拿起桌子上的摩托车钥匙走了，气得姜大明在后面骂人。回到办公室，井上林把汽车钥匙抛给了贾二亮，说从今天起，你们俩坐车，我开那辆三轮挎子。贾二亮拿着钥匙，仿佛不认识井上林一样。他和陆凤都知道，整个刑警队，就是三五辆摩托车，非常紧张。而他拿来的这一辆，是姜大明用的。没有人敢从队长手里抢车，除了井上林，找不到第二个人。

“警官，真有你的。”陆凤夸他。

“不说我了。”井上林眼睛瞪了她一下，但温柔多了。陆凤说，我说你是为了你好，你一个人过，没有个女人管着不行，男人都需要女人管。“好啦！以后我们可以不挤公共汽车了。要不，汽车还是给你吧，我跟二亮坐那辆摩托。”

井上林摇了摇头。

“我查过了，进出口公司离前进饭店也不过三站地，谢易梵的家又在青昌市，如果是谢易梵，就有些麻烦了，这里面肯定有些问题。你们想想看，一个家和单位都在市区的人，为什么要开房间呢，还用假名开房间？不值得怀疑吗？”他分析着。

“男女作风的事……”

“贪污受贿……”

贾二亮和陆凤讨论了半天也没有结果。

“没有什么可讨论的，我们还没有进行深入的调查，就这样讨论是不合适的。反正，这是一起复杂的案子，我有这样的感觉，你们要打起精神来，好好做事。二亮，你是公安大学刑侦专业学生，现在是你发挥作用的时候了；陆凤，你是国际关系学院毕业，你的知识也用得着。好了，把相机、录音机带上，到时候，我问，你们俩记录。不管有用没有用的话，都要记上，因为，现场是很难分辨出有用无用的。”井上林做这样的事情多年，经验是别人无法比拟的。

贾二亮和陆凤佩服他的，也就这一点。

公安局长去省党校学习了，局里由王明阳代理局长。他是刑警队出去的，所以，这一亩三分地他说了算。姜大明明白这一点，井上林当然也明白。

2

市公安局门口，站着两个女人。

井上林走了过去，询问："哪位是莫美琪？"

高点儿的女人走上前："我就是。"她指了指边上的女人说："她是我妹妹莫丽琪，陪着我来的。你是警官井上林？"

井上林点着头，还把贾二亮和陆凤做了介绍，说这起案子由我们负责。他劝她们不要激动，说人还没有看到，也许不是你要找的人呢。莫丽琪说，我姐好几天前就跟我姐夫联系不上，一定是出事了。我们害怕呀！最好不是，如果是，让我姐怎么过呀！莫美琪拉了她一把，不让她往下说。

两人坐上贾二亮的车，一块儿朝市局刑事中心开去。

市局刑事中心在郊区八一乡，有点儿远。车上，陆凤与她们聊开了。莫美琪说，我在青昌市美术学院当老师，我妹妹在蓝天职业技术学校工作，也是老师。我们一家都是老师。我父母都是中学老师。她还说，我有一个女儿，在美国读书。陆凤问起谢易梵的情况，她说他是上海人，在青昌没有亲戚，上海还有父母，一个弟弟，一个妹妹。家庭不是很富，但是不缺钱。贾二亮一边开车，一边问起他们夫妻情况。莫美琪半天没有吭声，她妹妹抢着说，我姐跟我姐夫关系挺好的，说不上恩爱夫妻，但也不是同床异梦，都五十多岁的人，结婚几十年了，肯定是稳定的。

贾二亮没有再问。

汽车到达刑事中心，莫美琪见到尸体，确认死者是谢易梵。她没有号啕，也没有流泪，只是双眼潮湿了。而她的妹妹，则哭得喘不过气来。井上林让陆凤和贾二亮陪着她们去会议室，让她们休息一会儿，再进行询问。她们一走，井上林询问付一有没有新的进展，付一说，我们找到了一枚指纹，看样子，凶手是个惯犯。他说死亡时间应该在夜里两三点钟。从门锁没有被破坏这一点上看，凶手应该是死者的一个熟人。

井上林扼要地说了谢易梵的情况。

“老井，我看他妻子那个情况，应该有什么隐情，而且，我判断，她有心理准备，否则，她不会是这个样子。好好调查吧，有什么事情，我们再沟通。”付一说了几句就走了。

井上林来到会议室，两个女人已经平静了。

“莫老师，”井上林走到莫美琪面前，“为了找到杀害谢易梵的凶手，我们需要你们配合调查，请你认真回答，记住，你们的每一句话，都会成为法庭上的证词。回答问题，是就是，不是就是不是，不要含糊。”他转向她妹妹，对你也是一样，没有问你，不要插嘴，问到了你，你就说，有一说一，有二说二。

“我们知道了。”姐妹俩回答。

几个人坐好，开始询问。他先问莫美琪。

“你与谢易梵最后一次说话是什么时候？”

“五天前。”

“具体点。”

“几天前，应该是八号的上午十点多吧，他从九江打来电话，我们家电话有显示，那上面有九江的区号，没有错的。他说在那里要办点事，三四天就回来，我还叮嘱他不要上庐山，说一个人不方便。他答应了，就挂了电话。一直到前天，我联系不上他，给他打传呼，他也不回电话，我就感觉有事；给他单位、同事、熟人都打了电话，没有找到他，这才报了案。”她说话很有条理，不紧不慢，停了一会儿，喝了口水，继续说，你们知道，他是做进出口买卖的，一天到晚都在外面跑，经常不在家，我们也就习惯了，没想到出了这样的事。她看了井上林一眼，说：“你们是不是觉得我没有哭？我是哭不出来啊！你们应该知道，最伤心就是哭都没泪啊！”

莫丽琪接着姐姐的话说，我姐的话没有错，她跟我姐夫结婚快三十年了，从来没有吵过架。我知道你们要问什么，我姐夫在外面没有女人，这个我可以肯定。他经手钱财很多，但他绝对没有贪污受贿的事情。我们认识有三十年，我能不了解他吗？一定是因为别的什么事情，才遭人暗算。

“警官同志，你们一定要为我们找到凶手，还我们一个公道啊！人可不能这样白死了。”她长得比她姐姐漂亮，最少年轻十岁，也就三十多岁的样子。一看就是那种活泼好动的一类人。

“知道他身上都带了些什么吗？”

“身份证，银行卡。现金我不知道有多少，但不会少于三千块钱。银行卡号我不清楚，他不告诉我，我知道他的呼机号。”莫美琪把呼机号告诉了井上林。

“他有仇家吗？”

“绝对没有。”莫美琪斩钉截铁地说。

“女人也没有？”陆凤接着问了一句。

“我妹妹不是说了吗？”

井上林盯着莫美琪：“我们现在问你。”

她犹豫不决。

“我说过了，你回答有还是没有。”

“对不起，警察同志。你是男人，你应该知道，这种事男人是不会告诉他妻子的，我没有看出他外面有女人，但是，我不能确信他外面没有女人。反正，我没有感觉出来。也许，我太爱他了，我不相信他外面会有女人。”她的话明显有些有气无力。

“你怎么确信他外面没有女人？”井上林又盯着莫丽琪。莫丽琪慌了，你们不要这样看着我，我怎么确信？当然是相信我姐夫的人品，一个爱着自己妻子、女儿，爱着家庭的男人，外面怎么可能有女人呢，这不是笑话么？“好了，你们相信也好，不相信也罢，调查去吧，我姐不是说了吗，这样的事情，也许我们女人看不出来。”她有些往后缩。

“这样吧，可以叫你女儿回来，暂时不要告诉谢易梵的父母。等我们这几天调查有了结果，我们会与你们联系的。对了，从今天开始，你们不要离开青昌市，我们随时会进行询问。”井上林问清楚了她们家的电话和她们个人呼机，就让贾二亮送她们回市里。

“二亮，把她们送回去，到她家里检查一遍，看看有没有重要线索，完了你和陆凤就去调查谢易梵呼机情况，他办公室电话情况，包括银行卡情况。中午，我们在队里碰面，下午，我们去进出口公司。”他交代。

贾二亮带着莫美琪姐妹走了。

井上林再次来到前进饭店。

“丹处长。”他走进保卫处办公室。丹长庆一看是井上林，连忙站了起来，倒茶，拿烟。他摆了摆手，让丹长庆带着自己来到服务台，找那个接待谢易梵的服务员。服务员是一个年轻的女孩子，不到二十岁。她一看穿着警服的井上林，就有些害怕。

“不要怕，这是警官同志。”

井上林说，我就问你几句话，说真话。

女孩子点了点头。

“那个男的是几点钟来登记的？”

女孩子有些发蒙，不知道问哪个男人。

“就是那个死了的男人，他叫谢易梵。”

女孩子“啊”了一声：“十点钟吧。”

“十点多还是十点？”

“应该是十点整，我看了表。”

“也就是说，他是死前两天前来的。他住进以后，有没有发现有人去看过他？房间里只有一部内线电话，我查过了，没有打过电话，他有没有到服务台打过电话？”他认真地问着。

服务员说，房间客人没有打过电话。但是，第二天，他一大早就出去了，很晚才回来。客人来访没有登记，我们也弄不清楚有没有人找过他。服务员提供了一个重要线索，她看见一个穿着时髦的女人，年龄约在四十岁，也许还要小些，去了五楼。她说我看过电梯，绝对是五楼，去没去那个客人房间，我不知道。

“女人是青昌市人？”

“对，是青昌口音。”

井上林认真做了笔录。

“丹处长，这是一起复杂的凶杀案，除了我，你不要向任何人透露案情，如果发现了什么新的线索，马上向我报告。”他再三交代。

“一定，警官。”丹长庆毕恭毕敬。

从饭店出来，井上林看了看左右，推测是什么人约了谢易梵在这里碰面。马路对面，是青昌大厦，青昌市绝大部分外商商社都在这里面。从青昌大厦再往西走两站，就是谢易梵的进出口公司。它属省对外经济贸易委员会，正局级单位，省里重大进出口买卖，都归它负责洽谈，是个相当不错的单位。井上林更知道，自己的哥哥井上森调来青昌前，就是进出口公司董事长，所以，他清楚这个单位。

井上森在他脑子中一闪而过。

他开着摩托车过了马路，停在青昌大厦前，走进了保卫部。部长吴仲川是他朋友。他推开保卫部大门，就看见吴仲川坐在那里，训斥一个小保安，一见井上林进来了，马上挥了挥手，让他走了。

"又有什么案子？杀人案。呃，现在人们都疯了，动不动就杀人。我不是看不起你们公安局，没有几个案子破得了。好，好，我不说，说了你又不高兴，看你样子，好几天没有洗澡吧？老井呀！水艳红那个人不错，前几天我还见到了她，还没有找呢，要不，我说说，你们还和好吧。搭帮过日子，总比一个人过强。"吴仲川啰啰唆唆讲了一大堆。

井上林打断他，说了前进饭店案子，让他多留点心。

"你怀疑凶手在我们大厦？你没有吃错药吧？"他十分不满。

井上林"嗯嗯"地笑了，没有说话。

"你没有憋着好屁。"吴仲川骂着。

3

下午，井上林带着人来到进出口公司。

三个人坐在进出口公司会议室，等着领导。办公室主任孔泉来了，告诉他们，总经理出国了，还没有回来，有一个副总经理，他跟谢易梵关系不太好，不愿插手。有什么事情你就跟我说吧，我做不了主的，可以请示。井上林问，你知道谢易梵的事？他说知道，是他的妻子莫美琪告诉我们的，我电话请示了总经理，也向上级机关汇报了，我们一切听公安局的。

井上林询问了一些有关谢易梵的情况。

孔泉一一做了回答，告诉他们，谢易梵是负责进口的副总经理，今年应该是五十三岁。他二十五岁进入这个单位，就没有离开过，一步一步走过来的。他是整个进出口公司最懂业务的人之一，负责公司进口一部和二部，业务量很大。说到他的为人，孙泉接着说，他跟大家关系都蛮好的，和领导之间的关系也挺好，从表面上看不出来有什么问题。井上林问谢易梵跟井上森的关系，孙泉说挺好，两人挺熟的。是同一年进入进出口公司的，井上森是谢易梵的上级。井上森调到青昌当副市长，就很少来公司了。

井上林要查看谢易梵的办公桌，他同意了。

井上林把柜子和桌子打开，没有发现一点有用线索，只是在他桌子中间那个抽屉，发现了一抽屉撕碎的A4复印纸，上面画着十二生肖画，还有英文字符。有些生肖画被肢解了，如兔子的腿，马的头。英文字符像公司码，残缺不全，拼不出任何字义。

“这是什么？”井上林问。

孔泉说，我忘记跟你说了，谢易梵是美术学校毕业的。他跟莫美琪是同班同学，后来进入公司，就没有再画了。但是，他喜欢画画，画得蛮好的，这些东西，大概是他创作的草稿吧。井上林让陆凤找了个袋子，把那些破纸装在袋子里，他要带回去研究。

三个人仔细看了看桌子里的每一页纸。

“老井，都带走吧。”贾二亮说。

“好，你们好好弄，都登记，全部带走，包括物品。”他再三叮嘱着。

贾二亮和陆凤整理登记物品。

井上林把孔泉拉到一边，询问谢易梵负责的两个进口部情况。孙泉说，进口一部经理叫黄鹂，三十多岁，对外经贸大学毕业，已婚，一直跟着谢易梵，是他最为得力的助手。她在外地，我给她打了电话，得知谢易梵的情况，十分震惊。进口二部经理叫左鹏，三十多岁，是从青昌市进出口公司调过来的，也是做这个工作的老人了。我打过电话，他知道谢易梵的事后，根本不相信。等这两个人回来了，我给你打电话，你再过来。

“那好，麻烦你了，孔主任。”

“应该的。出了这样的事情，公司每一个人都感到震惊，希望你们能有个结果，否则，会带来很多问题的。”有些话，孔泉显然不愿说多了。

“总经理回来，告诉一下我们。”

“一定。”孔泉伸出手，使劲握了握。

走出进出口公司，三个人坐在汽车里碰头。贾二亮说，银行查了，没有发现他有太多存款，一张银行卡上有十万块钱，没有动过。去过通信局，也没有发现可疑的电话和传呼。也就是说，这一块没有进展。陆凤说，从今天我们的调查来看，孔泉说的情况，都是面上的情况，没有任何价值。谢易梵办公桌里的东西，特别是那些有文字的东西，我们只有回去仔细看，才能判断出来。

“谢易梵家里呢？”

陆凤摇了摇头，没找到有价值的东西。

“他没有私人物品。”贾二亮说，谢易梵家，他没有个人东西，都是莫美琪保管的，不会有价值的。井上林叹着气，说办案总是这样，案子折磨着人。没有线索，是最为挠头的。我们都想想办法，看看能不能找个突破口。

“我有直觉，这是一起重大案件，一起复杂案件，那个杀谢易梵的人，正眼睁睁地看着我们，看着我们的一举一动呢。”井上林抽着烟，望着外面。

贾二亮和陆凤都瞪着眼看着他。

井上林每次这样说话，都让他们感到全身冰凉。不是他们害怕什么，是他描述的那个世界太恐怖了，让人毛骨悚然。他们跟着井上林还不到两年，近两年来，他判断的每一件事，事后都被证明是对的。陆凤背后说他是鬼，贾二亮说，人如果活到鬼的境界，是要有智慧的。他还说，不是每一个人都当得成鬼的。今天他这样一说，两个人都不吭声了。

“陆凤，害怕了？”

“是，老井。”陆凤脸色不太好看，白惨惨的，“你跟姜大明说，让我离开你吧，你换一个人，我确实有些害怕。我感到你有些像巫婆，你那张嘴，吐出什么事来都让人觉得不可思议。”她说了真话。

“二亮，你也想走？”井上林问。

“笑话，我贾二亮就不相信你的判断是对的。我就要看着你一步一步把案子破了。我怕什么，我还不知道这世界上有我怕的东西呢。陆凤，不要犯傻了，你走不了的，姜大明不会让你走，井上林也不会让你走。”他朗声说着。

井上林哈哈大笑。

“真的？”

“假的。

“那我……”

井上林说，你走不了，你愿意也好，不愿意也罢，都要跟着我。跳黄河也不要让我一个人跳呀！我们是搭档，是不是太不够意思了？陆凤无奈，警告井上林不要吓唬她。井上林答应了。三个人，找了饭馆，吃了晚饭。是井上林埋单的。陆凤说，你一个人，钱多了也没有用，我们还要谈恋爱呢。井上林无奈，只好乖乖掏钱。

到家的时候，他发现门已经打开了。

这是公安局分的一套小二居楼房，是20世纪80年代盖的，算不错的了。离婚后，妻子搬了出去，他一个人住着。父母已经去世，他是哥哥井上森带大的，除了哥哥，他没有任何亲人。他推开门，一见到坐在沙发上的人，就有些愕然。

“你……”

“上林，我回来看看，你不会讨厌吧？我听吴仲川说，你接了案子，很忙，我也没有什么事，就回来给你做饭。吃饭吧，饭都凉了。”前妻水艳红说。桌子上是炒猪肝，虎皮青椒，麻婆豆腐，红烧排骨，都是他最喜欢吃的菜。还有一瓶他爱喝的四特酒。他多久没有这样吃饭，已经记不清了，反正，离婚后，就没有正经吃过饭。

食欲诱惑着他，他拿起筷子就吃。

“好吃么？”

“嗯，好吃。”他随口说着。

水艳红家在青昌市，父母是房管局的一般干部。有一个弟弟，在郊区当一般干部，很少回家。离婚后，她住在家里，井上林知道她日子也不好过。娘家娘家，结了婚的女人真的要把娘家当成家，就麻烦了。她求过他，让他求求当副市长的哥哥帮自己安排个好点的工作，他拒绝了。她没有办法，自己找了个工作，工作单位正好在青昌大厦办公，跟吴仲川经常见面。要说两个人也没有什么大事，水艳红嫌井上林老是不在家，经常加班，结了婚跟没有结婚一样，又不讲卫生，邋遢得不成样子，她就念叨，他就烦，时间长了两人就吵，一吵就嚷着离婚，一说出口就收不回，就这样离了。

两人都有些后悔，却都不愿开口。

也不知道吴仲川做了什么工作，这是水艳红离婚后第一次过来。吃完饭，她收拾好碗筷，他也没有拦着，在他心里，仍然把水艳红当成这个家里的人。他问她有什么事吗。她说没有。他问爸爸妈妈好吗。她点着头，说他们老念叨你。井上林答应有空去看看。他告诉水艳红，我们虽然离了婚，但你父母对我挺好的，我一定会去看他们。

“上林，我找你……”

“有事你就说，能办的一定办。”

水艳红说，弟弟水艳明两个月后要结婚，手头上有些紧，能不能帮帮他。井上林说，我明天就与他联系，这件事你不用管，缺多少钱我想办法。我手头上还有三万块钱，还是我们离婚后我攒下的，等下你拿走，反正我一个人也没有什么用。水艳红要打借条，井上林恼了，一日夫妻百日恩，我缺这些钱吗？你这样做是看不起我。

"上林，我……"

"拿走吧，早点回去，我开摩托车送你回去。"他拿了钱，用一个袋子装好，送水艳红下楼。她没有拒绝他送。他了解，她就是要他送。不要看井上林平时很粗很野，对老婆却很有温情。当然，他发起脾气来，也是六亲不认的。到了她住的楼前，她劝他上楼看看她的父母，说他们盼你就像盼星星盼月亮似的。

井上林看见她眼里含着泪水，不好拒绝。

他说我什么东西也没有买，不合适，下次吧。她说又不是去别人家，还买什么东西。他无法，只好在楼前烟铺买了两条红塔山，跟在她后面。她脚步匆匆，还未走到门前，就高喊："爸，妈，上林来看你们了。"

打开门，井上林喊了句爸妈就不吭声了。

水艳红的父母非常高兴，一个劲儿地让他坐，又拿烟又拿饮料。他有些窘，手脚都不知道往哪里放。她爸抽着烟，说艳红知道错了，你就给她一个机会吧。井上林同意不是，拒绝也不是，十分尴尬，坐了一会儿就走了。

4

黄鹂坐在井上林前面，是三天后。

她是一个人来刑警队的。贾二亮看见黄鹂，以为是模特，有些昏眩。三十刚出头的黄鹂，有一米六五的个子，高挑艳美，就像一株亭亭玉立的翠竹，清新可人。虽然她已经结婚生子，但丰盈的脸上找不到一丝岁月留下的痕迹。眉不宽不窄，文得精细恰当；唇膏不深不浅，衬得脸庞更加美丽；唇线勾得精致细润，眼睛本来又大又亮，画上眼影，就越发显得灿烂妩媚。

她跟井上林见面，收敛了自己，穿了套蓝色的裙装，很普通的样子。但是，仍然掩饰不了她的美丽。特别是她职业般的笑容，两个美丽的酒窝在脸上悄然呈现，有一种甜蜜、幽静，让人过目不忘的风情。贾二亮也是见过女孩子的男人，却对她有十分的好感。连陆凤也感叹，上帝为什么如此眷顾一个女人呢？

只有井上林，脸色凝重。

“你是黄鹂，进出口公司的，谢易梵的部下？”

她递过身份证、工作证。

“嗯，坐吧，孔主任告诉了你，是吧？很好，我们有些事情要问你，你不要介意啊！时间不长，很快就结束。介绍一下，这是我的两个助手，贾二亮，陆凤。”他朝他们使了个眼色，意思是做好记录。

两个人挺胸收腹，做好了准备。

“姓名。”

“我给你看了身份证。”

“姓名。”

“黄鹂。”

“年龄。”

“一九六二年四月生，青昌市人，北京对外经贸大学毕业。在进出口公司工作，担任项目经理。已婚，丈夫是青昌市政府秘书处干部，姓名张勇，育有一子，现一岁，由张勇父母带着。张勇父母住在北京。行了吧，警察先生。”显然，她十分不满。

就是这样，从她脸上也找不到一点变化。

“这是一个十分谨慎的女人。”井上林想。

他说了谢易梵的死亡情况。

“是吗？我听孔主任说了。”随后黄鹂就沉默不语。井上林问她，也是机械回答他的提问。不急不躁，不温不火。可是井上林发现了她的悲伤，那悲伤甚至超过了亲人的亡故。虽然她坐在椅子上一动不动，回答问题很清楚，没有一丝错乱。那悲伤深藏在黄鹂绝望的眼神中，贾二亮和陆凤都没有注意，只有井上林，看得一清二楚。

黄鹂说，九号晚上，我最后一次与谢总见面，是陪着他跟KK公司总经理韩晓雪见面，KK公司跟我们有业务关系，我们的广告是他们代理的。吃完饭，大概是十点钟，他开着车，送我回家。我家住在青云谱，有点远，我说我还是打车回去吧，他不同意，坚持一定要送我回去。回到我们住的楼下，我丈夫就在楼下等我，他还跟谢易梵说了几句话，谢易梵就走了。第二天，我就去了外地，一直到昨天孔主任告诉我谢易梵出事了，我才赶回来了。

“韩晓雪在哪里办公？”

“青昌大厦。”

“也就是说，你走后的第三天他就被人杀了？这三天之中，你没有给他打过电话？或者说，你跟你们公司其他人打过电话吗？”井上林一句跟着一句问。

“跟左鹏打过一个电话。”

“说什么？”

“询问去年下半年几起进口买卖情况。”

“说具体点。”

黄鹂说，去年公司一共做了六起进口买卖，我做了四起，左鹏做了二起，每起买卖做得都不顺利，谈了很长时间才成。左鹏觉得有问题，我跟他解释，谈买卖都是这样，不可能都顺利的。我还告诉他，谢易梵不是请了公安机关的人帮忙吗，也没有发现任何问题，我让他放心。她说了六起进口业务的具体单位，金额，成交情况，还说了青昌市公安机关负责人的姓名。

她说得十分清晰。

“黄经理，你不要烦，你跟谢易梵在一起工作时间很长，他的死，你感到很悲痛。我想你一定希望尽快知道他的死亡原因。所以，我们需要你的配合。”井上林看着她，一字一句说着。

黄鹂告诉他，我感到很悲痛，我实在不知道是谁杀了他。我懂法律，知道了，一定向公安机关报告。当然，我希望你们尽快找到杀害谢易梵的凶手。如果我想起了什么新的情况，马上与你们联系。你们还需要知道什么情况，只要我晓得的，我一定告诉你们，我对你们没有任何隐瞒。

她做了要走的准备。

“慢。”井上林喊住了她。

“你还有事？”她惊诧。

“对，你先不要急。”井上林也不知道脑子突然间想起了什么。想起了那些破碎的纸和那些不明白的字符，那些神秘的残码。他定了定神，露出了似笑非笑的脸：“黄经理，我们在谢易梵桌子里发现了一些画着生肖的画和英文残字，你能解释一下吗？”

“你说什么？”她脸色有些惨白。

井上林重复了一遍。

“这……对不起，我想你们应该问过了孔泉，他是如何告诉你们的？谢易梵是美术学校毕业，喜欢画画，随便涂了几张，没有什么大惊小怪的。它能说明什么？密码？他要密码做什么？如果是密码，只有他一个人知道，我也解不开。”

“你真的不知道？”

“你什么意思？”

“我没有意思。”

黄鹂恼了，没有意思你问我做什么？我告诉你，他不是我杀的。我不敢杀人，也不会杀我的上级。你们公安局有本事就尽快找到凶手，没有本事就不要这样找替罪羊。她还说，我警告你们，如果你们冤枉好人，我会请律师告你们，现在是改革开放，不是“文革”，由不得你们乱来。

“黄经理，喝口水，不要急。”陆凤倒了杯水，走了过去，端到她面前，十分热情地安慰她。黄鹂这才平静下来，喝了口水，情绪好多了。

“警官先生，原谅我刚才的态度。”黄鹂十分有分寸，知道刚才自己有些激动，马上转变了态度。

“没关系，没关系。”井上林挥了挥手。

黄鹂说，我跟谢易梵处得不错，他突然死了，我感到很难过，就有些不注意分寸，请你们原谅。井上林说，这很自然，没有关系的，我们都是为了尽快破案，目的是一致的。陆凤接着井上林的话，我们的心情跟你一样的，案子结了，我们也就放心了。贾二亮停住笔，劝着，说你不要太急，我们只能从这些调查中，发现对我们有用的线索，所以说了很多话，我们也不知道哪句话是最为重要的。我们还要分析，整理，这就是办案。

“这是我第一次与你们打交道。”黄鹂脸色上带着歉意。

询问继续。

井上林问了她跟谢易梵在一起的工作细节，问了他的生活爱好、特点，包括跟莫美琪的关系，跟公司其他人的关系，她都一一做了回答。看得出她很配合。贾二亮和陆凤没有再问，觉得井上林问得差不多了。

沉默了一会儿。

井上林没有什么可问的了。

“你可以走了。”他认真地说，“这段时间不要离开青昌市，如果要走，先报告一下。另外，想起了什么，随时可以与我们联系。”他把三个人的姓名、联系电话、呼机号码告诉了对方，让贾二亮送她出去。

黄鹂什么也没有说，拿起包就走了。

天气冷，她额头上有汗珠。

送出刑警队大门，贾二亮站住，笑着说：“黄经理，这是一起复杂的凶杀案，希望你注意安全。我没有别的意思，我是为你好。”

黄鹂站住，望着他半天，脸上露出笑意：“警官，你比那个警官好，我弄不清楚，那样一个人还当警官。你叫贾二亮，挺有趣的一个名字，贾警官，你放心，他们不会杀我的。”

贾二亮听得一震：“你知道凶手？”

黄鹂知道自己说漏嘴了，有些慌张：“对不起，我随便说的。我哪能知道凶手？知道了，还不报告公安局？贾警官，可不能随便说啊！那样的话，我承受不起的。好了，谢谢你送我，我知道你的呼机，有事我会呼你的。”说完再次朝他甜蜜一笑，走了。

贾二亮站在那里发愣。

“你怎么了？”陆凤突然出现在他旁边，发现他发愣，有些不解，看着远去的黄鹂，鼻子哼了一声，不屑一顾地说：“哼！你们这些臭男人，没有一个好东西。二亮，我以为你是个好男人，原来跟井上林一丘之貉。见了漂亮的女人就走不动路，我还想把我同学介绍给你呢，现在看来我不能这样做，不能把朋友送进虎狼之口。”

“陆凤，你冤枉我了。”贾二亮喊冤，就是跟黄鹂寒暄了几句，什么话也没有说，你就来了。陆凤鼻子哼着，鬼才相信呢，你那个眼神，我看不出来？我再傻也知道。“算了，算了，我管你做什么？走吧，井上林叫你。”她扭头走了。

三个人坐在办公室，讨论黄鹂。

贾二亮和陆凤都不吭声，井上林不解，每次他俩都争着发言，这次怎么了？他说哑巴了，你们为什么不说话，两人仍然沉默。

5

井上林决定，下午询问完左鹏一块讨论案情。

陆凤没有在队里吃饭，也没有跟两个男人说，一个人走了。她是见自己的男朋友冀北方去了。冀北方不是青昌市人，他的家在九江，大学毕业后就考进了青昌市委机关，在组织部工作，是一个儒雅、有知识、有教养的年轻小伙子。他比她大两岁，今年二十七岁。怎么说呢，他俩是在市委破一起案子时认识的，当时两个人就好上了。

陆凤不想告诉任何人。

他在饭馆门口等她。

“陆凤，桌子我预订好了，我们赶快进去吧，我下午还有事。唉！比你们警察都忙。”他一看见陆凤，连忙抓住她的手，拉进了饭馆。陆凤喜欢他抓自己的手，她想男人应该这样，保护女人就应该放在第一位。

“我也忙，下午还要去进出口公司呢。北方，晚上我们一块看场电影吧，有时间吗？”她一边吃一边问。

冀北方说，我下午陪井上森到新建县视察，是组织部派的，他们没有人，就把我派下去了。你知道，井上森是市委常委，常务副市长，听说明年三月换届，很有可能成为新一任市长，这是我接触的最好机会。我怕赶不回来，我们改个时间吧，到时候我给你打传呼。他还说，三十岁之前，我一定争取到下面去，做个副区长，或者副县长之类的，这是最好的安排。

陆凤噘着嘴。

“陆凤，不要这样，我这样考虑，也是为了我们以后好。”冀北方分析道，在市委机关工作，如果上不去，一辈子老死在这里不说，还要受人家的气。人家骑在你脖子上拉屎，你都没办法。这就是现实，是你不得不面对的现实。“听话，我进步了，分到了房子，你也不是好吗？你们公安局，要分一套房子有多难。我听说跟你们在一起的井上林，还住着小两居呢。他可是井上森的亲弟弟。”

陆凤惊诧：“你怎么知道？”

“上次王明阳来市政府汇报工作，我正好在一边，我听他跟井上森说的。”他瞪大了眼睛，问陆凤：“你真的不知道，王明阳是井上森铁杆，是他的人。”陆凤不喜欢听这一类话，你不要这样说好么，什么他的人，你的人，王明阳局长只不过是汇报工作，扯不到一块。她还说，井上森调来青昌时间不长，王明阳一直在青昌工作，这么可能是他的人呢？而且，我听说王明阳为人谨慎，不可能跟某某人挂上钩。

她不愿听，他也懒得说。

“好啦！不说这些，明年我们结婚？”

“你有房子？”

“这个我想办法。陆凤，我想你，真的想你。时间长了，我怕坚持不住。”他靠近她，小声说，“要不，下个星期，你选个时间，来我宿舍，跟我住在一起的那个兄弟回家去了。”

陆凤知道他的弯弯绕，坚决不同意。

“听话，坚持一下啊！北方，不办证，我不会跟你上床的，这是底线。你不要说，我就是这样固执，没有商量。我们认识时间不长，没有两年吧。好好干吧，混个副县长什么的，到时候我自然同意了。”她故意说着。

冀北方认真了。

“真的？”

“当然。”

“如果我今年当上了副处长呢，你真……”

陆凤被对方逼得没路走，心里想，他今年绝对当不上。就咬了咬牙：“如果你今年当上了，我履行诺言。放心吧，好好干，我等着好消息。”她半是玩笑半是认真地说着。

一顿饭吃了一个半小时。

陆凤回到队里，就到了一点半钟。井上林正嚷着要走，要贾二亮找她。贾二亮刚说了句找不到，陆凤就走进了门。看见她一张放光的脸，贾二亮嘻嘻笑着，问她是不是办好事去了？陆凤甩着脸子，跟你没有关系。井上林说我们走了，公司门口见。说完就开着摩托车走了。陆凤上了桑塔纳，贾二亮开着车，不高兴地说，我就是那样说一句，你就不高兴了，你这个人真是的。

“我的私事你不要问。”

“你不是也要帮我介绍对象吗？”

陆凤无言。

“算了，跟你们女人说不清楚。有些事情，你可要想好。看着好的，不一定好，看着不好的，不一定不好。你们女人都蠢，总要跟男人说天长地久，有天长地久么？”贾二亮冷冷笑着，不屑一顾的神情。陆凤更是嗤之以鼻。

两人谁也不理谁。

孔泉接到了井上林的电话，准点在门口等着。

“警官，左鹏很忙，我留住了他。你们抓紧问，他下午还有一个谈判。反正，他人在青昌，走不了的。”他把三个人领进了会议室，左鹏正坐在那里，看着他们进来了，马上站了起来，孔泉相互做了介绍，就退了出去。

三十多岁的左鹏，人长得干瘦。不到一米七的个子，看起来有些弱不禁风。他戴着一副厚厚的眼镜，很文气的样子。井上林说明了来意，左鹏说，孔主任已经告诉我了，谢易梵是我的老上级，我调来公司后，就跟着他，他突然死了，我感到难过。我琢磨不出来，会有什么人杀他呢？他跟老婆关系很好，有一个女儿，在国外读书，家里日子过得比我们这些人好，为什么会出这样的事情呢，老天爷真的不让人省心啊！

他感慨万端。

问了些基本情况，左鹏一一做了回答，没有任何漏洞。问到谢易梵的为人，跟黄鹂的回答相当吻合。问到那些破碎的纸，回答得也跟黄鹂一模一样。井上林有些沮丧，觉得这起案子有些无法下手。弄了半天，除了知道谢易梵是如何死的，现在连凶手是谁都不知道。他叹了口气，让左鹏走了。他一走，三个人坐在那里，商量了半天，也没有一个所以然。

“大家实在没有办法，只有把案子上交了。”井上林叹着气，望着陆凤和贾二亮，伸出手，无奈地说，“我找不出案子的半点缝隙，好像谢易梵的死，是合理的。

但是，我又感到，这起案子一定不简单，这就是为难之处。你们俩说说吧，我井上林是要脸，但是，绝对不能耽搁案子。我最讨厌占着茅坑不拉屎的人了。”

“案子不能交。”贾二亮告诉他们，还有一块我们没有调查过，那就是谢易梵死亡的房间左右的情况，我们应该把整个住店人员全部调查一遍，我就不相信找不到一个目击人。贾二亮还说，如果我们把案子交了，以后如何在刑警队待着。他看着井上林，恼怒地说：“警官，我们跟着你，是冲着你的为人来的，我们不怕吃苦。遇到了一点阻力就退缩，你让我看不起，真的看不起。你是爷们儿么？”

陆凤脸上泛起了红晕。

“老井，二亮的话有些糙，但是，话糙理不糙，一个爷们儿，竟然这样，真的让人看不起。”刚才两人还闹不高兴，现在又走到一块来了。

井上林哈哈大笑：“我就要你们这个劲啊！”

“你要我们？”两人顿时明白。

他一个劲儿地笑着。

“你们现在就去找丹长庆，把那天所有住店人员都核对一遍，把名单和身份证号码全部弄回来。从我们接触黄鹂和左鹏看，我判断，有些事情左鹏不知道，但黄鹂一定知道。她不慌不忙的样子，证明她心里有数。我找了姜大明，把队里新分来的大学生盖天骄要了过来，让他跟着我，你们一组，我们一组，这样，调查起来也方便些。去吧，五点钟，我们在队里会合。”井上林交代。

贾二亮和陆凤走了。

井上林回到队里，盖天骄正在那里等他。他长得清秀，个子不很高，看见井上林，他十分高兴：“警官，我等你半天了，队长说，我现在归你管，你可要好好带我，不要藏着掖着的。”

“小子，好好学吧。”井上林跳上了摩托车。

井上林找莫丽琪来了。

“等下我问话，你好好做笔录，一定要写清楚。”井上林反复交代。盖天骄说，没有问题，我在学校做过笔录。他跟着井上林屁股后面，走进了青昌市蓝天职业技术学校。

莫丽琪在房间里等着。

井上林走进房间，坐下后，就开始询问谢易梵的情况。他说莫老师，我知道那天你有好多话没有说完，现在就你一个人，可以说了。莫丽琪听完他的话，眼睛斜睨地看着他，感慨地说，想不到你相貌糙，心却不糙，你能看出我的心，说明你不愧是一个好的警探。不用他问，她就一个劲儿地说谢易梵的好话，说我姐找到这样一个好男人，是她的福啊！人温柔，又会赚钱，还会爱女人。井上林没有接她的话，他要她说出来。她接着说我姐不缺钱，每年给女儿就是三十万，一般人家哪承受得了？我就不行。当然，姐夫这个人也有个毛病，就是无论对哪个女人，都太好了。这样的男人，没有女人爱才怪呢。看到井上林不吭声，她马上明白似的，觉得自己说多了，马上收住嘴，瞪着眼问："我刚才是不是说多了？你们这些警察，就会套我们的话啊！不跟你说了，我告诉你，我什么也不知道。"

"你觉得谁会杀了谢易梵？"

"女人，什么女人我不知道。我跟我姐说过了，姐夫早晚会死在女人手里。"井上林再问，她什么也不说，还警告，谢易梵的死，一定会牵扯重要人物。她的话，让井上林半天无语。

6

五点钟，几个人在队里会合。

贾二亮汇报了去饭店核查住店人员情况。他说所有住店人员情况全部弄到了，包括名单和身份证号码，这几天，我跟陆凤一个一个排查，一定要找出重要人员。井上林说了上午见莫丽琪的情况，分析说，这个女人，一定知道一些内情，弄不好，她跟谢易梵还有一腿。只要这个女人完全相信我们了，案子就会有一个好结果。陆凤瞪着眼睛，说她会跟自己姐夫？贾二亮说，没有什么奇怪的，这很自然。盖天骄说，从她说话语气分析，有这种可能。如果是那样，她就知道谢易梵很多细节。

“就这样吧，忙了一天，我也要休息了。二亮，你们继续调查。天骄，你明天过来我们再研究。”说完，井上林就开着摩托车走了。贾二亮他们，也下班回家了。井上林还没有走上楼，就闻到了菜香味，知道水艳红又过来了。这段时间，她每星期都要过来几次，帮他做饭，聊聊天，问问他工作情况。他不反对也不拒绝，顺其自然。

“艳红，不要天天来，你工作也忙，好好在家休息，星期天过来一下就可以了。”井上林进屋，脱了衣服，看着在厨房忙里忙外的前妻，就劝着说。

“上林，没有关系的，我没有事。帮你做饭，我还可以省一顿呢，两个人都开伙，就要浪费钱，你说是不是？”水艳红一边做着饭，一边说着。

井上林无奈，觉得离了婚，她还是没有变，还是那样会算计。吃完饭，看电视新闻，贾二亮的传呼就来了。家里没有电话，他只好下楼给他回电话。电话一打通，他就没有好气地问：“什么事呀？吃顿饭也不让人安生！说吧，天没有塌下来。”

“警……警官，我……”他说不出来。

井上林火了：“快说，一五一十地说。”

贾二亮喘了口气，冷静了一会儿，这才说：“刚才，也就是刚才，黄鹂给我打了传呼，要单独见我，不知什么意思。我拿不准，请示你，你看我如何处理这样的事情。”

井上林感到有什么事情要发生。

从他与黄鹂的接触来判断，这是一个有很多故事的女人，而且，这个故事里面，绝对少不了谢易梵，莫丽琪的话就可以让他初步判断谢易梵的为人。而且，黄鹂是他的下级，又天生美丽，这样的女人，谢易梵是逃脱不了的。那么，她要告诉他们什么呢？他拿不准。但是，他可以肯定，她说的话，一定跟谢易梵的死有关。既然这样，接触比没接触好，总可以了解她内心的活动情况，从她的点滴语言中，发现有用的东西。

贾二亮有些绷不住了。

“老井，说话呀！我可是为了工作，如果你不同意，我马上回绝她……只是上次我们说了，有什么事情可以随时报告，现在人家报告了，又这样，恐怕不好吧。你放心，我贾二亮工作是工作，别的是别的。”还没有等井上林回答，他倒说了一大段。

井上林下了决心。

“去吧，多听，少说，多安慰，少帮她拿主意。二亮，你牢记住，她的每一句漫不经心的话，都是有目的的。我判断，她一定是谢易梵死亡案件中的一个重要人物。从她给你打传呼来看，她内心很矛盾，很彷徨，有些事情犹豫不决。她要试探一下我们这边的态度，从而下决心。再者，我还是要叮嘱你，这是工作，跟别的扯不上。黄鹂是个漂亮的女人，但她更是我们的案件对象。”井上林心很细。

“我记住了，警官。”贾二亮很认真。

井上林挂了电话。

回到家，水艳红已经收拾好碗筷。井上林说，我送你回去吧，晚了怕你父母担心。水艳红一听对方的话，坐在那里没有动，眼睛里显出水一样的柔情：“上林，你真的那么讨厌我？你说实话，这么长时间，你真不想我？我不相信你们男人。我……我不怕你笑话我，我想……真的有些想。”她看着他，倒在他怀里，再也起不来了。

井上林当然也渴望着。

两个人洗漱完就睡下了，跟离婚前一样，没有任何隔阂。水艳红在他身下哭了，说自己不好，把一个爷们儿弄成这样。她保证，一定好好跟他过日子。井上林承诺，办完这个案子，就跟她复婚。得到他的承诺，她十分高兴。她询问他案子情况，一向嘴很严的井上林，高兴了，一时没有把住，就把案子情况说了，而且，说得很详细，包括今晚贾二亮打传呼的情况。

贾二亮走进海天娱乐中心就感到好热。

这个地方，是青昌市消费最昂贵的地方，一楼是歌厅，二楼是排档和自助，三楼是酒楼的大厅，四楼全是雅间。黄鹂约了他在菊花雅间见面。他走进来，就有些忐忑不安，不知道是不是鸿门宴。从内心来说，他喜欢眼前这个女人，但是，他更清楚，那是毒药，会毁灭自己的。

外面有些冷，而这里，已经是夏天了。

“你真来了。”她站了起来，做了个请的动作，让他坐在自己身边。桌子不大，她已经点了很多菜，都是海鲜一类的减肥菜。桌子一边，是个双人沙发，沙发前面是电视，可以播放任何节目。搬开桌子，可以跳舞。这应该是一个五人间，两个人，显得相当宽敞。

贾二亮心里打了个冷战。

他不是为这个环境震惊，而是惊诧她的打扮。清明刚过，天气还很冷，而她却穿了套夏天的衣服，一袭露着肩的明黄色的连衣裙，雪样的肌肤，金色的发丝，在明亮的灯光下，她丰满的臂膀宛如象牙雕成，煞是好看。最让人迷恋的是她的双乳，生过孩子的女人，乳房仍然没有走形，还是那样高耸，半露不露，沟壑深深，显得优美极了。

“我长得好看吗？”她笑着问。

贾二亮挺了挺胸，晃了晃脑袋，刚才有些迷糊，他要赶走它，让自己精神。一听她问，他有些不高兴，冷冷笑了一声：“黄鹂，你不但是个美丽的女人，而且是一个有教养的女人。你不应该穿这样的衣服与我见面，而且选这个地方。告诉你，就冲这两点，你上次给我的美好形象，全部没有了。”

黄鹂低下了头。

“对不起，二亮。”她眼睛抬起又收回。

“叫我贾警官。有什么话你就说，我保证，给你最为公正的处理。说吧，我耐心听着。”望着桌上的菜，他没有动筷子。

黄鹂承认自己穿这身衣服，是想收买他。她告诉对方，我觉得在这个世界上，没有公正。如果是我犯罪，法律对于我们就是法律；如果是当官的、有钱的人犯罪，法律就是一张纸，甚至连一张纸都不如。贾二亮要说话，她马上抬起手，制止他，你不用说什么，我了解过了，你来刑警队不久，你没有更多的权力，你给我的承诺什么也不是，因为，你办不成什么事。井上林、陆凤也是如此。我今天约你来，就是要告诉你，这个世界是不公正的，如果我们以公正的态度对待它，那么，我们就要遭到毁灭。

“我不相信，我相信法律的公正。”

“你可以那样相信，因为，你从事着这样的职业。我不同，我需要钱，需要钱保持我的生活。我现在可以告诉你，你可以抓住杀害谢易梵的凶手，但是，你永远抓不到他犯罪的证据，永远，因为，当你要抓住他的时候，你也会从这个世界消失。不要问为什么，不要听别人如何说，而要用你的眼睛去看这个世界。上次我从你送我中感到，你是个好男人，我不想你从这个世界消失，所以，我约你出来，告诉你。你听得进也好，听不进也罢，我做了，心踏实了，就这么多。”她给他倒了葡萄酒，是波尔干葡萄酒。

她举起了杯子，他也举了起来。

“没有女朋友？”

“没有。”

“喜欢我？”

“……”

黄鹂放下杯子，叹了口气，你可以喜欢我，但是，你不要迷恋女人的美丽。那是风，来去无踪。那是天上的云，飘忽不定。来之前，我想拉你下水的，看见你后，我放弃了，我觉得我不应该这样做，毁灭一个正直的男人，是我的罪过。不要摇头，我如果要拉你下水，你在劫难逃。现在你放心，我已经把你当成朋友。

“你跟谢易梵……”

“他是一个好男人，但是，他不是我的男人，只是我的朋友。告诉你，我不知道是谁杀了他，但是，我知道他早晚都会死。感觉，完全是感觉。”她端起杯子，甜甜笑着，优美极了。

贾二亮在这样的女人面前，有些发呆。

“黄鹂，世界太黑暗了，给些光亮吧。”

黄鹂眼睛一亮，看着他，仿佛不认识一样。她没有想到他说出这样的话，是乞求她吗？她感到了舒服，一种发自内心的舒服，她是觉得他的话是对的么？她长长出了口气，萎靡地说：“找找 KK 公司的韩晓雪吧，她会有你感兴趣的故事。贾二亮，你答应我，无论这个案子碰上谁，你都要把他绳之以法，否则，我看不起你。”

贾二亮举起右手：“我答应你，一定。”

“如果违背了承诺呢？”她追问。

“让我下地狱。”

她满意地点了头，埋了单，起身。她走到他面前，说我求你一件事。他说只要我能做的，我答应你。她说你闭上眼睛一分钟。他果然闭上。她绕住他的脖子，热烈地在他唇上亲吻了一下，扭头走了。当他反应过来，她已经不见了踪影。

“我……”贾二亮感受着女人的气息，有些晕眩。但是，他做梦都没有想到，这是他们最后一次见面。

7

井上林早上来到队里，听完贾二亮的汇报，当时就愣了。他叹着气，判断说："她一定遇到了过不去的坎，她一定跟你说了绝话，或者做了绝决的动作。二亮，告诉我，她最后说了什么，做了什么，这对破案很重要。"

贾二亮被逼得无奈。

他说了黄鹂，说了她的吻。

"完了，完了，这是最后的晚餐。"井上林脸色刷白，整个人萎靡不振。他叫来了陆凤和盖天骄，让陆凤开着那辆桑塔纳去青昌大厦调查韩晓雪，还给吴仲川打电话，让他们注意KK公司的韩晓雪，叮嘱有什么事就告诉他。吴仲川要问什么，井上林就挂了电话，叫着贾二亮，跳上摩托车就走了。陆凤不知道发生了什么事情，看井上林那个样子，感觉要出事似的。

摩托车飞一般驶上了公路。

"老井，到底怎么了？你什么意思？难道黄鹂会自杀？我不相信，我真的不相信，一个如此漂亮的女人，还有丈夫和孩子，会死。"风很大，但他的声音井上林听得一清二楚。

"你小子死了都不知道怎么死的啊！"井上林骂了他一句，没有再理他，眼睛盯着前面，把车开得疯了一样，还闯了红灯。

到黄鹂住的楼下，邻居说，她出事了，刚刚被救护车送走，去了青昌医院。井上林跺脚，贾二亮眼直了，他不相信发生的事情，可确实发生了。他内心诅咒井上林乌鸦嘴，又不得不佩服他的判断，觉得自己比起他来，不是差一截半截的问题。井上林脸色铁青，根本不理贾二亮。摩托车飞似的来到医院，两人急匆匆奔急救室而去。急救室的大门敞开着，一个男人蒙着脸，坐在椅子上。井上林看出来了，他身体发抖，没有声音，泪水却从指缝中流出。那种痛苦，谁看到了都会肝肠寸断。

井上林跌倒在椅子上。

贾二亮呆呆地站在那个男人面前，半天，才嗫嚅着问：“你……你是谁？黄鹂到底怎么了？我问你，她到底怎么了？我是贾二亮，市局刑警队的。”

男人松开手，整个脸脱了神。他看见穿着警服的贾二亮，眸子中透出狼一样的神情，一把揪住他的衣领，号吼：“你……你他妈的就是贾二亮，你这个凶手，你昨天晚上到底跟她说了什么？你是不是威逼她，说她是杀害谢易梵的凶手？我告诉你，她不是，她就是为了证明自己清白，死了，她死了，这下你们公安局高兴了吧。你这条狼，我恨不得杀了你。”

贾二亮噔噔倒退三步，跌倒在地下。

井上林飞快地跑了过去：“我知道你是张勇，我是井上林。”

张勇停住手，望着他，疑惑地说：“你是井上林，那个警官。哼！你也不是什么好东西。死了人，你们询问，这是正当的，你们为什么要威逼她啊！难道你们公安局不逼供就破不了案子吗？”

“你听我解释。”

“我不听。”

医生和一个中年男人走了出来。

“你是公安局刑警队的井上林。”男人伸出手，自我介绍说，“我是市政府秘书处处长祁昌平，张勇的上级，他爱人昨天晚上服安眠药自杀了。唉！抢救晚了一步。”他转过身，对跟在后面的人交代，好好照顾张勇，就带着井上林和贾二亮走了。

听完医生汇报，看完黄鹂遗体，两人无语。

特别是贾二亮，人整个崩溃了。他看着静静地躺在那里的女人，怎么也不相信她会死。她的脸上，看不出丝毫痛苦，美丽的面容上还是那样妩媚，只不过失去了昔日的红润娇嫩。厚厚的嘴唇还洋溢着热情和刚强，散发出只有她这种年龄的女人才有的成熟迷人的韵味。她刚三十出头啊！有钱又有男人疼她，还有一个儿子让她思念，她还能有什么想不开的事呢？贾二亮想不明白。

他站在那里发呆。

“走吧，二亮。”井上林拉了他一把，两人就走出了太平间。祁昌平说，我知道黄鹂涉及一起案子，张勇告诉我了。但是，出了这样的事情，他整个人快崩溃了。你们让他冷静几天，等我们办完了他爱人的丧事，我再给你们打电话，你放心，我们一定全力配合。

他留下了井上林的电话和呼机号码。

两人沮丧地往回走，刚走出几步，就被祁昌平喊住了。他拿出一个信封，问谁是贾二亮，然后把那封信交到他手里："这是黄鹂死前留给你的信件，张勇说了，他尊重她的选择，信既然是封了口的，他不会拆开，不管是什么东西，他没有意见。"说完他就走了。

贾二亮不知所措。

"拆开吧，看看什么东西。"井上林说。

贾二亮小心地打开信。

二亮：这是一百万元，代我交给政府。张勇是清白的。希望你履行自己的诺言，把犯罪分子绳之以法。我喜欢你的正直，尊重井上林的认真，我想每一个警察都像你们这样，这个世界就太平了。一辈子，要对得起这身警服。

后面是一张一百万的存单，还有存单密码。

贾二亮把信交到井上林手里，蹲在地上，号啕大哭。他觉得自己对不起黄鹂，对不起她最后一吻。井上林看完信，半天默不作声。两人来到摩托车上，坐在那里吸着烟，谁也不理谁。贾二亮的脸上写满悲伤。井上林那张脸，除了绷得紧外，看不出什么。谁也不知道他心里想什么。

"她参与了犯罪，这一百万就是。"

井上林在拿到那一百万存单的同时，脑子里就有这样一个感觉。他判断，昨天晚上她见贾二亮，是想从他嘴里得到什么。是什么？他一时琢磨不透。但是，有一点可以肯定，她是在一种不情愿的情况下犯的罪，而且张勇不知道，否则，她不可能把一百万交了。

"一定有人在威胁她，否则，她不可能死。"他再次肯定了自己的判断。一个有男人爱着的女人，一个有孩子的母亲，不到走投无路，是不可能走上这条路的。

"走，去呼台。"井上林断然说。

两人疯一样去了呼台。

呼台经理把黄鹂呼机这星期的记录全部调了出来。最后一个号码真的是昨天晚上十点钟，号码是67788856。贾二亮肯定，是她回家的路上打的。他们再次调查，果然是青昌大厦电话，两人又来到青昌大厦，正碰上陆凤他们没有走，正坐在吴仲川办公室。

“老井，你怎么又来了？”吴仲川告诉井上林，所有情况他都告诉了陆凤，还说你布置的事情，我就当圣旨来办。井上林坐下，陆凤想汇报工作，他制止了，拿出那个电话，问是哪个公司的？吴仲川接过，马上告诉他，电话在十楼楼道，是一个公用电话，谁都可以打。那一层有三个公司，国际传媒驻青昌办事处，KK公司，就是你们调查的韩晓雪那个公司，还有永丰太平国际，大概有一百人吧。

“晚上十点还有人办公？”

“不好说。他们是夜猫子，很晚才走。”吴仲川把他拉到一边，询问到底发生了什么事情，说你知道不知道，水艳红就在KK公司，是韩晓雪的手下。我本不想告诉你的，我怕你们家那位说我，韩总对她蛮关照的，我们不能太过分了吧。

井上林感到五雷轰顶。

“你说的是真话？”

“我骗过你吗？”

井上林知道，要调查，一时半会儿肯定查不出什么，对方要做什么，早就把一些事情想明白了。不会让你随便抓住尾巴的。他觉得无奈，更感到紧迫，好像看到对手正站在那里讥笑自己，说自己蠢到家了。他拍了拍吴仲川肩膀，叮嘱他，有什么事就打传呼。说完带着贾二亮、陆凤、盖天骄走出了大厦。

站在大厦广场上，他询问调查情况。

陆凤说，我们接触了韩晓雪。她是青昌市人，今年四十五岁，长得挺漂亮，看起来也就是三十五岁的样子。盖天骄说，一看就是有钱的人，穿的衣服都是名牌。陆凤不让他打断自己的话，汇报说，她很配合，问什么说什么。她的KK公司是一家外资公司，相当于办事处这一类的，也就不到十个人。主要是从事服装出口业务的牵线搭桥，提供中介吧。问了她跟黄鹂和谢易梵的事，她说是朋友关系，业务中有往来。她知道谢易梵的事情，说是黄鹂告诉她的。

“到底出了什么事？”陆凤看他们哭丧着脸。

井上林一个劲儿地吸烟。

贾二亮憋不住了，说黄鹂死了。

“什么，她怎么死的？”她转过身子，瞪着眼睛问井上林，“你倒说话呀！到底是怎么回事，是谁逼她，怎么说死就死了呢？”

盖天骄瞪着迷茫的眼睛看着。

井上林把陆凤的手从自己衣服上拿下，冷冷地告诉她，昨天晚上，二亮跟她在一起吃了最后一顿饭，晚上黄鹂就吞服安眠药死了。她留下了一百万，让二亮交给政府。我们调查了，67788856是最后一个与她通话的号码，虽然我们没有调查，但很有可能是韩晓雪跟她打了电话。现在我还没有理清楚这些关系，但可以肯定，案子越来越复杂了。

8

公安局小会议室，烟雾袅袅。

代理局长王明阳，副局长魏国华，刑警队长姜大明，案件组全体成员，围坐在桌子边上，一言不发。王明阳很少参加刑警队的会议，特别是研究案子的会议，这次是特例。一百万元的存单放在桌子上。王明阳拿起又放下，仔细看着存单，仿佛不认识一样。

王明阳做过多年的刑警队长。

“老井，听说你快复婚了？”他突然以这样一个方式开场。看井上林没有吭声，他自言自语地说，复婚好啊！离什么婚，我就弄不懂，女人在家念叨就让她念叨嘛，你还做你的事，不挺好吗？何必离婚。说完他有所感慨，特别是我们刑警，做起事来没白天没黑夜的，没有一个女人还真不行。

他又拿起那张存单。

“祁昌平给我打了电话，说张勇要告我们刑警队，说我们逼死了黄鹂，否则，她不会死的。我不这样认为，如果她没有做见不得人的事，她死做什么？不过嘛，她算有点良心，吐出了一百万。我看呀！关于黄鹂的死，就这样了。人家吐出了钱，人又死了，人死债不究，法律也追究不到死了的人。二亮，你没有做错什么，就是逼了她，也是正常的，犯罪的人有一个老实的吗？反正我没有看见。”王明阳拿起存单，拍得哗哗响。

姜大明和井上林面面相觑。

没有开会前，两人吵了起来。姜大明批评井上林，私自让贾二亮见犯罪嫌疑人，说队里早就有规定，不允许这样做，你不知道吗？井上林知道自己在这件事上没有做好，在姜大明面前，他不好再说什么。他交上那张存单，为贾二亮说话，说无论如何，为国家弄到了一百万，总是没有错的。姜大明说，她交了一百万，我还说有两百万元呢，这个黄鹂，有重大犯罪嫌疑，一定要抓紧，弄清楚到底是怎么回事，我看这个案子，才刚刚露出冰山一角。

他同意姜大明的判断。

而王明阳的话，则完全出人意料。

井上林一时不知如何是好，他脑袋有些发蒙。

“你们都没有意见呀！没有就这样吧，抓紧找到杀害谢易梵的凶手，这是正事，其他的先放放。”他没有让魏国华、姜大明、井上林发言，就站了起来，笑着说，“老井，复婚的时候告诉我，我一定给你送一份大礼。”说完就走了。魏国华也跟了过去。

井上林看着姜大明。

“你看着我做什么？王局不是做了指示吗？就按局长指示办，抓紧把凶手抓住，我告诉你，你们组的力量可是最强的，不出成绩说不过去。一百万我拿走了，我要上交局里。你们研究。”姜大明拍拍屁股走了，留下井上林四个人，你望我，我望你。

“什么意思？”贾二亮弄不明白。

陆凤调侃说：“局长不是表扬你了吗？年底调级一定有你的。二亮，真不错啊！……女人的吻味道好吗，我……”

“够了。”贾二亮打断了她的话，愤怒地说，“陆凤，有话就说，有屁就放，说这样的片儿汤话给谁听。我去见黄鹂，请示了警官，井上林不是在这里么，你问他。她要吻我，我有什么办法？她说半句话，我没有听懂，我笨，行了吧。”他咬着牙，狠命地坐了下来。

陆凤眼中有泪水。

“看你急的。二亮，你看陆凤，都快哭了，她不是开玩笑么，你这个人，真经不起逗。陆凤，没有关系，二亮心里不好受，你不要跟他一般见识，他就是那样的鬼脾气。”井上林连忙和稀泥。

“陆姐，不要生二亮哥的气。”盖天骄马上跟着劝。

陆凤擦干眼泪，我才不生他的气呢，他不值得我生气。我是烦自己嘴长，为什么说人家不喜欢的话呢。我这脾气改不了，是嫁不出去了。警官，你安排工作吧，我服从分配，一定把工作做好。

贾二亮勉强抬起头，说对不起，陆凤。

陆凤没理他，把头扭到一边去了。

井上林没办法，只好安排陆凤带着盖天骄，继续调查那天住饭店人员的情况，他跟贾二亮，找大厦那层三个公司负责人谈一次话，一定要找到那个打电话的人。他给吴仲川打了电话，做了交代。今天肯定是来不及了，两人约好了第二天早上在青昌大厦碰面。贾二亮说，我还想去一趟医院，想再见一下黄鹂，她虽然不是因我而死，我却有责任。井上林劝他不要去，说这个时候，张勇见到了你，一定会把事情弄僵。“看看她可以，不要见张勇。”他交代。

贾二亮答应一声，悻悻地走了。

晚上，陆凤接到冀北方的传呼，约她见面。两人约好在一个饭馆吃饭，吃完饭，再去看一场电影。她本来是没有心情见冀北方的，但心里太别扭，总想找个人说说。所以，她答应了对方的要求。晚上六点，两人在饭馆见面，冀北方精神特别好，看见她不高兴的样子，问到底发生了什么事情。陆凤没理他，冀北方就哄她，把她哄得高兴了，还劝她喝啤酒。一瓶啤酒下肚，她就控制不住了，把这几天发生的事情，以及自己的想法全倒了出来，她问冀北方到底是怎么回事，自己哪个地方做错了。

“陆凤，你什么也没有做错。”冀北方说，“你是好人，但是，好人是做不得好事的。你是刑警，听警官的就是了，不要想那么多。王明阳是局长，不管他说得对不对，都得听，因为，你的前途掌握在他手里呢。好了，不高兴的事情就让它过去了，等一两年，你要不愿意在公安局待，我把你调出来。”说完他靠近她，神秘地说，想不想听一件高兴的事？

陆凤恹恹的，说你有什么高兴的事。

“我调到井上森身边了，给他当秘书。”

“真的？”

“当然。”冀北方挺了挺胸，得意地说，“上次我跟他出去，讲话稿是我写的，他十分高兴，问了我的情况，马上同意我给他当秘书。这下我算混出来了。我听说井上森很有可能在下届当市长，那样的话，我什么都有了。陆凤，你不用担心，一切有我。”

陆凤感到心里很舒坦。

“他知道我是你的女朋友。”

“我说了，有什么不好吗？你知道，我要是不说，他万一介绍一个别的女人，我就很尴尬了。陆凤，我们是正常恋爱，完全符合法律，没有任何障碍。你不会不高兴吧？”他低下头，小声问。

陆凤摇了摇头。

她觉得不合适，怎么不合适她一时想不明白。冀北方对她很好，老是哄着她，给她夹菜，还从桌子底下伸出手，抚摸着她的手。她没有动，仍然让他抚摸着。吃完饭，两人去看电影，坐在下面，他的手没有放开她的手。看完电影，两人在马路上溜达，冀北方说，你可答应了我的，如果我当上了副处长，你就……说了的话可不能赖账。陆凤悔之晚矣，自己给自己上套。

“你不是还没有当上吗？”

“快了。”

“当上了再说。”

冀北方把她送到家门口，在黑暗中，抱住了她。她象征性地挣扎了几下就没有动。他吻着她，一双手还在她胸前乱抓。她说行了，行了，我可警告你，你的手，沾上了我的味道，你再敢接触别人，小心我剁了你的狼爪子，我陆凤可是刑警。她推开他，严肃地说：“北方，我是一个粗线条的女人，喜欢就是喜欢，不喜欢就是不喜欢。你还有选择余地，如果你现在后退，我什么也不说，如果你跟我上了床再……不要怪我翻脸不认人，我可什么事情都做得出来的。”说完她噔噔走了。

晚上，贾二亮来到医院，在太平间前面走来走去。他认识这里的保卫处处长，找找他，就可以见到黄鹂的遗体。他明白，见到了又能如何，她又不能把案子情况告诉他，只能增加更多的烦恼。不见，他心里总是感到别扭，有一种情绪让他不得安生。他打听清楚了，明天她的遗体就要火化，他将永远也见不到她了。

一个跟陆凤年龄相仿的女孩子朝他走来。

“你是贾二亮。”她站在他面前。

“天呐！”他惊呼，愣愣半天不敢说话。面前这个女孩子，长得跟黄鹂一模一样，只是比她年轻，更漂亮。他浑身发凉，好像她又活过来了一样。他有些结结巴巴："你……"

女孩子很冷静，很从容，你不用怕，我不是黄鹂，我是她的亲妹妹黄莺，我在阿尔卡特公司工作，刚从外地出差回来，来见我姐最后一面。她嘴角露出一种恬淡的表情，解释说："我姐跟你吃完饭出来，就给我打了电话，说了你的情况，我就感觉到她要走这条路，我劝了她半天，劝不住。她告诉我，你一定会再次来看她的，我就在这里守着，我已经守了一天了。我想一定是你。我姐说，你是警察中的另类，一定会还她一个清白。"

贾二亮震惊，不知所措。

他没有想到，黄鹂竟然有如此的判断力。他觉得自己有些对不起这个女人。黄莺说，我们一块去见我姐最后一面吧，明天你就不要来了，我姐夫见到你，会不高兴的。他说是你害了她。我不这样认为，我姐是在用她的死，赎她的罪过啊！她不明白的就是，有些罪是赎不回来的呀！"二亮，让我这样称呼你吧，我们年龄差不多，你不会见外吧。见完我姐，我们找个地方好好聊聊，很多事情，你一定想知道。"她看了他一眼，朝太平间走去。他一声不吭，跟在后面。

黄鹂静静地躺在那里，没有任何变化。

贾二亮心里想哭，一个漂亮的女人，瞬间就没有了。他觉得这个世界太残忍了。他暗暗地下决心，一定要抓住凶手。

9

大东海中心玫瑰咖啡厅。

咖啡厅在中心三十层。坐在那里，整个青昌市尽收眼底。它靠在赣江边上，对面是红谷滩，是青昌市最有潜力的地方。远处，是滕王阁，是万家灯火的青昌市。近处，是车流人闹的繁华市场。黄莺选了一个靠窗户的座位，是个包厢。她要了两杯蓝山咖啡，静静地坐在他面前。

黄莺比她姐姐长得漂亮，有文化韵味，冷静，有知识。她的面容总是恬静的，看不出悲伤。她做了个请的手势，自己端起咖啡呷了一下。贾二亮很少喝咖啡，她要了，自己也不好说什么。舌尖刚刚接触到味道，就感到苦得不行，皱起了眉。

“很苦是吧。我就是喜欢这种味道，有酸，有甜，有苦，这几种味道十分调和，极有风味。二亮，你不觉得它像我们的生活么，五味杂陈。我离开青昌前，我姐还是一个漂亮的女人，我回来了，她却成了一具尸体，生活就是这样残酷啊！”这个时候，他才从她的眸子中感到一种末日的凄凉。

她说话的语气，像跟一个老朋友聊天。

贾二亮的距离感一下子就没有了。

“我姐是一个很正直的人，又是一个很能容忍的人。”她说你知道我姐的工作，这种工作，是在利禄中穿行，很难躲得开。她曾经跟我聊过，说有些事情，不做妥协，是办不成的，社会就是这样。她没有办法，做了不应该做的事。给你的一百万，就是她全部非法收入。她是想自己干干净净地走，不拖累丈夫和孩子。我可以确信，她的事情，你们早晚会知道的。一旦知道，幕后的人没有事，死的人就是她。这不是我的话，是她的话，是她很早告诉我的话。黄莺慢慢聊着，语气平稳而从容，逻辑思维很清楚。

“她没有跟你说，谁杀了谢易梵？”

黄莺摇了摇头，这个我不知道。

“知道韩晓雪吗？”

“知道，KK公司总经理。一个在行业中风头很劲的女人。你问她做什么？呃，明白了，我姐跟你说了，是吧？透露一点我的猜测吧，她跟谢易梵关系很亲密。当然，我不是说他的死跟她有关系，这要你们公安局调查。二亮，我大学毕业后就在公司做事，我比你了解这些公司。很多事情，是拔起萝卜带出泥啊！我跟我姐一样，不相信你们能公正廉明。”她嘴角露出一丝不屑。

贾二亮心里感到刺疼。

他把那杯很苦的咖啡倒进了嘴里。

“咖啡没有那样喝的。二亮，我们坐在这里，都是淑女和绅士，不可以那样喝咖啡啊！没谈女朋友吧，看你样子，心里存不住事。”她的责备，也显得那样温柔。她说了自己年龄，我肯定比你小。贾二亮点点头，我比你大两岁。她说大两岁，就是七百多天，就应该像个哥哥的样子。

她的话，让他迷惑。

“你……”他吞吞吐吐。

她苦苦地摇了摇头，我单身，行了吧，你我都是单身。说清楚了，我只把你当成普通的朋友，你不要有别的想法。你要了解情况我可以配合你，谁让我姐出了这样的事情呢，人嘛，你就不要惦记着。我现在就可以告诉你，我不喜欢警察。

“我不是这个意思。”他连忙声辩。

她摆了摆手，我不管你什么意思，我说了，你心里就踏实了，我不想糊涂着。你还有什么问的，你就问，我今天都告诉你。贾二亮接着问她姐跟张勇的关系，她姐还跟她说过什么话。黄莺说我姐跟我姐夫关系很好，夫妻之间没有任何问题。我姐的工作，我姐夫不过问。反正，我姐走了，我姐夫很伤心。至于我姐还跟我说了什么，我一时记不起来了，记起来了，我再告诉你。

“你们下一步如何办？”

“这个……”

“你看我蠢的。”黄莺露出一丝苦涩，自嘲地说，你当然不会告诉我，破案子嘛，应该保密。贾二亮要说什么，她马上制止了，你不要说，说了我也不会听。我只希望你做一个真正的警察，这个案子不管涉及谁，都要弄到底。否则，你会破坏一个女孩子对警察的信仰，知道吗？信仰。

“你好厉害啊！”

黄莺抬起头，看了他一眼，又把目光收了回来。贾二亮从未碰上过这样的女孩子，很干净，很内敛，看上去是那样舒服，她不高兴，也是柔柔的。关键还在于，她眼睛温和，没有她姐的忐忑不安。他觉得，她就是自己在梦中常见的那种女孩。他也隐约觉得，她的厉害是在掩饰内心的一种不安。

“二亮，你不要这样看着我，不好。”

“呃。”他感到尴尬，连忙收回了目光。

黄莺说，我不是怪你，我姐说过，我长得让男人怜。我不喜欢这样，漂亮只是一个人的外表，这个外表是上天给的，你们男人，不要注意外表，更要注意内心。内心的充实才是男女最高境界。说多了，还是谈案子吧。她告诉贾二亮，这些年来，我姐和谢易梵负责了很多项目，都是青昌市大的引进项目，涉及资金都在上亿，这样的项目，一定会有问题的。而且，我接触过谢易梵，他不像商人，更像一位艺术家。如果要在项目中做手脚，迈不过我姐那道关，但是，仅谢易梵，我姐是不会害怕的，我猜想，一定有更强势的人物在他后面，否则，我姐不会自杀。

他同意她的分析。

“是谁？”

“我说过了，不要问我，我要知道了，早就告诉你了。否则，要你们警察做什么。”她有些生气，一扬头，一口中气喝完面前的咖啡，又要了一杯，鼻子还哼了一声，那个样子，更为可爱。

“就这样吧，我要回去了。”她噘着嘴，不再理贾二亮。走到楼下，她停住脚步，从包里掏出一部手机，塞到他手里。那个时候，手机还是奢侈品，要一万多一部。

“不是给你的啊！借给你的，我要随时了解我姐案子情况，我告诉你，这是我专门配给你的，通信费由我付，不允许别人用我的手机。我会随时给你打电话的，二十四小时不允许关机，听明白了？”她站在他面前，瞪着圆圆的眼睛说。

“听清楚了。”他点着头。

她抬头看了他一眼，走了。

贾二亮站在那里发愣。

晚上，他睡得很香。

井上林可就睡不着了。水艳红仍然在家做好了饭，等着他回来。他一进门，一屁股坐在沙发上，朝她招了招手，点燃一支烟："你跟我说实话，你走近我，是不是韩晓雪的意思？"

她大惊失色。

"上林，韩晓雪是我老板，不是现在才是的呀！没有离婚的时候就是，这跟我们没有关系。我走近你，是我想你，没有人告诉我要这样做。除了吴仲川劝了劝我，没有第三个人提起，人家为什么要关心这些事情呢？你又不是局长，只是一个普通警察。"她再三声辩。

"好吧，我相信你。有一句话我可提醒你，我办的案子，涉及你们老板，你记住，不要跟她说任何事情。艳红，有的时候，不是我们要如何，是别人要如何，我们要防着点。我们曾经是夫妻，当然，还可以做夫妻，夫妻之间么，就是要交心，不能相互提防，那就没有意思了，你说是么？"他告诫。

"是，上林，我记住了。"她连忙说。

井上林这才端起饭碗。

吃完饭，他告诉水艳红，水艳明前几天找过他，他帮水艳明借了五万块钱，水艳明能还得了就还，还不了我慢慢帮他还，反正，我就一个人，没有关系的。她十分感动，哭着说，我跟你离了婚，你还把他当弟弟看，我欠你的，真的欠你的。井上林说，你不欠我的，你谁也不欠，我做这些，不为什么，只为我们相识一场。

水艳红哭得一塌糊涂。

"上林，我除了这个身子，一无所有。"

"蠢，我需要什么？你给了我这个身子还不够吗？我又有何德何能，值得你如此看重？艳红，我这个人，身上毛病不少，你能容我，我就知足了。再婚的事情，你还是认真考虑，我的脾气和性格恐怕改不了，你要有思想准备，不要弄得我们朋友都做不成，那就不好了啊！今晚你还是回去吧，我怕你父母说闲话。"他搓着手，眼睛躲躲闪闪地看着她。

"我不走，我不怕闲话。"

“可……”

“你要讨厌我，我就走。我说过了，我的事我做主，我父母管不了我，别人更管不了。上林，我不要你改变，改变了还是你井上林么？我只要你心里有我就够了。我向你保证，我绝对不管你工作的事情。”她倒在他怀里，温柔得像水一样。

两人躺在床上。

“你怎么了，睡不着？”

井上林说，贾二亮去见那个自杀的女人的妹妹了，不知道情况如何？会不会有新的线索？他还说，明天我要去见韩晓雪，当然，不是去见她一个人，你们楼层的那几个老板我们都要问。他叮嘱水艳红，绝对不要在韩晓雪面前提这个案子的任何事情。说到这里，他问她，有没有发现韩晓雪跟什么人关系最好？你在公司里，有没有见过谢易梵？说完又觉得自己太蠢，水艳红没有见过谢易梵，她哪知道哪个男人是？

“她男人很多。”她嘟囔了一句就睡了。

井上林也没有搭理她，闭上了眼睛。

10

早上八点半，井上林和贾二亮到了青昌大厦。

“昨晚的情况如何？”井上林问。

贾二亮拿出手机，这个是黄鹂的妹妹黄莺借给他的，让他用几天，为的是她要随时了解案子情况。他说黄鹂妹妹也觉得案子有蹊跷，她害怕我们碰上大人物绕着走，有些不相信我们。贾二亮没有讲具体情况，只把事情说了个大概。井上林说，有个手机，联系方便些，也好，等我们问完了这三个人，我们再商量。

吴仲川借了间会议室给井上林。

“老井，不要耍你狗熊脾气啊！这三个人都是人物，韩晓雪，一个对青昌市上层圈子很熟的人物，连我们老板她都认识。尹冰，你嫂子，就不用说了。乙庆良，香港人，在青昌市多年，不要说市长书记，就是省长书记他都认识。他们这几个人，只要一个人开了口，我这碗饭就吃不了。”他耐心地跟他说，求他态度好些，不要让人家找到借口。

“放心吧，老吴，我会的。”他拍了拍他的肩。

第一个走进会议室的是乙庆良。

看他样子，有快六十岁了，矮胖，秃顶，未说先笑，眼睛转得很快，一看就是个老油条。他操着广东口音的普通话，说警察先生，我听吴部长说了，是命案，我一定配合。那个电话，是在我们公司门口，可是我不会打呀！你说是吧，我办公室有电话，打那个电话的都是员工。我问过了，没有人打过，我们也没有办法核对，如果发现了，我们马上报告。

“认识进出口公司的谢易梵吗？”

“见过，两年前，他来过我们永丰太平，是一位香港的朋友介绍他来的，到我办公室坐了一会儿，没有说什么耶，寒暄几句就走了，我们公司不做进口买卖，跟他打交道不多。”他的广东普通话说得不是太好，很多音，井上林听得不是太清楚。

“住在青昌？”

“是耶。”乙庆良一笑，脸上多余的肉就堆起来了。我在百花洲边上的恭园买了房子，一年有小半年住在这里吧，没有办法，买卖在这里，回不去，住饭店太贵。他说了住处具体房号、联系电话、手机号码，又说有什么事情可以与他联系，他随时恭候。

井上林在一张纸上写了自己和贾二亮的姓名和联系电话、呼机。乙庆良拿着纸，摇着头说，姓井的人真不多，你这个名字有点儿像日本人。当然，你绝对是中国人，否则，不可能当警察。

“纯种的中国人。”井上林说。

送走乙庆良，尹冰走了进来。

“嫂子。”井上林叫着。他告诉她，自己是履行公事，希望她配合。尹冰笑着说，我当然配合，你是警察嘛！说完他们开始询问，她一一做了回答。说到谢易梵，她说我认识他，你哥在进出口公司的时候，他来过家。唉！这人说没就没了，让人感到伤心。她答应井上林，有新情况，马上报告。他问尹冰，哥哥知道不知道谢易梵的死。她说知道，听他说过一两句，他跟王明阳很熟，大概是王明阳告诉的。尹冰还问了他婚姻情况，说到了水艳红，劝他早早成个家。

“谢谢嫂子。”井上林十分恭敬。

“应该的。”尹冰说，你哥经常跟我说起你们小时候，你们是吃过苦的啊！父母死得早，你哥带着你不易。现在好了，不再为吃饭发愁。你跟水艳红离婚，他不同意，你还是离了，离了就离了吧，再找一个，你不成家，他心里不舒服。她说水艳红找过我，她也过得不容易，我看你们就复婚算了，找老婆，还是原配好。

井上林笑了：“嫂子，井浩好吗？”

井浩是他侄子，在美国读书。

“好，他经常打电话来，老问你，说你是他榜样，他最想当警察，抓坏人。你看这孩子，被你带坏了。”她一边说，一边埋怨他，看得出，她对井上林相当好。

井上林亲自把她送出门。

在电梯门口，他深情地说：“嫂子，我好长时间没有回家了，问我哥好。进出口公司这个案子很复杂，如果有人找到他求情，请他千万不要答应。我害怕这个案子涉及一些上层的，当然，更怕涉及他，他毕竟是我亲兄弟。父母去世了，这个世界上他是我唯一的亲人。”他的眸子中含着泪水。

“上林，放心吧。”尹冰脸上满是笑意。

一个漂亮的女孩子端着一个果盘、几听可乐走了进来。她的身后，是一个穿着端重的中年女人。人还没有走进来，就听到了她的声音：“你们太辛苦了，来，休息一会儿吧，吃点水果。只有保护好自己的身体，才能继续为人民服务呀！你说是吧？”她的边上，是跟着一块进来的吴仲川。

“老井，这是韩总。”吴仲川大方地把韩晓雪介绍给井上林，又介绍他，“韩总，这是我老朋友井上林警官。对不起，叫着有些别扭，你叫他老井就是了，没有关系的。呃，边上那个小伙子，是他的助手贾二亮，一个年轻有为的警察。”

“警官好。”她伸出了手。

井上林也伸出了手：“韩总好。”

韩晓雪介绍了边上的女孩子：“这是我的助手浦文君。”

浦文君伸出手，碰了一下井上林的手，却把贾二亮的手握得很紧，弄得他脸都红了。她的眼睛，还拼命地看着他。他赶忙躲过，站在一旁，显得很尴尬。韩晓雪说：“文君，你先回去吧，我跟他们有些事要谈。有电话，你帮我接一下。”

浦文君浅浅一笑，走了。

“韩总，我们开始吧。”

“听你的。”她笑得很自然。

“那个电话……”

韩晓雪打断了他的问话，我知道你们要问什么，不就是谢易梵的死，还有那个电话么。我跟谢易梵是朋友，这点我不否定，我要说的是，我们是一般意义上的朋友。我们公司做广告和中介，当然，客户就多，包括进出口公司。他死前，我跟他，还有黄鹂，在一起吃了饭，都是谈一些买卖上的事情。黄鹂告诉你了吧。从那天晚上以后，我就没有再见到过他。我还是听吴仲川说，才知道他出事了。那个电话，是离我们公司门口不远，员工有时候会去打个传呼，这我要调查，调查清楚了，我会告诉你。

她没有提到水艳红。

韩晓雪的话，滴水不漏。

显然，她是做了准备的，而且，了解了很多情况。井上林知道，再问下去，也问不出什么，他留下了对方的联系电话和家庭地址，要她近阶段不要离开青昌市，有什么新的线索，马上告诉他。他写下了自己和贾二亮的联系方式。见对方没有为难自己的意思，韩晓雪脸上露出了轻松，笑着说，吴仲川说你很……那个字她没有说出来，她说我看你很懂事。现在这个年头，懂事的人有饭吃啊！

“韩总，我不明白你的话。”

韩晓雪自知失言，连忙掩饰：“没……没什么，我是说你很忠于职业，像你这样的警察，很难得啊！你放心，我全力配合，一定配合，有什么事情，就给我打电话。”

“呃……那好，就这样吧。”

韩晓雪浅浅一笑，站起，走了。

“这个女人怎么阴阳怪气的？”贾二亮说。

井上林鼻子哼了一下：“好戏开始了。”

“什么好戏？”贾二亮不明白。

还未等两人再谈下去，浦文君推门进来，一股香水味迎面扑了过来。她走到两人面前，递给他们两张名片，一张是韩晓雪的，另一张是自己的。她告诉两人，有什么事情，可以先找她，韩总叮嘱了的。韩总很忙，有些事情怕照顾不过来。未等他们回答，她却柔柔地说：“井大哥，贾大哥，不要为难我，如果你们直接给韩总打电话，她会说我事情没有办好，会说我的，好吗？多多关照。”她脸上满是笑容。

井上林只好答应了。

“小浦，你不是青昌人吧？”

“井大哥，我是武汉人，来这里谋生不容易。对了，我跟艳红很熟。她是个好人啊！”她的话，让井上林十分尴尬。

“呃，好，好。就这样吧，有什么事情，就跟我们联系，没有办法，涉及一起凶杀案。”井上林不紧不慢说着。

浦文君一看就十分懂事，我知道，我知道姐夫是个好人，好警察，我会听你们的话的。一句姐夫，叫得井上林更为尴尬。她笑着转过身，却要贾二亮送送她。贾二亮身子没有动，井上林说，你就送送嘛，有什么了不起的。他这才把她送到电梯口。

晚上，井上林对水艳红大发牢骚。

“你都跟那个叫浦文君的女孩子说了些什么，是不是把我们案子的事情都告诉了她？唉！我就知道，你这只乌鸦睡在我身边，我没有好日子过。韩晓雪给了你多少好处，现在的老板，你不给她好处，她会给你好处？你傻啊！看到了好处，就没有看见这个好处给我带来多少麻烦。”他把今天的情况说了一遍，埋怨说，我都不认识她，她还一口一个姐夫叫着，这要让领导知道了，我说不清楚。

“不就是叫了你一句姐夫，有什么了不起的？”

“你傻呀！我一看她就不是正经人，如果她涉及这起案子，我说得清吗？好了，不说了。从现在开始，你离开韩晓雪公司，先在家待着，我帮你找个工作，不要再给我添麻烦了，否则，你不要回来了。”井上林挥着手。

“我听你的还不行吗。”水艳红低着头，答应听他的，一切都听他的。还说，我明天就把工作辞了，离开公司，这总行了吧。她清楚，只要他出面，给井上森打个电话，什么样的工作找不到？毕竟井上森是青昌市常务副市长。

11

井上林这边没有进展，付一这边却有消息。

早上刚上班，丹长庆就来了电话，说住在谢易梵对面的人于木根，他有作案嫌疑。他是谢易梵死亡的第二天退房走的，他说了对方具体地址。刚放下电话，付一的电话到了，说指纹对出来了，是一个叫于木根的犯罪嫌疑人。他的指纹在省公安厅有底案，我们核对了，是他的。井上林十分高兴，请示了姜大明，拘留于木根。

“马上去于家村，拘捕于木根。”

“我和盖天骄去吧。”贾二亮走到井上林面前。

陆凤来气了。她本来就生贾二亮的气，他这样一说，她更来气了。她瞪着眼，说为什么你去，我也是刑警，我告诉你贾二亮，这里没有男人女人，只有刑警。她说井上林，让我跟盖天骄去吧，我们俩都会开车，没有问题的。贾二亮十分不满，说这件事井上林做不了主，必须跟队长说，队长说了才算数。姜大明听完他们几个人的汇报，皱起了眉，你们就认定是这个叫于木根的人作案，他为什么作案？你们想过么？他在新建县，离这里有一百多公里，他就是罪犯，为什么盯上了谢易梵呢？老井，你可是警官，他们不懂，你还不懂么？他把几个人训斥了一顿。

“队长，付一有证据。”贾二亮说。

“证据也不行。刚才我同意也是缺乏考虑。这样吧，我先给王局打个电话，他同意了，再商量着怎么去。你们先回吧，到时候我给你们打电话。”姜大明把几个人轰回去了。

几个人垂头丧气回到办公室。

井上林坐在那里抽烟，一边抽烟一边想，姜大明的话也没有错，是啊！于木根为什么作案？想了半天，找不出理由。他叹了口气，想到黄鹂交的那一百万，想到她跟谢易梵的关系，傻瓜也能看出这里面有弯弯绕。如果黄鹂跟谢易梵在进口业务上作案，那么，她拿到的只是很小一部分，谢易梵也不像终级人物，他很有可能是一个二传手，这样想来，谢易梵贪污受贿的钱少说也有几百万之多，可是，银行没有查出他的存款。

“我想到的，人家不会想到吗？”井上林突然问自己，回答是肯定的，他肯定想到了这一点，做了准备，钱存在别处。存在哪里呢？谁跟他最好呢？最有发言权的应该是他妻子莫美琪。对，就找她，一定要在她身上取得突破。

“丁零零……”

他拿起电话，是姜大明的，让他们都过去。井上林带着大家过去了，房间里除了他外，还有付一。姜大明说，已经请示王明阳局长，同意你们去新建县拘捕于木根，我已经给新建县刑警队史凡打了电话，你们过去先找他就行。他还说，拘留证和有关手续带着，一切依法办事。王局再三叮嘱，一定要把人带回来。

“谁去？”井上林说。

“呃，你看，一急，我忘记说了。老井，案子还没有了结，你不能走，为了锻炼年轻人，队里决定，二亮和陆凤去，当然还有付一，他是法医。他知道哪个重要哪个不重要。你们三个人，开那辆桑塔纳去，反正，你们三个都会开车。听清楚了，由二亮牵头，如果有分歧，三个人商量着办。二亮，付一是老同志了，你要尊重他。”姜大明再三叮嘱。

贾二亮十分高兴：“队长，保证完成任务。”

“保证个屁。”姜大明冷冷瞪着他，不要给我添乱，我就喊万岁了。付一，你是老人，看着点。陆凤，你脾气不好，收敛点。不要老跟二亮对着干。他说完，就让他们回去准备，明天早上走。

付一跟着一块来到了办公室。

“陆凤，你去准备有关手续，付一，你准备法医那一套，我去检查一下汽车，加好油，不要一上路就走不动了。”贾二亮一回到办公室就发号施令。陆凤瞪着眼，极不情愿。

“二亮，把枪领了。”井上林说。

“一定。”他难掩饰内心的兴奋。眸子鲜亮，脸上放光，充满着饱满的热情。井上林想，如果幕后人知道，那么，一定会通风报信。但他又一想，是不是自己想得太多了，这样瞻前顾后，什么事情也做不成。三个人，带一个人回来，而且还有县刑警队配合，应该不会有问题的。

他喊上盖天骄，开着摩托车出去了。

井上林知道今天莫美琪没有课，约了她见面，当然是在学校。路上，盖天骄说，我总觉得二亮去新建有些冒失。井上林一听，吃惊地回过头，问他为什么。他说你刚刚见了那三个人，我判断，韩晓雪、尹冰、乙庆良这三个人里面，一定有一个是案件的主谋，一定是其中一个人，给黄鹂打了电话，威胁了她，她才自杀。而且，这后面，牵扯着巨大的利益和风险。他分析说，谢易梵和黄鹂的死，虽然不同，但本质是一样的，都是危及幕后人物。

井上林把摩托车停在马路边上，点燃一支烟，让自己平静下来。他为自己看轻了盖天骄感到内疚。这个平时不显山不露水、不哼不哈的大学生，很少说话，你感觉不到他的存在。今天这席话，让他刮目相看。盖天骄看着井上林那张脸，心里惶恐不安，怯生生地问："警官，我说错话了么？瞎分析，你不要在意。对了，我没有怀疑你嫂子啊！"

井上林拍拍他的肩，感慨万端，说天骄，你有头脑，我不如你。好好学习，你一定能成为一个出色的警官。做我们这一行，就是要不停地问为什么。我完全同意你的分析，问题是，做我们这一行，不仅仅要推测出原因，更重要的是要有证据，如果没有证据，就是知道对方杀了人，也没有办法。法律是重证据的，而不是靠推理的啊！另外，我们是分析案件，她是不是我嫂子不重要。

盖天骄点点头，同意他的说法。

"等下我要跟莫美琪谈话，你注意记录，观察她的变化。她是谢易梵的妻子，是最接近他的人，无论谢易梵如何隐藏，有些变化，都不可能瞒过妻子的眼睛。我坚信这一点。而且，上次我跟韩晓雪接触，我从她眼神上判断，她跟谢易梵，绝对不是一般意义上的朋友。这些，都要我们用事实来证明。"井上林分析说。

盖天骄答应了。

井上林事先给莫美琪学校校长打了电话，来到学校后，校长安排了一间会议室，特地把莫美琪找来了。她一走进来，看见井上林和盖天骄，一句话没说，坐在他们面前，人有些发呆。井上林做了个抱歉的动作说，对不起，有些事情，我们不愿提起，但为了抓住凶手，我们还得麻烦你。莫美琪嘴角挤出了一点点笑意，很勉强。

“说吧，我听着。”她有气无力。

“莫老师，我们还是想了解你们夫妻关系。”

“我不是说了吗，我们之间很好。”

井上林知道她会这样回答，摇摇头，做出一个无奈状，又说，有些话，我本不应该跟你说，你既然不愿跟我们说真话，我们也没有选择。我们见了韩晓雪，见了莫丽琪，我想你应该知道她们说了些什么。他故意不再往下说。莫美琪果然站了起来，刚想说什么，感觉有些不对劲，又坐了下来。她望着他们，没有吭声。井上林说，有件事，我想你应该知道，谢易梵生前的部下，进出口公司项目经理黄鹂，交出一百万后自杀了。她跟你丈夫在一起工作多年，我们认定，她交出的一百万，是她贪污受贿来的钱，她是想买个清白。我们调查了她的丈夫，没有发现他与妻子的钱有任何联系，所以，他是清白的。你是聪明人，知道我说的是什么意思。

莫美琪说，你可以调查，他没有拿钱回家。

“如果存在别人那里呢？不是没有这种可能。我了解过谢易梵，他是一个十分聪明的人，他不会做那样简单的事情。我为什么问你夫妻关系呢，就是这个意思。你是他的妻子，比我们看得清。”井上林一句一句追问。句句都像把刀，直捅莫美琪心窝。

莫美琪低下头，长长出了口气，盖天骄看她快支持不住了。

“我知道你活得很难啊！”

“何止是难。”莫美琪接上了他的话，“从外面看，我活得风光，鲜亮，丈夫是进出口公司副总，孩子是美国名校学生，但是，你们不知道啊！我活在地狱中。跟你们说句不要脸的话吧，他一年也不上我的床，可我……我还不到五十岁啊！他外面有女人也好，没有也罢，我都不关心，我只关心我孩子。是她爸供她在美国的费用，我才……警官，不要再调查谢易梵了，人已经死了，就让它过去吧，我不想再死人，真的。”莫美琪泪流满面。

她的话再明白不过了。

“你害怕他后面的人？”

“不是怕，是惹不起。你们也惹不起。警官，跟你说实话吧，拔出萝卜带出泥，我不想再出什么是非。俗话说，水清则无鱼，人清就是神仙了。我们都做不了神仙，我们都是俗人，那就这样过吧。求你，不要再追查了。”她的脸上布满了恐慌。

井上林能感到她内心的痛苦。

他要知道的，就是她的痛苦，这可能是破案的关键。但是，一时半会儿，她不可能把这种痛苦告诉一个陌生人。她跟她妹妹不同，他能感到，她妹妹脸上那种痛苦，跟她的痛苦不是一回事。细细琢磨，这里面就有文章。

盖天骄说，如果发现了凶手，就可以抓住。

“抓不到的啊！在青昌市，一切都在他们控制之中。就是抓到了，也没有任何意义。谢易梵生前我劝过他，让他不要跟他们在一起，他不听，就有了今天的下场。我不会要他不干净的钱。但是，他的钱存在哪个女人手里，我真的不知道，知道了一定告诉你们。”她说得十分坚决。

12

晚上，贾二亮约了黄莺在沙漏咖啡见面。

已经是五月，天气很暖和。南方的春天来得早，赣江两岸，抚河两旁，早已经是草长莺飞，郁郁葱葱。清澈的河水，预示着一年中最好的季节来临了。夜晚的三眼井，是青昌市为数不多还保持着新中国成立前特色的小街。这条街，只有十米宽，一百多米长。脚底下，是新中国成立前的青石板路，街两旁，是明清两朝的建筑，十分古老，在整个青昌市，也只有在这里，才能看见这样的建筑。据说市政府已经下令保护。我们后代，也可感受到这些建筑精华了。

沙漏咖啡就在一个小门脸里面。

门脸不大，只能摆十来个小桌子。相互隔开，供情侣们享用。灯有些暗，桌子上放着红烛，青花瓷瓶中，插着一朵鲜艳的玫瑰。房间里，播放着久石让的 *THE RAIN*，声音有些伤感。外面，下着小雨，是那种密匝匝的雨，看不见，却会淋湿衣服。也许是下雨的原因，咖啡馆的人今天不多，只有两三对。

今天来，贾二亮做了准备。

他掏出一个盒子。

“黄……黄莺，这是去年朋友去缅甸给我带来的一块玉，就当我们临别的礼物，没有别的意思，只当一个纪念。我知道你不会接受一个男人的礼物，特别是一个警察的礼物，算个例外好吗？”他怯生生的，生怕她不接受。那块玉包在一块红色的天鹅绒布里，温润如水，椭圆形，散发着浅淡的光泽。

如果一个男人真正喜欢一个女人，就想送礼物给她。这是朋友告诉她的话。玉被一个红色的绳穿着，她把它拿起，贴身而戴。她心里喜欢得不得了，脸上却紧绷着，还噘着嘴：“二亮，手机就算给你了，跟这块玉抵销啊！我们两清了，说清楚了啊！人你就不要惦记了。”说完咯咯笑了。

“不惦记。”

“什么？”她恼了，柳眉倒竖。

……他不明白。

“猪脑壳。”她骂着。

贾二亮不生气，只看着她笑。她说你不要傻笑了，说说你的任务吧。他就说了去新建县抓捕于木根的事。黄莺问了事情的前后经过，问了他走什么路，如何去。他一五一十说了。她问你就没有考虑过具体细节。他说什么细节？有县刑警队的人配合，我看不会出问题的。黄莺摇了摇头说，一个好刑警，应该多想些问题，可能发生什么，可能出现什么情况，都要想到。贾二亮说，你的口吻，多么像我们的井上林警官啊！黄莺说，一个好的刑警，就应该这样做，除非你不想做好。听完她的话，他心里感叹，这个女人，应该做刑警，比陆凤心细多了。

他答应考虑她提出的问题。

“二十四小时开着手机。”

“一定。”

“带好充电器。记住，两个手机电池都要充满电。新建县靠近鄱阳湖，出县城不远，就是湖网地带，非常不好走，你一定要有准备。二亮，想起我姐，我就心疼。你尽些力，我想早知道陷害我姐的人到底是谁。我想知道谢易梵后面的人到底有多大能耐，我姐为什么如此畏惧他，要自杀。”黄莺脸上泛起一种悲情，一种发自内心的疼痛。

贾二亮看见她痛苦，自己心也被撕裂。

夜已经沉了，他们已经喝完了三壶咖啡。黄莺说，我应该走了。你明天还要执行任务。贾二亮喉咙里像有异物，想说什么，张了张嘴，又说不出来。她起身，两人并排走到巷子口。她停住脚步，说你回去吧，我从这里坐公共汽车。他不愿移动脚步，有抱她的愿望。她苦苦笑了：“走吧，二亮，不要让我失望，让一个女孩子失望。”

他热血沸腾：“绝不，哪怕我死。”

她伸出手，捂住他的嘴：“不要说这个字。”

黄莺抻抻他衣领，转身走了。

贾二亮在昏沉的灯光下看着她的背影，穿过石板路边上的屋子，仿佛穿过了几百年的岁月，看着那疲惫与哀伤。她的脚很沉，想象得出，她的心很疼。她的笑容，是给他的。她的泪滴，是留给自己的。一个女孩子的心，在五月的夜晚，给了他最好的启迪。

陆凤和冀北方，坐在大东海玫瑰咖啡厅。

“北方，这个地方太贵了，我们去个小地方吧。我明天就要出差了，我只想见见你，说说话，没有别的意思。”陆凤有些拘束。这个地方太高档了，她没有来过，有些别扭。

“不，就在这里。”冀北方满脸春风。他告诉陆凤，一个人，只有一个胃，能吃多少东西，人们吃饭，不在吃，而是通过吃，显示自己存在的意义。“例如我吧，我带你来这个地方消费，证明我对你的爱有多深。我讨厌一个男人整天说我爱你，我爱你，而没有实际行动。人嘛，是要消费的，是要有物质东西维持的，没有钱，我们拿什么证明自己的爱啊！陆凤，没关系的，只要你高兴，花多少钱，我无所谓。”他突然间变得滔滔不绝，特别能讲，不再是那个唯唯诺诺的冀北方了。当井上森秘书没多久的冀北方，人整个变了，变得陆凤都有些不认识了。

“北方，你哪来的钱，没有贪污吧？”

冀北方要了两杯拿铁咖啡，能喝不能喝先放在一边，他要显示自己的绅士风度。一听她问，他笑了笑：“陆凤，你问了个很蠢的问题，现在官场上，没有这样问话的。大家见了面，都是这样问的，少拿点啊！见好就收。”

“你贪污受贿了？”

他摇摇头，否认。

“那你花钱如流水，哪来的钱？”

冀北方告诉她，朋友有一个文化公司，我们一块投资的，有我的股份，我帮他，当然也是帮我，找点项目，这个钱，就够我花的了。陆凤听不明白，问不违法吧？他说违哪门子法，公司是合法的，办事也是公开的，只不过市政府的项目，可以给甲，也可以给丙，我给他罢了。他还说，我不贪污受贿，我没有那么蠢，我知道什么钱可以赚，什么钱不能碰，我不会拿自己仕途开玩笑。

“那就好，一个钱，一个女人，你不能沾，否则，肯定完蛋。”陆凤警告，如果我发现你有这两个问题，我马上就离开你，永远也不见你。我陆凤说到做到。冀北方说，你上次答应我的事，不会变卦吧？她瞪大眼睛说，什么事，我怎么记不清了？

“你说我当上处长，你就……”

“你不是还没有当上吗，当上再说。”她搪塞。

冀北方说，我已经把你的事跟井市长说了，只要你同意，市政府哪个部门都可以去。他还说，上次我碰上了王明阳代理局长，他答应放人。陆凤有些不高兴地说，我的事不用你管，没有我同意，你不能随便做我的主。她告诉他，办完这件案子，我才可以考虑调出的事。否则，一切免谈。

“陆凤，你明天不去，行吗？”

“不行。”她斩钉截铁。

“你要愿意，我去找公安局。”

“你敢……好啦，我不怪你，你是为我好。听话，让我冒一次险吧，我喜欢冒险。”她反过来安慰他。她不想对方为难。看见陆凤温柔的样子，冀北方没有再吭声。

“我有些饿，带我吃饭吧，我不想喝这破咖啡了。”陆凤噘着嘴。冀北方答应了，结了账，带着她走出了大东海中心。站在霓虹闪亮的中心前，他说我们去哪里呢，我真找不到地方。

陆凤说你跟着我吧。

两人上了一辆出租车，走了几十分钟，她带着他来到巷子深处一个云南菜馆，她说这个菜馆的云南菜很好吃。菜馆里的服务生大多数是云南来的，穿着蜡染的工作服，头上包着块小方巾，皮肤虽然黑黝黝的，但个个都很秀气，有一种天然的美。两人找了个安静的小角落坐了下来，点了云南特色的蘸水鱼、炒牛肝菌和过桥米线。特别是鸡汁的过桥米线，陆凤吃了两碗，吃得满头大汗。冀北方也觉得特别好吃，云南菜，有特别的味道。

“你很会吃。”他感慨。

“女孩子都会吃。”她笑着。

两人都吃饱了。

冀北方要抽一支烟，她同意了，你抽吧，只是不要抽太多了。他拿出一盒软中华，她惊诧，你抽这样的烟？不是你买的吧？他说抽这个烟的人，没有一个是自己买的烟，除非他脑子进水了。人家送的，我不抽，也是浪费。陆凤摇着头，感叹他变了，你当了秘书，恐怕不变都不行啊！

“北方，我们分手吧。”陆凤有些沮丧，“我感到你变得可怕。你是一般干部，我还觉得配得上你，现在你是市长秘书了，我怕配不上你。你这个地位，可以选一个更好的女孩子。”她想逃脱。

“不。”冀北方一把抓住陆凤的手，动情地说，“无论我如何，我不会离开你的。陆凤，官场无情，我没有办法，我不沉沦，死的只有我。但是，我绝对不会在感情的问题上朝三暮四，绝不。我冀北方保证，无论我走到哪一步，都不会离你而去。”他发着誓言，而且，抓着她的手，抓得紧紧的。

她的眼睛中有泪滴。

两人在路边漫步。她第一次挽起他的胳膊，他感到满足。他说你自己要注意安全，有什么事情，马上给我打电话，我认识新建县的书记和县长。她说你也要注意，不要贪污受贿，你得到了钱，我却害怕，这样不好。他说你放心，我听你的。陆凤讨厌官场，现在却认同了。她感到，是自己的心不听自己指挥。这一晚，她听见心里有冰破裂的声音。

13

第二天上班，贾二亮带着人走了。

井上林也带着盖天骄紧张地调查。他给孔泉打电话，询问领导出国情况，他说董事长兼总经理路少洲已经回来了，我汇报过，他今天正好有时间，你过来吧。孔泉叮嘱，时间不能太长，不超过一个小时，总经理太忙。井上林答应了，就带着盖天骄来到了进出口公司。

“警官，你们公安局还开这样的摩托？”孔泉到大门口等他，看见他开着摩托车来了，有些不相信。井上林苦笑，没有办法啊！公安局穷，上面又不配车，案子多，我们又不能不跑，只能这样凑合着吧。

孔泉没有说话，只笑了笑。

路少洲在宽大的办公室等他。

“路总，这是刑警队井上林警官，盖天骄刑警，负责这个案子的。警官，这是我们路总。你们谈，有事叫我。”孔泉介绍完毕就走了。两人坐在宽敞的沙发上，秘书倒完茶，也退了出去。

路少洲看起来有五十多岁的样子。

他戴着一副金丝眼镜，人很瘦长，白净，不像一个进出口公司老总，倒像一家影视公司的老板。他从井上林的眼睛中看出了对方的困惑，介绍说，我原先在外贸厅办公室工作，调来刚两年，业务不是太熟。说完喝了口水，淡淡地说，谢易梵的事我知道，他是我们公司业务一把手，公司大部分业务都是他负责，他走了，这摊子还真有些棘手。他是好同志，希望你们能尽快抓到凶手，还死者一个公道。黄鹂自杀，她上交的一百万，公司纪委调查过了，没有发现任何问题。关于她的事，我请示了上级，让我们纪委调查吧，你们就不要插手了。

“路总，我们想了解谢易梵经手的进口贸易情况。”

“没问题，这个我安排。警官，有什么要求，你都可以提出来，公司一定全力配合，这个我已经跟孔泉说了。”路少洲很和蔼。

井上林想不出其他问题，他看了一眼盖天骄。

“路总，你让办公室把这一年来谢易梵负责的项目，谈判的情况，以及项目金额帮我们统计一下。我们觉得，谢易梵的死，特别是黄鹂的自杀，不是那么简单的事情，这里面一定有复杂的原因。路总，希望你明白这些。”盖天骄的语气很平和，却让路少洲的脸微微绷紧了一些，不细心的人看不出来。

“小伙子，你叫什么……”

“盖天骄。”

路少洲叫好，这个名字好，天骄，多么骄傲的名字啊！没问题，我都满足你。他打了个电话，把孔泉喊了进来，交代说，满足公安局一切要求，让井上林找孔泉，解决不了的问题再来找他。他转身，把他们俩送到门口：“警官，小盖，你们辛苦了，有什么事情就找我。公司出了这样的事情，我心里也很难过。我听说你们还开着摩托车，如果你们愿意，公司有一辆旧的桑塔纳，你们可以拿去开，也算我们协助办案的一点心意吧。”

“再说，再说吧。”井上林婉拒。

离开路少洲，他们来到孔泉办公室。孔泉听完井上林和盖天骄的话说，用不着统计，我帮你们找个人，就知道了。他出去了一会儿，把一个叫郭美丽的女同志找来了。他说她是进口二部项目经理，左鹏的下级，左鹏上次你们见了。两人就坐下来，询问郭美丽一年来进口业务，她说了几个项目，说了金额，项目具体情况，告诉他们，没有发现什么不正常的呀！所有项目，都是经过论证和审批的，省对外贸易委员会有登记。她说的与左鹏说的一样。郭美丽走了，孔泉又把进口一部项目经理席留平叫了来，他年龄比黄鹂还大，原是黄鹂的下级。他淡淡地说了几个项目，具体的情况他不知道，都是黄鹂经手办的。

两个人没有找到任何线索。

站在路上，井上林感到茫然。

“我们错了？谢易梵的死是偶然？黄鹂的自杀跟谢易梵的死没有关系？还是我们落入了别人的圈套？”他抽着烟，跟盖天骄说。

盖天骄也有同样的感觉。孔泉，路少洲，席留平，郭美丽，每一个进出口公司的人，都避谈谢易梵之死，好像这是一个伤口，不愿触及。路少洲客气中有一种冷淡，他的恭敬做得让人不敢开口。这些都为了什么？他向井上林谈到了自己的疑惑和不解。

“我也找不到答案。”井上林摊着无奈的手。

“警官，你不是很有信心吗？”

“天骄，我知道这是一个结，但是，要解开这个结，是很难的。路少洲有路少洲的考虑，郭美丽有郭美丽的考虑，每一个人考虑的角度都不一样，想法也就不一样。”他拍了拍盖天骄的肩，显出十分无奈。井上林告诉他，警察破案就是揭别人的伤口，而伤口一般是不让人揭的。伤口揭了，看起来好像伤着的是一个人，实在是伤着一批人。黄鹂一百万，肯定是得到的好处费，但是，是谁送她的？在项目中，国家又吃了多大的亏？要计算出来，是很难的啊！何况她已经死了，就更难了。恐怕那个威胁她的人，已经想到了这步棋。

“路少洲跟这件事有牵连吗？”

井上林分析，他来的时间短，业务又不熟，恐怕不会知道这其中奥妙，但是，他一定知道，这件事查来查去，一定会有他的麻烦，或者，他的上级给他打了招呼，这些情况，都有可能出现。两人商量来商量去，也找不到一个结果。井上林说，我们还要从青昌大厦那几个公司下手，那里面肯定有我们不知道的秘密。

两人来到青昌大厦。

吴仲川不在，保卫部的人说，吴仲川休假了。他打传呼，吴回电话说，他在乡下表哥家，这几天回不去了。盖天骄问，你跟吴部长很熟吗？井上林说，熟得不能再熟了，我们是一块进刑警队的，那个时候，刑警队队长还是王明阳呢。后来，吴仲川抓错了一个人，给了个处分，他不干了，就出来了，来到这里当保卫部部长。他说吴仲川可是刑警学院毕业生，比他强多了。

“可惜了啊！”盖天骄说。

“可不是吗！人啊！有时候说不准会出什么事。”井上林回到办公室，就给贾二亮打电话，打他的手机。贾二亮说，这部手机是我私用的，你不要打这个电话，万一黄莺知道了，会不高兴的。井上林没有理他，问情况如何。贾二亮说，我们早就到了新建，史凡说，于木根这小子跑到武汉去了，我们请示了王明阳，去武汉抓他，史凡已经派人过去了，估计没有什么问题。

“你为什么不先打电话？”井上林有些恼火。

贾二亮说，我们刚到新建，王明阳的电话就打到了史凡那里，我们没有办法，只好把汽车放在这里，坐火车去武汉，我们在火车上呢。不要说你，姜大明那里我也是事后报告的。

“算了，算了，注意安全。”井上林叮嘱了几句，就挂了电话。他对王明阳的做法感到不满。盖天骄问怎么回事，井上林就把情况说了。他叹了口气，抓到了人就好办了，我们就知道谁杀了谢易梵，顺着这条线捋下去，一定会找到黄鹂死因。

盖天骄充满信心。

井上林高兴不起来，也不知道什么原因，总觉得会出什么事。晚上，水艳红来了，人恹恹的。他问你又怎么了？她说我去了医院，检查了，没有问题。你上次也检查了，没有问题，那问题在哪里呢？她哭丧着脸：“上林，我想要个孩子，真的。”

“可我们已经离婚了呀！”

“离了可以结嘛！”水艳红不在乎，你同意，我同意，谁管得了？“要是有个孩子，我们还会不会吵架呢？我想过了，就是没有孩子，我们才这样吵，有了孩子就好了，什么事都没有了。我妈说了，有了孩子，她负责带。”她眉飞色舞。

井上林高兴不起来。

“你又怎么了？”她问。

他抽着烟，说了案子情况。

“我以为什么了不起的事呢。上林，你这个人就是太认真了。二亮不是抓凶手去了吗，抓到了就结案了，有什么了不起的？你是刑警，这样的事情还不是天天有。对了，韩晓雪给你打电话了吗？她可认真了，人员一个一个排着队，连我都问了个遍，说要对公安局负责。”她把公司情况说了一遍。

井上林对韩晓雪有了好感。

“她跟吴仲川关系怎么样？”

水艳红说，挺熟，看起来就像老熟人一样。不过，老吴跟大厦的人关系都挺好。你没听说吧？他又买了房子，在青山湖边上，花了好几十万，三室两厅两卫，有一百六十多平方米。唉！我什么时候能住上那样的房子就好了！

“他工资不高呀？”井上林有些不相信。

“有几个靠工资吃饭的？除了你我，我看就没有别人了。”水艳红怕井上林不高兴，没有往下再说。她打开了热水器，拿出了他的换洗衣服，让他洗澡。井上林开摩托车，身上脏，一听她的话，马上走进了浴室，痛痛快快地冲了一下。

14

于木根，三十来岁，精瘦精瘦，一对鼠眼溜转，坐在贾二亮面前，东张西望。贾二亮问他杀了谢易梵没有，他说我没有杀人。问他那天有没有住在前进饭店五层，他说住了呀！但是，我没有杀人。他说县刑警队是屈打成招。他供认的住房时间地点都对，就是不承认杀了人。县刑警队提供的材料证明，他是一个惯偷，经常光顾饭店，当然，没有发现他杀过人，否则，他早就被枪毙了。

付一说，回去再说吧。

他取了指纹和各种标本。他只要把这些东西，拿回去跟谢易梵的东西一对照，他承认不承认已经不重要了。陆凤说，先让他在拘留所待着吧，火车是明天上午十点多的。刑警队说了，帮我们把他送上火车，我们都没有来过武汉，正好可以利用这段时间逛一逛。贾二亮说，行吗？付一说，有什么不行的？关在公安局拘留所里，还跑得了？贾二亮要打电话请示，付一说，这样的事情，不用请示，你不是告诉了局里火车的车次和时间吗？其他的就没有必要说了。

贾二亮只好同意了。

三个人从市公安局拘留所出来，逛了黄鹤楼、归元寺、汉正街，就回到晴川假日酒店。一进门，贾二亮就看见尹冰坐在大厅边上的沙发上，跟一个男人在说话。他看见了她，她却没有看见他，贾二亮飞快地走了过去，上了电梯。下楼吃饭后，他在酒店边上溜达，又看见了乙庆良搂着一个女孩子在那里走着。贾二亮感到邪门了，心里想，今天都怎么了，为什么都撞在一起了呢？

他回到房间，哪里也不去。

陆凤问，你怎么了？

“我没怎么。哪里也不要去，防止出什么事情。我跟局里打了电话，把车次、车厢号告诉了王局。唉！没有买到包厢，我们只好坐硬卧走了。王局再三交代，不要跟火车上的人联系，防止出现意外。我想我们三个人，押一个人回去，要是再出意外，我们就不要当警察了。”站在边上的付一，点着头说，你放心吧，不会的。陆凤说，能有什么意外？这次出来，我做好了出意外的准备，但它就是不出，弄得我白准备了。她叹着气，感慨这次出来太顺利了。

贾二亮没有理她，躺在了床上。

第二天早上起来，大家吃完早饭就把账结了，火车是十点钟的，说好了，市局刑警队九点钟把于木根送上火车。大家在候车室等得有些焦急，贾二亮老是走来走去，陆凤说，你不要走了好么，走得我头晕。话刚说完，他的手机就响了，是黄莺打来的，询问情况如何。贾二亮躲到一边，说了半天才过来。陆凤鼻子哼着，十分不满，也不知道为什么不满，反正，她见他找到女朋友就不满。付一劝道，陆凤呀！二亮年龄不小了，找个女朋友也是正常的，你应该为他高兴，我听说你不是也找了个男朋友吗？正常，太正常了。

“我……”她说不出话来。

九点钟，市局刑警队的人来了，带着他们，一块上了火车。安排好他们，市局的人就走了。四个人，两个下铺，两个中铺，都在一起。于木根要求取下手铐，贾二亮说，办不到，你不戴着，我们不放心。于木根说火车上这么多人，多不好意思。陆凤就给他在手铐上弄了条毛巾，什么也看不出来。

于木根和贾二亮睡下铺，陆凤和付一睡中铺。

九点四十五分，坐火车的人陆续上来了。当一个女孩子走到贾二亮面前的时候，贾二亮傻了，天呐！世界为什么这样小，竟然是浦文君。她的卧铺在他们的上面。浦文君第一眼看到了他，她装着不认识一样，什么话也没有说，爬到上铺放好东西就下来了。她看了贾二亮一眼，就朝车厢走去。

他跟在后面。

“二亮哥哥，你好呀！”她站在那里，笑眯眯的。

贾二亮一听她水一样的话，害怕地挥着手：“求你了，文君小姐，不要叫我哥哥好吗？叫我贾二亮，或者二亮，都可以，就是不要叫我哥哥，我承受不起。”

浦文君完全没有那天职业女性的表情，表现出一种截然相反的表现，好像洗浴中心女孩子一样，故意用鼻子嗯了一下，摇着头，说：“不嘛，我叫你哥哥是我喜欢你，不可以吗？警察也是男人，也要谈恋爱。放心吧，二亮哥哥，有人的时候，我就不理你，我知道跟你在一起的那个女人，她叫陆凤是吧，还有一个付一，抓了一个犯人，押回青昌。你看，我到武汉出差，就碰上了你，还坐在一节车厢，这就是缘分，缘分来了是躲不过的啊！”

贾二亮感到无奈。

浦文君跟黄莺不是一个类型的女孩子。如果说黄莺是侠客，有一种英姿飒爽的风范，那么，浦文君就是魔女，有一种让你无法摆脱的吸引力。在青昌大厦一出现，贾二亮就感到这个女孩子的魔力。他甚至不敢与她对视，害怕魂魄被勾走了。但是，在这个时候，这个场合，他万万不敢分心。他提着十二分小心，注意着可能发生的事情。他没有想到，抓捕于木根如此顺利，顺利得让他害怕，害怕发生什么事情。乙庆良的出现，尹冰的露面，现在浦文君又站在他面前。他感到了什么，是什么，他一时猜不透。但是，他知道，巧合太多了，就会有问题，而这个问题，肯定是冲着于木根来的。

“你有什么事情就说，到青昌前，你不要跟我打招呼。浦文君，求你了。”贾二亮实在害怕陆凤知道了，他没有安宁的日子过。

浦文君答应了，要他到了青昌后，陪她看一场电影，或者吃一顿饭，否则，她就让他说不清楚。贾二亮答应了，告诉了她呼机号码和单位电话。他警告：“浦文君，韩晓雪是犯罪嫌疑人，你不要搅到她的事情里。这是公安局的事，你明白么？”

“傻瓜，我比你明白。”她用手指点着他的鼻子，还抱住他的头，吻了一下，吓得他赶快跑了。

贾二亮回到卧铺，发现边上坐着一个干瘦的老头。看他样子，应该有六十多岁。留着山羊胡子，戴着一副只有在农村才能看见的黑框老花眼镜，他看了一眼贾二亮，就爬到上铺躺下了。贾二亮悄声问付一，付一说，是睡上铺的。他发牢骚，为什么要坐这趟车，明天早上才能到青昌。

“没办法，是王局定的，说晚上安全。”

“安全个屁。”付一看了上面一眼。

于木根躺在那里，没有吭声。

这是一趟慢车，走到哪站都要停，来来去去的人不少，连硬座车厢的人都跑了过来，过道都站满了人。列车员也不管，坐在那里嗑瓜子，连开水也不倒。陆凤、付一要到中间车厢吃饭，挤了半天才挤过去。陆凤问付一，不会出什么事吧，我看那个老头和那个上铺的女孩子，怎么越看越不对劲似的。付一问，哪里不对劲？陆凤说，眼睛，女孩子的眼睛老是在贾二亮身上扫，像雷达一样，是不是他们认识？还有那个老头，贼眉鼠眼，一看就不是一个好人。

两人议论了半天。

付一没说话，心事重重。

吃完饭，帮贾二亮和于木根带了饭，两人这才挤了过来。还没有走近，陆凤就看见那个女孩子跟贾二亮说话，一看见他们，又不吭声了。陆凤也没有吭声，她要看看，两人演什么哑剧。很快就到了晚上，吃完盒饭，三个人，除了上厕所，哪里也没有去。那个老头，一直在上面睡觉，连饭都没有吃。

十点钟，车厢熄灯了。

火车咔嚓咔嚓响个不停。

于木根被铐在卧铺柱子上，无论如何是跑不掉的。付一、陆凤、贾二亮都感到累了，体力上累可以坚持，精神上的累就会把人压垮。一会儿他们就困了，事后他们承认睡着了，但是，睡了多长时间，他们就不晓得。陆凤上面是浦文君，她影影绰绰感到，她上了一次厕所，是什么时候不知道，因为，她睁不开眼睛。

早上起来，一切安全。

于木根拿起水就喝。

“你……”贾二亮抢下来了。

“这是我昨天喝过的。”

“让他喝吧，是他昨天喝过的，没有事的。反正，马上就要到青昌了，不会出事的。”付一很放松，坦然说。

他把水喝了下去。

火车九点钟到青昌，现在是八点多，也就是说，很快就到了。离青昌终点站还有两站的时候，火车在向塘站停了半天，说是为了等车。付一说，慢车就是要命，好在我们顺利回来了，下次出去，再也不能坐这样的车了，真要命。陆凤冷笑，有人可喜欢坐呢，有女人伴着啊！浦文君在向塘站下车了，陆凤说话就毫无顾虑。

有于木根在，贾二亮忍了忍。

火车开动了，过了青云谱，就是青昌，贾二亮真的松了口气。很快，火车就停在青昌车站了，王明阳、姜大明、井上林、盖天骄，还有拘留所的同志，全在站台上等他们。贾二亮一下车，王明阳就抓住他的手说，辛苦了，然后吩咐拘留所同志，把于木根押走了。

“大明，二亮他们这几天太辛苦，放他们几天假吧，审问的事情，就交给井上林和盖天骄吧。老井，细细问问，一定要问得细，我们办案，就是要把每一个案子，都办成铁案，出不得差错的。”王明阳说完，又交代，这个案子，市政法委书记董永昌问过，常务副市长井上森问过，毕竟人家在进出口公司待过，谢易梵是他老部下，出了这样的事情，心里都不舒服。现在好了，凶手抓住了，可以结案了。我很忙，有什么事你就处理。王明阳向姜大明交代完，没有等他们回答，就走了。上车要走的井上林，突然看见了吴仲川从火车上下来。他没有看见井上林，井上林也没有打招呼，两人各自走了。路上，井上林想，吴仲川表哥家在向塘，他是从哪里上的车？他没有多想，脑子一闪这件事就过去了。

15

当天，井上林审问于木根。

在井上林面前，于木根都懒得看他，望着天花板，什么话也不说。这样的犯罪嫌疑人，井上林见得多了。井上林知道他在等什么。井上林让盖天骄给了他一支烟，抽着烟，他低下了头，偷眼望着井上林，眼睛溜转。井上林说，你不用动脑子，到了这里，什么人都得把心里的事吐个干净，你要不相信，就试试。我叫井上林，青昌市公安局刑警大队刑警井上林。

“你老婆叫水艳红。”他突然蹦出一句。

井上林大惊，蹿上前，一把揪住他的衣领，瞪着狼一样的眼睛问：“告诉我，你是怎么知道的？你要不说，我今天就让你脱一层皮！”他走过去，把那盏一千瓦的灯泡拉过来，在距离他头顶不到两尺的位置上照着。于木根坐在特制的椅子里，不能动，那个难受劲儿就甭提了。

“警官，这……”盖天骄有些惊诧，望着井上林，到嘴的话又咽回去了。他知道，这样做是违法的，刚从大学分来的盖天骄，从未见过这样的事情，有些慌乱，站在一旁，说又不是，不说又不是，不知如何是好。

“你先出去吧。”井上林把他轰走了。

房间里只剩下两个人。

于木根看见井上林狰狞的面孔，发红的眼睛，有些害怕了。他的眸子，露出一种少有的恐惧，看着他，哆嗦地说：“你……你想干什么，我告诉你，你这是逼供信，是违法的。跟……跟你说实话吧，我是去了那个房间，但是，我……我没有杀人，我真没有杀人。大哥，我求你了，我家里还有老婆孩子，不要弄死我好吗？”

“我问你怎么知道我老婆名字？”井上林冷静下来了，坐在他对面，点燃了一支烟，紧绷的脸看着他，那眼睛中没有一丝温情，只有杀戮。

“我……问一下你老婆就都知道了。”

“我现在问你。小子，我就知道，你一定是个替死鬼，真让我猜到了。说实话吧，说了也许能保你这条命，否则，你会知道我井上林的厉害。”他一字一句说着，那字眼是从牙缝里蹦出来的。

于木根眼睛溜转，判断了一下当下的势态，咬住了牙：“大哥，实在对不起，我不能说，说了我老婆就死了。对不起，我是江湖人，知道规矩，我不敢坏规矩，坏了我家人就完了。大哥，我跟你无冤无仇，我绝对没有跟你过不去。你就不要逼我，逼我也没有用，我不会说的。”

“好，小子，你嘴硬，我会找出来的。”井上林判断，于木根的背后一定有比自己更厉害的人物，否则，他早就说了。他扔下烟头，交代拘留所警察，把人送进号子里，看住，就走了。

盖天骄在外面等着他。

“警官，他……他说了？”

“没有。”井上林瞪了他一眼，“走吧。”

两个人上了摩托。

井上林来到青昌大厦，找到了吴仲川。井上林问，你今天是不是坐火车来的？我在车站见到你了。吴仲川说，可不是，我表哥不是向塘吗？顺路，我就回来了。他问井上林，没有什么事情吧？他摇头说，没有什么事，我想见见水艳红，你帮我把她叫来吧。吴仲川一个电话，水艳红就下来了，井上林说，我借你房间一用，两人就进了房间。

“告诉我，你还有什么事情没有告诉我？”井上林非常愤怒，一进房间，就瞪着眼睛，问水艳红。

水艳红蒙了，不知是怎么回事。

井上林把于木根的话说了一遍。

“艳红，我们曾经是夫妻，现在，我还是把你看成我老婆。于木根承认，进过谢易梵房间，这就说明，他参与了这起案子。无论他背后的人是谁，都跟你我有关系，因为，他一下子能说出你的名字，一定是背后的人把你我的情况都告诉了他。你跟我说实话，到底是怎么回事？艳红，你应该相信我，我是不会害你的。”井上林知道，跟她不能来硬的，否则，自己什么也得不到。

“这……”她有些不想说。

“是吴仲川？”

水艳红说，他是你的朋友，什么事情我都跟他说。对他，我从不隐瞒什么。但是，他绝对没有参与这起案子。井上林说，除了他，还有谁了解我们俩之间的事情？她吞吞吐吐，说到了韩晓雪，说到了浦文君。她说一个是我领导，一个是我好妹妹，我对她们俩说过我们之间的事情。就是韩晓雪和吴仲川劝我说，再找一个人不容易，复婚是最好的。浦文君也劝过我说，你是一个好男人，好男人不好找。我们之间无话不谈，我没有什么事情隐瞒她们的。

“蠢，蠢到家了。”他叹着气。

“她们几个会杀人？”

“凶手脸上又没有写字，你怎么知道？”井上林没有好气，把她臭骂了一顿。水艳红学乖了，不声辩，不说话，就那样站在那里，一副认真听批评的样子，眼睛中还流出几滴委屈的泪。井上林害怕的就是眼泪，一看她的样子，心反而软了。安慰说：“算了，算了，以后注意就行了，不要跟人家乱说，我怕你被人家利用。”

“上林，还是你心疼我。”她流着泪。

“不要哭了，等下让吴仲川看见又是事。以后见到他们几个，什么也不要说，我告诉你，哪一个都不是省油的灯。艳红，你记住，在这个世界，只有我对你好，除了我，你不要相信任何人。”他叹了口气，就要往外走。

“我……”

“你还有事？”

水艳红说，有一件事，我不知道对你有没有用。井上林说，你不说出来，我哪知道？她就告诉他，有一次，好像是去年年底，我去武汉玩，在汉正街看见韩晓雪和你哥哥，他们走在一起。我赶忙躲开了，害怕他们看见。从他们说话来看，绝对不是一般关系。回来以后，我侧面问过韩晓雪，是不是认识井上森。她矢口否认，我也就没敢深说，我害怕传到嫂子耳里不好。

“上林，你说这到底是怎么回事？他是你哥哥，我也不敢多嘴。这件事，我从未在任何人面前说过，包括吴仲川。今天你说到那个杀人犯，我想起这件事，才敢跟你说。”水艳红说完，脸上还有些害怕。

井上林感到震惊。

水艳红的话不会是假，她说不出假话来。如果是那样，井上森和韩晓雪之间一定有见不得人的秘密，绝对不是单纯的男女关系。跟谢易梵的死、黄鹂的死有没有关系，这就难说了。

“艳红，这件事，你做得非常对。以后，还这样做。”井上林了解自己老婆。他摸着她的手，“好了，以后有什么事马上告诉我，不要告诉别人。晚上回家吧。”

水艳红笑靥如花，走了。

吴仲川走了进来，两个老同事坐在一起抽烟。

“什么时候复婚？”

井上林笑了：“老吴，办完谢易梵的案子再说吧。凶手已经抓住了，案子快了。办完了案子，好好庆祝一下。到时候你帮着张罗一下，虽然是旧人，但是，再婚也是新婚啊！”他打着哈哈。

“一定，一切都交给我吧。”吴仲川比井上林大，他的孩子已经上五年级了。“老弟，案子的事也不要太认真，我知道，你这个人就是太认真。你不要忘记了，当年我是怎么从刑警队出来的，就是我太认真了，你千万不要走我的老路啊！”他有些感慨，说当年我出来的时候，姜大明还刚刚来，王明阳也只不过是一个正科的队长，而现在，人家是代理局长了。

“他能当局长吗？”

吴仲川说，我看差不多。他告诉井上林，王明阳跟你哥哥关系非常铁，他是市委常委，常务副市长，排名在政法委书记董永昌前面。据说，你哥哥在省委有人，北京也有人，明年换届，有可能是市长，那样的话，王明阳不当公安局长都不行啊！他们都埋怨，去省委党校学习的局长为什么还不回来。他还说，只要你哥哥当上了市长，王阳明当上了局长，你就是公安局副局长，不信，你就走着看。

“老吴，你知道，我从不靠我哥哥。”

“但是，王明阳不这样想啊！”

井上林做了个无可奈何的手势，那我就没有办法。他还说，我如果靠我哥哥，我现在就不是一个普通刑警了，我跟我哥各走各的路。吴仲川知道他跟井上森的关系，兄弟两个，虽然是一母所生，却各走各的路，否则，三十五岁了，也不可能待在刑警队里。吴仲川同意他的说法，拍了拍他的肩，兄弟，你太傻了啊！现在这个年月，人家都花钱拉这样的关系，而你却不用。

“老吴，聊聊别的吧，说说案子。”

“无可奉告。”吴仲川做了一个无可奈何的手势，老弟，听哥一声劝，不要太认真了。实事求是不可怕，可怕的是认真。因为，如何实事求是人说了算，可一认真，事情的真相说出来了，就麻烦了啊！黄鹂的死，包括凶手的供词，写个报告，交给王明阳，就结了。

他说得十分平淡。

井上林觉得他的话也没有错。

两人聊了很多，都是聊原先一块进入公安局的兄弟，哪个哪个如何，哪个坐牢了，哪个升官了，就是不聊自己的事。

16

晚上，井上林来到哥哥家。

他已经有好久没有来过了。嫂子一见到他，十分热情，上林啊，你可是有好久没有来家了。早些复婚吧，我每次见到水艳红，她总是嫂子嫂子地叫着，十分热情。我看这个女人就特别适合你。结了婚，一切都安定下来了，你也省心了。你等等，一会儿你哥就回来。到时候我跟他说说，办完这次案子，调你到机关工作，太累了。

“嫂子，不累，我挺好的。”

井上林抽着烟。他告诉嫂子，已经给井浩打过电话，他在那边学习挺好的。他淡淡地与她聊起了家长里短，他问她最近去过哪里。她说前几天我去了趟武汉，是单位安排出的差。我不是在财政局上班吗，经常有会开，我愿意到外面逛逛。他半开玩笑地说，我看你还是多在家待着，现在哥哥越来越红了，你要看住他啊！尹冰脸红了，说，上林，你哥比你大十多岁，已经五十多了，不会有什么出格的事情的。说完伸过脑袋问：“你听到了什么？听到了可要告诉嫂子啊！你可不要瞒着我。”

“嫂子，你认真了，随便聊聊。”他扯开话题。

井上林的话，让尹冰上心了，看得出，她没有刚才活泼了，话也不是太密了。好在一会儿井上森回来了，他看见弟弟，十分高兴，跟尹冰说，上林难得过来，我们到外面吃吧。尹冰说好哇，我们找一个好地方，好好吃顿饭。三个人，坐着车，来到了青昌市最有名的鸿宾楼，这里的清真菜是最好的。

井上森点了好些菜。

“上林，你一个人过，太苦了，多吃些，吃不完，打包走，明天还可以吃。”他告诉尹冰，我们小时很苦，上林两岁的时候，父母就死了，那个时候，我已经十八岁了，我一边打工，一边抚养弟弟。他小，不懂事，经常是饿得哇哇叫。后来我上学，还带着他。那个难啊！我一辈子都忘记不了。

“没有哥哥，就没有我的今天。”井上林双眼潮湿了，想起小时的情形，他欠哥哥的太多。他觉得，他不仅仅是自己的哥哥，更像自己的父母，是他把自己扶养大的。母亲十七岁生了井上森，后来生的姐姐哥哥都没有养活，一直到母亲三十三岁，才生了井上林，他两岁，父母双双亡故，哥哥带着自己过，说多难就有多难。

他以茶代酒，敬哥哥一杯。

“哥哥，谢谢你的养育之恩，弟弟不会忘记的。祝你身体健康，万事顺利。”说完把茶喝了。

“上林，你有这个心，我感激不尽。”井上森十分愉快，跟他聊了起来。他告诉井上林，王明阳跟我关系很好，我向他打过招呼，让他关照你。现在的社会，没有人，什么事情也办不成。只要你好好听我的话，你会过得很好的，父母泉下有知，也会放心的。

“哥，你跟谢易梵挺熟的？”

“是，挺熟的。”井上森说，他是我的老部下，他的死，我很难过。我听说凶手抓住了，挺好，抓住了就好。你负责案子我放心，结了案，出了成绩，局里会奖励你的。井上林叹着气，案子没有那么简单，抓到了于木根，黄鹂死了，她的死证明，谢易梵的死是有问题的，不是简单的凶杀案，而是一起贪污腐化的重大案件，这里面牵扯着不少人。井上森摇着头，上林，不要跟我谈案子，我不感兴趣，那是你们的事，我们兄弟难得在一起，说点儿别的。何况我也不懂案子，你们依法调查，应该如何就如何。

“哥，你说得对，我们不谈这些。”

“上林，你懂事了，就应该这样。”井上林问他跟水艳红如何，能不能复婚，还说自己最关心的就是这件事了，如果不能复婚，想再找一个，他不反对，让尹冰想办法找一个。尹冰接着话，没问题，这样的事情，我最愿意了。她还说，只要你同意，我马上帮你张罗。井上林说，我的事我自己拿主意，你们放心吧，我会处理好的。

饭吃完了，还剩下很多菜，井上森让服务员打了包，交给井上林，说不要浪费，明天可以吃。井上林拿好，三个人一块儿走出饭店。他跟哥哥说，有点事，我想单独跟你说说。我们一块走回家吧，反正，这个地方离家不是太远。井上森答应了，让尹冰先回去，他跟上林说说话，一会儿就回家。

两人顺着马路往回走。

天气很好，路两边的樟树长得很茂盛。井上森点上一支烟，给了井上林一支，笑着说："说吧，上林，我就知道，你今天来家，一定有事。我还知道，这件事，跟谢易梵案件有关，是么？"

井上林点点头，你猜对了。

"直说，不要绕弯子。"

"好，弟弟就说了，说错了，你批评。"他分析了案子的情况，推测了种种可能，说到了自己的怀疑，最后解释说，我今天来，就是要告诉你，这起案子，我要调查到底，不管涉及谁。如果你有牵连，也告诉我，我可以申请回避。如果跟你没有关系，你也告诉我，我可以毫无顾虑地去做。毕竟，你我的关系，我不能不考虑。我害怕自己在亲情面前，丧失了一个警察的基本责任，如果是那样，就是对自己良心的背叛。你经常告诉我，一个人，最不能出卖的，是自己的良心，是自己的基本道德。"哥，你是我最亲近的人，我说的是不是这个道理？"他认真说着。

"上林，你说得太好了。"井上森点着头，告诉他，你说得没有错，大胆放心调查吧，服从组织，局里如何安排就如何服从，只要你听局里的，我没有任何意见。我希望你不要钻牛角尖，总觉得自己判断是对的，听不进别人意见，我虽然不懂得破案，但是，我懂得这是不好的。社会太复杂，官场水太深，有些事情，你我左右不了的，我们都要看别人眼色行事。

"哥，我明白这个道理。"

"明白就好，哥不会为难你。"

井上林点点头，站住说："哥，我问你一件事。"

"问吧，什么事都可以问。"

"你认识韩晓雪吗？"

"认识，她是KK公司总经理，找过我。"说完停了一下，"呃，想起来了，去年我去武汉的时候，碰见过她，都是青昌人么，说的话多一些，你嫂子知道。怎么，你怀疑我跟她……"

水艳红的话，让他心里结了疙瘩，哥哥的解释，让他心里释然了。是啊！这么一点事，何必想得那么复杂呢。哥哥跟嫂子的感情好，这些年来，我不都是看着他们这样走过来的吗？我有什么理由怀疑他们呢？井上林埋怨起自己来，觉得自己太多事了。

“哥，刚才的事你不生气吧？”

“不生气。有什么事你就问，我不生气，你对我好么，除了你，这个世界还会有对我好的人么？复婚吧，上林，你复婚了，我心里就踏实了，否则，对不起九泉下的父母。”他说得十分动情。

井上林答应考虑。

“哥，我不送你了，你自己回去吧。”

“好，你走好，有事联系。”

井上林嗯了一下，转身走了。

尹冰从不远处走了过来。

“你……”

“我怕你们兄弟……”

井上森笑了。他告诉她，这个世界上，没有谁比我更了解他的，他一来，我就知道他为什么来。你放心吧，没有事的。不过，他询问我跟韩晓雪的关系，让我搪塞过去了。尹冰，虽然没有人知道你是她妹妹，但是，你也要注意，不要跟她走得太近。她这个人，不是你，你是黄鹂，她却是一只高飞的鹰，而一只鹰，我们是看不住的啊！尹冰埋怨，她是一只鹰，你还与她合作？我早就说了，我害怕她啄了你的眼啊！

“我有办法么。井浩在美国买房子，要好几十万美元，他还要生活，办的公司又出问题了，我不跟她合作，我跟谁合作？放心吧，不会有事的，我在官场上混了十几年，我知道如何处理这些事情。”他脸上充满着自信。

她挽着他的胳膊走回了家。

井上林回到家，水艳红趴在床上睡着了。他推了一下她，醒醒，醒醒，回家了。她抬起头来，看是他，问他去了哪里。他说我找我哥去了，这是我带回来的东西。她看着好烟好酒说，你哥对你真好。他说了上次她在武汉看见井上森的事，这件事不要再说了，我问过他了，没有什么事。

“嗯，知道了。”她点着头。

“我送你回家吧。”

“我不走。”

井上林说，我们还没有复婚呢。

水艳红一瞪眼：“可你还睡了我呢。”

“真不要脸。”他骂着。

“谁不要脸啦！”她腾地站了起来，上前就揪着他的衣服，“你说清楚，是我不要脸，还是你不要脸。你跟一只饿狗一样追着我，我有什么办法？我看你可怜，而且，我为了社会稳定。否则，像你这样的人，不知道要给社会带来多少危害啊！我是积德，知道吗？”她扬扬得意，站在那里骂着。

井上林害怕她纠缠。

“那……你睡床上，我睡沙发。”

“这个我不管。”她噘着嘴。

他累了，洗漱完了，拿了床单就躺在沙发上。水艳红不管这些，走进浴室，冲着澡，而且，不关门。洗完澡，不穿衣服，坐在那里倒饬自己，房间里到处都是香水味。井上林被她折腾得没有办法，你穿了衣服再倒饬好么？她说这个你管不着，这是我自己的事，我想如何就如何。他火了，一把抱起她，扔在床上。

17

第二天早上，井上林刚到大队，就被叫到了会议室。他推开门，愣了，姜大明和市局纪委书记苟锐，干部铁永军，还有他的搭档盖天骄，都坐在会议室。他不知道发生了什么，问姜大明，这到底是怎么回事。姜大明说，你坐下来吧，一会儿就知道了。

井上林认识苟锐和铁永军，但不是太熟。他心里很坦然，坐在那里，还点燃了一支烟，刚想抽，被苟锐制止了。他朝铁永军看了一眼，意思让他说。铁永军抬了抬眼睛，朗声说："今天凌晨五点半，于木根在拘留所猝死。初步鉴定为心脏病猝死。详细鉴定还要等省公安厅刑事中心的鉴定出来。井上林和盖天骄，是最后接触犯罪嫌疑人的，我们今天来，是代表市局，想听听你们的汇报，他最后说了什么？"

"什么？"井上林跳了起来，"不可能，绝对不可能。昨天还好好的，怎么可能死了呢？这里面有问题，一定有问题。"他嚷着，声音特别大。盖天骄也感到震惊，一个好好的人，怎么可能死了呢？还在一夜之间。

苟锐和铁永军，看着井上林不说话。

"你们看我做什么？"

"你不知道吗？"苟锐五十多岁，是公安局老人了。他冷冷地笑了一声，这才点燃一支烟："我们调看了监控录像，你变相体罚了犯罪嫌疑人，这是违法的，知道么？一千多瓦的灯泡烤着，铁打的人也受不了，他的死，很有可能是你这样做的结果。"

井上林跌坐在椅子上。

铁永军拿出市局文件，念道：经市局研究，井上林、盖天骄停职检查，等事情弄清楚后再处理。他把文件放回公文包，告诉姜大明，王明阳局长已经指示，井上林、盖天骄不再接触案子，回队里写检查，什么时候结束，等待上级指示。

“那谢易梵、黄鹂案呢，不查了？”姜大明急了。

“大明，王局说了，明天他会跟你一块研究案子，他有安排。老井同志，盖天骄同志，你们就不要操心这两个案子，上面有安排。”苟锐告诉井上林，你不要发牢骚，事实摆在那里，死了人，不处理你合适吗？不管犯罪嫌疑人怎么死的，反正死了。我们调查了，没有任何人接触过他。你们是最后接触的人，不找你们，找谁？苟锐安慰了几句，又向姜大明做了交代，这才走了。

他们一走，房间死一样沉寂。

“天骄，你先回办公室，我跟老井说几句话。”姜大明把盖天骄打发走了，这才掏出烟，抛给井上林一支，自己也点燃了一支。姜大明一来刑警队，就跟着他，可以说，井上林是他真正的师傅。

“师傅啊，知道这碗汤不好喝么？”姜大明弹了弹烟灰，长叹了口气，这个比井上林小五岁的年轻人，却比井上林还老到。姜大明望着窗外，窗外阳光明媚，青昌还没有到最热的时候，比较舒适。他狠命地吸了一口烟，刑警队里的事，我现在算看明白了，不是一加一等于二那样简单，有的事只能做不能说，有的事只能说不能做，有的事不能做也不能说。你比我大，却没有把这些事情琢磨透啊！于木根是什么玩意儿？就是一个混混，别人棋盘上的一颗棋啊！他死了，我连尸检报告都没有看见，上面就让结案。我问付一，他吞吞吐吐，谁都有难处，这就是中国特色吧。

井上林感叹这些年都白混了。

“大明，让我调查吧。”

姜大明摇了摇头，我还想在刑警队待下去，我不会同意你这样做的。王明阳已经明确说了，我不能违背。我请示了他，你好几年没有休假，休假吧，好好休息，案子的事就不用管了。把那辆三轮摩托车留下，骑我那辆125吧，这是我刚从局里弄来的，新的，你不要弄坏了。你到哪里去也方便些。他不愿再说，扔下两轮摩托车钥匙就走了。

井上林站在那里，愣愣地发呆。

“他什么意思？”井上林突然感到，呆板的姜大明，似乎比他聪明。他拿起摩托车钥匙就回到了办公室。办公室炸了锅，贾二亮、陆凤他们围着盖天骄，问个不停。井上林把三轮摩托车钥匙交给贾二亮，收拾好东西，交代说，从今天起，我与案子没有关系，我要写检讨。案子的事情，明天上面会布置的。他拒绝回答他们提出的任何问题，低着头走了。

“这……这是怎么回事？”贾二亮一脸茫然，道，“井上林会杀了于木根？这是谁说的？是不是有病呀！这更证明，他们是要杀人灭口。我告诉你们，他根本就不是猝死，而是他杀。你们相信不相信，反正我相信。我一定要调查到底，我就不相信，这天底下没有公正。”他嚷着，一脸愤怒。

突然，他发现姜大明站在门口。

“队……队长。”

“说呀，贾二亮同志，我就听见你声音大。不说了，那我说吧。我们是办案的，重要的是证据，你说他不是猝死的，那你拿出证据呀！少嚷嚷，办你的事，你不是还没有被停职吗？哼！跟井上林一个德行，一脑子糨糊。”他踢了一脚门，走了。

“他什么意思？”

盖天骄说，你和陆凤赶快调查。

“怎么查？查什么？”

盖天骄说，你和陆凤是押着他回来的，你们想一想，这一路上，出现了什么情况？就没有让你们怀疑的事情吗？那天我审问于木根，发现他比较疲倦，倒没有什么其他事。如果是死于毒杀，一定是服了一种慢性毒药，这种东西，应该是几天前服下去的，他本人不知道。而且，杀他的人，已经想到我们会检查，估计查不出什么。我觉得，这个人，应该是一个我们特别熟悉的人，而且是从事过我们这一行的人。

盖天骄的分析，让贾二亮心惊肉跳。

他跌坐在椅子上，望着陆凤半天张不开嘴。

陆凤冷冷地说：“你心里有鬼？”

“陆凤，你看出来了？”他心里发颤。

“说吧，那个女孩子你认识？她叫什么名字？跟你说了什么？我告诉你，天骄的话是对的，一定是她下了毒。你想想看，有那么巧的事情么？跟我们坐同一趟车，还在一起，这肯定是安排好了的。”陆凤把火车上的事情一回忆，肯定了自己的判断。

贾二亮不好再隐瞒，就把见到乙庆良、尹冰，碰上浦文君的情况，一五一十地说出来了。陆凤一听他的话，“啊”了一声，天呐！你碰上了这么多事，为什么不说呢？盖天骄说，这里面肯定有问题，不可能有那么多巧合。贾二亮说，我们先找浦文君，探探她的口气。盖天骄说不可，先跟井上林通个气，也许，他那里还有什么新情况呢。陆凤点头，说就这么办。

贾二亮给井上林打传呼。

井上林回了电话。贾二亮把见到乙庆良、尹冰，火车上和浦文君同在一车厢的事情说了一遍，要找浦文君。井上林听完，半天没有吭声。他心情非常沉重，感到事情越来越不好，他没有把车站见到吴仲川的事告诉贾二亮，只反复叮嘱，不要再通过吴仲川了解情况。

“为什么，他不是你原先的同事吗？”贾二亮不解。

“你记住就行了，不要问为什么。”井上林说，浦文君很有可能知道一些我们不知道的情况，问题是她愿不愿说。“当然，她不可能知道核心秘密，但是，我们仍然可以通过她提供的情况，找到杀害于木根的凶手，继而找到杀害谢易梵的人，这样，秘密就揭开了。”

“井大哥，回来吧，你没在，我心里没有底。”贾二亮第一次称呼他大哥，让井上林心里感到一阵温暖。

“二亮，是到你独立办案的时候了。你知道，我已经停职，现在是休假，再插手就不合适了。有什么事情，你找姜大明，他会支持你的。”他说了陆凤男朋友冀北方的事情，让他接触一下。井上林不好在电话里多说，说了几句就挂了电话。

贾二亮回到办公室，要盖天骄先出去一会儿，我跟陆凤要单独说说话。盖天骄十分不愿意，瞪了他们俩一眼，才慢吞吞走出了房间。陆凤说，什么事，弄得神秘兮兮的？贾二亮点燃了一支烟，他要自己冷静下来。“陆凤，我想跟你说点事，你不要急。谢易梵这起案子，恐怕十分复杂，比我们想象的还复杂。你我都要抛弃个人的利益，只有这样，案子才会有结果。你看到了，井上林已经被他们弄下来了，下一个不是你就是我，我不想这样，我想做一个真正的警察，公正执法，否则，人活着还有什么意思？”贾二亮极其严肃地说。

陆凤屏住呼吸：“我同意你的话。”

“晚上，我去接触浦文君，她是一颗棋子，是想拉我下水的棋子，我心里有数。我会从她身上，找到我们有用的东西。我了解过了，你的男朋友叫冀北方，你先不要急，他是领导的秘书，知道事情多，你明白我的意思吧？我说过了，我们都不要有个人利益。”他怕说错了陆凤急，一字一句，说得十分清楚。

“黄莺是你什么人？”陆凤问。

“我承认，我对她有好感。陆凤，你放心，如果我发现她犯罪，我一定将她绳之以法，否则，我对不起我头上顶着的国徽。”他神情从未有过的严肃，让陆凤肃然起敬。

“好，希望你言行一致。”

于木根的死，贾二亮的电话，再次让井上林想起了韩晓雪跟哥哥的关系。但是，哥哥信誓旦旦的话，又让他打消了这样的念头。也许，是自己推测错了。他要证明自己的判断，所以，他要调查，还案子本来面目。已经死了两个人，他不希望死第三个人。井上林的第六感觉，幕后人的那双眼睛在盯着自己。是谁，他不知道。但是，他不愿推测是自己的哥哥。

18

晚上，贾二亮准备约浦文君到大东海中心吃饭。他狠了狠心，从自己存款中取出了两千块。再穷，他也不想让对方看不起。传呼打了过去，她很快就回了电话，一听是吃饭，欢呼雀跃，我不去大东海中心，那个地方人太多了，我带你去一个僻静的地方。他问是什么地方，她咯咯笑着，这是秘密，不能告诉你。她要贾二亮六点钟到青昌大厦来接她，他答应了。

晚上六点，接上浦文君，他问去什么地方？她指指点点，左拐弯，右转向，走了快一个小时，才钻进一个巷子，在一个不起眼的小门脸停了下来。他停好车，走了出来，这才知道，这个地方有个门脸不大的小饭馆，叫“张妈妈菜馆”，边上停着的都是豪华汽车，他那辆桑塔纳显得十分寒酸。

贾二亮四处打量，饭馆装潢得新颖，雅致，看不到空气净化设备，但空气相当好，飘浮着只有茶馆才有的茉莉花香。看得出，这个地方，吃饭的人很有品位，菜便宜不了。浦文君预先订好了雅间，否则，是找不到地方的。她告诉贾二亮，这是香港人经营的，人家那个活法才叫活，我们就是混日子啊！

雅间也就十来平方米，却相当考究，一个小桌，一对沙发，有电视，有音响。她选了几样菜。一会儿，她点的菜开始上桌，看颜色，尝味道，确实不同凡响。菜式精致得令人惊叹，是他从未见过的。他后悔自己带钱带少了，害怕丢人现眼。

两人没有喝酒，要了两杯现榨的葡萄汁。

浦文君着一袭宝蓝色的中式套裙，修长而苗条的身材更显得起伏有致，看似简单实则精心绾起的发髻，更衬出她挺拔的脖子和完美的脸形，尤其大而细长的眼睛，透出一种妖媚，让人欲罢不能。贾二亮再次感到这个女孩子的可怕，黄莺美，但却不妖，而她，却让所有面对她的男性产生了一种无法拒绝，而又恐惧的感觉。

他定了定神，再次警告自己注意。

“想我？”

“不想。”斩钉截铁。

“骗人，那约我做什么？”她眼皮跳动。

贾二亮放下杯子，咬紧牙关：“救你。你很漂亮，像一幅画，我不想让这幅画毁掉。你是聪明人，当然明白我的意思。文君，让我这样称呼你吧。我们年龄差不多，我知道你需要什么，但是，财富是靠辛苦和聪慧赚来的，而不是别的。”

浦文君咯咯笑了起来。

“你承认我漂亮？”

……

“不敢说是吧？你们男人都是这样，哪个男人见着我，不是猴急猴急直奔主题。我觉得这没有什么，人活着嘛，就是享受。如果人活着是受罪，那活着做什么？二亮哥哥，你是我见到过的最纯洁的男人，你身上有一股正气，这种东西，商场上的男人是没有的，所以，我喜欢你。”她靠近他，脸离他的脸也就二十厘米的距离，“我们不谈结婚，也不谈恋爱，我就是喜欢你，只要你愿意，我做什么都成。你明白我的意思么？不要不好意思，男人嘛，就要像个男人样子啊！”

他生气了，愤怒地说：“什么样子，是不是做了你就是男人？文君，你的名字多好，却说出这样的话来，让人看不起。”

她的脸上闪过一丝尴尬。

“你不喜欢我？”

“先要让我尊重。”

浦文君伸出来的手，又缩了回去。她突然间变了一个人，望着他，可怜兮兮的。她说二亮，我做梦也没有想到，你会看不起我，我感到难过。我以为，天底下的男人都是一样的。没有想到，还有你这样一块圣地。我知道你是为我好，我也知道救我是什么意思，但是，我吃不了苦，我需要钱，没有钱，我一天也过不下去。我知道你今晚找我做什么，我听说了，你押回来的那个人死了，你怀疑是我做的。我告诉你，我除了会跟男人上床，什么事情也做不得，真的。如果你找到我杀人的证据，就把我抓起来好了。

她一口气把话说完了。

这下让贾二亮震惊。

“吃菜，这菜蛮好吃的。”她说。

“这些消息是谁告诉你的？”

“我们韩总说的，她是听水艳红说的，她不是井上林的老婆吗？井上林不是你的上级吗？她还告诉我，刑警队早晚会找我，我说没有关系，反正我什么也没有做，怕什么，勾引男人又不犯法。”她噘起了嘴。

“你从武汉到青昌谁安排的？”

“韩总，票是她订好的，派人给我送去的。我在武汉办事，她让我晚几天回来，就订了这趟火车。”浦文君说得很随便，脸上的表情不像隐瞒了什么的样子。

“你认识谢易梵？”

……

“说吧，钱是好东西，命更重要。”

“呜呜……”她突然哭了起来，说我没有杀他，他不是我杀的，我真的不知道他的事情。哭了一会儿，她停止了，擦干了眼泪，伸出手，拉住他的手，还把他的手，放在自己的脸上，乞求说：“二亮哥哥，我求你，不要跟别人说你找过我，也不要再调查谢易梵的死因，人都死了，就算了，我不想你再死，真的。另外，不要把什么事情都告诉井上林，你不要问什么，我不会告诉你的，我是喜欢你才这样说，换了别人，我才不管呢。”

贾二亮感到事情的严重。

“你住在哪里？”

她说了地址，是自己租的地方，没有一个人知道，连韩晓雪也不知道。她还把住宅的电话告诉了他：“二亮哥哥，我只告诉你一个人，我不想死，我要好好活着。有什么事情，你晚上来找我，十点钟以后。你要想我，也过来找我，我的身子反正不值钱，我喜欢的人用，我会高兴的。”

“文君，你不是有工作吗，还做那事？”他不相信浦文君是妓女，但是，她说的话，明明是妓女说的。他心里感到悲伤难过，这样一个漂亮的女孩子，竟然是这样。从她的话中可以判断，她一定跟谢易梵上过床，而且，相当熟。只是，她不愿碰这个伤口。

浦文君长长叹了口气。

“我为韩晓雪做事，是我欠她的。我没有办法，我必须偿还欠她的债。但是，我不会杀人，我虽然什么都不懂，但是，我懂得杀人偿命的道理。二亮哥哥，你要小心些，她的后台很强大，强大得你没法面对。我不是说谢易梵是她杀的，我只是告诉你，这件事很复杂。”她说完看了看左右，“二亮哥哥，我是不是说多了？”

贾二亮摇了摇头：“不多。”

“天晚了，等下送我回家呗。”

他答应了。

她更是高兴：“那我就陪你多待一会儿。二亮哥哥，我喜欢和你在一起说话，我从来也没有这样高兴过。你把我当女人，当妹妹，我好喜欢啊！你有女朋友？”

“没有。”

她的脸上滚过一阵苍凉：“可惜我的身子脏了，要不，我会嫁给你。我觉得，如果一个女人爱一个男人，就要给他一个完整的身子，一个干净的身子，否则，灵魂这辈子、下辈子也不得安宁。”

“谢易梵跟韩晓雪……”

“当然是他的女人之一。”她毫无准备，说了出来。

“谢易梵有好多女人？”他惊诧。

浦文君笑了：“他喜欢女人，就像他喜欢画画一样。”她眼睛眨了又眨，“见过他老婆的妹妹莫丽琪么？她就是谢易梵女人之一，他贪污的钱，全部在她手里。”

贾二亮欣喜若狂。

他不由自主地抚摸着她的脸。她为他的举动兴奋不已。紧紧抓住他的手，还放在嘴上，不停地吻着。他挣扎，不可以，不可以的。她说这有什么不可以的。她一下子栽在他怀里，再也起不来了。

贾二亮开着车，把她送到家。

“楼道黑，没有灯，你好人做到底，把我送到家好吗？没有关系的，反正我一个人住。”浦文君下了汽车，站在那里没有动。

贾二亮迟疑了一下，答应了。

这里是十多年前建的小区，设施不太好，路灯也没有，高一脚低一脚，让人难行。她在这里租了一套一居室，住在三楼。这样的情况，他害怕出什么事，就抓住她的手，一步一步上楼。

送到门口，他要走，她不许，坐一会儿，喝一听可乐，你就走。贾二亮无法，只好跟着进门，拉亮灯，他这才发现，这个小小的一居室，收拾得十分干净，明亮的桌子，蓝色的窗帘，桌子上的四季青，每一处，都透着整洁。

“你坐一会儿，我马上就来。”

她换了件宽松的裙子。

喝完可乐，他起身告辞。

“抱我一下。”她的脸上有着乞求。

他不忍心拒绝，上前轻轻抱住她。

突然，裙子坠落膝下，她的胸口，一片冰凉。贾二亮震惊，瞪着眼，看着她。她的脸，泪珠模糊一片，她哽咽：“二亮哥哥，不要看不起我，我不是坏女人。”说完泪水潸然而下。

19

同样的夜晚，冀北方十分豪爽。

他带着陆凤来到青昌最高档的青昌饭店，点了一桌子菜，要了一瓶黑方威士忌，当然很贵，贵得没有边。现在他是鸟枪换炮了，不再是那个小小的公务员了，是青昌市官场炙手可热的人物，找他的人，多得接待不过来，送礼的人排着队。他坐的奥迪，是青昌交警最为熟悉的号码。司机把他送到青昌饭店，他交代，两个小时后来接他，就牵着陆凤的手，走进了饭店。

冀北方穿着青昌很少见的范思哲男装，脚上是手工缝制的英国烤花皮鞋。领带是金利来，连衬衣也是两千多块钱，是他叫不上名的美国货。手表更不用说，是一个商人送给他的，他一时也叫不上名来，市场上要十多万块钱。坐下后，他点了很多菜，都是最贵的，陆凤说，点多了吃不了，就我们俩，要那么多菜做什么。他笑着说，有你在，我不能显得寒酸。

他掏出一个玉镯。

玉镯翠绿翠绿的，十分好看。陆凤爱不释手，要很多钱吧？他说不贵，十多万吧。她愣住了，暗暗咋舌，瞪着眼睛看着他，问他是不是贪污了很多钱。否则，你一个小小的公务员，买得起这个？冀北方很坦然，公务员跟公务员是不同的。你看现在的人，哪一个人是靠工资过日子的？这就是世道。他望着陆凤说，不是我想贪，是我不贪都没有办法，人家找到我，要我办事，我不办，我以后就无法在这个位置混；办了，人家给你送礼，你不收，人家不踏实。

“我不要。”陆凤把玉镯还给他。

冀北方愣了：“你犯傻呀！”

“不干净的东西我不要。”

他叹着气，感慨万端，陆凤，这个世道还有干净的东西么？没有，什么东西都是脏的。你不要看当官的人模狗样，我告诉你，他们比狗都脏，他们养女人，泡小妞，而且，上不得台面的女人他们是不要的。这么多女人，图什么？钱呗！钱从哪里来？贪呗！

冀北方好像把什么都看透了。

陆凤这才记起自己来的目的。

“井上森副市长认识韩晓雪么？”

冀北方瞪着迷茫的眼睛，问哪个韩晓雪，名字为什么这样熟呀！陆凤说，我跟你说过吧，就是 KK 公司的韩晓雪。他一拍脑袋，说想起来了，我见过那个女人，挺漂亮端庄的，在青昌大厦办公。有一次，我陪着井上森出去，他突然接到一个电话，汽车就在青昌大厦停了下来，他下了车，站在一旁，跟一个女人说了几句话，神秘兮兮的。后来我问了司机，他告诉我的。我就记住了这个女人。

“她是我们案子的一个重要嫌疑人。”

冀北方已经把案子的事情忘记得差不多了，摇着头说，你的事情我已经记不清楚了。它跟我没有关系，我不想记住它。陆凤说，不能这样说，怎么没有关系？如果它牵扯到井上森，就跟你有关系。你不要忘记了，你是他秘书，他倒台，你也好不到哪里去。

冀北方惊出一身冷汗，他最害怕的就是这个：“快说，到底是怎么回事？陆凤，我对你不薄，你可不要害我。有什么事情，应早向我通报，否则，我死了还不知道如何死的呢。”他没有了刚才的谈笑风生。

陆凤把谢易梵的死，黄鹂的自杀，抓捕于木根，接触韩晓雪，以及浦文君等案子的经过，扼要向他说了，还说了井上林，贾二亮，以及自己的分析。

“你们怀疑井上森是幕后人物？”他的头摇得像拨浪鼓，“绝对不可能，不可能。你要说他贪污点钱，这个我信，你要说他杀人，绝对不可能。他是一个非常聪明的人，法律意识十分强，不可能做杀头的事情。何况，王明阳跟他关系很铁，他什么不知道？退一万步说，这件事如果他是幕后主使，你们更完了，查不出来的。他会把一切做得滴水不漏，那个什么于木根就是榜样。”

“所以，我们需要你的帮助。”

“我？”他指着自己的鼻子。

“对，你。”陆凤说，“你在他跟前，比我们更了解他的情况，我们需要你留个心眼，看看他跟哪些人有往来。这样，我们的调查就好办些。当然，要做得隐蔽。北方，你不说过嘛，有什么事可以找你，现在我找你了，你不要拒绝啊！注意一下有什么要紧的，如果他没有问题，我们也就放心了。”

冀北方一口回绝。

“你不帮我？”

冀北方说，不是我不帮你，是没有办法帮。如果井上森知道我在监视他，我死无葬身之地。他跺着脚，就是我帮你，把他拉下了水，判了刑，又有什么用啊！井上森原先是进出口公司总经理，跟谢易梵很熟，这个我知道。他死了，杀他的人也抓住了，怎么就可以判断他的死跟贪污有关呢？不要捕风捉影，你们办案不是重证据吗？把证据拿出来，拿不出来就不要乱说，特别是对领导，很不好。而且，又不是上面布置的。

他把陆凤训斥一顿。

陆凤被他噎得说不出话来。

“知道你这样，我就不找你了。”陆凤发狠，我警告你，你帮不帮先放一边，如果你把我们今天的谈话告诉了井上森，我们之间的关系就到此为止。你这个人，把人家的好心当成驴肝肺了，你在他身边，我是怕他有事，牵扯你。你不要以为当领导秘书就是好事，我告诉你，那是走钢丝，刀上跳舞，很危险的。她瞪着眼。

冀北方望着她，眼睛潮湿了。

他夹了一条炸鸡腿放在她碗里，陆凤，碰上你这样诚实的人，是我冀北方的福分。是啊！除了你，还有谁为我担心呢？那些给我送礼的人，回去还不知道如何诅咒我呢。我明白我的处境，我不会在这个位置上混长的，我只是镀镀金，我向你保证，一旦我有了权，一定做个清官，为人民办点事。他说得很实在。

“北方，难为你了……”她伸出手，抚摸着他的手。他一下子抓住，动情地说，陆凤，没有你，我什么也不是。我不想跟你说天长地久，一生一世，我只告诉你，你是我这辈子最中意的女人。无论如何，我永远不会离开你。我也希望你，无论我成功或失败，都不要离我而去。为了我们以后的日子，我控制不住自己的贪欲，但是，我绝对不会过分贪婪，我不会为此毁灭自己。他抱住她，男人特有的微湿热气在她耳边，如缠绵的香薰，让她意乱神迷。

"陆凤，我爱你，真的爱你。"

"我也是，北方，我喜欢你。"

他的手，开始有些放肆。

"北方，不可以。"

"陆凤，你可答应了我的。"

"可你还不是副处。"

"我马上就是。"

陆凤笑了："是了再说。"

冀北方无奈："那好吧，你可不要赖皮。"

两人又开始吃饭。

冀北方开始喝酒，当然是那瓶黑方威士忌。几杯酒下肚，他就醉醺醺了，望着陆凤的眼睛都直了。他叹着气，询问今天的事，是不是你们警官井上林布置的？她说是又如何，不是又如何？他不解，井上森可是井上林的亲哥哥，他不是有病吧？人家有了事还要遮掩，他还如此调查，哥哥知道了，会如何？陆凤说，这就是我们警察跟你们不一样的地方，一是一，二是二，我们不认亲情，只认法律。

"对我也一样？"他十分沮丧。

"如果你违法，我会申请回避。"陆凤认真说。

冀北方感叹，这样的警察都有病。他有些躲避，害怕这样的事传到井上森耳朵里，对自己不利。但是，他又不想就这样回去，他想跟陆凤亲热一会儿。没有想到，陆凤的态度让他有些尴尬。正在这个时候，司机来了，问他走不走。他头有些晕，笑了笑，站了起来。陆凤不放心，跟着上了车，一定要把他送到宿舍。

"陆凤，你走吧，我没有事。"他挥手。

陆凤把冀北方交到招待所所长手里，就走了。这位所长对冀北方十分热情，安排了最好的房间。把一个叫青儿的服务员叫来，专门服侍冀北方。所长知道他是井上森秘书，而井上森在青昌官场炙手可热。

青儿十八岁，长得小巧可人。

"冀秘书，热水放好了，你可以洗澡了。"

"呃，麻烦你了青儿。你休息吧，我一个人可以。"冀北方想洗个澡，好好休息。他确实有些累了，不仅仅是身体上的，精神上也累，特别是陆风今天说的情况，让他想得更多。

洗完澡，他刚躺下，就听见咚咚的敲门声。他知道是青儿送水来了。他打开门，指了指桌子，让她放下，还说出去的时候把门帮我关上，就上了床。他闭上了眼睛，听见灯灭和门的撞击声，就似睡非睡进入睡眠状态。

突然，一个润滑的东西压在他身上。

他刚要喊，就听见青儿哽咽地说，冀秘书，我是青儿，要了我吧。我是从山区来的孩子，所长说，我不跟你，他就要开除我——他想让你帮他转为正式干部。求你了，我听你的。冀北方愤怒了，他做梦都没有想到，自己的第一次，竟然这样结束了。

这个夜晚，到处都是故事。

20

王明阳来到刑警队，召开案件通报会。

来的人很整齐，除了有关处室领导外，魏国华，王明阳，姜大明，付一，贾二亮，盖天骄，连休假的井上林也叫来了。纪委苟锐、铁永军也来了。这在刑警队是从来没有过的。姜大明很紧张，把井上林和他们组叫过来，一遍一遍地交代，不要给他出难题，上面怎么说，我们就怎么听。他还警告："你们听好了，不要跟我说别的，你们不是怀疑吗？又没有证据，没有证据就不要说。说了就是屁话，知道么，屁话没有用的。做我们这一行，重要的是证据，在证据面前，天皇老子也没有办法。老井，你是我师傅，比我懂这个。"

"我懂，队长，你放心吧。"井上林不想添乱。

"那就好。二亮，天骄，还有你陆凤，都给我管住自己的嘴。我当队长几年了，容易么，大家体谅一下我。"姜大明说得十分诚恳。话说到这个份上了，大家都懂事般点着头。

王明阳单独找井上林谈话。

这是他当上代理局长后的第一次。王明阳给了井上林一支烟，十分和蔼，聊了聊家里的情况，包括住房，还许诺，下次分房一定想着他，说得差不多了，他询问井上林关于谢易梵案子的情况，井上林说，我们听局里和队里的。王明阳对他的回答很满意，拍了拍他的肩说："老井，有些事情，你我心里都明白，我是刑警出身，当然更明白。但是，这个社会太复杂，复杂得让我们都不敢面对现实。你不要以为我王明阳是坏人，我告诉你，我巴不得把那些坏人抓尽，问题是你抓得干净么？好了，老局长去党校，一时半会儿回不来，你是老人了，我会考虑你的事情的。"

"老队长，明白。"井上林清楚，跟他说多了，不一定好。王明阳听完他这句话，感慨万端，拍了拍他的肩，井上林看到，有泪珠在他眼里滚动。王明阳把井上林看成自己的人。刑警队这一亩三分地，王明阳从来是不允许别人插手的。

会议正式开始。

王明阳主持会议。他说今天就一个主题，通报谢易梵凶杀案侦破结果。他挥了挥手，让付一说。付一拿出打印好的报告，念道：我们抓捕于木根归案后，把他的指甲装进洁净无污染的聚乙烯物袋中，把指甲中灰尘屑分子中的DNA上万倍扩大，与谢易梵人体细胞DNA分子进行了对比，证明谢易梵接触的最后一个对象就是于木根，证明于木根杀害谢易梵的事实是清楚的，是成立的。虽然于木根死于心脏病，但是，这个案子算破了。

他看了看王明阳，意思是说完了。

"谢易梵案子已经破了，局里对井上林案件组通报表扬，每人发放五百元奖金。于木根突发心脏病死亡，跟案子本身没有关系。另外，涉案人物黄鹂自杀，不属于刑事案立案范围，而且，进出口公司又是省里的公司，归省对外经济贸易厅管理，我们已经向他们通报了，由他们的纪委负责调查，我们就不要参与了。这起案子，到今天全部结束。大明，你们写一个结案报告报到局里。如果大家没有更多的要说，会议结束。"王明阳合上笔记本。

大家都没有吭声。

送走王明阳，姜大明来到井上林办公室。他向井上林要了一支烟，坐在那里抽着，也不说话。贾二亮说："队长，王局什么意思？他明明知道这案子没有结案，也结不了案，却这样草草宣布结案，这不合适吧？何况于木根的死，一定跟幕后人物有关。"

"就你聪明。"姜大明瞪了他一眼。

"我觉得二亮说得对嘛。"陆凤嘀咕一句。

"对个屁。"他鼻子哼了一声，"老井，继续休假吧，忙你的，没有事就不要过来了。二亮，准备一份结案报告，后天给我。井上林休假，这个组你负责，这段时间没有案子，你们就在家好好学习法律，这个用得上的。"说完也没有理他们，走了。

"这个姜大明。"陆凤瞪着眼说。

“唉！他也有难处。”井上林说。

井上林让大家坐下，询问情况。贾二亮说，我接触了浦文君，这个女孩子，知道很多韩晓雪的事情，但是，她不肯说，而且，我从她嘴里，判断韩晓雪跟井上森绝对不是一般关系，想到谢易梵曾经是井上森的下级，我觉得，他的死，跟井上森有关系。贾二亮没有说跟浦文君在一起的细节，只扼要说了个经过。陆凤说，我也不隐瞒，我的男朋友就是井上森的秘书冀北方，我跟他接触了，他这个人，已经昏了头，只认钱，不认别的。我再想想办法，一定让他找到井上森跟韩晓雪的线索，只要我们找到线索了，就好办了。

“我们想到的，他们一定想到了。”盖天骄说。

井上林点着头。

“那怎么办？”贾二亮说。

井上林说，我看这样分工吧，我休假，去调查于木根的死亡情况，我判断，他绝对不是死于心脏病。盖天骄在家，协调有关情况，接个电话什么的。剩下你们俩，一块调查谢易梵经手的进出口项目情况，我觉得，这其中一定会留下对我们有用的线索。他让贾二亮去找路少洲，说他不可能跟谢易梵是一起的，而且，好像他跟井上森也有矛盾，只是他不肯说，你们要有耐心。

“记住，没有确切证据之前，不要跟任何人说，否则，我们是调查不下去的。”井上林反复叮嘱。

离开刑警队，他来到刑事调查中心，找到付一。

付一一看是井上林，连忙把他拉到了院子，叹着气说：“老井，案子已经结束了，你不要找我好吗？报告是王局写的，我也没有办法。”

井上林震惊：“于木根是怎么死的？”

“王局已经说了，我没有别的话可说。”

“你不说实话？”

“什么是实话？哼！我告诉你，井上林，实话就是一把刀，会把你我都杀了的啊！走吧，不要纠缠我，我还想在公安局待下去。”无论井上林说什么，付一的嘴都闭着，什么也不说。被井上林说得不耐烦了，他就怒吼：“你不是刑警吗？你不会找证据吗？于木根从武汉上车，到青昌也就十来个小时，能在什么时候杀他，什么毒药能杀他，你想不到吗？没有这些知识，你还当什么刑警？”

付一的话一下点醒了他。

井上林把水艳红叫到了住处，瞪着眼问她，跟韩晓雪是什么关系，让她说实话。水艳红看着他那张脸，你干啥？怪吓人的！我又没有跟别的男人上床，做对不起你的事情。他逼急了，她就说，我到底做了什么错事，不就是跟韩总好了些么？人家对我好，是给我脸，人家给我脸，我就要兜着，否则，我是什么人？井上林怒吼，你死了都不知道如何死的。

“是谁介绍你去她公司的？”

“老吴，吴仲川。井上林，我可告诉你。人家是看我可怜，才帮我介绍了一个这样的好工作。你要找人家麻烦，我一辈子不会跟你好。上林，听话，你要难受，我明天就辞了工作，你帮我介绍一个，我就不去她那里上班。没有办法，哪里不要钱啊！一分钱难倒英雄汉。你放心，我不是傻瓜，她韩晓雪有什么心眼我还不知道。唉，我早就看透了！”水艳红口气不屑。

“你看透了什么？”

“你不知道她跟吴……

“吴仲川？”

“不要那么大声音，你怕别人听不见呀！我警告你，这件事你不允许告诉别人。我是小小老百姓，不要找事，更不要管那些乱七八糟的事情。”水艳红一副把世事看透的样子。

井上林不相信吴仲川跟韩晓雪有一腿。吴仲川比他大，也只有三十多岁，而韩晓雪，已经四十五了，再长得好看，也是一个半老徐娘。而且，他了解吴仲川这个人，绝对不会跟一个比自己大的女人的。他摇着头，再次否认了水艳红的说法。

“随你，在这个问题上，你就是一个傻瓜啊！不是我说你，除了我水艳红，没有女人会跟你的。你一点意思都没有。唉！也不知道我哪辈子欠你的，就是离不开你。”水艳红无奈。

井上林要她把吴仲川的事说具体点。

“男女之事，一个眼神就能看出来。半年前，我去保卫部找吴仲川，没有看见人，我就出来了，发现他站在大厦门前的松树下，我想过去，刚走到半路，就看见韩晓雪轻轻地掸了掸吴仲川衣服上的灰尘，做这样的动作，除了夫妻，就是情人。

以后我问到韩晓雪，吴仲川总是扯开话题。还有，他买的房子，我听说要一百多万，除了韩晓雪，没有人会给他钱。”水艳红说得有鼻子有眼。

“这样的话你跟别人说了吗？”

“你以为我二呀！除了你，我不会跟别人说的。”她望着井上林，哼着说，你还是侦探，屁，我看你什么都不是。人家想打进韩晓雪身边，都没有办法，我在那里，怎么也可以帮你看着点，是么？井上林，我警告你，你什么毛病我都可以容忍，如果你跟吴仲川一样，上了别的女人的床，我水艳红就杀了你，我说到做到。

“你这个婊子。”他诅咒。

“婊子也只能允许一个人玩。”她伸出手，使劲儿拧了他一把。

“你还真……”井上林一个巴掌挥了过去。巴掌挥到半空中，就看见她解开了第一个衣扣。他的手没有落在她的脸上，却落在她的胸上，人整个压了过去。

“你这头猪，就知道这点事。”

“是公猪，当然就知道做这样的事了。”井上林感到释然，告诉她，这段时间，自己要出去一下，也许一个星期，也许十天，说不准。他要她经常来家里看看，注意韩晓雪动静，有什么情况，就给他打传呼。水艳红说，我天天回来住，住在这里，比住在娘家好，省得看他们的眼色。井上林放心了，躺在床上，一会儿就睡着了，打起了呼噜。

21

市政府工作会议，井上森跟王明阳坐在一起喝茶。

会议为期三天，研究市政府工作，井上森主持。第一天开完会，他就约了王明阳到饭店小会议室喝茶，他一个人来的，连秘书冀北方都没有告诉。王明阳更是心知肚明，吃完晚饭，说有事，一个人悄悄地走了。井上森看到他，亲自站起来泡茶，说这是我特地从家里带来的雨前龙井，味道相当不错。王明阳赔着笑脸，市长的茶当然好喝。他拿出中华烟，递给他一支，帮他点燃，坐在一旁，听着井上森说话。

王明阳跟井上森好有些偶然。

他刚调来青昌市，主管经贸口工作，这个时候，他在九江的表弟，自己开了家外贸公司，进口的货物要省经贸委审批。他在那里没有熟人，朋友就推荐他找井上森，他试着找他，一个电话就搞定了，让他十分感激。后来，两人慢慢就好上了，经常在一起吃饭，喝茶，好得像一个人。这次谢易梵案件，井上森告诉王明阳，上面有一个人托他，一定要调查清楚。抓到了于木根，于木根死了，井上森打电话告诉说，托他的人很满意，还说案件就到此为止吧，他不想再出什么乱子。王明阳心里当然有数，满口答应了。

“明阳，都处理好了吗？”

“好了，好了。”他连忙说，“请井市长放心，这么点儿小事，我还办不好？凶手死了，也算对死者有一个交代。”他拿出材料，给井上森看，井上森挥着手，材料我就不看了，也不懂，你办事，我放心。他还说，我弟弟那个人是一根筋，总是让人不省心。你不要让他再负责案件，就什么事也没有了。他年龄大了，做点别的事吧。

“这个……我会安排的。”

“那就好。”井上森把茶端给他，悄悄地说，告诉你一件事，你不可以告诉别人。用不了多久，我工作可能有调整，有可能跟你在一起工作。王明阳大惊，问是不是董永昌要走？井上森点点头，说现在中央重视在企业工作过的同志，我在进出口公司工作过，对这一块熟悉，我不熟悉的就是你那一块，组织可能要我充实一下，我也愿意。他还说，董永昌同志可能要去中央政法委工作。

“太好了，真是太好了。”王明阳高兴若狂。

“明阳，组织上还没有最后定，不许乱讲。”

“我知道，我知道。”王明阳感到自己跟井上森打交道打值了。如果井上森成为政法委书记，自己的上级，那么，自己这个代理局长就可以去掉“代理”两个字了，成为真正意义上的局长。这是他的梦想，是他做了十几年的梦。井上森知道王明阳性格外露，害怕他多说什么，在官场上，说多了不好，会惹很多麻烦。他再次叮嘱，不可以多说，否则，出了什么事，我就关照不了你了。

“井市长，放心吧，我嘴严着呢。”

“那就好。”井上森用十分亲密的话告诉他，你我是朋友，我才向你透露一些这方面信息，否则，我是不会讲的。我这样说了，是违反组织纪律的。你要再乱说，就更麻烦了。王明阳答应了，再三说，我一定把井上林安排好。井上森说，你暂时不要让他接触案子就可以了，安排的事往后推一推，等我跟他谈完了再说。

聊了一会儿别的，王明阳就走了。

第二天晚上，井上森约了井上林过来说话。

“上林，开会的时候，我碰上王明阳局长，才知道谢易梵案子已经结案了，你还受到了表扬，很好。我跟他说了，你这些年很辛苦，想让他给你换个工作，不知道你的意思如何？还有，水艳红的事要抓紧，复婚了，就算成了家，对大家都好。”他关心地说。

“哥，我的事你不管行吗？”

“我是你哥，亲哥，不管行吗？”井上森发着脾气，大声说，你现在长大了，不听哥的。你想过没有，这些年，我们兄弟是如何熬过来的？你三岁那一年，我把你寄托在乡下，寒假我回来，你腿烂得都不行了。那是邻居家狗咬的啊！他们就是欺负我们没有父母。我背着你，走了几十里山路才找到卫生院，给你上完药，我们回到家，天都亮了。我们生活得连狗都不如啊！你哥的奋斗，终于得到了回报，我不关心你，死了都没有脸去见父母啊！

井上森眼睛泛着泪花。

“哥……”井上林哽咽着。

“听哥的。”

“……可是，哥，案子还没有结束。于木根后面还有人。这是一起贪污受贿案，很有可能牵扯着大人物。我作为警察，不应该这样。你不是经常告诉我，做人一定要堂堂堂正正，对得起自己的良心，否则，我们活着还有什么意义？哥，让我把这个案子做完吧，就算我求你了。”井上林辩解着。

井上森不听他的话。

他告诉弟弟，听从组织上安排就行了，组织上有组织上的考虑。案子如何办，领导会考虑的。他要井上林管好自己的事情，赶快跟水艳红把婚复了，好好过日子。“上林，这个世界太复杂，复杂得不是一句话两句话就可以说得清楚的。哥哥在官场上混，就更加复杂。你以为官场上什么事情都可以说真话？那样的话，你明天就得滚蛋。你以为哥不知道这个世界有许多人是冤死的？但是，这是政治，不懂得这些，就不要在官场上混。哥今天有这个权，可以管你，如果我没有这个权，我告诉你，王明阳会让你活着比死了还难受，你要不信，就试试。”井上森说了一大段话。

井上林没有吭声。

夜色斑斓，青昌的晚上很美。

井上森单独开着车出来了。饭店离市里不算太远，开车也就半个小时。他从饭店出来，开着车，来到市里一个叫星际的咖啡厅。他走进雅座，看着坐在那里的女人，说了句来了，就端起了桌子上的蓝山咖啡，赞美味道好极了。

“我知道你喜欢这个牌子。”

“谢谢。”

“不用谢。上森，我们之间不用谢。”女人微笑着。

“是，不用谢。”井上森掏出烟，又放了进去。他不想让烟草的味道破坏咖啡的味道。女人说，想抽就抽吧，我不是尹冰，何况我们也不上床。井上森说你的话太厉害了，总是那样霸道。女人说，我不霸道就活不到今天。你是我的，却让尹冰抢了去。

“过去这么多年，就不要用抢这个字眼，太难听了。”井上森不满，反驳着她的话。说自己老了，五十多，奔六十的人了，只想安静地生活。女人冷冷一笑，说你没有女人活不了。我知道你有很多女人，我只是其中之一，我不计较，这就是我与尹冰最大的不同。

“好了，晓雪，我要走了。”他站起。

“不送了。难道不吻吻我再走？”她也站了起来。

井上森脸上露出了轻松的笑意。

“晓雪，过两天我要去北京参加一个会，那里的天比青昌的蓝，我想我们可以一块欣赏北京的夜色。谢易梵的事算结案了，我们应该高兴一下。记住，我们俩一块高兴啊！”他把一张银行卡交到她手里，什么也没有再说，就走了。

她望着他的背影，久久未动。

“你不是说不回来的吗？怎么又回来了？我去给你放洗澡水。”尹冰看见丈夫井上森回来了，跑前跑后，张罗着。洗完澡，喝了一小杯葡萄酒，他就有些睡意。她告诉他，井浩来了电话，那笔生意又赔钱了。井上森一听，睡意全无，有些愤怒地说，这个孩子，父母赚点钱容易吗？我已经给了他三十万美元，这不是一笔小钱，又要钱，以为我们是开银行的吗？尹冰说，买卖就是这样，有赔就有赚，你不要忘记了，年前他还赚了几十万美元呢，做投资的，不就是这样？

“尹冰，钱都是我冒着风险弄来的。”

“知道。上森，你我赚钱，不都是为了儿子吗？我们可就这一个儿子啊！谢易梵的事，你不是赚了不少钱吗？”她依偎在他肩膀，柔柔地说。

他马上伸出手，捂住她的嘴。

“告诉你，不要提这件事。”

“我……明白。”

他看了她一眼，没有说话。

“水艳红来了个电话……”

“我知道了。她工作的事，等复婚了再管。我只帮助我弟弟的老婆，不是我们家的人，我帮不上。睡吧，我有些累了。”他拉灭灯，朝一边睡了，一会儿就睡着了。

尹冰今天晚上洗得干干净净，穿了最为性感的衣服。他一看就知道为了什么，可是，他看了一眼，就露出讨厌的情绪。她不知道为了什么，是自己年老色衰，还是他外面有了女人？她看着熟睡的井上森，突然萌发一个想法，要了解他，花钱就行，可以找家侦察公司，悄悄地调查他的女人。尹冰不相信，井上森除了韩晓雪，就没有别的女人。

在这个问题上，没有人比女人更敏感的。

第二天，尹冰用了个假名，找了家侦察公司，调查井上森跟女人接触的情况。对方一听是市长，先是一怔，然后报出一个天价。她一听，毫不犹豫地就答应了。她只要对方保密，对方说，这个你放心，我们只向你一个人汇报。

随着侦察公司材料不断地到她手中，她震惊了，她没有想到，井上森在外面有好几个女人。但是，为了家庭的稳定，为了儿子，她什么也没有说，反而对他越来越温柔了，越来越宽容了。他也说她懂事了，像个女人了。偶尔，他也会跟她温存一下，虽然是做个样子，却比原来好多了，原先，他连样子都不做。她要保住这个家，这是她活着的唯一理由。

22

井上森在北京开完会，就把冀北方打发回青昌。

“冀秘书，明天我要去拜会我的导师，是特别私人性质的活动，你就不要去了，我让办事处订了今天的航班，你就回青昌吧。我住两个晚上，后天上午回青昌，你跟市政府办公厅说一下。”他把一张飞机票交到冀北方手里，十分和蔼。

“好，井市长，你保重。”冀北方收拾好行李，就下楼了，办事处的车在下面等他，把他送到首都机场。

两人来北京参加中央工作会议，住在和平宾馆。

冀北方一走，井上森定了定神，一直坐在那里，就那样抽着烟。一个小时后，办事处的人打来电话，告诉他冀北方已经上了飞机，他嗯了一声，叮嘱没有什么事不要给他打电话，有事会找你们的。他刷了牙，洗了个澡，换了套西装，走出了宾馆。宾馆对面是王府饭店，他紧了紧领带，走了进去。

走进房间，一个女人扑进了他的怀里。

“不要这样，晓雪。”井上森轻轻地推开她，我们都一把年纪了，不要像孩子一样。我知道你想我，我也想你，但是，我们都要谨慎，否则，会毁了我们自己的。看着她有些不悦，他安慰说，好啦，事情总算过去了，公安局不再调查，你也轻松了，一切都过去了，真的，过去了。

“你真认为过去了？”她皱着眉。

井上森说，我不明白你的意思。

“好，兑现你的承诺。”她坐在他对面。

“让我慢慢来，好吗？”井上森脸上呈现出无奈，“晓雪，我就搞不懂，你跟尹冰可是亲姐妹啊！为什么要这样呢？就是我和她离了婚，和你结婚，你就幸福？

唉！我真弄不懂你们这些女人。”

韩晓雪霍地站了起来，在房间里来回走着。她声音高亢地说，你应该懂，二十年前，我刚二十五岁，就认识了你，从那个时候开始，你就是我心中的神，没有尹冰，你永远是我的。我以为你不爱我，我就放弃了，但是，我做梦也没有想到，是她编造了谎言，你才离我而去，当我明白真相的时候，已经晚了，你知道我这些年是如何过来的吗？什么度日如年，简直就是生不如死。

“可……可她毕竟是你同父异母的妹妹呀！何况已经过去了这么多年，何必呢？你已经四十五了，她也四十了啊！我们都老了。是，我是答应了你，办完这些事情，我给你一个结果。可是，你想过没有，我混到这一步有多难。如果离婚，如果再婚，我在道德上就要受到公众的谴责。共产党的官，道德问题会压垮你的啊！”井上森实在有些为难。

韩晓雪哈哈大笑。

“你笑什么？”

“我笑你的道德。”

井上森知道她是什么意思，摊了摊手。

“是，我承认，在你面前，我没有资格说道德。我知道自己欠你的太多。你满足了我的一切，从金钱到肉体。晓雪，你记住，不要盼着我死，我死了，对你一点儿好处都没有。我知道你是一个能干的女人，但是，在青昌市，没有我罩着，你什么事情也办不成。知道民族资本主义为什么斗不过官僚资本主义吗？知道很多企业家为什么围着当官的转吗？没有我手中的权力，再能干的商人也毫无用处。你与我合作，我们都得到了我们需要的东西。我们之间，没有秘密。”井上森说得十分坦然。

韩晓雪惊讶他的坦白。

她知道逼他，不会有什么结果。

“好啦，不要计较我刚才的话，我知道你还是疼我的。上森，我这辈子，就是放不下你，在你面前，我什么也不是，就是你的奴隶。我愿意做你的奴隶。我为你做了太多，就是把我骨头榨干，我的心还是向着你。……只是你要永远疼我，真的疼我。”她伏在他怀里，哽咽着说不出话来。

井上森精通官场，打韩晓雪这张牌之前，把可能发生的后果全想到了。他需要钱，而要弄钱，他不愿走很多贪官的老路，他走的路，没有几个人知道，除了谢易梵，世界上不会有第三个人知道具体操作过程，现在他死了，再也不会有人知道了，他是安全的。至于韩晓雪知道他的事，他不害怕，因为，他已经抓住了她。他清楚，如果失败，就是死，所以，他不愿意让自己的妻子冒险。

“我当然疼你。”他抚摸着她的头，“所以，我特地抽出这点儿时间陪你。你知道，在青昌，我是公众人物，我们之间哪怕有一点事，都会毁了你我的事业。走吧，我带你出去转转，在北京，我们是自由的。”他笑了笑，抻了抻西服，还伸出手，捋了捋她的发丝。

她感到一丝温暖。

王府饭店霓虹璀璨，流光溢彩。他带着她在服装专卖店里随便逛着，那些让人眼花缭乱、美轮美奂的服装，让韩晓雪心情好多了。她眼睛一下子被一条裙子吸引住了。裙子是鼠灰色缎面长裙，后身裸到了腰际，前襟用细带系在脖颈，线条简洁，雍容华贵。这个牌子，再有钱，在青昌也是买不到的。韩晓雪看了一下价格，眼神一下子暗淡下来了，长裙标价一万九千元。一个普通的中国人，恐怕一年的工资也到不了这个数。

井上森吩咐：“给我包上。”

“上森，太贵了。”韩晓雪阻止。

“什么叫贵？女人买衣服，就像男人看对象一样，最难的就是一眼相中的感觉。这种感觉，是你花多少钱都买不来的。你不必考虑钱，我的钱也是你的钱。否则，我弄那么多钱做什么？”他搂着她，交给她一张信用卡。

韩晓雪感到幸福溢满全身。

两人在“怀石料理”吃完饭。韩晓雪没有吃饱，却被那贵得没有边的价格震住了，要说她也是见过世面的人，今天也惊呆了。井上森的豪爽，他那贪婪的理论，他那似是而非的话，让她切实感到了奢侈生活对她产生的巨大诱惑，而这种诱惑是她无力抵挡的。她以报复的心理走近井上森，走近尹冰，现在她才知道，是自己心上的“魔”，让她一步一步走到现在。她心里十分清楚，生活到了这个境界，再降下来就是一场灾难，甚至要走到绝望……

“你想什么？”

两人在外面逛了一会儿，到王府井教堂的广场上坐了坐，看着飞翔的鸽子，两人兴致都很好，感叹这种安静是多少钱都买不来的。井上森说，我的理想就是远离这个社会，过一种两个人的生活，只有两个人的生活。她说除了你，那个人不是我吧？我知道，也不是尹冰。井上森拍了拍她的脸，我除了你们姐妹，哪里还有女人？

“莫丽琪，你不会忘记吧。”她笑着。

“你……你监视我？”

韩晓雪把他的手抓到自己的手里，心疼地说，我不是监视你，我是爱护你。男人嘛，偶尔尝尝鲜没有什么，我上次把浦文君送给你，就是这个道理。但是，跟你白头到老的只有一个，那就是我。不要看尹冰对你好，你要倒霉了，哼！你看她跑得比谁都快。我知道你利用莫丽琪跟谢易梵的关系，控制利用他，我不怪你，老实的男人是要吃亏的。

井上森脸上有些不悦。

她看出来了，马上换了张脸，对不起，你看我这张嘴，就是惹你不高兴。她马上回忆与井上森第一次见面的情景，你知道吗？人与人是有磁场的，两个磁场相似的人在一起，会有强烈的共鸣，会有说不出来的愉悦。我那时候就是，我仿佛觉得你是为我而生的。那个时候你比现在瘦，很害羞，话不多，很腼腆，有些女性气质，但是，你的声音很舒服，特别是你的性格，很温和。你恐怕不知道，看见你，我胸中一阵剧痛，像刀刺穿了我的身体，无声无息的血，流满我的全身。

井上森被她的回忆拉回到多年以前。

“是啊！那个时候什么也不知道，除了傻，还是傻。你不知道你有多美，我被你紧紧吸住了，如果不是看见尹冰，我们早成了夫妻。记得三天后我去你家里，就我们俩，你让我摸你的乳房，那是我第一次碰女人那个地方，我浑身哆嗦，不知所措。在后来的日子里，我不知道做过多少梦，梦见和你在一起。晓雪，那是青春的记忆，是我们心中永久的青痕，一辈子，下辈子，永远也忘记不了啊！”显然，他忘记不了青春留给他的回忆，而这种回忆，是那样的美好。

她要用一条一条的线，牵住远飞的风筝。

“上森，爱我，拥抱我零碎的欢颜。”

韩晓雪倒在他的肩上，发出少女般的呢喃。井上森仿佛听见了远方的号角，觉得时光倒流，定格在二十五岁的年龄。他攥住她的手，很用力，她感觉到了他的温情。前面，一个几岁的孩子一歪一斜走着，母亲在后面追着，孩子咯咯地笑，母亲透着幸福地喊；远处，一对情侣在一起亲密呢喃。夜色下，到处都充满着温馨。

她喜欢这个画面。

“晓雪，回去吧。”他站起。

“回哪里？”

“当然是拥抱你零碎的欢颜啊！”

听到他这句话，韩晓雪好喜欢。她已经有好久没有跟他在一起。这是她渴望的，也是她企盼的。她挽住他的胳膊，悄声说：“你不在时，我真的不敢老啊！我怕我老了，再也留不住你了。”

他把她的手，攥得更紧。

她恨他，又离不开他，她看不起他，又害怕他。韩晓雪知道，他带给她的爱，是缓缓开放的地狱之花，带给她堕落沉迷的喜悦，也带给她残酷的酷刑，她无法承受，却又离不开。他是她今世的魂，是她的命数。

23

推开房门，她把他按坐在沙发上。

“衣服我都帮你准备好了，水也调好了，你冲个澡，我也冲个澡，我们还是跟从前一样好吗？”韩晓雪再也不是四十五岁的半老徐娘，而是新婚的新娘。

她每次都要做新娘。

井上森笑笑，听从她的安排。洗完澡，穿着睡衣出来了。他躺在床上，抽着中华烟。抽完一支烟，她还没有出来，他吞下一片白色药片，闭上了眼睛。许久，一阵熟悉的香水气味冲进了他的鼻腔，他睁开眼睛，灯已经灭了，房间里只有橘红色的地灯亮着，影影绰绰地透出诱惑。香水味和女性的体味混杂在空气中，让人意乱神迷，无法抗拒。

她爬上了他的身体。

北京五月的天气好惬意。

他露出笑意，是假的还是真的，她不知道。他说我一天到晚，除了开会还是开会，无休止地开会，却不办事。现在，我连做床上这点事的激情都没有了，我完了，有再多的钱又有什么用？他当然跟她产生不了激情，但是，他必须应付她，因为，他的戏需要她做角色。

“上森，好好睡一觉吧，明天就好了。”她耐心地抚摸着他，一会儿，他就进入了梦乡，沉沉地睡着了。她心疼他，觉得官场上的事情，比任何事情都让人操心。

韩晓雪再次站在水龙头下面。她托着沉甸甸的乳房，仔细看着自己，感到十分沮丧。没有用了啊！鸽子样的胸乳没有了，松弛得像口袋；身体没有线条，皮肤没有光泽；连毛发都泛着黄色。她可以用最好的护肤用品，但是，身体的青春已经不再。曾经让多少男人垂涎欲滴的自己，正走向死亡。

如果我没有钱，跟农妇没有两样。

“我一定要有钱。”她发着狠。

当井上森睁开眼时，韩晓雪已经煮好了咖啡。

“起来吧，洗个澡，吃早餐。”她热情洋溢，在房间里走来走去。她起得很早，给自己仔细化了妆，换了件紧身纯棉短裙，很普通，很家居。她知道如何掩饰自己的年龄，如何打扮自己，如何让他高兴。

他看了她半天。

“上森，不要那样看人，不好。”

他收回目光。“……你这个年龄，还是很漂亮的，很迷人的。怪不得谢易梵……不说了，不说了，你是好女人。放心吧，我虽然不能给你承诺，但是，我一定让你一辈子富有。这次到北京开会，我见了几个最为重要的人，如果不出意外，明年三月，青昌市市长就是我的了。”他从床上起来，伸了伸懒腰，刷了牙，洗了脸，坐在桌子前喝咖啡，吃面包。

两人商量着下一步工作。

“回到青昌，不要跟我联系，更不要给我打电话。有什么紧要的事情，让浦文君找我，她不会引起别人注意。不要忘记了，井上林是老刑警，他不会相信王明阳的话，也不会听我的话。进出口公司那边，不要做任何工作。从现在开始，我们什么也不要做，否则，会出乱子的。”他一边吃着，一边说着，一字一句，十分清楚。

“可地铁项目收了定金。”

“还给他们。任何隐蔽的事情，都不能一而再、再而三做，做多了，一定会出乱子。我不想这个时候出乱子，没有比仕途更为重要的了。没有官场上的位置，我们就什么都没有了。谢易梵的事情已经了结，你跟那个人的关系也就到此为止，等把地铁项目那件事料理完毕，我会安排你去香港，从此就安全了。”他很有信心。

地铁项目在十二月谈，投资十个亿，引进C国福成公司最先进技术和全套设备，由进出口公司引进，左鹏具体负责。谢易梵死了，进出口公司这边由总经理路少洲接手了工作。市政府由井上森负责。年初，韩晓雪就项目情况与福成公司驻中国办事处首席代表袁天浩进行了接触，对方马上答应了合作，还把一百万定金交到了她手里，现在要撕毁协议，她心里没有底。

“你为难？”

“是，上森。”她承认。

他拿出一张银行卡：“这是一百万，还给他。”

“可……袁天浩这个人很难缠。”

“晓雪，我知道你有办法的。你就在北京待几天，不行，就把浦文君叫来，她不是你一把刀吗？我了解过，袁天浩四十多岁，跟你的年龄差不多，你一定有办法的，我相信你。好了，我今天就要回青昌，你好好在北京忙吧，有紧要的事情，晚上十二点打我的电话。记住了。”他站了起来，整理了一下西装，就走了。

井上森一走，她搬到了和平宾馆。

她给浦文君打电话，让她坐明天的班机到北京。她不知道，用浦文君是对还是错。坐在房间里，想到自己与井上森二十多年的关系，想到他对自己的冷淡，感叹男人真的没有一个好东西。但是，关系到利益，袁天浩这个中年男人是不会放弃的。成与不成，她今天晚上都必须与这个让她讨厌的男人见面。

她约了他今晚六点在萃华楼吃饭。

晚上六点钟，袁天浩准时出现在雅间门口，他伸出手，笑嘻嘻地说：“怎么，韩女士到北京来玩？这样吧，明天你要去什么地方，由我安排，毕竟，我们在北京，方便些。”他穿着藏青色西装，扎着碎花领带。眼前的男人个子不是很高，甚至有些猥琐，跟井上森比起来，少了威武雄壮。但是，这是一个经历了许多事的男人，他是最早一批大学毕业生，现在已经是C国人。他细小的眼睛中透出职业的精明，有的时候，你没有开口，他就知道你要说什么。

韩晓雪点了法国葡萄酒。

他好这口。喝完酒，她要再倒，他制止住了，望着她，笑着说，韩女士，开口吧，有什么事就说，你我之间没有秘密。我虽然是C国人，但是，我身上流着的是中国人的血，你放心，我不会撕毁协议的。他的话，把她要说的话堵死了。

她的脸色很尴尬。

“你不要说话，让我猜猜。”袁天浩眼睛中露出了狡黠的光，望着她为难的神色，他说，谢易梵死了，黄鹂自杀，甚至谢易梵是怎么死的，黄鹂是如何自杀的我都知道。放心，我不关心这些，我知道接替他的是左鹏和郭美丽，我们已经通过电话了。公安局有个叫井上林的警察在调查这事，我没有猜错的话，你害怕了，想溜，是么?

韩晓雪拿出那张银行卡，推了过来。

“一百万，完璧归赵。”她歉意地微笑。

“开什么玩笑?”袁天浩暴跳如雷，“韩晓雪，这不是小孩子过家家，说变就变，这是协议，知道么?协议，如果协议说撕就撕，那要协议做什么?我相信，你一定有办法的，一定能找到代理人的。左鹏就不错。”

“袁先生，不是你想象的那样。”她做了一个无可奈何的手势，请求他原谅自己，我们这样做，也是无奈。她还说，我们也不晓得，谢易梵会突然暴亡，他死了，我们再也找不到合作伙伴，没有合作人，我们操作起来有些难，这也是对你负责，毕竟是一个大项目。

袁天浩冷笑。

“笑什么?”

“告诉我，你背后的人是谁?井上森，还是路少洲?你不要辩解，我跟你接触有一年了吧，我判断，你做不出这样的事情来。你上次把那个叫浦文君的女孩子带来，我就知道你的用意。采用这种手法的人，我就可以知道他是一个什么样的人。你很聪明，但是，聪明分两种，一种是大聪明，就是大智慧，一种是小聪明，你显然是后者。我没有任何看不起你的意思，我告诉你，是要让你知道，什么都靠不住，你应该为自己活着。”袁天浩望着她的脸，盯着她的眼睛。

她的脸，想笑，没有笑出来。想流泪，她忍住了，咽了下去。她心里非常清楚，对方是一个十分难缠的人，如果让他看到了自己的内心，没有开始就输了。她不想输，更不想在这个假洋鬼子面前输。看着他说完，她露出了笑意，是那种自然的笑意。

“你不喜欢女人?”她换了个话题。

“我们不讨论这个。”袁天浩显然不想扯开话题。他喝了一口甲鱼蛋汤，赞不绝口，这是我喝到过的最美味的汤。他看了一眼韩晓雪，再次表示感谢。她接着他的话，问刚才的问题有没有商量余地，说十月才开始谈，从现在起，到十月还有几个月，他有时间再找到合作者。

袁天浩拒绝。

他警告韩晓雪，如果她单方面撕毁合同，他会毁了她的。看着她为难，他安慰："韩女士，不要为难。左鹏这个人我很了解，你一定有办法拿下的，浦文君那一关他就过不了。还有郭美丽，她想去美国留学都想疯了，你一定会有办法的。记住，错过了这样的机会，你永远找不到，何况这是一大笔钱。"

韩晓雪长叹着气，十分无奈。

24

井上林没有听王明阳的安排，骑着摩托车，到了新建县。

刑警队长史凡跟他很熟，一见到他，马上递烟搂肩，十分亲切。他说好长时间没有去青昌了，姜大明那小子好吗？又埋怨说，姜大明这个人，就是一点不好，六亲不认，怎么说你也带过他，是他师傅，怎么让你一个人跑呢，也不配部车。井上林说，姜大明不错，对我挺好的。我休假，没有事，所以就来走个亲戚。他就在离你们这里不远的于家村。史凡说，是于木根那小子家吧。你在那里还有亲戚？井上林说，也不是什么亲戚，一个熟悉的人，想去看看。

“真是邪门了，于木根怎么死了？”

“不是心脏病吗？”

史凡说，狗屁，什么心脏病？他身体好着呢。贾二亮他们来之前，王明阳还给我打了电话，让我一定要控制住这小子。不是他打电话，我才懒得管呢。井上林说，后来他怎么跑到了武汉？史凡叹着气，一定有人给他通风报信，不是群众检举，还让他跑了呢。他一说，井上林这才问得仔细，于木根前脚上火车，后脚刑警队就接到匿名电话，说了时间和车次，史凡这才派人跟到了武汉，把于木根控制住了，否则，后面的事就难说了。

聊东聊西聊到了谢易梵的案子。

史凡好像听到了一些传闻。他问了案子前后经过，问了王明阳的态度，问了姜大明的意见，就是没有问井上林是如何想的。问完了，他露出了笑意，拍着井上林的肩说：“老井啊，你可要注意身体！公安局也是生活在社会之中，做我们这一行，跟别的行业没有区别。有些事情太认真了，往往没有一个好结果。话又说回来，如果大家都不认真，那我们这个国家还不完了？当然，你有一个好哥哥，没有关系的。”

他把于木根所有的材料交给他。

“拿着吧，你也许有点儿用。”他又说你等一等，我把于木根两个铁哥们儿叫来，你有什么事就问，我不参与。还未等井上林答应，他就打电话，让对方马上来刑警队。没有半个小时，两个长得贼眉鼠眼的男人就怯生生地站在史凡面前，一口一个政府叫着。

“这是老井，有事问你，要如实回答。老井，那个矮胖点的叫于财根，外号正点，那个瘦点的叫于宝根，外号歪点，于木根的事他们最清楚。”他拿出一个小型录音机交给井上林，你拿去用吧，不用还。他把他们领进一个房间，拍了拍井上林的肩，走了。

井上林有些木然，不知史凡什么意思。

“政府，你问吧，知道的我们一定说。”正点望着井上林那张没有笑意的脸，胆怯地坐在他面前。井上林拿出一包烟，给了他们每人一支，歪点马上点着火，拍马屁说，政府是好人，我们从来没有抽过政府给的烟。正点说，不要叫政府了，应该叫大哥。大哥，我们要是说了假话，天打五雷轰。

“好了，希望你们说真话。”井上林望着他，认真地说，“告诉我们，于木根认识不认识青昌市的人，认识一些什么人？他逃跑去武汉，是不是有人安排，还是有人打过电话？”

正点和歪点面面相觑。

“这个……大哥，实话告诉你吧，他是跑单帮的，不跟我们搭伙，特不够意思，什么事也不跟我们通个气什么的。他这一两年发了财啊！也不知道他跟上了什么人，反正，花钱很大方，抽的都是十二块钱一盒的金圣烟，我们跟他借点钱都借不到，他太小气了。歪点，我没有说错么？”正点望着歪点说。

“大哥，正点说的都是实话。”

井上林有些失望。

正点看出来了，讨好地说，大哥，你对我们哥们儿如此好，我们不给你点东西，不仗义。我们从来没有跟别人说过，连史凡政府都不知道。于木根有个情人，叫什么我不知道，在红太阳歌厅上班，大家都叫她春香，住在向阳路三栋一单元五零二号一个单居，是租住在那里的。她是重庆人，晚上做那事，白天休息，于木根什么事她都知道。

井上林眼睛放光。

“你是说现在找她，她一定在？”

“绝对，她白天睡觉。……不过，我们不能带你去，他虽然死了，但总是我们兄弟，我们那样做，有些不够意思，下地狱也要被他打死的。”正点说完，望着井上林，显然是不愿带他去。

“你们坐着，我一会儿就来。”井上林出门，找到史凡，说明了情况，让史凡派两个人，跟着他过去。史凡马上答应了，叫了三个人，交给井上林，叮嘱他们，一切听井上林的。一辆汽车，四个人，朝向阳路而来。县城不是很大，一会儿就到了。跟着的人要去见片警，井上林没有同意，他不想让太多的人知道。

敲了半天门，门才打开。

女孩子一看穿着警服的警察，“啊”了一声就要关门，被井上林撞开了。他带着人走进了房间。这是一个一居室，房间里十分乱，到处是内衣内裤，连性用品都到处是。女孩子浑身哆嗦，我没有做坏事呀，不要带我走好吗？我下次再不做了。井上林要她的身份证，她拿了出来。

姓名：车春

出生年月：1973 年 1 月 3 日

出生地：重庆市北碚区兴隆街 221 号

“你的真名？”

她点点头。

身份证上车春二十岁，但是，看她也就十六岁的样子。井上林有些怀疑身份证造了假。他瞪着眼睛，再次问她身份证是不是真的。她哭着说，我要是骗了警察大叔，你们把我关起来好了。她说我们家孩子多，我从未吃饱过饭，要是有饱饭吃，还出来干这种事啊！看她可怜巴巴的样子，跟着的几个警察都劝井上林，问完就算了。

“好吧，我相信你，问什么你就说什么，不要说假话，否则，我就没有办法了。你明白吗？”井上林尽量显得和蔼可亲。

她咬着嘴唇点着头。

“认识于木根？”

她点点头。

“什么时候认识的？”

“一年前。”

“怎么认识的？”

车春怯生生地说，一年前，我在红太阳做事，他进来了，指名要我，把我带进了包厢。那个时候，我还没有做事，在红太阳打水扫地，没有人看得上我，客人嫌太瘦，皮肤太黑，说那个地方一两肉都没有。我没有办法，只能熬着日子。我想回家，又害怕父母打，害怕吃不饱饭，反正，在这里可以吃饱饭，饭是免费的。

“说正事。”

“是，我说。”车春接着说，他一进包厢就要脱我衣服，我说脱我衣服要付钱的，他掏出一叠钱，有几千块吧，塞到我手里。我从未见到过这样多钱，害怕了，跟他说，我妈说了，不能乱收人家钱的，你没有做，我不能收钱，他就做了。这是我第一次跟男人做那事，疼得我差点晕过去了。第二天，他就帮我租了这套房，付了两年的租金，我就住在这里。他偶尔来一次，来了就给我钱，不让我出去做事。他说喜欢我，说我长得像他第一次谈恋爱的女人。

井上林问她，他去武汉的事告诉了你没有？

“说了，那段时间，他来得很勤，来了就抽烟，连那样的事也不做。说他帮人家做了档子事，赚了二十万，现在这件事还没完，去武汉就是了这件事。他还说，他不做，那个人也会杀了他。”车春的眼神躲躲闪闪，显得十分害怕。

“他没有说那个人姓名？”

“没有。”

井上林感到对手的狡猾。

“……不过，警察叔叔，他说过，那个人原先当过警察，抓过他，很厉害，他斗不过他。他对于木根的底细知道得十分清楚。”她害怕自己的话说错了，说完总是看着他。

井上林听完，异常兴奋。

有了这个线索，再找于木根的上家就好多了，只要找到他的上家，于木根的死，包括谢易梵的死，黄鹂的自杀，都会有个结果。他让跟来的人做了口供，让车春签字画押，还把他们的谈话录了音。他知道，口供十分重要。办完了这些事，他要走，刚走到门口，他回过头，询问于木根有没有什么东西留在这里。

“有两瓶四特酒。”她拿了出来。

井上林一看，是特制的四特酒，除了青昌市，哪儿都买不到。他记得这样的酒有编号，看了看，记了下来。他付了钱，把酒带走。站在门口，他吩咐：“车春，你还是回家吧，这个地方不太平，何况做那样的事也是违法的。一个女孩子，在外面不容易，回去找个男人，好好过日子。”

“警察叔叔，你真好。”车春流着泪。

他留下了传呼号码，让她有事呼他。

回到刑警队，他把事情经过告诉了史凡。史凡马上查档案，这才发现，三年前，吴仲川带着姜大明来新建抓过于木根。当然，协助他们的，也有新建县刑警队好几个人。井上林把材料复印好，放在包里。他要说几句，被史凡挥手制止了。

“老井，你真是老实人，你这样的人，做警察难啊！我没有问你，你不必说，也不用叮嘱。走吧，我从未见过你，你也没有来过我这里。这里的一亩三分地，我说了算。那两瓶酒，放在我这里保管，你放心好了，不用解释，你走吧。”史凡挥了挥手，走了。

井上林明白他的意思。

25

井上林在于家村周边开始调查。

离于家村五里地，是汪氏蜂业园，再过去五里地，才是县刑警队。在汪氏蜂业园周围，是长陵饭店。它是周围十里地最好的饭店，也是县政府所在地长陵最好的饭店。井上林以一个老刑警特有的警觉，判断与于木根联系的人，很有可能会在这个饭店下榻。他来到饭店，出示证件，要调看一年来全部住宿登记。饭店保卫部门听说他是史凡派来的，马上给史凡打电话，得到了证实，这才让他仔细翻看。

在于木根离开新建县去武汉前后，他没有发现熟悉的人在这里住宿。再往前翻，翻到一年前，也没有发现熟悉的人。再往前翻，他看见了吴仲川的名字，核对时间，是在他离开刑警队以后。而且，来了好几次。井上林皱起了眉，他来这个地方做什么呢？难道跟于木根联系的人是他？想到这里，他浑身颤抖。他实在不愿做这样的假设，因为，这样的假设太残酷了。

“不可能是他。”他否定。

他跟吴仲川的关系，用兄弟来形容一点儿也不过分。两人一块来到刑警队，吴仲川比他大两岁，总是关照他。吃饭用钱不分家，连他找水艳红，他也让吴仲川参考。自己离婚后，吴仲川没有少劝自己复婚。经常打电话约他喝酒。有什么事，他第一个想到的就是吴仲川。吴仲川是有怨气，对公安局，对王明阳有怨气，但是，他好坏还是分得出的呀！他不可能做违法的事情，杀头的事情啊！联想到水艳红事情上的一些情况，想到韩晓雪在青昌大厦办公，跟吴仲川的关系，他的心一下子冷到了底。

“他杀了于木根，为什么？”

井上林脑子里突然冒出了这句话，连他自己都感到吃惊。一个刑警，当然知道杀一个人意味着什么。难道就为那套房子？井上林还是不相信。他了解吴仲川，吴仲川是一个知道轻重的人呀！他的心里十分清楚，如果是他作案，恐怕把一切都想到的。你很难找到证据。他有些沮丧，犹豫不决，不知道如何是好。

离开饭店，他坐在摩托车上，抽着烟。

他掉转车头，朝向塘而来。长陵到向塘有一百多公里。他不管不顾，开着摩托车，在公路上飞驰。他要证实，自己的好朋友跟这件事没有关系。对吴仲川，他现在还下不了狠心。关键的问题还在于，推测有时候跟事实不相符，只有证据，才能证明推测的一切成立。他就是要走这步棋，让证据成立。

到达向塘已经下午。

向塘属于青昌县管辖范围。青昌市辖两县八区，新建、青昌和八个城区。井上林跟这里的派出所不熟，就没有找派出所。他认识吴仲川表哥，知道他的住处。表哥在供电所工作，很忙。井上林骑摩托车来到供电所，正好碰上了他。表哥要出门，一看见穿警察服装的井上林，马上认了出来："呃，这不是井上林吗？怎么，到向塘办事来了？"

"表哥，我路过这里，顺便来看看你，还好？"他站住，递给表哥一支烟。就站在一边聊了起来。表哥说，好长时间都没有见过你了，有几年了吧。井上林说，我还在刑警队，乱七八糟的事，也不知道每天做了些什么，混日子。表哥说，你还叫混日子，吴仲川才叫混日子，好好的刑警不当，却去做什么保卫部部长，有什么意思？我已经一年多没有见他了，也不知道他在做什么。

"表哥，青昌有事就找我。"

"那是肯定的，谁让你是吴仲川的哥们儿呢。我想你井上林不是那种人走茶凉的人吧。向塘有什么事就说话，我在这里工作了二十多年，认识的人多，好办事些。"表哥十分和蔼。

井上林扯东说西又聊了几句就走了。

"他说了假话，他没有来向塘。"路上，井上林确信吴仲川在于木根被抓的那天没有在向塘。但是，他亲眼看见他跟着那趟火车下来的呀！难道他去了武汉，去谋杀于木根？想到这里，井上林把车停在路边，一根接着一根抽烟，心里不知道是什么滋味。

谢易梵，黄鹂，韩晓雪，尹冰，浦文君，吴仲川……哪一个不是人精，可他们为什么都变成了这样？这些人，哪一个都比他井上林聪明，可他们都在千方百计为自己谋取利益。井上林对这个社会有些看不懂。他没有那么多心眼，他只会一心一意地做好工作，自己的本职工作，他觉得这是天职。拿了这份钱，就要办这份事，这是他最基本的想法。

回到青昌的家有些晚了，他有些累。

推开门，他看见水艳红坐在桌子面前，桌子上满是菜，还有他爱喝的四特酒。井上林本想好好骂一顿她的，这一下子气全消了。他惊讶，瞪大了眼睛问："你……你娘的怎么知道我今天晚上要回来？你难道是神仙？"

水艳红满脸都是笑靥。

"你有几根筋，我水艳红不知道？出去好几天了，你一定累了，累了么，你就想做两件事，一件嘛，就是喝你的马尿，另一件么……还不是想糟蹋我。"她说完，脸上泛起了红晕。

井上林被说到了痛处，一声不吭，上前把她搂进怀里，朝她胸前抓了两把，就走进浴室，冲澡去了。他也不知道自己怎么了，讨厌她，又有些离不开她。没有她，还真燥得慌。一个三十多岁离了婚的男人，有这样的冲动，也是正常的。

洗了澡，换了衣服，井上林清爽了许多。他感叹，还是有个家好啊！他喝着她倒的酒，闻着女人的气息，满足了。水艳红问他这些天到哪里去了。他说我能到哪里去，一个朋友搬家，我去帮忙去了。她噘着嘴，现在有搬家公司，还要你去当牛做马呀！别人不心疼，我还心疼呢。井上林喝完酒，也不让她洗碗，拉着她就进了房间，就要做那事。她说你是猪呀！我告诉你，我们不是夫妻，我没有义务，你再不跟我结婚，我告你强奸。

"妈的，老子就强奸你，告去吧。"井上林可不听她那一套，强行把她摁到床上，一下子扑了过去。水艳红厮打了两下，就发出满足的声音。做完了，她还不满足，拉着他要再来。他诅咒着，再次发出狼一样的嚎叫，把她撕裂。

井上林小睡了一会儿醒了。水艳红也洗完了碗筷。他坐在床头，抽着烟，询问这些天韩晓雪和吴仲川的情况。她告诉井上林，韩晓雪前两天去了北京，又把浦文君叫了去，神秘兮兮的，也不知道做什么。从北京回来，浦文君就辞职走了，我再也没有见到她。韩晓雪还是那样，对我不冷不热，倒没有什么大的变化。吴仲川也是那样，见了面，寒暄两句就走了，人很和蔼，看不出什么变化。

井上林安慰了她两句，告诉她继续这样，有什么情况马上告诉他。她劝他做事不要过分了，告诉他，韩晓雪和吴仲川对我都挺好的，至于他们别的地方如何坏，跟我们没有关系，我们把自己的事做好就行。她还说，现在不是当英雄的时代。

“不要念叨了，我知道了。”井上林有些烦她话多，没有理她，倒头就睡了。他实在有些累了，这几天实在是太累了。水艳红看着他倒在床上，诅咒他不得好死，你舒服了就睡了，也不管别人。她还说，我就没有见过你这样的男人。

“整整一头猪！”她骂着。

早上起来，井上林去了市烟草公司，核对那几瓶四特酒编号，一查，果然是青昌大厦的。但是，是不是吴仲川买了那几瓶酒，就不好再查下去了。因为，吴仲川会知道的。就是这样，他判断，那几瓶酒，十有八九是吴仲川的。他给吴仲川打电话，约他晚上出来喝酒，对方马上答应了。他要从对方谈吐中，再次判断自己的推测。

“老井，我们有多长时间没有在一起喝酒了？”

“有几年了吧。”井上林要了一瓶四特，拿了两个杯子，一人一杯，都倒得满满的，这是他们在刑警队的规矩。吴仲川笑了，我以为你忘记了呢。井上林说，人可以死，但规矩不能破。吴仲川拍着桌子，你说得好啊！有你这样的兄弟，我吴仲川这辈子值了。

两人碰杯，把酒倒进了肚子里。

“什么时候复婚？”

“再说吧。”

“不是案子结了吗，还忙什么？”

井上林吃了一口菜，能忙什么，还不是闲忙？这些年，我太累了，这次休假，我报了个团，到北京转转，我好长时间没有去过北京了。吴仲川说，是这个理，我觉得你应该带水艳红去。他摇了摇头，没有结婚不合适，局里会说闲话的，等复婚再说吧。吴仲川发着牢骚，说你的事，关他们屁事。

“来，仲川，我们喝酒，不说那些事。”

吴仲川端起了杯子，两人碰杯，又倒进了嘴里。井上林说，水艳红的事谢谢你，没有你的关心，她们韩总不会对她那样好。他接过他的话，韩晓雪那个人还是不错的，会办事。井上林接着对方的话问，你跟她很熟？吴仲川摇着头，不熟，都在一个大厦办公，韩晓雪每年都要交租金，就能碰上，说得上话。

“听说你买了套房子？”

“唉！局里分的房子辞职时交了，没有办法，只好向朋友借了些钱买的。我离开了公安局，享受不到社会主义福利了，只好自己想办法。”吴仲川脸色很平淡，看不出任何做作。

两人喝了一晚酒，谈了一晚话，吴仲川滴水不漏。回到家，井上林望着天花板发呆，他没有从对方的话中找到半点有用的线索。他决定明天去武汉。他想雁过留声，人过留名，我就不相信没有半点线索。水艳红回来了，看着他醉成那个样子，又把他骂一顿。

他说了明天去北京旅游。

“你一个人，那走吧，散散心。”她倒松了口气，“你走了，我省心了，记住，做那样的事只能跟我，否则，我让你死。”她警告。

26

井上林推迟了北京的旅游计划。

“为什么又不去了？不是预订了旅游路线吗？钱都交了！”水艳红一个劲儿地问他。他不耐烦了，瞪着眼睛告诉她，吴仲川老婆区虹后天过生日，萃华楼的雅间都订好了，吴仲川是我最好的哥们儿，区虹又是我最好的朋友，我不能不给面子。所以，我就推迟了，参加完她的生日聚餐再走。对了，到时候跟我一块儿去，帮我准备一份礼物，不能太寒酸，五千块钱标准吧。

“你真大方。”她有些不爽。

“没办法，他是我的生死兄弟。”

水艳红只好答应了。

区虹过生日这天，井上林穿得很庄重。

他特地把结婚时的西服穿上，还系了领带。又去理发店修了脸，刮了胡子，把头发弄得油光锃亮。匆匆忙忙赶来的水艳红，看见他，一时愣了，半天没有反应过来。井上林骂道，傻了吧，你爷们儿换了这套衣服，像个样么？她感叹，人要衣服马要鞍，你吧，穿着警服，怎么看也像个二流子，现在成了白领，这个啊！一分精神一分福。

“给区虹的礼物呢？”

水艳红提起两个包给他看。

“什么东西，拎这么大的包？不是衣服吧？我说过了，不要舍不得花钱，人嘛，有的时候，就要大方些，何况吴仲川是我过命的兄弟，救过我的命。”井上林有些不高兴。

水艳红瞪了他一眼，把衣服拿了出来。

这是两件皮衣，半大衣。井上林一拿到手，就感到皮子从未见过的好，特别是银狐衣领，一看就便宜不了。他说，这么好的皮衣，我还从未见过，不便宜吧？水艳红说，当然不便宜，便宜了你会骂我。我告诉你，这是我去青昌宾馆，托朋友买的，花了我八千多块呢，对得起你朋友吧。她的话，一下子把他要说的话噎回去了，一句话没说，点了点头，让她包好。

“你又嫌贵了？”

井上林说，是有点，我一个月能赚多少钱。就这样吧，贵点也好，省得我老担心自己欠人家的。人情债，大似天，也好，我心里踏实了。说完他又赞扬水艳红衣服好看，换了衣服，就像人换了皮一样，看着就是不一样，舒坦。得到了井上林的夸奖，水艳红一张脸笑得通红，整个人充满着朝气。井上林打了出租车来到了萃华楼，水艳红挽着他的胳膊，一块走进了雅间。吴仲川和区虹看见了，眼睛睁得老大，欢呼雀跃，吴仲川高兴地捶了一下井上林，赞扬他们跟新婚一样。区虹说，老井呀！人都搂进了怀里，再不跟人家结婚，不合适啊！我们艳红妹妹多漂亮呀！到哪里找这样的美人。水艳红说，区姐，你就不要羞我了，我是老黄瓜刷绿漆，装嫩啊！不比你们，你们可是天造的一对呢。

说完水艳红送上礼物。

“老井，这就是你的不是了，我请你们来聚聚，不是要你们买礼物的，还花这样的钱。花就花吧，有点意思就行了，老贵的，买这样的衣裳。”水艳红把礼物拿了出来，让他们俩看，吴仲川和区虹一看牌子，就知道便宜不了。区虹没有说别的，只一个劲地谢谢井上林，还说这就是铁哥们儿。

他们给井上林买了套金利来西服，给水艳红买了件紫红色绸缎旗袍，把水艳红高兴得不行。说了会儿话，客气了一番，四个人坐下来吃饭，吴仲川点了最贵的菜，要了两瓶五粮液。相互祝贺，敬了酒，一边吃一边说些闲话，一说就说到了刑警队那点事。

“老井呀！不要太认真了，太认真不行。你我都做了多年，你还不知道吗？这案子是查得完的么？就说你查的那个破案子，肯定是有来头的，王明阳要你结案，你就结了，多好。你还要调查，调查出来了又如何？抓到了凶手又如何？否则，你陷入困境，你都不知道。我们是兄弟，我才说几句，换了别人，我还不说呢。”吴仲川拍着他的肩，说得十分动情。

区虹说，是啊！老井，案子太复杂。

“唉！他这个人，就是一根筋，不撞南墙不回头的。撞了南墙也不回头，人都要快被他气死。”水艳红顺着区虹的话，把井上林说了一通，井上林低着头，只是笑，一句话没有说。

井上林大口喝着酒。

“老弟，你得听话啊！”

“听，我不是去北京旅游吗？”

吴仲川说，这就对了，出去散散心，不要管那破案子，刑警队的案子弄不完的，我在那里待过，我还不知道吗？今天喝了酒，哥多说一句，更不要钻牛角尖，不要把案子跟你哥哥拉在一起，我们这个年龄的人，哪头轻哪头重还不知道吗？像我，在公安局待了那么多年，我再喜欢钱，也知道杀了人是要杀头的，谁会为了这利益，把自己一生搭进去，你说对么？井上林说，是这个理，你吴仲川我还不了解吗？绝对不会做出格的事，放心吧，那个破案子我已经不管了，王明阳已经宣布，案子结了，结了好啊！我心踏实了，好好放松一下，看看伟大首都，人一辈子，不就是这样瞎活？

吴仲川赞扬他的聪明。

“听说你哥要升官，当政法委书记？”

井上林惊讶，他没有听说。

“真的吗？我怎么不知道？”

吴仲川和区虹就埋怨井上林不老实，她们告诉他，整个青昌市都传遍了，很快就会宣布。吴仲川还说，你很快就要离开刑警队，升官，去哪里不知道，反正，你的好日子来了。当然，你井上林的能力，当个分局长没有问题，应该的，我举双手赞成。区虹说，不要忘记我们这些人啊！到时候找你帮忙，你不要打官腔。特高兴的是水艳红，眉飞色舞，老问是真的还是假的。区虹说，你就等着当官太太吧。

井上林心里没有半点高兴。

酒喝大了，他一个劲儿地控制自己，告诫自己，不要乱说话，不管他们说什么，都不要表示反对，听着就行了。他是这样想的，也是这样做的，但是，脸上总是不自在。吴仲川看出来了，笑了笑。他端起了酒杯，望着井上林，认真地说：“老井，我知道你心里想什么，我知道你要调查到底，我也知道你怀疑我，是吧？

你那点心思我还不知道吗？你要调查就调查吧，这是你的事，哥没有意见。只是你要想好，不为你想，也要为人家艳红想吧？不为你哥想，也要为你嫂子想吧？难道你心里总就没有亲人，只有你所谓的正义事业？”

他的话，说到了井上林痛处。

井上林连忙摆手：“吴哥，让我叫你吴哥吧，我记住了你的话。你看，水艳红不在这里么，我当然要为她考虑，为我家人考虑。我是我哥带大的，我当然要考虑到他们的利益。当然，也要尽一个警察的职责。我想你不会反对吧？”

“当然不反对，当然要尽警察的职责。”

水艳红眸子潮湿了，吴哥，你对我真好，谢谢你，还想着我，老井要是有你一半就好了。我把心都给了他，他却当成驴肝肺。我有时也是烦自己没有志气，就是离不开他。他骂我，说我，我都不愿走。你说我……她话还没有说完，区虹就劝，不要这样，老井是个好人，脾气也不是一下半下就能改的。慢慢来，男人嘛，只要外面没有相好的，什么都没有关系。老井，好好疼艳红，她是你的女人，一个男人，不知道疼女人，算哪门子男人。复婚吧，复了婚，生个孩子，就什么都好了。老吴说话有时候重，是为你好，你们毕竟是哥们儿，关系不好，他是不会说的。说句不好听的话，你的事跟我们没有关系，你查不查案子，是你的事。老吴听到了一些风言风语，给你通个气，你不要计较啊！

“不计较，不计较。”井上林连忙笑着。

四个人又扯上了闲篇。

一顿饭，吃到晚上九点多钟才散场。井上林喝高了，走路歪歪斜斜，吴仲川拦了辆出租，把他们送到了住处。走出出租车，井上林脑子清醒了些，让水艳红回家。她说你这个样子，我走得了吗？你是不是烦我？烦我我就走。井上林不知咋的，竟然没有吭声。水艳红一恼，抛下他回娘家了。他也没有叫住她，一个人回到了住处。一进门，他就倒在床上，呼呼睡着了。一觉醒来，已经是深夜十二点多了，他来到浴室，冲了个澡，坐在客厅里抽着烟。

吴仲川这顿饭，让井上林对案子更为怀疑。怀疑是怀疑，但是，他清楚，对方的话是对的，吴仲川再贪婪，也知道杀人偿命的道理，他不可能去杀人。他不杀人，那是谁呢？难道还是一个他没有想到过的犯罪嫌疑人？井上林绞尽脑汁，不得其解。

“还是按计划办，如果吴仲川不是犯罪嫌疑人，作为朋友，也是为他解脱，也对得起他。哥哥也是这样，如果他没有涉嫌犯罪，那样不是更好吗？”井上林坚定了自己的想法。

想清楚了，他一会儿就睡着了。

第二天，他悄然离开了青昌市，一个人走了，去了什么地方，没有人知道。公安局这边，一切都很平静。王明阳到市政府开会，开完会，特地到井上森房间里坐了半天。他要汇报工作，井上森拒绝了，我没有到任，你不要说，什么也不要说。他说了对井上林的安排，井上森说，你这样做不好，他是我弟弟，你不要告诉我任何事情，你要依程序办理，先在常委会上讨论，再一步步做，不要超出任何规范。他告诉王明阳，官场上一些事情很玄妙，不是能干就能做好的，要懂得规矩，非常重要。

“井市长，谢谢你的提醒。”

井上森挥了挥手：“我把你当成朋友，才这样说，换了别人，我是不会说的。好好做吧，明阳，前途是光明的。”

27

贾二亮带着陆凤来到进出口公司。

孔泉不知道他们来的目的，请示路少洲。路少洲把他们俩请到办公室，询问他们还要了解什么。贾二亮说，我们要了解谢易梵经手的进口业务情况。路少洲不解，说井上森给他打了电话，那个案子已经结了，凶手已经抓到了，你们还要调查什么？

“路总，你认为黄鹂的自杀就那样简单吗？你们纪委调查到了什么？什么也没有吧？我们就知道，你们查不出来的。谢易梵的死，真的是偶然吗？路总，你恐怕比我们都不相信。只不过你考虑太多，是吗？”陆凤毫无顾虑，直直地说了出来。

路少洲苦笑。

“你真是个孩子。你叫陆凤是吧，你的年龄，跟我女儿差不多。陆凤呀！好多事情，不是一加二等于三那样简单。我劝你们还是到此为止吧，查不出什么的，就是查出来了，又能如何？”他伸出手，脸上十分无奈。

陆凤有些咄咄逼人。

“路总，你不是怕……”

路少洲无奈：“好，陆凤，就为了你那份执着，我帮你。我说清楚了，你们不要告诉我调查结果，我不想听，你要我帮办什么事就说。”他把孔泉喊了进来，让他把贾二亮和陆凤安排在谈判楼，自己亲自打电话，约好了人员。

“去吧，跟着孔主任去吧，我今天给你约了硬铁制罐厂厂长夏雨生，一个小时后，他会过来。”他交代孔泉，今天的事，不要告诉任何人。他写了一个单子，让孔泉依据单子上的名单，听从贾二亮和陆凤安排。“孔主任，我刚才说了，不要告诉任何人，你记住了，特别是公司的人，除了我，你不可以跟别人说。”他再三叮嘱。

“记住了，路总。”孔泉毕恭毕敬带着他们退出办公室。

三个人一块去了谈判楼。

安排好贾二亮和陆凤，交代了一些事项，孔泉就走了。他一走，陆凤两人就开始商量谈话内容，拟好了提纲。贾二亮说，我问你记录。陆凤同意。她在提包中放进了录音机，她要把谈判内容全部录音。一个小时后，一个四十来岁的中年男人走了进来。

“你是夏厂长吧，我叫贾二亮，她叫陆凤，我们是市局刑警队的，有点事要麻烦你。路总告诉了你吧，说明一下，今天的谈话，只限于我们三个人，不允许其他人知道。否则，对你对我们都不好。坐，夏厂长，我的话，你听明白了吗？”贾二亮尽量说得明白一些，好让他听得懂。

夏雨生显然是第一次见到这样的阵势，连连点头。

贾二亮说了引进项目一事。

“项目……”

“你不是有为难之处吧？”

夏雨生马上摇头：“不，不是，我哪里有什么为难的。项目是我跟黄鹂谈的。谢易梵没有参加，当然，他掌握着全盘。但是，我猜不出来，这之间……我还真没有往这边想。看见你们，我就知道是什么意思。这样吧，我把经过说说，你们要了解什么就说，我如实回答。”

“这样最好。”贾二亮同意。

夏雨生说，上次谈判，我和黄鹂都很乐观，六百万美元的项目，外商报价也是六百万，我们一看，蛮好，在这个基础上按道理压10%是合理的，那么，五百四十万签合同，比原计划还节约六十万，因为，我们贷款数就是六百万。谁知，几轮谈下来，外商一分钱也不降，还把我们厂的情况了解得十分透彻，咄咄逼人地说，你们新的生产厂房也已盖好，就等机器安装，耽误一天，损失很大啊！我和黄鹂一听，傻了，因为，外商没有去过工厂，为什么知道得如此详细呢？唯一的解释是有人通风报信。我们没办法，商量了半天也商量不出什么结果，黄鹂只好请示谢易梵，谢易梵说，价格既然在贷款范围之内，签了算了，我们也没时间纠缠这样的事。我和黄鹂无奈，合同就这样签了。

"真的没有发现什么？"贾二亮问。

夏雨生回过神来，做了个无奈状："警察同志，真的没有什么。我不否定，你们说的也有可能，但你怀疑谁，就拿出证据来，总不能瞎说吧？这可不是儿戏。去澳大利亚考察，除谢易梵参加过一个画展外，几个人天天在一起，能做什么？来青昌谈判，谢总去了广州，就黄鹂、席留平、我和厂里的总工四个人与外方谈的，要有事也就我们几个了。你们公安局要有证据就拿出来，该怎么办就怎么办，你们累，我也累。"

"夏厂长，你发牢骚。"

"不敢。"他低着头。

"可你发了。"贾二亮说，"不要急，我们调查，肯定有我们的道理。谢易梵死了，你肯定知道，我们怀疑这其中有问题。什么问题我们还没有最后搞清楚，否则，我们找你做什么？"

夏雨生连忙赔礼，说自己太急了。

"没有关系。"贾二亮安慰。

陆凤问，你们去考察，还参观画展干什么？与项目有关吗？夏雨生一听问这个，心里很释然，坦然一笑，轻松地告诉她，我忘了给你解释，谢总是一名业余画家，对绘画很有造诣，到了什么地方总要到与画有关的地方看看。这没有什么，个人爱好吧。说完他从包里拿出一张复印的生肖画给他，说是谢易梵生前送给老外的，看着蛮好玩，就复印了几张，你们有用就拿走。

贾二亮伸手把画拿了过来。

这是一组庚午年生肖画。

纸的右上角注明了 B 马字样，画共分三组，第一组是一只马站在那里，高昂着头，神采飞扬的样子；第二组马低垂着头，无精打采样；第三组马卧在地上呻吟，一副痛苦样。贾二亮左看右看，也看不出什么名堂，就把画递给了陆凤，不屑一顾地说："这叫什么画，哪有马卧在地上的，简直让人笑掉大牙。"

夏雨生摇着头，我不知道，对画我是狗屁不懂，大概是西方的什么抽象派、野兽派之类的艺术吧，说得陆凤、贾二亮都笑了起来。"真的，你们笑什么？"夏雨生一副认真相，"我听黄鹂说，每次商务谈判，谢总都要送一幅生肖画给老外，老外还当宝贝一样呢。这不挺好的吗？既弘扬了中国文化，又笼络了感情。你们不要笑，原来我也不相信，觉得送什么不好，要送画也应该送什么齐白石、李苦禅一类大师的作品，一张这样的破生肖画有什么用？嗨！人家老外就认这个，你们不信，有空可以去问问燕宏公司的李伟峰。”

“好了，好了。”贾二亮起身离座，握着他的手说，“谢谢你的配合，你不要烦，烦我们也要来，没办法，总要弄清楚，但愿没有什么事，吃亏上当就算缴点学费吧。”

夏雨生很恭敬的样子，连忙说有事就说，耽误点工作也是应该的，国家大事嘛！贾二亮把他送到门口，一直看着汽车远去。夏雨生记住谢易梵生前告诉他的话，与警察打交道，敬而远之。当然，他也记住了贾二亮的话。他不想帮警察的忙，但是，他也不敢坏警察的事，他知道，坏事要付出代价的。

孔泉进来了。

“快到中午了，路总交代，让我带你们吃饭，他说已经给燕宏公司李伟峰打了电话，他下午在单位，只是过不来，我陪着你们一块去他公司，在他公司谈。你们就不要走了。吃完饭，休息一会儿，我们就去。”他的安排，让贾二亮再三表示感谢。

孔泉陪着两人去了饭馆。

“孔主任，你怎么看黄鹂自杀？”吃饭的时候，贾二亮一边吃一边和孔泉聊天。他说得十分随意，但是，他看得出来，孔泉言语间还是十分小心谨慎。

“我弄不清楚。”孔泉说，“公司里的业务我不清楚，我只是一名管理干部，管理公司内部，业务工作我从来不知道，也不清楚他们谈判是如何谈的。黄鹂我熟，天天在一个食堂吃饭，能不熟吗？她那样漂亮、可人的女孩子，能没有人爱、没有人喜欢吗？她跟谁好，这就不清楚了，人家也不会告诉我呀！你说是吧。她为何自杀，我想一定有过不去的桥啊！否则，那么美满的生活，她能走得了？张勇到现在，也不相信黄鹂不在了。”

陆凤同意孔泉的分析。

“太可惜了啊！”她叹着气。

“前几天，她妹妹黄莺来了，真是个美人坯子，长得比姐姐还好，听她的口气，好像知道她姐姐是如何自杀的，你们不问问她？”孔泉瞪着疑惑的眼睛说。

“当然，一定会的。”贾二亮点头。

吃完饭，两人在会议室休息。

贾二亮有些累，在沙发上躺下了，陆凤睡不着，坐在那里发呆。她不睡，贾二亮也一时难以入眠。她望着他，故意问，是不是想黄莺，你真有眼光啊！比我漂亮。贾二亮一听，心里不悦，说，你的冀北方比我强多了，马上就是处级干部，用不了一年，就是县太爷，要捞多少钱都能捞啊！比我这个穷刑警强万倍。

“二亮，你不要那么损行不？”

“我损吗？我觉得我蛮不错的。话题是你提起来的，我只不过是应付罢了。我告诉你陆凤，我跟黄莺、浦文君不是你说的那种关系，可你跟冀北方却是。我没有别的意思啊！井上森在这个时候用他，有没有别的意思，我害怕你落入圈套。”贾二亮话没有说错，但是，他那嘲讽的口吻，气得陆凤扭过头去。

两人一时无话。

贾二亮已经有好几天没有见到那两个女人了，陆凤也没有再见过冀北方。两人都在想着心事，房间里十分静寂。一会儿，他闭上了眼睛，她也趴在桌子上，睡着了。

28

下午两点半，孔泉来了。他开着车，走在前面，贾二亮开着车，跟在后面。燕宏公司在青昌经济技术开发区，离市区有些距离。两人的汽车，过了八一大桥，沿着庐山南大道一直往前，走过桂苑大道，才到。走了一个多小时，到达燕宏公司的时候，已经三点多了。

两人把车停在公司门口。

去年五月，燕宏微电子公司引进了 WT 公司 0.5 微米集成电路生产线。这个项目，是一项合资项目，合资公司购买 WT 公司 0.5 微米集成电路技术和二手设备，用汇六百万美元，中方厂房作价一百万美元，这样，中方为占百分之五十一的股份，还必须付给 WT 公司现金三百八十万美元。中方在技术转让和二手设备问题上，谈了很长时间。因为，中方没有参考资料，也不知道价格应该是多少。这之中，有没有水分、有多大的水分，恐怕只有天知道。

燕宏公司总经理李伟峰，五十岁左右，人长得很精干，浑身透出一种朝气。当贾二亮到达公司时，秘书告诉他们，李总正在球场上打篮球。三人来到球场一看，只见李伟峰和年轻人一起，奔跑跳跃，他奔跑时那种好看的动态明晰地让人觉得青春的气质在他身上不肯离去，结实的体格也明显徘徊在青年边缘。

打完球，冲完澡，李伟峰走进办公室，秘书指着坐在沙发上的贾二亮说："这两位是警察同志，这是进出口公司孔主任。"

"你们好，倒茶。路总给我打了电话，没有关系的，有事你们就问，我如实说。"他一坐下，便点燃了一支烟。

"我就不参加了。"孔泉起身。

"也好。你休息一会儿吧。"李伟峰交代秘书安排。

刚坐稳，李伟峰就说："是为了0.5微米电子项目吧？"

贾二亮一怔，心里咯噔一下，看着李伟峰成竹在胸的样子，他不解地问："李总，你都知道什么？"

李伟峰笑了笑，弹了弹烟灰，我能知道什么，我从未与你们打过交道，但我晓得你们为什么来，无事不登三宝殿嘛！公司进口项目就是0.5微米电子项目，它是谢易梵负责的，他死了，你们调查，当然要过问。我一接到路总的电话，就知道是这个情况。我还真等着你们来呢，你们总算来了。他说得十分轻松，而且有些盼他们来的意思。

贾二亮心里骇然，他万万没有想到李伟峰如此精明，精明得让人害怕。他眸子如炬，好像什么东西也逃不过他的眼睛一样。他小心翼翼地问项目的过程，问每一个细小环节，包括价格是否合理，设备使用的情况，李伟峰有问必答，语言犀利、精练、老到，无可辩驳。陆凤总用眼睛提醒他，叫贾二亮注意措辞。到最后，贾二亮才说："李总，我这次来，的确是为了项目，我想了解一下谢易梵送给WT公司生肖画一事。"

"生肖画，什么生肖画？"李伟峰不解。

贾二亮就把夏雨生那张生肖画给他看，问有没有类似的画。李伟峰看了半天，反问道："警察同志，我不明白，这个画跟项目有什么关系吗？我们与WT公司前前后后谈了三个月，他送没送WT公司老外东西，真的想不起来了。我觉得这个画没有什么意义，你说呢？"

贾二亮见他回避，故意神秘兮兮地说："当然有意义，没有意义，我跑到你这里来干什么？这样吧，我看你工作也忙，可能一时想不起来了，你回忆回忆，记起来了给我来个电话。"说完起身告辞，留下了联系电话。

李伟峰也不挽留，一直把他们送到车旁。

送走贾二亮他们，李伟峰坐下来仔细地回忆项目的前后。他想起来了，谢易梵是在谈判间隙顺手画了一张羊的生肖画给老外，他还记得画的是只山羊，犄角很长、很突出，当时给大家印象很深的是他不假思索，随手画来，一笔勾成，笔法熟练，比例恰到好处，令人叫绝。当着众人画的，能有什么奥妙吗？李伟峰百思不得其解。

黄鹂曾告诉过他，谢易梵为人谨慎，城府很深，这样的人不可能在公开场合弄什么秘密，这跟他性格相违。项目是赔了钱，但谁又能把握住二手设备的价格呢？几百万的项目，一进一出就是个大数，如果谢易梵要做什么手脚，一个电话就行，何必费那么大的劲呢？

那公安局为什么要了解生肖画？

李伟峰想不通，难道画里有什么玄机？难道这些画跟谢易梵的死有关系？没有，又无法解释，他知道，警察从来不会做无目的的调查，肯定有问题。他给左鹏打电话。左鹏听见是他的声音，口气有些吃惊，奉承地说，李总是有权有财，过得滋润，唉！我是不能与你相比，就像热锅上的蚂蚁，熬着日子啊。李伟峰笑着说，我们兄弟还不好说，烦了就过来，喝喝酒，散散心，我还是能安排的。左鹏不冷不热，不敢劳你大驾，你是无事不打电话。说吧，什么事？李伟峰心里骂道：怎么进出口公司的人一个个都是人精。他不好再拐弯，就谈起了微电子项目时谢易梵送给老外羊的生肖画一事。左鹏半天没有吭声，李伟峰一再问他为什么不说话了，左鹏才慢悠悠地说："李总，你怎么对这个事感兴趣？谢总就是有那么点爱好，随便画一张送给人家有什么，里面又没有金钱美女，你是不是也想附庸风雅？而且，人已经死了，不要再说这些事了，没有意义。"

李伟峰说了贾二亮、孔泉来公司的情况。

"什么？是孔泉带去的？这个孔泉，吃中饭时我还碰见他，也没有吭声，到底为了什么？难道谢易梵真搞了什么猫腻？难道黄鹂交的那一百万，真是贪污弄来的？他们胆子也太大了。"左鹏在电话中不停地感慨。

"左鹏。"李伟峰马上叮嘱，"路少洲给我打了电话，再三叮嘱我，这件事，不要告诉任何人。你可记住了，我们关系好，我才跟你说说，你千万不要胡乱咧咧，弄得我里外不是人。反正，我们又没有得好处，怕什么，让公安局调查好了。我倒希望他们把事情弄清楚，你我不一直心里蹊跷吗？"

"那倒是。"左鹏嗯着，让李伟峰放心，我也就是这样嚷嚷，我没那个胆，又不是好事。我只想看看，这谢易梵为点钱，把一条命都丢了，有什么好的。他嘟噜了两句，挂了电话。

边上的郭美丽问，是李伟峰电话吧？

左鹏"嗯"了一下就没有吭声。

"你为什么不说话？"她问。

“我说什么呀！说谢易梵在项目上做了手脚，那么，我脱得了干系吗？不要忘记了，我们两个是他的助手，包括黄鹂、席留平。唉！他们胆子也太大了，竟然……”说到这里，他停住了，感慨说，钱也不是好东西，你看，一个被人家杀了，一个自杀了，都是一个字，钱。你说钱有什么好的。像我们这样就好，不拿好处，睡得踏实。左鹏自我安慰。

郭美丽鼻子哼了一声。

“谢总也太过分了，我们跟着他跑前跑后，也不给我们一点好处。我就想去美国留学，如果我有三十万，我就走了。唉！”她叹着气，不停地埋怨谢易梵，还埋怨黄鹂，说他们不够朋友，一百万上交做什么，给我不就得了，我去了美国，鬼知道。

“美丽，你会被钱害了的。”

“我巴不得呢。我巴不得别人拿钱砸我呢，把我砸晕了才好啊！左鹏，你看看中国的有钱人，有几个是干净的。马吃夜草才肥啊！”她十二分失望，失望没有人给她提供机会。

左鹏没理她，到外面抽烟去了。

站在院子里，左鹏望着熙熙攘攘的人流，突然想到去年一月的情景。那天，北风刮得很大，外面冷风嗖嗖，青昌市美术馆里人声鼎沸，这里正举办生肖邮票的竞争。青昌市书画协会邀请谢易梵参加，他送来了自己的作品，一幅乙亥年生肖邮票。那天左鹏没有事，就来美术馆看看，他看到谢易梵和一个女人站在一起。

他站得不远，他们的谈话，他听得很清楚。

“想不到你画得这样好。”女人恭维说，“原谅我的眼拙，竟然……你不会生气吧？”

谢易梵大度地笑笑：“韩女士，这只能算小儿科，业余爱好，根本不值一提。唉！我总是觉得，艺术才能使人更加美丽。但是，有几个女人懂得啊！你能懂，我感到非常高兴。”

女人妩媚地看了他一眼，笑了。有些自嘲地说，懂与不懂没有关系，我四十多了，比你小那么一点，我这个年龄，不期待惊喜，能碰上一个知己的人，说说话，就满足了。谢易梵心被触动了，一把抓住她的手，眼睛里充满着期待。她甩开，说了句：“这里人多，不要这样。”嘴上却挂满了笑意。

展览厅里弥漫着颜料、油漆和画布的清香气味。

他们没有看见左鹏，站在自己“动物百态”的肖像画前。这是一幅 16 厘米 ×20 厘米的工笔画，在不大的纸上，十二生肖的动物栩栩如生，神态各异。龙，张牙舞爪；虎，凛凛生威；猪，憨态可掬；鸡，斗志昂扬；兔，甜甜逗人……从绘画的技法上看，线条笔法流畅，布局合理恰当，形象设计颇具匠心，看得出，谢易梵确实下了一番功夫。

女人赞扬：“你看那只猪，憨态可掬，透出一种质朴和敦厚，关键是你抓住了猪的特征——鼻孔和四肢，把这两样画好了，猪的本质的东西也就凸显出来了。”

这一切，左鹏看清楚了，也听清楚了。

后来，他一打听，这才知道这个女人叫韩晓雪，是 KK 公司总经理。但是，他没有把这种关系与项目联系起来，认为只是男女关系，就没有往心里去。他是最不愿意多关注男女关系的事情的。今天想起来，有些震惊，他仍然弄不清楚，他们之间到底是什么关系。

这些往事，像青痕一样，留在他的记忆里。

李伟峰的电话，让他把记忆串了起来。

29

贾二亮晚上传呼井上林。

他通报了他和陆凤调查的情况，说了路少洲对案子的态度。井上林静静地听着，听完后，再三交代他一定要保存好夏雨生给的那几张图，还要想办法从李伟峰手里把另外一张图弄回来，他说这是案子的关键。他要贾二亮和陆凤把所有项目全部调查一遍，看看是不是每一个项目都有谢易梵的画，只有把这些情况全部掌握，才能判断出来他们是如何插手项目的。

“老井，我明白，你放心吧，我把全部调查做完以后，我们再碰个头，我就不相信找不到原因。你那里情况怎么样？姜大明问过我几次，问你跟我联系了没有。我说没有。”贾二亮在电话里问道。

情况没有更多的进展，井上林不愿多说，搪塞了几句，就挂了电话。贾二亮没有问他在哪里，也不知道他在武汉。井上林在武汉调查取得了进展，他在贾二亮住的晴川假日酒店，不但查到了乙庆良的登记证，而且查到了尹冰、浦文君的住店登记，就是没有发现吴仲川的。他心里清楚，如果吴仲川来武汉，如果他住在这里，绝对不会用自己的身份证登记住宿的。他想不清楚的是，浦文君为什么跟贾二亮坐一个车厢，还是上下铺，难道韩晓雪是吴仲川的后台，他是韩晓雪的棋子？

井上林不相信吴仲川跟她的关系。

“他不会喜欢一个老女人的。”他推翻了自己的判断。但是，如果这个判断不成立，仅凭吴仲川一个人的力量，绝对不会把事情做得如此顺利。到现在，他还是不相信吴仲川陷入这起案子中，因为，吴仲川的精明，井上林心里是非常清楚的。

“他没有来武汉，还是走错了路？”井上林脑子里突然蹦出这样一个结论。自己只在火车到达青昌车站时发现了吴仲川，如果事情不是推测的那样，他有别的什么事情，去了别的地方，也是可能的。否则，浦文君为什么会跟贾二亮一个车厢，有那么巧的事情么？

“绝不可能？”想到这里，他冷静地认为，世界上的事情不会那么巧，一定是预先设计好的。或者是她得知贾二亮坐这趟火车，他们追上来的？他想到贾二亮告诉过他，王明阳给他打了电话，指定要他坐这趟火车回青昌，因为，只有这趟车，要过一个晚上。

“王明阳？”想到这里，他打了个冷战。

井上林不敢往下想，越想越乱。他坐下来，冷静地抽了一支烟，望着窗外。如果王明阳参与了此事，就有些麻烦了，因为，没有他不知道的事情。而且，他对自己，对刑警队工作程序，十分清楚。他摇摇头，否认了这个想法。王明阳毕竟是公安局副局长、代理局长，他不可能参与犯罪，他为什么要参与呢？他不认识谢易梵，不认识韩晓雪，他怎么可能参与犯罪？绝对不可能，是自己想得太多了。井上林使劲吸了口烟，决定返回青昌。犯罪的地点在青昌，更多的线索只能在青昌，只有在青昌，才能找到重要线索。

他要回青昌找两个人，付一和浦文君。

井上林坐上火车，返回青昌。

贾二亮和陆凤又接到李伟峰电话。

两人开车来到燕宏公司，李伟峰没有寒暄，单刀直入地告诉他们，自己跟谢易梵之间没有个人恩怨，有些事情，完全是出于公心。他说他与九江小化肥项目、赣南引水项目、高压阀生产线项目以及数字机床的项目负责人通过电话，这些项目都谈得不太好，他们都对进出口公司有意见，而且，谢易梵每次都送外商一张生肖画，每次画都不一样。“黄鹂的死提醒我，我觉得，他完全是用艺术手法掩盖其罪恶的目的。谈判之所以一而再、再而三地不顺利，完全是老外掌握了中方底牌，泄露的人就是谢易梵，传递的手段就是生肖画。”

两人不得不佩服李伟峰严密的逻辑分析能力，也不能说他分析得没有道理，但是，办案要求证据，没有证据，再合理的推理认定也没有什么用。贾二亮把这个道理告诉了李伟峰，问他有具体证据吗？

“有。”

李伟峰眉毛一挑，比画着告诉他，此事本来我也没在意，你们上次问引进项目一事，我就想起来了，我们燕宏项目是去年五月在龙泉宾馆谈的，封闭式谈判，不但房里外线电话掐断了，连手机、呼机都统一保管。两人同住一个房间，时间又很紧，根本无法传递信息。我记得谈判开始时，谢易梵送了一张辛未年的生肖画给老外，那张画有三组，分别画着羊跑、羊卧、羊走的不同姿势，当时我根本就没有放在心上，因为都是当着大家面画的，谁又会想到有什么奥妙。第二天谈判僵在那里，晚上我们商量着到凌晨才睡，早上九点又谈，如何通风报信？但是，你猜都猜不出来，价格一抛出，老外好像知道一样，不慌不忙地拿出了对策，当时我想，这老外一个个难道都是精灵，早就知道我们的策略？现在你们一提醒我，我想起来了，当时，他确实在送给老外的生肖画上打了个钩钩，写了英文字符。我猜是表达什么意思，还问过他呢，他说是羊的英文名，我英文基础差，还真的弄不清楚。我打听过，他死之前，进出口公司谈的项目，价格都不理想，你想想看，事一事二也不能事三吧，现在不但过了三而且过了六，你说不是有人做鬼是什么？

两人都不言语，显然，他分析得有道理。

“李总，谢谢你提供的信息，很有用。这样吧，想起什么，马上告诉我们，我们还要调查，你放心，我们绝对不会放跑一个坏人。谢易梵虽然死了，我们也要把事情弄清楚。好了，我们走了，今天的事，就我们知道，不要告诉别人，因为，案子还未破，我想李总知道这个道理的。”贾二亮表情严肃地告诉他。

“知道，你们放心好了。”李伟峰握着他们的手。

回到刑警队，贾二亮把盖天骄叫了过来。

他说了事情的经过，还把夏雨生那几张画拿了出来，谈了李伟峰的分析，让大家说说，到底是怎么回事。大家议论了半天，也说不出一个所以然来。但是，大家一致认为，这里面肯定有问题。贾二亮说，我跟孔主任打个电话，我们一块去见见左鹏和郭美丽，看看他们怎么说，等井上林回来了，我们再商量。

“我同意，天骄也一块去吧。”陆凤说。

贾二亮点了点头，反正他也没有事。

给孔泉打完电话，贾二亮就开着车，带着陆凤和盖天骄一块去了进出口公司。这段时间，姜大明没有给他们组分配任务，井上林休假，他们几个都在家看案卷，这才有时间往外跑。到了公司，孔泉说，还在谈判大楼吧，那个地方安静。他带着他们去了谈判大楼，安排好，就打电话，先把左鹏叫了过来。

孔泉离开了会议室。

“坐，坐，随便聊聊。”贾二亮对进来的左鹏说。

左鹏没有思想准备，孔泉只告诉他，公安局的同志要找你谈谈，谈什么，孔泉没说，他也没问。他心里想，有什么好谈的，项目已完，有事也查不出来。他冷冷地、简要地把几个项目的情况讲了一遍，讲得跟夏雨生差不多，最后说：“商务谈判每一个环节都是按程序操作的，重大问题都请示了公司领导，我虽然是主谈，但当家不理财，你们要有什么不明白的，可以提出来。”

“你觉得设备价格合理吗？”贾二亮问。

左鹏反问：“有什么不合理的？我看不出有什么问题，合同价格虽然吻合中方底牌，但你们总不能凭此说有问题吧，如果那样的话，谁还敢谈判，买卖还怎么做？你们调查也好，怀疑也好，这是你们公安机关的权力，但我希望你们不能听风就是雨，轻信传谣，要重证据，你说呢？”

贾二亮料到对方会是这样，作为项目主谈，肯定不希望出什么事，左鹏的情绪也是正常。他再三解释，调查是个程序，谢易梵死了，是被人杀死的，黄鹂自杀，这都是事实，总得有个解释吧。你放心好了，以事实为依据，以法律为准绳，是公安机关办事的基本原则，我们不会冤枉任何人，当然，也不会放跑任何坏人。

陆凤拿出庚午年生肖画给左鹏看，问他知道这画是什么意思吗？左鹏没接，只用眼瞟了一下，脑子里立刻想起昨天李伟峰打电话的事，怎么？难道真有什么问题？他们为什么都如此关心生肖画？难道这里面有什么奥妙？他脑子飞快地转了几圈，也想不出一个所以然来，就很坦然地说：“这是谢总画的，送给老外的，他喜欢这个。”

“送什么不好，为什么送一张生肖画？”

“这我不懂。”左鹏有些不耐烦地说，“你得问他，不要问我，我不懂。谢总的画在画界也是小有名气的，每次谈判，他都要送一张生肖画给老外，拉拉关系嘛，这很自然。”两人不好再问什么，寒暄了几句，就让左鹏走了。

进来的郭美丽很轻松，还未等他们问，就把项目谈判情况说了一遍，还解释说，你们可能不了解谈判引进情况，有时情况很复杂，价格的形成也受各种因素制约，每一个项目都不同，谈得好，就少花钱，谈得不好就多花钱，不能说多花了钱就有问题。

“你们其他引进项目的情况如何？”陆凤问。

“还行吧。”郭美丽不好把公司情况如实告诉他们，她知道，那样，很多人都不会高兴，就淡淡地说，“去年大的项目谈了六个，第七个项目还在谈，都那样，看不出有什么不正常的。除了黄鹂，项目都是我和左鹏负责的，要有问题，那只有我和左鹏有问题了，真的。”

陆凤拿出庚午年生肖画问她，是不是每次谢易梵都要送老外一幅生肖画？她说，具体情况我记不清了，只记得硬铁制罐厂项目和燕宏微电子项目，他送过一张马和羊的生肖画给老外，去国外考察高压阀生产线项目时，看见过他手里有一张鸡的生肖画，送没送老外不清楚。

陆凤又问其他几个项目的情况，郭美丽把项目名称、单位、用汇数目、贷款类型一一做了介绍。他们没有再问，让她回去了。贾二亮想从左鹏嘴里知道点什么，仍然没有结果。

案子又僵在那里。

30

从武汉回来，井上林有些沮丧。

两手空空去，又空空回来，什么有用的线索也没有得到。回来的当天，他没有见任何人，直接在下班的路上等到了付一。付一看见他，叹了口气，摇了摇头，十分无奈的样子。井上林说，你不要这样，我们在一起吃顿饭，怎么了，你不给面子？付一说，给，不给别人的面子，你的面子一定要给的。他推着自行车，跟在井上林后面，两人走进了公安局附近一家饭馆。

点了几个家常菜，要了四瓶啤酒。

“来，碰一个，我休假，我们才有时间喝酒。”井上林笑着，举起了杯子。付一也举起了杯子，两人碰了一下，一口喝了下去。

几杯下肚，付一的话多了。

他说，老井呀！我知道你是个好人，你这样的好人现在不多了啊！我认识你也有五年了吧，跟你去过多少次现场，我都记不清了。做我们法医的是要讲究科学，但是，科学在现实面前，也是很难分清的。我知道你要问我什么，我只能告诉你，我不知道。知道的，都向上面报告了。其他的，我实在无话可说。井上林笑了笑，递给他一支烟，我又没有为难你，我知道你也难，我们都难。他说到了谢易梵案子，说到了黄鹂的自杀，说到了自己的分析，就是没有说自己的困境。

付一没有接他的话，只抽烟看着他。

“你很清楚。”

“清楚什么？”

“当然是于木根的死。”

“报告说了，心脏病。”

井上林说，我要听你的实话。

“心脏病。”付一再次说。

井上林苦笑，做了个无奈的手势。

付一愤怒，眼睛盯着井上林，告诉他，他死于心脏病是千真万确的，但是，是什么引发心脏病的，你想过没有？引发心脏病的原因有很多，氯胺酮放得适量，也可以造成慢性死亡状态；还有琥珀酰胆碱，也是一种麻醉剂；当然，还有铊，都可以使人死亡。他劝井上林请教一下医科大学的教授，这些情况就知道了。让他不要盯住自己，一个人如果要谋害一个人，他把很多事情都想到了，你不要顺着他的思路走，否则，永远没有结果。

付一的话，让他豁然开朗。

“付一，谢谢你。”

“谢我什么？”

“当然是今天的话。”他举起了杯子。

付一笑了，笑得是那样开心。付一说，你是老大哥，如果你听得进我的话，我今天劝你一句，世上有的事情，是查不出结果的；世上有的事情，查出结果是要付出代价的。世上最可怕的不是刀枪和毒药，而是真相。如果真相大白于天下，伤着别人，也伤着自己。付一感叹，这个世界被利益的链锁住，无论何人，动了这个链的哪一环，都要粉身碎骨，不信，就试试。

井上林没有笑，知道他说的是真话。

“大哥，谢谢你能跟我说这样的话。”

“老井，好自为之吧。我是个小老百姓，我老婆孩子受不了这样的风波。对不起，不要告诉任何人你见了我，否则，我会倒霉的。”他把一杯啤酒倒进嘴里，匆匆忙忙走了。

井上林看到他的背影，感到茫然。

“他不是吓唬我，他说的是事实。”他突然之间感到，自己正走上一条独木桥。是走下去，还是就此打住，他一时有些犹豫不决。天色已经有些晚了，他想给水艳红打电话，想想又摇了摇头，他不想把什么事情都告诉她。望着外面的夜色，他想起了吴仲川。几年前，为了一个案子，他喝醉了，醉得一塌糊涂。在饭馆里也不知道咋的，就和一个人冲撞起来。他穿着警服，把那个人打得半死。那个人叫来了很多帮手，还嚷着警察打人，他们一哄而上，不是吴仲川赶过来，恐怕，他活不到今天。事后，又是吴仲川跑上跑下，为他活动，他才逃过了一劫，领导批评了几句就过去了，否则，非背上一个处分不可。

吴仲川是有恩于他的。

他不希望案子与他有关系。

“浦文君……”

这个时候，这个人进入他脑海，让他不感到新奇。假如韩晓雪利用她呢，利用她杀了于木根。把装好毒药的水交给她，在晚上的时候偷偷地替换，不是很简单吗？否则，她为什么要跟贾二亮坐一个车厢，还是同一组。这是偶然吗？井上林抽着烟，思考着。他坐不住了，马上去给贾二亮打电话，这个时候，贾二亮正和黄莺说着事，他们已经好长时间没有见面了，今天晚上约好了说说话的。刚说到一半，就接到井上林的电话。他说，老井，你回来了，我忙着呢，有事明天再说吧。井上林说不行，我今天就要见你。他说了地址，让贾二亮马上过来。挂了电话，黄莺不高兴，噘着嘴说，我告诉过你，我给你手机，是专门接我的电话的，不允许接别人电话，刚才那个人是谁？是女的可不行。贾二亮没有办法，只好告诉她，是井上林。黄莺说，他找你，一定是案子，我就是佩服这样的警察，只要有案子，没有工作时间和休息时间。

“那……我走了。”他站了起来。

黄莺挥了挥手：“走吧，你放心，你说的那个浦文君，我一定帮你找找，找到了就告诉你。我知道了案子的大概情况，她就是韩晓雪手里的一张牌，现在她不见了，就是害怕你们找到她。”

“我明白，走了。”贾二亮走了。

黄莺坐在那里，望着他的背影，有些伤感。

贾二亮赶到井上林所说的那个饭馆，已经是晚上九点了。他把这几天调查情况汇报了下，井上林当时没有放在心上。贾二亮想着于木根的死。他说，老井，你是不是刚回来，还没有回家吧？看把你急的，有些事情，也不在这一时三刻。井上林让贾二亮坐，还给他要了两瓶啤酒，说我刚才见了付一。他不肯说具体的，但是，有一点是肯定的，于木根是服了毒药死的。什么样的毒药、什么时候服的，我推测，只有在火车上，因为，最好的毒药，顶多三天，不可能再多。当然，还要掌握量。从这种角度出发，浦文君有最大的嫌疑。

贾二亮听得大吃一惊。

“真的？”他摇着头，“真让人不敢相信。王明阳为什么那样说，难道……如果你说的那样，浦文君的后面一定是韩晓雪，那韩晓雪的后面呢？就没有人？是谁？王明阳，这不可能，他们不认识……”贾二亮猜不出来。

井上林没有说吴仲川。

“有些复杂。”他说，所以，我们要想尽办法，找到浦文君，只有找到她，我们才知道事情经过。“我找你来，就是让你明天派盖天骄去青昌大厦，找到浦文君登记的身份证号码，只要找到了，我们就有办法找到她本人。记住，不要通过保卫部，否则，我们一切都在别人的目光之下，明白了？”

贾二亮看了他半天，点着头。

他再次汇报了在进出口公司调查情况。

“继续调查，把每个项目都调查清楚，这样，我们就能判断出谢易梵的死，于木根的死，黄鹂的自杀，这些都是有关系的。二亮，我怀疑，我们公安局有他们的人，所以，我们不要公开见面。否则，我们会过早暴露意图，那样的话，我们查不出的。反正，我在休假，你查项目，让对手放心。”井上林露出狡黠的笑。

“连陆凤也不说吗？”

井上林点着头。

回到家已经是晚上十一点了，水艳红已经睡了，而且睡得很死。他洗了个澡，光着身子爬上床，一把掀开被子，把她吓得鬼一样地叫着。

水艳红说，你去北京旅游，也不带我，太不够意思了。我白天晚上侍候你，你倒好，转脸就忘记了。井上林说，我被案子弄昏头，只是去散散心，何况我们没有结婚证，人家也不让我们住在一起，没有意思。她一听也是，就没有说更多的。他又问起浦文君的情况，问怎么能找到她？水艳红说，你要听话，我就告诉你如何找到她。

“听话，我一定听话。”他连忙说。

“我说什么来着？为了你那破案子，你做狗都愿意。你老说韩晓雪收买我，我就不会做卧底吗？我知道你的意思后就留了心，毕竟，你是我男人，我当然要帮你的。告诉你吧，我从财务那里，把公司所有人的身份证全部搞到了，你不就什么都有了吗？”她得意地说。

井上林欣喜若狂。

他抱着，第一次吻她，弄得水艳红一个劲儿地推开他，说他嘴里味道太难闻了。他没有理她的话，去她书包中拿到那份身份证号码，高兴得不行。他马上给贾二亮打电话，告诉他明天不要让盖天骄去了，东西弄到了。下一步如何，让他想想。贾二亮睡意蒙眬，接完他的电话，嗯了两声又倒头睡了。

31

贾二亮带着陆凤，继续在进出口公司调查。

孔泉把数字机床项目负责人、机床厂副厂长徐山江叫了过来。徐山江是一个四十多岁的中年女人，高级工程师。孔泉说，她还是机床厂总工程师，为人和蔼、低调，十分正派。贾二亮和陆凤一看徐山江，就感到这是一个知识女性。她总是静静地坐在那里，脸上泛着甜甜的笑，不放肆，也不张狂，给人一种十分舒服的感觉。贾二亮还没有说，她就说起了去年公司进口的那几台机床情况。

她回忆说，机床项目是早就定下了的，要利用D国货款，进口最先进的数字机床，彻底改变我省在机械制造方面的落后现状，总用汇是九百万美元，这个数目外方是不知道的。因为，我们是用D国政府贷款，可以买机床，也可以买别的东西，所以，从一开始我们就没有说是多少贷款。先期我们去D国考察，我们厂去了两人，我和一位技术员，公司去了黄鹏和席留平。回来后，我们拟了个计划，大概是想买十台机床，外方先期的报价突破八百万美元，我们估计，这个价格不是最终价格，压百分之二十应该不是问题，七百万成交可能性比较大。

“后来怎么样？”贾二亮问。

徐山江说，三个月后，外方来青昌，我们谈了两个星期，他们的报价是八百九十万美元，不仅出乎我们想象，而且，接近我们的用汇底线。我当时就觉得太贵了，不想谈，想另找一个供应商，我知道，差不多的技术，在D国，还是找得到的。我们把这个情况向谢易梵汇报了，也向省市经贸委汇报了，结果，他们都同意外商这个报价，说不要再弄来弄去的，太麻烦了。有的领导还说，反正是贷款。我说贷款是要还的，外汇紧，我们就要用好，为此，我还和他们闹了些不愉快。特地找了主管外贸的井上森副市长，想让他说说话，但副市长劝我不要坚持，我这才同意签合同。

徐山江一口气说完了。

虽然已经过去了快一年，从徐山江口气中可以看出，她还是不满意的。但是，她没有说别的，也没有说对谁的怀疑，只觉得外商吃准了他们的弱点这才这样做。说完了进口项目情况，她又说了黄鹂，说我不知道她自杀时上交的一百万从哪里来的。反正，在这个项目中，我们没有发现什么异常。她说一切都按程序来，没有任何违反规定之处。

她说得十分诚恳。

黄鹂的事情，没有人不知道。

他说到生肖画蛇。

"蛇？"她震惊。

"是，己巳年蛇。"

徐山江好奇："你问这个做什么？"

贾二亮说，很多人都知道谢易梵是业余画家，画相当好，每次谈项目，总是要送画给老外，我就是想知道，这次谈项目送了没有？他的话，让徐山江陷入了长久的回忆，许久，她才睁开眼睛，我记起来了，是在最后一次谈判开始前送的，是一条蛇，画得很像，我还夸奖了几句呢。她问这有什么关系吗？贾二亮说，没有关系，就是好奇，问问，你不要多心。

"徐总，你看，耽搁你的时间，今天就这样吧，我们有你的电话，有不明白的事情，我们再找你。对了，强调一句，今天我们找你的事情，就你知道就行了，我想你明白的。"贾二亮站了起来。

徐山江也站了起来，捋了捋发丝，伸出手："没关系的，警察同志，有不明白的，随时给我打电话。"

陆凤一直把她送到汽车上。

"陆凤，你感觉如何？"

陆凤叹了口气，有些疑惑地说："难道谢易梵真的利用生肖画传递什么？是什么呢？无非是谈判底牌。但是，如何传递，那些数字用什么表达，当着谈判人员的面，他就敢如此肆无忌惮？"她摇着头，不相信谢易梵敢这样做。她分析说，也许有一个我们没有看到的秘密，也许他有一种传递的密码。

贾二亮不同意她的意见，分析这几起进口谈判，每一次谈判都是不同的国家代表，都是不同的人，这样的情况，密码如何设置，这是个难题。两个人做了多种假设，仍然没有解开这个谜底。孔泉走了进来，告诉他们俩，高压阀生产线项目的总工程师，也是项目负责人余泰祥来了。这是我们约好的人，你们再跟他接触一下吧。另外，九江小化肥项目、赣南引水项目两个项目负责人，他们没有空来青昌。孔泉说，路总反复交代了，这件事，希望你们保密，我想你们明白我们的意思。

“明白，明白。”贾二亮点着头。

“那我叫余总过来吧。”他走了。

一会儿，孔泉带了一个五十多岁的中年男人过来。男人个子很高，瘦瘦的，没有戴眼镜，人长得十分朴实。孔泉介绍说，这是省高压阀厂总工程师余泰祥。生产线项目一直是他负责的。你们有什么事就问，我交代了的。他又转过脸，介绍说，这是公安局的贾同志和陆同志，他们要问问项目引进情况，实事求是说。孔泉拍了一下余泰祥的胳膊：“余总，记住啊，今天的事不要告诉别人，连你们厂长也不要说，这是路总和公安局同志的意见。”

余泰祥点着头：“放心吧，我记住了。”

他坐在两人面前，神色很坦然。

他拿出烟问：“行吗？”

“没关系的，余总，我们聊聊，你不要那样郑重，我们就是想请你把项目引进情况，从头到尾说一遍。希望你说得越仔细越好。你可能知道，谢易梵被人杀了，黄鹂自杀了，所以，我们要调查一下，就是这个意思。”贾二亮尽量说得平和。

余泰祥抽了几口烟，开始诉说，语气平和。

高压阀生产线项目，是早就定下来的。用C国政府贷款，引进具有世界水平的高压阀生产线，经贸委规定的用汇是八百五十万美元，这个只有我和谢易梵知道，连黄鹂和席留平都不清楚，他们知道的是七百五十万美元。我们是做了最坏的打算的。出国考察完了，我们就开始初步接触，是在青昌谈的。第一轮谈判开始后，对方就报价一千万美元，让我们大吃一惊。我做过一些调查，他们也向外卖过同样的东西，都没有超出这个数。我责问他们为什么，他们说技术改进了。我是做技术的，我心里非常清楚，根本不是那么回事。我向谢易梵建议，另外再选供应商，为此，我们还去了一趟C国，看了几家，都不理想。谢易梵说，不要乱跑了，就是这家吧，我们再谈谈看。黄鹂也说，我就不相信他不降价。第二轮谈判也是在青昌谈的，在我们坚持下，外商把价格降到九百五十万美元，这个价格，我们也是无法接受。谈判不欢而散。一个月后，第三轮谈判开始，还是价格问题。这一次，外商很配合，说为了占领中国市场，我们再做一些让步，八百五十万美元，这是底线，不能再退了。我一看这样，一个小的项目，谈了三次，实在耗不起，反正外汇有那么多，就同意了。谢易梵和黄鹂也是这个意思。

跟数字机床项目谈判一模一样。

贾二亮和陆凤都没有感到吃惊。

“谈判前后，见过谢易梵的生肖画么？”

一听贾二亮的问话，余泰祥愣了一下，疑惑地问：“你们知道？是不是从一开始就注意了？谢易梵确实是一位蛮好的画家，他没有做画家太可惜了啊！第三轮谈判，谈得很苦，是在新建县长陵饭店谈的，封闭式谈判，谈了一上午都没有结果。中午休息时，我们商量着，要是谈不下来，我们就不谈。结果下午再谈，他就降到了八百五十万，我记得，下午开始谈的时候，为了活跃气氛，谢易梵在一张纸上画了一只猴，就那样几笔，十分逼真，活灵活现，还在纸下面写了几个英文字符。我懂英文，拼不成句子，也不知道什么意思，他也没有说。”

果然如他们所料。

“你有那样的画吗？”

余泰祥摇了摇头，说我不喜欢。

“谢谢你啊！余总，占用你时间了。”贾二亮起身。

余泰祥站了起来：“没有关系的，有什么事就给我打电话。我记住了孔主任的话，你们放心吧。”他在一张纸上写上了自己家的电话和办公室的电话，让他们有事就打电话。贾二亮也把自己的名字和陆凤的名字、联系电话、呼机写在一张纸上交给他。

他一直把余泰祥送上汽车。

告别了孔泉，两人返回队里。路上，两个人一句话都没有说。回到队里，盖天骄说，队长过来了一次，什么也没有说。贾二亮放下东西，就走进了姜大明办公室。姜大明看了贾二亮一眼，哼着说，还知道我是你队长呀！我以为你忘记了呢。贾二亮笑着说，我忘记了谁，也不能忘记你呀！他站在那里，把这几天调查的情况说了一遍，没有说井上林。姜大明没有问更多的，只叮嘱他，除了自己，不允许向别人汇报有关情况。否则，不要怪他不客气。姜大明的话，异常认真。

回到屋，贾二亮把情况告诉了陆凤和盖天骄。

“什么意思？”陆凤问。

盖天骄摇摇头。

他看着贾二亮。

“我也不清楚，他跟我打哑谜呢。我奇怪了，他也不问井上林，原来他不是这样的呀！我总觉得，于木根死了以后，姜大明怪怪的，既不支持我们，也不反对我们，又不布置工作，什么意思，为什么不可以明说？”他皱着眉，十分不解。

盖天骄看着两人说，姜大明有他的苦衷，他不给我们布置工作，就是纵容我们去调查谢易梵的案子，但是，他也不愿得罪土明阳。他有他的难处啊！两人同意他的分析，可不是吗，做人难啊！做好人更难。三个人，坐在那里，叹气不断。

32

井上林是在晚上六点多才堵住浦文君的。

找这个女孩子，可费老劲儿了。从她的身份证开始，到原住地派出所核查，再查她的亲戚、朋友、同学，总算让他找到了她的住处。井上林转了一圈，又转回来了。浦文君住在他的眼皮子底下，离他住处也就几站地。井上林感叹，这是一个鬼精鬼精的女孩子，自己一定要小心，不要被她骗了。

井上林带了一个片警来找她。

片警是个女孩子，叫邓青，是陆凤的同学，个子很小，没有陆凤长得漂亮，人却很精明。他们穿着警服，在楼前等了一天。邓青几次跑过来，说老井，你去派出所吧，我把她带过去。井上林说，有那样简单就好了，这个女孩子，是一个重要人物，我害怕她来点别的什么，所以，把你带来。我跟你们所长说了，这件事，就他知道，你不要告诉他情况。邓青笑着说，看你紧张的，我明白。她问陆凤为什么不来，他说她有事。邓青说，有什么事，不就是跟冀北方谈恋爱吗？

“你知道？”

邓青鼻子一哼：“没有我不知道的。”

井上林的脸上有些尴尬，没吭声。

“我还知道你的案子。”

井上林苦笑了一下：“有些事我就不用说了。”

“不用，我会全力帮助你的。”邓青眼睛透着诡秘，“你放心，谢易梵这个案子我还真了解过，有的是通过陆凤的嘴知道的，有的是听说的。你么，在公安局是个人物，我们所长特别敬佩你。我没有想到，有跟你在一起的机会。放心吧，老井，对这个女孩子还有什么事，交给我，我是负责这一片的。”

“好好，那就谢谢你。”井上林放心了。

五点多，她吃完饭，给他带来了一份，说你吃吧，我估计她不会来的，要不，我们明天来吧。井上林坚持，要等到晚上。他要守在这里，一定要等到浦文君。就这样，两人守在邓青租住的房子门外。六点多，井上林刚吃完饭，想抽一根烟，一个女孩子从电梯出来，一看见他就要跑，邓青疾跑几步，就把她抓住了。

“是她吗？”邓青问。

“井大哥，何苦这样找我呢，我已经离开了韩晓雪的公司，他们的事，跟我没有任何关系。我只是棋盘上一颗卒子，做不了什么的，真的。”浦文君装出可怜的样子，站在那里，不停地乞求。

井上林让她把门打开。

她无可奈何，把门打开了。这是一套一居室，里面装修得不错，就是有些乱。衣服扔得到处都是，都是内衣，让他看着不雅。床上，到处是避孕套，把邓青看得脸红了。浦文君没有半点难堪，笑着把东西收拾整齐，还给他们倒了水说，我在外面混饭吃不易，让你们见笑了。井上林说，你不是在公司做事吗，怎么跟在红灯区混一样？浦文君浅浅地笑，井大哥，我倒觉得在公司做事跟在红灯区没有什么两样，卖笑虽然让人看不起，但是，是卖自己的东西，你说是么？可有的人，卖的却是国家的东西，还装高贵，你说，哪个让人不齿？

她的话，把井上林噎住了。

井上林说，我今天来，就是要你把刚才这句话说清楚了。他讲了法律的界限，特别讲了参与法律的责任，说了贪污受贿罪的类型。他告诉她，她很年轻，千万不要为了一时利益，把自己一辈子毁了，如果是那样的话，就得不偿失了。听完他的话，浦文君哭了起来。邓青说，你哭什么呀！有事说事。她抬起头，说，邓姐姐，我哭，是我难呀！我是道上混的人，人家给了钱，我就要给人家保密，否则，我还是人么？她一边擦着眼泪，一边斜着眼睛偷偷地看着他们。

井上林好像明白什么似的。他从钱包掏出钱，有一千多块吧，放在茶几上，冷冷地说：“我买你几句真话，够了吧？”

她看到钱，眼睛放光，马上拿到手上，笑了：“井大哥，你真好。说吧，问吧，我一定说真话，说了假话天打五雷轰。”

“上次你跟贾二亮坐火车回青昌，是怎么回事？”

浦文君马上告诉他，前几天我回了武汉家里，韩晓雪给我打了电话，让我马上回来。她告诉我，上火车后，利用晚上时间，把一瓶饮料与下铺的人相换，我问为什么？她说我问多了，不告诉我。火车票和饮料是一个我不认识的男人送来的，我就这样上了火车，碰上了二亮哥哥。

“浦文君，我可以告诉你，那个坐下铺的人是个罪犯，叫于木根，他喝了你的饮料，死了，你涉嫌杀人，明白吗？哼，钱不好赚啊！这下你赔大了。”井上林冷冷地说。

浦文君“啊”了一声，震惊得脸色苍白，瞪着眼睛，半天没有说话。许久，她瞪着恐惧的眼睛，一下子跪在井上林跟前，摇着他的大腿哭着说：“井大哥，我没有杀人呀！我真的没有杀人。他……那瓶绿茶饮料我……我没有带上火车。我……我带回了青昌。那个人喝的饮料，是我在商店里买的呀！他怎么可能死呢。你可不要冤枉好人啊！我是做过坏事，我……我跟谢易梵上过床，我和井上森睡过，我……我那是为了钱啊！没有钱，谁去做。我就是怕韩晓雪利用我，我这才离开她的呀！你一定要搞清楚，我真的没有杀人呀！”她一把鼻涕一把泪，哭得特别伤心。

井上林腾地站了起来，揪住她衣领。

“那个男人送你的饮料呢？”

她跑到墙角，把一瓶绿茶饮料拿了出来，交到井上林手里。他看着这瓶饮料，放进了包里，准备带回去化验。他坐回沙发，安慰她，我们不会冤枉一个好人，也不会放过一个坏人。你既然离开了韩晓雪，就应该把事情说清楚。他问她还知道什么，一块说出来。

浦文君吞吞吐吐不肯说。

“邓青，把她带回派出所，拘留。”

邓青愣了一下，刚想说什么，浦文君冷冷地笑了，你们带我走吧，明天我就可以出来。我告诉你们，我掌握着某些人的重要事情，他们知道，我开了口，他们就死了。我不想开口，因为人家给了我好处。我浦文君知道你井上林几斤几两。不要忘记了，你的老婆水艳红也得了韩晓雪的好处。好多情况，就是她通报给韩晓雪的。

“你……带走。”他一挥手。

两人把浦文君带到了派出所。

所长听完两人的汇报，有些为难了。他跟井上林说，这样的事情，我们还真处理不了。他要刑警队处理。井上林说，有些事情还没有弄清楚，如果让刑警队出面，事情会变得复杂。他要所长按卖淫嫖娼处理，他说反正她是做这一行的。所长说，我们没有抓到现行，这样恐怕不好吧。说了半天，所长战战兢兢答应关她几天，不超过一个星期。井上林叮嘱邓青，好好问问浦文君，她知道好多情况。邓青答应了。离开派出所，井上林就找付一来了，他拿出那瓶绿茶饮料，要他马上化验。

井上林就坐在办公室等着。

两个小时后，付一来了。

“老井，化验出来了，那瓶饮料没有任何问题，是一瓶正宗绿茶。这样看来，我们上当了。我没有猜错的话，火车上，睡在上铺的那个老头最可疑。很有可能是伪装的某某人。他采取声东击西的办法，引开你的注意，这才下手。我推测，这个人，应该是最熟悉你的人之一。”付一分析。

井上林满脸惊愕。

“这……付一，我没有去武汉，他怎么可能猜出我会调查？这不可能吧？是不是你判断错了？”他还是不相信。

付一坐在那里，把案子前前后后的经过说了一遍，把刑警队几个人也分析了一遍。把谢易梵的工作情况、死亡原因，黄鹂自杀，王明阳对案子的结论，都说了，告诉他，幕后的人，是一个非常熟悉公安局工作程序的人，也是一个非常了解你的人。他知道，除了你，不会再有人继续追下去。所以，他设置了谜团，让你入套。

听完他的分析，井上林长长叹了口气。

“付一，帮帮我。”

“放了那个浦文君吧。如果你见了她的消息被幕后人物知道了，情况恐怕会更复杂，你的处境也不会好。”他说最好的办法是做通她的工作，让她说实话。还有，韩晓雪是个关键人物。我听说嫂子早就在她公司上班，这样看来，她注意你也不是一天两天了。老井，我知道你对工作的忠诚、认真，但是，你有时候不注意自己的嘴。我想你跟嫂子说的话，很可能第二天就到了韩晓雪耳朵里。对不起，我多嘴了，影响你们之间的感情了。付一说到这里，又感到有些后悔。

井上林咬紧牙，知道他说得对。

井上林回到派出所，让所长把浦文君放了。所长说，我没有办手续，知道你会回来的，人在邓青办公室，你过去就行了。他走进办公室，给邓青使了个眼色，和蔼地对浦文君说："浦妹妹，你走吧，刚才大哥做得有些那个，你不要计较啊！我也是为你好，我害怕别人害你，你知道，这个世界不太平。今天的事，就到此为止，你不说，我也不说，就当没有发生过一样。"

一声妹妹，让浦文君笑靥如花。她站了起来，眼睛含着泪水，动情地说："井大哥，我就知道你是好人，好人会有好报的，有些事情想起来了，我会告诉你的。你放心，有你这句妹妹，我什么也不会说的。我走了，邓姐姐给我留了电话和呼机，有事我会联系你的。"说完她一步三回头地走了。

"老井，怎么回事？"

他说了自己的考虑。

"也好，这件事就交给我吧，我会认真去办的。你有什么事就与我联系，我一定尽力。"邓青十分认真地说。

"一定，一定。"井上林和她告辞。

33

王明阳把姜大明叫到市局。

姜大明不知道发生了什么事情，揣着忐忑不安的心，推开了王明阳办公室的门。他现在是代理局长，党委副书记，实际上的公安局一把手。局长在省学校学习，什么时候回来、能不能回公安局，都是一个事。姜大明进公安局、进刑警队，王明阳就是他上级，他对他不错。走进办公室，王明阳正低头看文件，没有理他。他站在那里，坐不是，走不是，十分尴尬。

“局长……”

“还知道我是局长呀，我以为你忘了！”

姜大明嘿嘿地笑着：“局长，我……”

王明阳抬起头，点燃了一支烟，厉声说：“我是看着你姜大明走到今天的，你的队长，也是我提议的，我总觉得你这个人老实巴交，不像井上林，鬼点子多，也不像吴仲川，坏心眼多，更不像司马江，心窄得只有针眼大。我养鹰多年，想不到竟然让鹰啄了眼。你敢背着我做事，谁给了你胆子？是不是井上林怂恿你的？还是贾二亮、陆凤背着你做事？你今天不给我一个准话，你这个队长就不要当了。”

“我……局长，哪件事？”

“你还装。”

“我真不明白。”

“我宣布过了，谢易梵、于木根案子已经了结，你写的报告还在我这里，你为什么背着局里，派人还在调查？什么意思？难道我错了么？让井上林回来，不准休假。听清楚了吗？”王明阳十分清楚地说着。

“局长，你听我解释。”

“我不听。”他挥着手。

“那好吧，不过，局长，我是为你好。”姜大明站在那里，搓着手，眼睛躲躲闪闪，故意说一句留半句。

果然，王明阳急了，要他把话说清楚。

姜大明故意嘿嘿地走过去，在桌子上的烟盒里拿了一支烟，点燃。他分析说，你是刑警出身，当然清楚于木根是怎么死的。幕后的人，为什么要谢易梵死、要于木根死，答案只有一个，就是他们掌握着某些人的秘密。而这个秘密，关系着某些人的生命。我害怕，你帮助了他们，他们把你当猴耍。现在的官场，你比我更熟悉，没有信任、没有交情，只有利益，只有利益是唯一的。如果我们能掌握某些人的秘密，那么，你就主动了，就有牌打，就能得到某些利益。否则，你会上他们的当。信不信由你，我当然也有个人考虑。我希望你真正当上局长，我的日子不是也好过些吗？换了别人，我还不知道被发配到哪里去呢。

姜大明的话，说得王明阳半天没有吭声。

但是，他耳边再次响起了井上森的话。

“明阳，你的事情我已经跟书记讨论过，虽然没有最后定，但是，差不多了，你放心，我还会做工作的。希望你说话办事一是一，二是二，不要说空话。好了，有空我们一块吃顿饭。”这是井上森在电话里说的。他虽然没有在电话中提谢易梵案子的事情，但是，王明阳知道他说的是什么。今天，他把姜大明找来，一问，证明了他的判断。

姜大明的话好像也有理。

但是，什么事情也没有比他当上局长的事情大。他没有听姜大明的，训斥他胡说八道，他自己知道哪头重哪头轻，让他用不着操自己的心。还交代，回去以后，严格按照自己的安排把调查人员撤回来，交给他们别的案子。他还说，不管井上林的哥哥是做什么的，你们只管安排他的工作。不让他休假，让他做别的事。

“是，局长，我服从。”姜大明低着头。

“去吧，大明，我也是为了你好。你说得对，官场很复杂，我做这些事情，也是身不由己，你明白我的苦衷就好。你放心，我就是不在这个位置，也会把你的事情安排好。”他安慰了一番。

姜大明点点头，离开了办公室。

王明阳给井上森打了个电话。

对方嗯了两声就挂了，我现在有事，没有事我再打过去。放下电话，王明阳又马上给熟人打电话，得到的信息是，这几天，市委就要确定青昌市政法委书记，井上森的可能性非常大。得到这个消息，王明阳非常高兴，觉得自己的事情办得非常漂亮。他心里十分清楚，副局长魏国华虽然不哼不哈，也在暗中使劲，想争公安局长这个位置，而他攀上了这棵大树，一切都有了。

出来，姜大明碰上了副局长魏国华。

“大明，进来坐坐。”魏国华一把拉住他。

他无法，只好走进房间。

“魏局。”

“没有人的时候就叫我魏大哥吧，我听着舒服。”

“魏大哥。”

魏国华跟王明阳年龄差不多。他不是刑警出身，是从分局长位置上提起来的。他为人谦卑，脾气极好，从没有看见他跟别人发过火。公安局的人都说他能力不行，婆婆妈妈。他跟下面的人关系很好，特别是几个分局长。包括下面的警察，都跟他哥们儿似的。他跟王明阳性格反差极大，一个火暴脾气，一个软得像个柿子。他分管治安。姜大明跟他走得不是太近，工作上没有交往。

“是于木根案子的事吧？”

姜大明惊诧：“你怎么知道？”

魏国华轻松笑了，公安局很多人都知道，我当然也知道。你是不是跟王局意见不一样？你不用说，我猜都猜得出来。我劝你服从，王局有王局的考虑，而这些考虑，他是不方便告诉你的。他还说，公安局生活在这个社会，也离不开这个社会，你明白这些道理，就能想通一些问题。听了他的话，姜大明有些不高兴了，我们警察，就应该尊重事实，就应该依法办案，我依法办案有什么错，我没有错。他发着牢骚，我就不知道你们领导是如何想的。他没有听魏国华劝，走了。

回到刑警队，姜大明把贾二亮等人找来了。

“从今天开始，不要调查谢易梵案子了，不要问为什么，这是上面的意思。通知井上林，让他明天来队里，我要见他。二亮，你带着陆凤、盖天骄，调查别的案子吧，反正，我们现在很多案子需要调查。”他不容贾二亮声辩，把一叠材料交到他手里。

“这……”

“去吧，记住我的话。”姜大明把他轰出来了。

几个人回到办公室，发着牢骚。贾二亮给井上林打了传呼，他回了电话，贾二亮把姜大明的话告诉了他，问如何办。井上林说，该怎么办还怎么办，腿在你身上长着，听你的。他说，是听我的，但是，我听队长的，我不听，我就待不下去。

“有事我顶着，你仍然调查。”井上林说，“不要太张扬，悄悄地，不要让姜大明为难。”井上林已经接到王明阳的电话，让他不要管案子，他知道怎么回事，只在电话中再三感谢，其他的话没有说。越是这样，越让井上林感到里面有问题。他了解王明阳，他越巴结自己，自己越不用害怕。

他也了解到，路少洲跟井上森关系不是太好。

“哥哥不会跟这个案子有关系，吴仲川也不会，但是，我要找出凶手，这样，我心里就踏实了。”井上林是这样想的。

他要用事实证明自己的判断。他不相信吴仲川和井上森跟这个案子有牵连。虽然谢易梵跟哥哥关系好，但是，不能证明是他杀了谢易梵，他没坏到这个份上。而且，他仕途很好，不会拿这个事开玩笑的。到了这个份上，井上林还是不相信自己的判断。他决定再找一趟路少洲，无论如何，都要做通他的工作。

路少洲见到井上林十分冷淡。

“我知道你是井市长弟弟，他给我打过电话，那个案子已经了结了，我也让贾二亮调查过了，什么事情都没有了，你不要找我好吗？”他一脸为难。

“路总，我是我，我哥是我哥。”

“我听不明白。”

井上林告诉他，说白了吧，我怀疑谢易梵在项目中贪污受贿，我哥不相信。所以，我要调查。如果你害怕这件事牵扯你，你可以不配合。当然，你还可以告诉我哥哥。路少洲说，假如，我是说假如，这件事涉及你亲人，你如何办？你还会依法办案吗？井上林说，当然，如果我不以法律为准绳，你可以轻蔑我，更可以告我，我当警察，就是要还事实一个真相。相信我，我需要你的配合。

“让我想想。有消息我联系你。”

他后退了一步，看着井上林，一脸轻松。

井上林留下联系方式就走了。他知道，事情越大，对路少洲越不好。一个单位出了事情，领导脸上总是不好看的。他想到贾二亮的电话，想到哥哥的话，开着摩托，找尹冰来了。尹冰见到他很高兴，你很少来我单位，有什么事吗？他说，嫂子，我希望你劝劝哥哥，不要管我的工作，更不要跟我们局长拉关系，我用不着那样。王明阳那个人很鬼，我怕哥哥被他利用。

“知道了，我一定把你的话带到。”

“那我走了，你留步。”

井上林一走，尹冰马上给井上森打电话，说了井上林的话。井上森在电话里嗯了一声，冷冷地说，我被他利用？笑话，我混了这么多年，还怕一个公安局局长？尹冰的电话，显然没有让井上森放在心上，但是，还是在他脑子里留下了阴影，以至于后来他抛开王明阳，起用了魏国华，这是后话。

34

夜晚，滕王阁不远处。

已经是六月下旬，青昌的天气还没有到最热时，但是已经有热的感觉。一男一女坐在赣江边上，江风徐徐，十分惬意。离他们不远处，是雄伟的滕王阁，灯光把它装扮得十分妖娆。江中是裘家洲，江对面是待开发的红谷滩，一切都充满着勃勃生机。男的抽着烟，女的望着夜色，吃着酒心巧克力。青昌雨多，今天的夜晚却特别好，星星出来了，月亮也出来了，下过雨的青昌，连空气中也弥漫着香的气味。

“天气真好。”女的说。

男的没有吭声，仍然抽着烟。

“说吧，找我有什么事？”他望着江面。

“你知道我找你什么事，猜不出来，就不是你了。”女的冷冷地笑。那笑声中有几分蔑视，也有几分得意。

男的脸上平和。

女的把巧克力吃完，叹着气说，我们没有想到，你办事办得这样不利索，留下了后遗症。我告诉你吧，井上林利用休假时间，把好多事情都进行了重新调查，找过浦文君，还找过于木根的兄弟，去过新建，去没去过武汉我不清楚。但是，我知道这个人，不找到我们头上他是不会罢休的。我们说好了的，你闯的祸，你把它摆平。最后，我警告你，无论如何，永远不要说出我，否则，你死定了。

男人冷冷地笑。

“你笑什么？”

“没什么。你现在说的话，跟你这个人外表天壤之别。你让我想起了浦文君，没开口时，是在天上；一开口，就掉在地下。记住了，我拿了你一百万，我做了，谢易梵死了，不管他是怎么死的，反正没有找到你头上。他是于木根杀的，刑警队已经有结论。至于那个死在刑警队的人，结论是心脏病。井上林要推翻这个结论，比登天还难。”男人怪声怪气地说。

女人对他的话感到愤怒。

“你看不起我？可是，你……不要忘记了，你爬到过我身上来。好，好，不说你不痛快的事。我们是一根线上的两个蚂蚱，谁也跑不了。你如果出事，供出了我，你就是死。而我，仍然可以活着。因为，无论你讲得如何，我都可以不承认。你们手里没有我犯罪的证据，我仍然是我，任何人没有办法。”她的话，十分得意。

男人长久地不吭声。

“你为什么不说话？”

男人长叹一口气，说什么呢，你不是说了么，出事了，我只有死，你可以活，既然这样，我们还有什么可谈的？你也用不着冒着风险，约我出来。做完了的事，我已经不感兴趣。我拿了你的钱，我会遵守承诺，任何时候都不会说出你，这个你放心好了。他站了起来，冷冷地笑，就让井上林从另一个地方把你拉出来吧，不要忘记，黄鹂自杀了，是你给她打了电话，否则她不会死。说完，男人往外走。

刚走出几步，他就被女人喊住了。

男人没有转身：“你还有什么可说的？”

女人从后面抱住男人，被男人推开。他朝前走了几步，站住，冷冷地说，我知道你后面有人，而这个人，是比王明阳更大的官，我猜都猜出来了。你和谢易梵一起做局，把进口谈判底牌泄露给外方，从中得到好处。谢易梵把黄鹂拉下了水，给了她一百万，后来，你们跟谢易梵谈崩了，这才买通我做了他，没错吧？

男人的话让女人后背发凉。

“你想死？”冷冷的声音。

男人鼻子哼了一声：“那就试试。”

片刻，她“扑通”一声跪在男人面前，声泪俱下地说：“帮帮我，看在我们在一起的分上，看在我曾经对你好的分上。不要推波助澜，我死了，你也好不到哪里去。我们之间，不是鱼死网破，我们是同一战壕的战友。我不逼你，你也不要逼我，因为，你手上有两条人命。”

男人缓慢伸出手，把她拉了起来。

“我说了，不要跟我阴阳怪气。”

“怪我。”女人自责。

男人摆摆手，制止了她的话。他再次点燃一支烟，使劲儿抽了两口，认真地说，我后悔与你打交道，但是，我知道，世上没有后悔药可吃。我知道井上林，知道他们的每一步，你赚了不少钱，从指缝里再流点出来，我帮你把一切了结，就是了结不了，我也绝对不会牵扯到你。我是一个守信用的人，我说了就算。只要你对得起我，我绝对会对得起你。否则，就不要怪我了。

“你说个数。”

男人伸出一个手指，跟上次伸出的一样。

“好，成交。”女人拿出一张银行卡，告诉了对方密码，一字一句地说，“希望你信守你的承诺，顺便告诉你一句，我们还准备了一张跟这一模一样的卡，里面也是一百万，如果你不信守承诺，那张卡就买你的命。”她的话，从牙缝中挤出来，活像地狱的鬼。

“我明白，我太明白了。”男人接过卡，放进了衣服里。他把手抬起，像江湖黑道一样，朗声说：“头上三尺有神明，如果我不信守承诺，让我死在你手里。记住，不要再找我，也不要给我打电话，有事，在我上班或者下班的路上等我，还像每次那样。如果我被刑警队抓了，你们也不要救我，否则，你们死定了。”说完他走了。

“求你，吻我一下再走好吗？”女人说。

男人脚步没有停止，消逝在黑暗中。

“这个魔鬼。”女人诅咒。

女人走了一段路，开车走了。

尹冰坐在大东海三十层的包厢，望眼欲穿。她选择了一个靠着窗户的包厢，俯望着青昌市美丽的夜色，十分惬意。这家高档的菜馆叫轩庭瑶，是家正宗的鲁菜馆，在青昌市知道的人不多。菜有多好，全凭个人感觉，关键是它的环境，这里没有大厅，全是包厢，十分隐秘。上好菜，客人不让过来，服务生不会过来。要她们来，打开话筒一叫，就来了。这是客人喜欢的地方之一。听说这个地方提供多样服务，多到什么样，我们就不得而知了，反正，只要肯花钱，什么事都能办得到。

尹冰是这里的常客。

她坐在包厢。

时针指向晚上八点，韩晓雪出现了。穿得十分整齐，带着浅浅的笑意。尹冰知道她喜欢喝绿茶，早给她泡上了西湖龙井，倒了一杯端到她面前。那笑容，十分甜蜜，看不出一丝不快。

“姐，你还是那样漂亮。”尹冰的话，不仔细听，听不出那之中夹着的妒忌，但是，对方感觉到了，知道这句话不是发自她的内心。

“妹子，姐跟你比，就是秋天的枫叶，虽然红了，但是，就要掉下来啊！妹子是樱花，仍然是二十年前的樱花，是让男人吐血的樱花啊！”韩晓雪坐了下来，把包放在一边，优雅地端起了杯子。

尹冰脸上有一丝不快，瞬间就过去了。她的笑仍然是那样优雅：“姐，我知道你恨我，可是，已经过去了二十年，我想你应该消消气了，你我的孩子都大了。我们都是为了一个男人好，所以，我们应该和解，不要跟孩子们一样，闹些不快，那样的话，对你我都不好。”她扬着兰花指，看不出半点生气的样子，仍然是那样从容，落落大方。韩晓雪二十几年来，就是看不惯她这个样子。

“可以，把我的位置让出来。”

“何必呢，一个五十多岁的男人，你为什么要这样抢呢？这样吧，在这个问题上，我们也不要争执。我们不是分东西，何况他也不是东西。我尊重他的意见，如果他选择了你，我退出。只是，他现在是关键时刻，明年三月就要开人大，如果他能当市长，我们都要尊重他。在此之前，我希望你不要干扰他的工作。”她说得很诚恳。

“好，我同意，这可是你说的。”

“我说的。”尹冰露出了笑意，“姐，我了解过了，刑警队还在调查那件事，我看事情还没有了结。唉！当时我就劝过他，不要这样做。谢易梵不就是想多要点钱么？给他就是了，何必……人死了总不好，我怕这件事牵扯着他，那就得不偿失了，唉！”她长长叹着气。

韩晓雪有些愤怒。她告诉尹冰，谢易梵不是想多要点钱的问题，也不是要官的问题，他掌握着我们与外方会谈的证据，掌握着你男人，也是我男人全部私生活。他握在手里的炸弹，随时可以引爆，那样的话，你的男人、我的男人，不是丢官的问题，而是杀头的问题。你以为我们想杀人吗？我就弄不清楚，他为什么选择了你，你这样的人，就知道享受他的成果，而不懂得跟他共患难。

尹冰脸上陡变，眼睛发愣，半天没有吭声。

“这……”

“知道你男人有几个女人么？告诉你吧，除了你我，还有浦文君，还有我从深圳为他弄来的女人。告诉你，我才是他最好的妻子，我为他做了我能做到的一切。”韩晓雪的话，像把刀直刺她的心窝。

“姐，我……我恨你，你带坏了他。他原先不是这样的，自从跟了你以后，你就……我对得起你，默认了你们的关系，我没有想到，你一步一步拉他下水，他成了你手中的牌。好，就算二十年前我欠你的，现在两清了。你把谢易梵的事了结，就离开他，否则，不要怪妹妹……”她咬着牙。

“休想！”韩晓雪从牙缝中吐出两个字。

“那就走着瞧，看公安局是听你的还是听我的，我会让你和你一家子生不如死。”尹冰站了起来，没有再理她，走了。

韩晓雪坐在那里，拨通了井上森的电话。

35

阳明东路，井上森家。

这里是独门独院的连排别墅，都是二层小楼，每一个院子都住着青昌市委常委。两天前，井上森的工作进行了调整，升任市委副书记兼政法委书记。由于市政府工作还没有调整，他仍然分管着外贸口工作。这样，他成了实际上的三把手，为明年当市长铺平了道路。他惬意极了，回到家，阿姨做了几个好菜，他喝了点红酒。儿子在美国读书，家里就是他们夫妻和一个阿姨，二层楼的房子显得有些空旷。井上森毕业于名牌大学，从车间主任做起，总工程师、副厂长、厂长、进出口公司总经理、经贸委主任、副市长，一路走来。他工作积极，在老百姓中口碑极佳。虽然是理科出身，他文科功课也是极好。当副市长前，偶尔还在《青昌晚报》发表散文和小说，得到文学界的好评。而且，他毛笔字写得相当不错，钢琴也弹得很好。

看完新闻，他坐在钢琴前弹《黄河》。

尹冰站在一边，默不作声地看着。

她望着井上森神采飞扬的样子，想起二十多年前的他，感到岁月好像没有在他身上停留，他仍然是那样潇洒优雅，充满着让女人喜欢的东西。那一年，她二十岁，他已经三十三岁，跟韩晓雪恋爱也有三年了。由于工作关系，没有人知道他们谈恋爱，他们就这样秘密相处着，一直到尹冰出现。

“这就是命中注定。”她心里叹着气。

爱情，一个多么美丽的字眼，它让人捉摸不定，但却很美。那是一种心痛的美，好像漫天飞舞的樱花掀起了潮湿微凉的雨雾，轻柔地吻着大地，在盛开中凋零。心中那个化不开的结，就是爱。那是一种永久的记忆，一种缓慢沉结的痛苦，一种与天地同在的色彩。它让你欢喜让你忧愁、让你死去活来。没经历过爱情的男人女人，这辈子就白活了，害怕爱情的男人女人，就是懦夫。为了爱，她奋不顾身，哪怕粉骨碎身。

而现在，她才明白，不要期冀爱情完美，就像不要希望人生完美一样，太完美有时候是一剂毒药。她有时候想放弃，但是，她想到爱情，想到自己曾经有过的，也就感到坦然。幸福是偶然的、短暂的，所以才灿烂辉煌，所以才值得人珍惜。无论是短暂的恋情，还是一个相知的异性朋友，我们都会获得一种跳弹的力量，依靠这种力量，我们会感到生活的幸福，那种浓得化不开的情，会让我们保留一份惦念，感念彼此互相温暖过的灵魂。只要有呼吸，就不要把我们留在血液里的爱情抽走，请让爱情与我们永远在一起。

“可是他呢，他对自己还有爱吗？”她想。

“上森，坐着说说话好吗？”她开了口。

井上森朝她点了点头，意思弹完这一曲。

她冲了咖啡，是极好的蓝山咖啡，他喜欢这样的味道。弹完《黄河》，他兴致未减，赞美这个曲子极好，写出了黄河的本质。两人坐在一起说话极少，他永远都是来去匆匆，有时候几个月也懒得碰她一下。今天他心情很好，把手机关了，告诉阿姨，有电话找他，让他们两个小时后打过来。

“尹冰，你有话跟我说？”

“想听听吗？”

“说吧，我们夫妻之间还有什么可隐瞒的。”井上森挥了挥手，像市政府开会那样，端起了咖啡喝了一口，充满着柔情的眸子望着她。

本来有许多话说，一时竟然说不出来。她愣了几分钟，这才缓慢地说，有些事情，我本不想说的，今天姐找了我，要我把你让给她，我答应了，我说我尊重你的选择。虽然我是那样爱你，但是，我也要尊重你的自由。谢易梵的事，你事先问过我，我不知道他掌握着你如此多的秘密，我更不知道他还掌握着你的私事。你让她找人办，办得不利索，据我所知，刑警队仍然在调查此事。我害怕牵扯着你，害怕毁了你的仕途，只有我知道，你走到这一步不容易啊！不为了我，为了孩子，你也要尽快摆脱她，否则，她会毁了你的。

井上森静静听着，脸上很平和。

“上森，你听清楚了？”

“我听清楚了。”他说你们在轩庭瑶吃完饭，她就给我打了电话。尹冰，这件事我来处理吧。过去的事就让它过去了，我们不要再纠缠了，没有意义。我们是二十多年的夫妻，我信任你，一辈子也只爱你。当然，我承认，我的灵魂不是太坚强，我喜欢女人，跟一些女人上过床，但是，都是逢场作戏，我不会跟她们来真的。有些事情，我之所以要找你姐，就是舍不得让你走在前面，出了事，要杀头的啊！放心吧，我现在是市委副书记、政法委书记，我还怕什么？笑话。他站了起来，轻轻地把她搂进怀里，拍着她的背。

尹冰呜呜哭了起来。

“你……你好长时间没有抱过我了。”

“是，是我的错。”

他拥着她，走进卧室，拉灭了灯。

她感受到了新婚时的喜悦和激动。

冀北方出任新建县副县长，井上森又调了一个叫覃晶的女孩子来做秘书。覃晶二十二岁，名牌大学毕业，长得十分俊秀，是市政府这一批招的公务员中最好的一个。她不但人聪明漂亮，而且机灵，会办事，这是她被看中的主要原因。早上还未上班，冀北方就接到覃晶的电话，说井书记让你马上过来，有点事要跟你说。他正好要赶到新建去，一接到覃晶的电话，马上开车来到了政法委。

“井书记，你找我？”他推开门就问。

“坐吧，北方，到了一个新单位，一定要认真做事，老实做人，千万不要耍小聪明，否则，会毁了自己的。”他再三叮嘱。

冀北方连连点头，我记住了。

他抽着烟，也没有什么大事，我就想问问你那个女朋友叫什么来着，陆凤是吧，在刑警队。你不是跟我说，要调她到别的单位吗？现在我在政法委，这样的事情好办些，我就是问问你，还想不想调，想去什么单位。冀北方一听，十分感动。连忙说，我问问她，再告诉你。他一个劲地感谢。井上森随意问，他们忙吗？我听下面说，他们正办着一个案子，是进出口公司谢易梵死亡案子。冀北方发着牢骚，说市局已经宣布结案，他们还偷偷地调查，一定要揪出幕后凶手。井上森叹着气说，就是我那个弟弟，不让人省心。

“查出了什么吗？”

“没有，他们正挠头呢。”说到这里，冀北方好像明白什么似的，讨好般地说：“等下我就去找陆凤，问问她的意思，我也不愿意她待在那个地方。井书记，有什么事你就说，我一定办好。”

井上森挥了挥手，我没有什么事，你走吧，我就是问问，只是问问。冀北方连连点头，退出了办公室。站在外面，他想了半天，最后明白，他是要自己把谢易梵的案子弄清楚。他不敢耽搁，马上传呼陆凤，两人约好了在大东海中心见面。半个小时后，两人坐在咖啡厅的雅间里，他要了两杯咖啡。陆凤匆匆忙忙赶来，问到底有什么事呀！上班的时候，你就这样呼我。她问他，怎么没有去新建县上班。冀北方知道她的性格，你要直接问她，她什么也不会说，所以，他拐了个弯。

“陆凤，我刚听到一个消息，也不知道是真是假，我听说，上面认定于木根的死跟井上林有关，要处理他。所以，我赶紧把你叫过来，问你们调查谢易梵案子有没有什么结果，如果有，井上林还可以逃过一劫，否则，就麻烦了。还有你，也会受牵连的。”他说得神秘兮兮的。

陆凤果然紧张。

她告诉冀北方，井上林是一个人跑的，有些事情，他不会跟我们说的，但是，估计是没有结果，有了结果，我们会知道。她还说，我跟贾二亮调查了几起进口项目，在看似没有问题的表面下，确实有问题。她说了每起进口项目情况，说了他们的怀疑。冀北方听完，联想井上森跟进出口公司的关系、跟谢易梵的关系、跟路少洲的关系，心里就肯定这里面有问题。而且，不是小问题。

“离开刑警队吧，我马上办。”

陆凤摇了摇头：“不行，暂时不行。”

“为什么？这个地方事太多，我不想看到你麻烦。陆凤，听话，我已经是副县长了，明年，井上森是市长没有跑的，我就是当不上县长，也可以当个处长。我在新建县准备了一套三居室，你可答应了我的，我……”

他的话还没有说完，就被她打断了：“好了，我答应了你的，当然要兑现，但是，现在不行，等我把案子的事了结，我就是你的。好了，谢谢你的消息，有什么有关案子的事，马上告诉我。”她拿起东西，走了。

他拨通了井上森的电话。

回到县里，冀北方还是感到不放心。他从县公安局找来他一个熟人匡尚富帮助调查井上林行踪。匡尚富三十来岁，当片警多年，他陪井上森来新建县时认识的，两人成了哥们儿。他一听对方的交代，马上明白，冀县长放心，我一定把事情搞清楚。

“尚富，我不想让别人知道。”

“这个你不用交代，我要是连这点事都办不好，我他妈的就白混了，我不会让任何人知道的。我认识井上林，认识贾二亮和陆凤，我会办好的。”他拍着胸保证。

“陆凤是我的女人，我只是不想让她陷得太深，没有别的意思。她不听我劝，我想弄清楚到底是怎么回事。”冀北方交代清楚，拍拍匡尚富的肩，让他走了。冀北方心里想，井上森对我有恩，我一定要帮他办点事，如果我连这点聪明都没有，就不要在官场上混啊！他下了决心，一定要帮井上森这个忙。

36

王明阳特地到政法委汇报工作。

他带着副局长魏国华、纪委书记苟锐、政治部副主任邵琪伟、刑警队长姜大明等人。除姜大明外，其他人都是公安局党委委员，班子成员。王明阳汇报了公安局一年来的工作，说了新一年的考虑，特别说了调查谢易梵死亡案件的进展，说一定依照政法委要求，把工作做好。

井上森严肃地说，我对公安系统工作不是太熟，但是，我知道，权为民所用，我们一切权力，都是人民给的，都要保护人民利益，正当权利。我们办案，一定要依法办案，要把人民的利益看成高于一切。我的权力是人民给的，就要为人民办事。他要求公安局班子成员，很好地领会省委和市委精神，做好自己的工作，为青昌市改革开放作贡献。王明阳代表公安局班子做了保证，表明了态度。最后，井上森问大家还有什么意见没有，有什么话都可以说出来，说错了也没有关系，但是，要讲真话。大家面面相觑，都没有吭声。半天，魏国华说话了，他说井书记，王局现在是党委书记，代理局长也有很长一段时间了，市委市政府是不是考虑，应该正式任命他为局长，我觉得这不是他个人问题，而是关系到公安局队伍建设问题。名不正，则言不顺嘛！你说是不是这个理？

“国华提的问题，组织上会考虑的。”井上森点头。

王明阳制止住了魏国华的话：“老魏，这件事不要说了，我们做好工作，不是为了当官。服从组织吧，不要讲条件。”

“我……”

“不要说了。”王明阳抱歉般地说，井书记，这件事不要向组织提出，我相信，组织上会有考虑的，我是一名共产党员，又是一名老警察，做好工作，我不会讲任何条件，你放心好了，局长也好，代理局长也罢，没有关系的。其他人，附和魏国华的话，说了很多，都是为王明阳抱屈的。

井上森安慰了大家一番。他亲自把他们送到电梯门口，一一握手告辞。回到公安局，王明阳把魏国华叫到了办公室，拍着他的肩，十分感动。他说老魏呀！哥哥没有看错你，关键时刻没有掉链子。魏国华说，我们是什么关系，我帮你，也是帮我，你不当局长，换了别人，我还不得处关系？你在公安局工作多年，我看找不到第二个人比你强的，除了你，没有别人可以坐这个位置。他走近王明阳，附在他耳边说，井上林虽然表现不是太好，他却是井上森唯一的弟弟，我觉得，应该把他提为分局长，这样，你好他好大家都好。王明阳为难了，说井上森愿意吗？他要是不愿意，我们帮了忙也是白搭。魏国华自告奋勇，说我跟井上森打个电话，探探口气。王明阳答应了，还一再感谢他，两个人关系陡然好了起来。

魏国华给井上森打了个电话，说了什么，没有人知道，他也不会告诉别人，反正，干部处开始着手调整干部的前期工作。下午，井上森打来电话，让王明阳过去，说省厅领导来政法委调研。两点半，王明阳带着邵琪伟等人，来到了政法委，见到了省厅副厅长毕福纯。他是来青昌市调研工作的，今天去司法局，井上森要王明阳陪同。一行人去了司法局，调研完已经是快下班了。送走省厅领导，井上森留住了王明阳，递给他一支烟。

“明阳，上午有些话我不便说，你心里有数就行了，不要告诉别人。你的事我会当事来办的，这个你放心。当副市长的时候说的话，现在仍算数。魏国华给我打了电话，说了你对井上林的考虑，他那个人，我怕狗屎扶不上墙，你们不要考虑他是我的弟弟，行就提起来，不行就不要提了，我不会怪你们的。”井上森说得大义凛然，一派正气。

“我明白，井书记。”

“明白就好。谢易梵案子，你们已经做了定论，就不要自己打自己的脸，这样不好，你们的威信何在？是不是这个道理？你不要想别的，我没有个人利益，我只是考虑你们的工作，才这样说的。犯罪要有证据，没有证据，你们最好不要乱下结论。”他把王明阳教训了一番。

王明阳一个劲地点头。

他现在就是想当局长，其他的不重要。

“井书记，我的事情，还要你多说话，我感激一辈子。不是我渴望这个职务，是我骑虎难下。我代理了这么长时间，要不转正，我在公安局没有办法待下去，做人难啊！你放心，你交代的事情，我一定办好。”王明阳说完，又感到说多了，有些画蛇添足，但是，话已经说出去了，没法收回来，只硬挺着脸笑着，脸上有些尴尬。

井上森有些不快，但他没有表现出来。

他朝院子里葡萄架下走去，王明阳跟在后面。两人烟抽完了，井上森又掏出来，给了他一支，自己也点燃了一支。他询问王明阳是哪个学校毕业。他回答是省刑警学院，大专。他问王明阳读过什么书，包括马列毛选小说散文等，王明阳嘿嘿笑了，我不喜欢小说，除了三大名著，我没有读过其他书，马列毛选博大深奥，我读不懂。井上森说，其他的书你可以不读，但是，毛泽东有几篇哲学著作，你应该好好看看，那里面有很多学问啊！王明阳连忙点头，说是，我一定好好读读，我确实要好好读读书啊！

“明阳，我们是朋友，有些话我才说，否则，我是不会说的。官场上太复杂，这种复杂，不是你我能分清的。做官是一种学问，你我都没有学到它的毛皮。有些事，是不能明说的；有些事，点到即止；而有些事，只能意会，不可以说。去吧，你我心中有数，我井上森对得起天，对得起地，也会对得起你。当然，你也要对得起我啊！”他拍着他的肩膀，十分动情。

王明阳声音哽咽，紧紧握了握井上森的手，走了。

井上森走向汽车，上车的时候，不小心把脚扭了一下，脚面一下子就肿了起来，疼得井上森不停地呻吟。覃晶连忙把他拉到医院，安排进了高干病房，请来了最好的医生，还把尹冰叫了过来。大家忙了一阵子，医生说，没有什么关系的，一两天就好。井上森要覃晶回办公室，不要告诉任何人他在医院，他要安静地休息。

“去吧，覃秘书，这里有我。”尹冰说。

“你也回去吧，明天早上过来。”井上森说，医院里有规定，我们不能破坏规定，她们会照顾我的。在他的劝说下，尹冰也走了。他一个人静静地躺在那里，享受着从未有过的惬意。他甚至有些感谢自己的脚，给他带来了安宁。

“井书记，好些了吗？”声音温柔。

他睁开眼睛，已经是黄昏。

“你……”

“我叫李薇，是照顾你的护士长。院长交代了，让我们好好照顾你。有什么要求你就说，今天晚上我都在，我就躺在你床边的躺椅上。”她扬着笑脸，十分和蔼。

井上森问，你年龄不小了吧，这个年龄，还当护士。李薇说，我四十二岁，年龄是大了点，但是，我们更懂得照顾人呀！你说是吧，井书记，我们怕年轻的护士不懂事，所以，才安排我过来。他瞄了一眼对方，李薇有1.65米的个头，胖瘦均十分合适。她的眼睛大大的，鼻子高高的，笑起来十分好看。他心情好了，就和她聊了起来，这才知道，她的丈夫在一家工厂上班，她有一个女儿，今年刚二十岁，中专毕业后就没有找到工作，在家里待着呢。

吃完晚饭，井上森睡着了。

梦呓之中，他突然醒了，睁开眼睛，发现李薇正低下头给他盖床单，发丝的清香和女人肉体的香味混合在一起，从她胸口传来。他一惊，不自觉地伸出了手，把她搂在一起。她没有吭声，就那样静静地伏在他胸前。他感到这是一个乖巧的女人，一个懂事的女人。他抚摸着她的发丝，感慨地说，你像我初恋的女人，长得像极了，碰上你，也许是我们的缘分。李薇挣脱他的手，如果你想跟我好，答应我一件事，帮我女儿安排个工作，她想去公安局。

“没问题，哪天你把女儿带来。”他答应了。

“那我听你的，今天晚上归你。”她笑着。

井上森已经顾不得自己的脚疼，在床上就成了好事。三天后，他出院，已经与李薇约好了联系方式。五天后的一个晚上，他约了李薇的女儿在饭店见面，吃完饭后，在母亲的默许下，她跟井上森上了床，一个月后，他把她安排在公安局上班。用过了，完了事，他就把她忘记。井上森从不跟任何一个女人保持长久的关系。他清楚，男人的事，很多都是坏在女人身上，他不想让别人的故事在自己身上重演。

公开场合，他对尹冰十分尊重，夫妻感情好，在政法系统是出了名的。尹冰对井上森十分好，觉得找到这样一个会疼人、会赚钱、有权力的男人，是上天对她的恩赐。她对他，没有任何要求，只要他爱自己，就够了。她觉得，只要有一个男人对一个女人的爱，就什么都有了，何况他给了自己的儿子一个天堂般的世界。

“尹冰，唱支歌吧。”

有时候，吃完晚饭，他弹钢琴，她就唱歌，连保姆都说，这真是天生的一对啊！琴瑟相伴，这是两人追寻的梦想。公安局这边，魏国华经常来政法委，说是王明阳叫他来的，汇报局里的工作，说了自己的安排，包括对井上林的安排。他还特意请路少洲吃了一顿饭，人员包括进出口公司的老人、副总经理，还请了左鹏等人。井上森跟大家说，青昌有什么事情办，只要不违反法律的，我都帮你办，进出口公司是我娘家，娘家的事，我时刻记住。

“井书记，你弟弟……”

“老路呀！他是他，我是我。他要调查就让他调查吧，我弟弟那个人就那样，一根筋。”分手时，路少洲提到了井上林，井上森搪塞，没有把话说明白，但是，路少洲已经明白了。他知道自己应该如何做，如何办事，他不想背黑锅，更不想找麻烦。

37

市公安局组织处的人来到刑警队。

测评程序严格按照条例执行。只是大家对这次测评井上林感到莫明其妙，就是井上林本人，也是没有半点消息。只有贾二亮、陆凤、盖天骄他们，知道他要升官了，兴高采烈。姜大明不明白是这么回事，回到办公室就给王明阳打电话，问到底是怎么回事？王明阳叹着气说，他哥是政法委书记，要提他到青云谱区公安分局当副局长，我也没有办法。他安慰："大明，你放心，你的事我心里有数，年底前，我一定想办法。只是有一句话，哥哥给你透个底，你不要告诉别人，谢易梵那件案子牵扯着很多人，而且是上面的人，我听说井上林和贾二亮他们还在秘密调查，你要阻止，否则，会影响你我的。"

"难道井上林提升也跟这件事有联系？"

"嗯，我看差不多，我不好多问。反正，官场的事情很复杂，不是你我能猜出来的。我向你保证，年底前不要出事，我一定把你调到下面当分局长。"王明阳承诺。

"嗯，谢谢王局。"姜大明挂了电话。

他对王明阳这种做法十分恼火。他知道，没有王明阳点头，什么事情也办不成的。局长去了党校，王明阳代理局长，完全可以召开党委会，研究他的问题，用不着推三阻四。他心里难过，觉得王明阳变了，变得他不认识了。开始，他怀疑谢易梵案子跟王明阳有关系，心里不相信。抱着走着瞧的态度，纵容井上林他们调查，越查王明阳越紧张，他就觉得是个问题。今天，他把话挑明了，说清楚了，他感到悲伤，觉得一个警察堕落了，有些事情就麻烦了。

他走出房间，来到了会场。

测评开始，组织处说了注意事项，每个人发了一张表，要画钩钩。姜大明接过表，画完了就走出来。刑警队是正科职，井上林是正科，他也是正科，从正科到副处，他知道是多么难。测评很快就结束了，组织处的人什么话也没有说，收起表就走了。姜大明把井上林叫到屋里，抛给他一支烟，问他调查得如何。对他，井上林不敢有任何隐瞒，说了事情全部经过，为难地说，我们碰上了对手，一个真正的对手。

姜大明好像有思想准备。

“我早就想到了，你查不到什么的。”他抽着烟，望着他那张苦涩的脸，“老井，我知道你办事认真，但是，太死性。于木根一事，我就猜出了八九分，我不好跟你说，想让你自己碰壁。但是，你的调查，已经触动了对方的神经，否则，不会有今天对你的测评。恭喜你，不管如何，你提了副处，我还是高兴的。这样，对下一步案子有好处。”他望着井上林，笑着说。

井上林瞪着眼睛，好像明白什么似的。

“难道……”

“不要说出来，求你了。”姜大明打断了他的话，“回去吧，我想你应该知道做什么，更不要拒绝这个副局长，他比我权力大，在这个时候，权力是能办成事的。”他挥了挥手，把井上森轰了出去。

井上林没有回办公室，而是一个人走出了刑警队。刑警队不远处，就是一家饭馆，他们经常来吃饭，井上林也是这里的常客。老板看见他，说还没有到开饭的时候，你这么早就来了。饿了呀！饿了我让人帮你弄点吃的。他拍拍老板的肩，我不吃饭，我想在你这里坐一会儿，你帮我泡壶茶，我付钱啊！老板笑了笑，一壶茶我还请得起。他让服务员泡了西湖龙井，还上了两小盘瓜子。

井上林一个人静静坐在那里喝茶。

“如果姜大明说的话是真，那么，在这背后，还不知道有多大动作呢。我的调查，他们知道了，所以，要调离我，又给我尝点甜头，让我知难而退？如果我要再追查，也不一定能查到什么，不如……这个案子，我都没有姜大明看得清楚。唉！看样子是斗不过他们了。”想到这里，他又想到了吴仲川。想到了他，井上林就知道下一步如何走了。

他给办公室打了电话。

“二亮，是我，我出去办点事，有什么事就给我打传呼。进出口公司那一块，你有没有办法派别人去调查？你去目标太大，你明白我的意思吗？这样，你给孔泉打电话，派盖天骄去，他不会引起人注意。”井上林交代说。

贾二亮有些不明白。

“老井，为什么要躲躲闪闪，我们怕什么？听说你要调到青云谱区当公安分局副局长，这起案子你就不要管了，由我来调查，我就不信查不出来。”他口气坚决。

井上林知道在电话中说服不了他，叹了口气：“算了，算了，等我办完事我们再说吧，反正，也不在这一两天，好了，挂了。”

他不好把事情跟贾二亮说明。

井上林给吴仲川打电话，约他过来喝酒，说了地址。吴仲川说，我挺忙的，如果没有什么大事，我们就改天吧。他说当然有大事，组织处来测评了，我马上就要去青云谱区公安分局当副局长了。吴仲川惊讶地“啊”了一声，那是喜事，我一定去，我们兄弟好好喝一杯，你等着，我这里还有一瓶特制四特酒，我舍不得喝，等下我带过去，我们一醉方休。挂了吴仲川的电话，他又给水艳红打，让她下午一点左右过来找他，他跟吴仲川喝酒，他怕吴仲川把他灌醉了，她马上答应，还埋怨吴仲川，叮嘱他不要喝得太多了。

十一点钟，吴仲川赶来了。

“上林，我猜到了吧，你哥升官，你也就升官，这就是现实。我在的时候，调个正科都没戏，没有想到，你谋到了这样一个实职。恭喜你，真的恭喜你。”他坐下，要了好几个贵的菜，把那瓶特制四特酒拿了出来。

“啊！这酒挺贵的么？”他故意惊诧。

吴仲川说，不仅是贵，而且是绝品，酒厂再也不生产这样的酒，都是有编号的，假冒不了。他还说，我买了十几瓶，遗憾的是都喝差不多了，要不，我送两瓶给你。井上林摆摆手，喝上了，我就高兴了，我这个人，有好东西留不住。他看了看编号，跟车春那里的四特酒号靠近。这就说明，那两瓶四特酒，肯定是吴仲川给于木根的。

井上林感到心里更有底了。

“我说上林，还不跟艳红复婚呀！我听说你们都住在一起了，何必呢，复婚了多方便，你说是吗？她那个人有毛病，人还是不错的，对你好。女人只要对男人好就行，我就喜欢女人的忠诚，我告诉你，没有忠诚，再好的女人也没有用。”吴仲川已经喝了好几杯，脸色通红，话也多了。

井上林说，不出意外，下个星期，我就会到分局上班，这边的工作，我已经全部交了，不管什么事我都不管了，轻松了。我忙了这些年，终于可以松口气了，说句难听的话，趴在女人身上，都想着案子，这样的警察我当够了。他发着牢骚，说着轻松的话，咸的淡的都说，说得两个男人都喝高了。

“老井，这些年我就没有痛快过，今天真痛快。唉！人活一口气，树活一张皮，你出头了，我也痛快了。”吴仲川又把一杯酒倒进了嘴里。

水艳红的出现，让两个男人吃了一惊。

人虽然是井上林叫来的，但是，他已经喝迷糊了，记不起来了。他骂道，谁让你来的，我们兄弟好不容易在一起，你搅和做什么。滚，赶快滚吧。吴仲川说，他高兴，已经喝醉了，你还不知道吧，他马上要到公安分局当副局长了。水艳红一听，欣喜若狂，就没有把他的话当回事。一会儿，他真的趴在桌子上，呼呼睡着了。水艳红说，你看到了吧，老吴，他就是一头猪，一头真正的猪。吴仲川笑了，说是一头好猪，一头能给你带来利益的猪，艳红，赶快复婚吧，否则，这头猪会跑掉的。水艳红点点头，你放心，他敢跑，我扒了他的皮。她的话，把吴仲川说笑了。

两人架着他，回了家。

把他放在床上，吴仲川就要走。水艳红送到门口，吴仲川说，不要送，回去照顾他，吴仲川就走了。她回到床边，洗了洗手，回到房间，吓得惊叫一声，井上林僵尸般坐了起来，眼睛发木，望着她，把她吓得差一点坐在地上。

“我还以为诈尸了呢，酒醒了？”她走到床边，温柔地抚摸着他的脸，问他吴仲川说的话是不是真的，是不是真的要去当副局长？他愣了一下，反应过来，是真的。晚上，你陪我去王明阳家里，我要谢谢人家。她马上说，应该的，应该的。他说我没有钱，她马上说，你放心，我去办，我马上去办。水艳红穿好衣服出门走了。

她弄回来了两瓶茅台酒，两条中华烟，还有两铁桶极品铁观音，花了她不少钱。井上林心痛地说：“你看你，就是谢谢他，花这么多钱做什么，你赚两个钱也不容易。”

“你说我蠢，你比我还蠢，舍不得孩子套不住狼，这点钱算得了什么，有了权，什么没有？”她把他训斥了一顿。

晚上八点，两人来到王明阳家。

王明阳见到井上林，以为见到了鬼，看了半天没有吭声。井上林说，我是刑警队井上林，这是我老婆水艳红，我们来谢谢你。王明阳说，我还不知道你是井上林？我是没有想到，你竟然来我家里，这真是太阳从西边出来了。水艳红马上笑着说：“王局，我们家老井原先不懂事，现在懂了，还望你关照。”

王明阳让他们坐，还抛给他一支中华烟：“老井，你能明白，我十分高兴。这个副局长，是我帮你争取下来的。人嘛！要明事理，你说是么？正直没有什么不好，只是这个社会太复杂，你不要以为我是坏人，我也想办好每一件事，但是，你要明白一点，没有权力，你什么事情也做不了，所以说，权力是第一位的。”

“是，王局，我以后听你的。”

“那样最好，我不会亏待你的。”他特地把他们送到门口。

38

青昌市进入了炎热的七月。

井上林去青云谱分局也有小半月了。贾二亮接井上林的班，成为警官，盖天骄调到他们这个组，成了正式组员。没有大案，他们就跑一些小案。反正挺忙的。进出口公司谢易梵的案子，已经逐渐淡漠了，没有人再提起。

一切都显得十分平静。

冀北方派出的匡尚富，在井上林去分局后又盯了几天，发现井上林忙得要死，一天也不离开办公室，就报告了冀北方，他就把匡尚富撤了回来。利用晚上时间，冀北方又特地去了青昌市，报告了井上森。他拍了拍他的肩，什么话也没有说，让他走了。

黄莺找了贾二亮三次。

贾二亮都不吭声，她说我瞎了眼，看错你了，你跟那些贪官没有什么两样。她质问他，你的承诺在哪里？你的正义在哪里？在她面前，他只有低下头。黄莺走了，找井上林去了。她不相信，这个世界没有正义。

冀北方没有跟陆凤上床，他也没有强求。他现在不缺女人，有好多女人赶都赶不走。现政府办公室副主任万丹就是其中一个。这个比他还大两岁的女人，十分成熟。他来新建还不到一个月，就被她相中了，三天后就上了床，晚上，她就去他的住宅，她要让所有人知道，她是冀北方未来的女人。

吴仲川接到车春的电话是在下午。

“吴老板，我是车春，于木根的女人。我这里有他的一封信，他在信中说了与你做买卖的经过，很详细。我想这封信对你很重要。我现在没有钱了，我没有办法，你知道我的意思么？我想你应该知道。”她的话说得很慢，也很轻，好像不太在意，吴仲川听得如五雷轰顶。

“对不起，我不认识于木根。”

“那好，晚六点我在长陵饭店 106 等你，我要十万，我们一手交钱一手交货，如果你不来，我明天早上就把它交给市局刑警队，他们也许有用。”还未等他回答，电话挂了。

吴仲川在房间暴跳如雷。

“妈的，按下了葫芦冒起了瓢。这个臭娘们儿，竟然骑在我头上拉屎，我是好欺负的么？”他气疯了，恨不得把这个女人杀了。

他带了东西，骑上摩托车出发了。

五点钟，他就到了长陵饭店，前前后后看了半天，没发现人，查了住房登记，106 果然住着车春。他当然知道这个女人。知道她跟于木根的关系。他没有把井上林放在眼里，这个叫车春的女人更不在话下。他清楚地知道，什么东西会要了他的命。

六点整，他推开了房门。

车春坐在那里，一见他进来就问是吴仲川吗？吴仲川说，当然是我，除了我，还有谁。他打开包，掏出钱，一捆一捆的，放在桌子上，我们一手钱一手货。她拿出一张纸，交到他手里。他接过一看，是一张白纸，气疯了，挥手就一个耳光：“你骗我，竟然骗到我头上来了，你找死，这就怪不得爷爷我了。”

车春“扑通”一声跪在地上，乞求：“大哥，我知道你跟于木根的事，我没有办法，才想起这一招。放过我吧，我知道，他杀人，不是你指使的，跟你没有关系。”

吴仲川仰天哈哈大笑。

“错了，他是我指使的。没有我，他杀不了人。告诉你吧，我给了他二十万，我告诉他如何做。没有我，他不知道如何杀人。我还告诉你，杀于木根，也是我做的。我让别人去做，自己引开公安局那伙人的视线，我才得手了。他服了我配制的铊毒，没有不死的。车春，明年今天就是你的忌日，我让你死得明白。”他的眼睛，瞪得圆圆的，狞笑着。

“可你为什么呀？”

“人家出了钱，我就去做，我需要钱，傻瓜。好了，不跟你多说了，我带了这瓶水，你把它喝下去，没有痛苦，三天后就死了，跟于木根一模一样，你可以见到你的男人了。”他拿出那瓶水，放在她面前。

车春颤抖地拿起瓶子。

“砰。”门被撞开，姜大明、井上林、史凡带着人闯了进来。刑警队技术人员也跟着进来了，吴仲川这才知道，他刚才的话，不但被录了音，而且录了像，犯罪的证据落到了他们手里，自己再狡猾也没有用。他恶狠狠地瞪着井上林，他不敢相信，这个兄弟般的人，竟然设计了圈套让他往里钻。

也就是几秒，也就是一瞬。

吴仲川马上判断出面对的形势，霍地掏出手枪，甩手就是一枪，把站在前面的姜大明撂倒，他像头狮子一样，猛地推倒人，冲出了饭店。当井上林、史凡明白后，吴仲川已经骑上了摩托车。井上林从地上站起，不顾一切冲到门口，喊了句，快救队长，就骑着摩托车飞似的冲了出去。贾二亮和陆凤晚到了一步，他们也是骑着摩托车来的。陆凤刚下车，就听见井上林那句话。贾二亮随着井上林，一前一后冲上了公路。

饭店这边乱了套。

吴仲川那枪不是打得很准，那么近，却打到了姜大明的腿，也不知道他是怎么打的。姜大明爬了起来，对着史凡怒吼：“你还看着我做什么，我死不了，赶快通知兄弟们，把吴仲川那小子抓住。唉！我还不相信井上林的话，没有想到，真是这小子做的。你狠，我不抓住你，我不姓姜！”他让人收集好证据，通知沿线的公安局点线，一定要抓住吴仲川。

夜已经黑了。

吴仲川对公路十分熟悉。很快，就冲出了新建县境内。他没有走大路，而是选择小路疾跑。他像头被激怒的狮子，眼睛血红，像两个红灯笼。他不怕失败，而是对井上林的做法感到伤心。他以为，井上林提了副局长，那件事会放下。他没有想到，自己一时的疏忽，导致了全盘的溃败。他不知道自己那枪有没有把姜大明打死，但他知道，就这一条，就会要了他的命。

他已经没有了退路。

“井上林，你让我死，我也要让你亡！”他咬紧牙。

井上林跟在他后面，有两公里路的样子，远处看就那么一点点，天黑了，只能看见一点光亮。两人太熟悉彼此的心思了，所以，跑了两个小时，他仍然没有甩掉井上林的跟踪。贾二亮离井上林有一公里路的样子，就是追不上。他骑在摩托车上，这才明白井上林的用心。天越来越黑了，路上什么也看不见了。贾二亮打开大灯，仍然沿着大路疾驰。追了一阵子，终于追上了井上林。他大喊，我们还追吗，他已经出了新建县地界，我看是往梅岭方向跑了。井上林头也没有回，开大了马力，向前狂奔，他的想法就是一个，一定要抓住吴仲川。

就这样一直跑到天亮，跑到摩托车没有油，两个人才停下来。井上林说，我们已经进入了梅岭区，再往前走，又走回到了青昌。贾二亮说，我们追不上吴仲川的，他对这个路很熟，我们还是回去吧，看看局里有什么安排。

两人给摩托车加满油，在加油站睡了一会儿。

早上八点半，贾二亮接到陆凤的传呼。

他找了个公用电话，打了过去。陆凤惊讶：你们怎么样了？队长都急疯了，还有史凡。他问姜大明情况怎么样，我们追到了梅岭，仍然没有发现吴仲川踪影。陆凤告诉他，队长在医院里，人没有什么事，可是那条腿伤了，几个月之内下不了地。她要我告诉你和井上林，一定要抓住吴仲川，要活的。他向王明阳做了汇报，局长很生气，已经请示了省公安厅和市政法委，下令通缉。

“二亮，先回来再说吧，我想总会有办法的，吴仲川跑不了。”陆凤告诉他，孔泉来了电话，让我们去一趟，恐怕是有什么新的线索吧。贾二亮让陆凤带着盖天骄去弄清楚了再说。他还说，我们现在的目的就是抓住吴仲川，抓住他，一切都清楚了。谢易梵死亡案，于木根死亡案，都清楚了。

“好吧，我跟老井商量一下。”他挂了电话。

贾二亮把跟陆凤通话的内容告诉了井上林，问我们怎么办？井上林抽着烟，一夜的风霜，让他脸上十分憔悴。他没有吭声，瞪着眼睛看着贾二亮。贾二亮觉得应该回去，只有回去才能找到线索，这样追踪，没有任何意义。井上林扔掉烟头，望了半天，也不知道他看什么。天气有些热，雾气很重，前面的路四通八达，谁都不知道走哪条好。

“如果我是吴仲川，会去哪里呢？”井上林想。突然的事情，他没有任何准备，给车春的十万，放在饭店里，他身上应该没有多少钱。没有钱，他寸步难行。凭着他的智慧，他应该知道自己犯了什么罪，公安局会如何。他只知道吴仲川的表哥在向塘，他有没有亲戚在别的地方呢？那只有问他表哥才知道。

“二亮，你回队里，我去青昌县。”

贾二亮问为什么？

“吴仲川身上没有带多少钱，他有几个朋友我都知道，但是，我不知道他的亲戚，我要调查。你先回队里吧，看看队长，有什么事就呼我，我们再联系。”他没等对方回答，开着摩托车就走了。

贾二亮无法，只好回了刑警队。

冀北方打着井上森的旗号，找王明阳把匡尚富调到了市局拘留所，当上了副所长。匡尚富来拘留所三天，就听说了吴仲川的事情。他没有把这件事跟自己联系起来，只是回新建县的时候，和冀北方聊天时聊起了这件事。当时，冀北方也没有放在心上，跟陆风通电话，这才知道事情有些变化，什么变化，他猜不透。

他不相信青昌还有井上森摆不平的事，可是就有。

39

贾二亮赶到队里，发现王明阳正在那里等着他。

“二亮，你回来了，太好了。情况怎么样？唉！我真没有想到，吴仲川那个王八蛋竟然是杀害谢易梵和于木根的凶手。”他摇着头，一个劲说感到意外。跟着他一块过来的有市局有关部门处长，还有其他部门负责人坐在一旁。贾二亮坐了下来，汇报了追踪吴仲川的经过，说了井上林没有回来的原因。王明阳听完，没有批评井上林，只是说，让他调查去吧，他这个人是有想法的。他跟吴仲川关系最好，没有人比他更了解对方的想法。姜大明躺在医院里，没有来，副队长司马江参加会议。他是跟吴仲川一块来刑警队的老人。司马江问下一步如何办？王明阳说，你这个队长都白当了，下一步当然是追捕吴仲川了。我们请示了省厅和政法委，无论何种情况，都要把他追捕归案，只有找到他，才能说清楚问题，何况就他持枪这一条，就犯了罪。王明阳把有关手续交到司马江手里，叮嘱他，一定要活的，绝对不能把他打死，否则，就不好说了。

“明白，我会安排的。”司马江说。

王明阳交代了几句，就坐车走了。他一个人来到了政法委，来见井上森。还未走进办公室，他就看到覃晶站在门口。覃晶一见到他，就笑着说，井书记正等着你呢。他笑了笑，就走进了办公室。井上森看见他，十分热情，亲自给他倒了杯茶，还指了指茶几上，那里摆放着中华烟，意思让他抽烟。

王明阳没有抽烟，汇报了处理吴仲川的经过。

“明阳，那个录音你听了，吴仲川真是那样说的？我真不相信，谢易梵死在他手里，还有于木根，杀了两个人，太残忍了。更让人不可思议的是，他竟然有枪。枪是哪里来的？看样子，这个人从刑警队出来后，就没有做好事。”井上森越说越生气，脸色铁青。

王明阳把复制的磁盘放进了录音机。

井上森听完后，脸绷得老紧。他询问公安局下一步如何办？王明阳说，拘捕令我已经签发了，当然是把他抓捕归案，只有他归了案，我们才能弄明白事情真相。井上森交代说，抓个活的当然好，但是，我们也要保证大家的安全，他有枪，我的意思是，如果不行，就击毙，对上对下都说得过去。他问了姜大明的伤势如何，交代让他好好养伤，刑警队的事，就让司马江负责，我看这个老同志挺好的。

“好，井书记，我安排。”王明阳同意了。

王明阳一走，井上森给冀北方打了个电话。

王明阳坐在办公室里，想了半天。

他是在想井上森的话。他有些琢磨不透，但是，有一点他是明白的，那就是，他想让吴仲川死。为什么让他死？结论只有一个，他掌握着某些人的秘密。他想到这些时间自己的所作所为，他当然不想成为第二个吴仲川，自己也不可能是第二个。

他拨通了司马江的电话。

“司马，我刚从政法委过来，井书记说了，拘捕吴仲川，一定要活的，我们还有好多事情要了解清楚。多说一句，我知道你跟他有矛盾，但是，矛盾是矛盾，我们可不能做得过分。”他在电话中再三叮嘱。

“王局，你放心好了，我司马江绝对不会因私废公，这个你放心，我要是那样做了，不要说你，就是井上林也不会放过我，你还不知道他的狗熊脾气。”他在电话中做了保证。

放下电话，司马江召集刑警队开会，全面布置拘捕吴仲川事宜。而王明阳一边抽着烟一边想着。停止调查于木根死亡原因，谢易梵案终止调查都是井上森的意思，包括调井上林担任副分局长，都是他暗示的。当然，他没有明说，官场上的事情，没有明说的。但是，吴仲川的出现，让他改变了想法。

他当然了解吴仲川。

王明阳不是傻瓜，他的脑子比起姜大明、井上林、司马江、包括井上森等人，差不到哪里去。只不过他有时候装傻瓜，是他觉得，在官场上，太聪明了反而不好。装装糊涂，倒不为一种狡黠。而现在，他明白，没有办法再装糊涂了，如果再装，倒霉的可能是自己。

他在推测：假如谢易梵和井上森合谋，在进口项目中做手脚，那么，就不是一点钱、半点钱的问题，而是大手笔。井上森做过进出口公司总经理，当然知道谈判经过。再假如，谢井之间发生了矛盾，井找到吴，让他做了谢，这也是有可能的。如果是这样，那么，要吴死的人，只能是井。可他是政法委书记，没有证据，是没有办法在法律上做到有罪的。所以，他要吴仲川活着，这是他最好的证据，也是一张牌。他还判断，井上森再大胆，也不可能再借他的手做了吴，唯一的就是另想办法。而这一切，都要找到吴仲川。

吴仲川成了重要证人。

王明阳坐着汽车，来到医院，他是来看望姜大明的。姜大明看见局长来了，硬挺了挺，坐了起来。他的妻子坐在床边，看着王明阳说，局长你也不好好看着我们家大明，伤成这样，还要下地。王明阳跟她很熟，笑了笑说，这就是我们警察，人民警察。我告诉你，这就是汉子，这就是男人啊！放心吧，我没有看住他，是我的责任。现在交给我，我会注意的。王明阳让她出去一下，说有些话要跟姜大明说。她很情不愿地走了出去，临出去时还噘着嘴，十分不爽。

“王局，你说吧。”姜大明认真地说。

王明阳问他，对于吴仲川说的话，你是怎么看的？井上林设置这个套，事先有没有告诉你？是你默许的，还是你这样做的？姜大明叹了口气，说自己压根儿就不相信吴仲川会参与这起案子，井上林事前没有向他透露半点这方面的意思，他是骗自己过去的，是怕他不相信，这才设置这个套，让他亲眼见证。王明阳摇着头，有些疑惑，说井上林和吴仲川关系最好，这在刑警队是没有人不知道的。吴仲川帮助过井上林，我当刑警队长的时候，他们俩关系好得就像哥们儿，我弄不清楚，这里面有没有我们不知道的事情，还是有其他的事？姜大明肯定地说，井上林绝对没有私情，他对谢易梵的死，于木根的死，黄鹂的死，都有怀疑，只是局里已经那样说了，我们也不好再说其他的。

“可是，他为什么要那样做呀？”

“王局，这就要吴仲川回答。所以，抓住他是当前最为重要的事情。二亮到我这里来了，说了队里的布置，我有些担心，怕这里面再有什么弯弯绕，就麻烦了。”姜大明的话说了半句，留了半句。

“所以，我来看你的伤。”

姜大明说，没有伤到骨头，估计半个月就可以上班了。王明阳说，这样最好，我就害怕你回不去，有些事情，司马江把握不住，虽然他比你年龄大，但是，我还是有些担心。王明阳再三叮嘱姜大明，一定要抓住吴仲川，千万不要让他死了，否则，我们很难办的。姜大明答应了。王明阳这才把姜大明老婆喊了进来，让她好好照顾姜大明。

王明阳走了，她发了顿牢骚。

晚上，月光清幽，湖水斑斓。

昨晚下过雨，今天的天气有些凉爽。但是，青昌已经进入了一年中最热的季节，仍然让人感到不舒服。井上森从朋友处借了辆车，开着来到燕鸣岛公园。这个公园，在青山湖边上，离市中心有一段距离，天黑，没有人认出是他。他选择这个地方，就是为了安全。他找了一处靠着湖的长椅，抽着烟，耐心等着。

八点钟，天微微有些黑，她出现了。

“上森，这鬼天气我真受不了，我们找个饭店坐一会儿吧。你放心，我不会纠缠你的。我是害怕这里热，而且，你是熟面孔，很多人认识你，我不一样。”韩晓雪穿着极普通的衣服，戴着墨镜，摇着扇子，十分烦躁的样子。

“好，我们去车上吧。”两人上了车，开着空调。

“说吧，为什么急着见我？同意了我的意见呀！我就知道尹冰没有退路，把我逼急了，我可什么事都做得出来的啊！”她嘴角露出一丝得意。

井上森后悔自己起用了她。

他把不好的话咽回了肚里。告诉她吴仲川的事，说他杀谢易梵、于木根的证据落入了刑警队之手，他成了逃犯，公安局下了通缉令，如果他被抓住，死的第一个人就是你，然后是我。韩晓雪脸色苍白，不停地问，我们怎么办？怎么办？他分析说，我了解过了，刑警队司马江跟吴仲川有疙瘩，买通他，把吴仲川做了，做完了，你马上离开青昌，去香港，有关手续我帮你办。

“上森，你要抛弃我？”她抓住他的手。

他抚摸着她，深情地说，你不会看我倒台吧，明年我就是市长，只要我在台上，什么事情都好办。这是退一步进三步，否则，我完了，你永远没有翻身的机会。她哭着说，你是政法委书记，你难道不可以让王明阳做吗？为什么要我出面？他长叹一口气，上两次让他做，已经让他察觉，我再要那样，他掌握了我的短处，我就成了他的狗。现在的人，没有一个好人，我除了相信你，谁也不相信。她咆哮，你为什么不找尹冰呢，你要保护好你的老婆，是吧？我就知道，我在你心里，永远比不上她。我不做，我们一起完蛋。

她呜呜哭了起来。

他耐心地安慰着。

井上森那张嘴，终于把她说动了。他太了解眼前这个女人，他知道她要什么，他答应她，一旦把这件事情了结，就跟尹冰离婚，娶她为妻。她感觉到他的话有假，但是，她还是相信他的甜言蜜语。从一定程度上说，她喜欢听他的话，否则，也不可能走到这一步。

“你可说了，不要变的。”

“当然，退一万步，如果出事了，不要供出我，那样的话，我会保护你的。否则，我救不了你。”他吻着她的脸说。

“明白，永远不会供出你。”她破涕为笑。

“我就知道你是我的好女人。”他牵着她的手。

40

井上林奔波数日，仍然没有吴仲川消息。

在向塘吴仲川表哥那里，他没有得到他的消息。就从向塘往青昌县而来。青昌县和新建县，是青昌市两翼，青昌市要起飞，没有这两翼是飞不动的。所以说，青昌县对青昌市最重要，县委书记都是市委常委。县公安局刑警队，当然跟井上林很熟，无论是队长还是队员，都是老熟人。井上林一走进刑警队，每个人都跟他打招呼，他找了一个老熟人，让他给自己摩托车加满油，那个人骂了他几句，推着摩托车走了。

队长申联彬，是跟吴仲川一批进入公安局的警校同学，一见井上林走了进来，马上把他拉到一边，还把门关严，瞪着眼睛问他，吴仲川到底是怎么回事？井上林让对方给他根烟，点燃了烟，他使劲抽了两口，这才叹了口气，望着他："老申，一言难尽。"

"你拣重要的说。"他急了。

井上林扼要地把谢易梵的死，黄鹂的自杀，于木根的死，以及吴仲川的话告诉了他。但是，他没有说自己的分析。申联彬叹了口气说，吴仲川这小子，从刑警队辞职后，就没憋着好屁，没有想到，做出这样一档子事来。他说王明阳给他打了电话，让我见到你，告诉你，给他打个电话。说了半天话，他突然疑惑地问："老井，我不明白，他为什么杀谢易梵？为什么？难道他们之间有什么交易？我了解吴仲川这个人，他有脑子，绝对不会轻易做这样的事情，如果有，就是大事！"

井上林摇了摇头说，我不明白，自己是警察，他杀了人，我就要抓他，抓到了他，自然就知道了。他不敢把更深的想法告诉对方，他知道，申联彬虽然跟吴仲川关系一般，但他们毕竟是一个警校出来的，他拿不准这之间有什么事情。申联彬也没有再问，叹着气劝井上林，你已经是分局副局长了，为什么还要搅和到这样的事情里来呢？何况吴仲川是你的兄弟，你做不行，不做不行，我就不明白你为什么？井上林说不为什么，我就想弄清事情经过。

“可是，我们这些人会伤心的啊！”

“老申，这跟你没有关系。”

“是没有关系。可是，狐死兔悲啊！毕竟他当过警察。”他把市局通缉令扔给井上林，现在上上下下都知道这件事，说我们警察里出了个坏蛋。我们的声誉受损啊！他还说，官场上的事情很微妙的，你能说这件事上没有当官贪污受贿的影子，如果牵扯着大官，你不但抓不出来，反而会把自己葬送的啊！他拍着井上林的肩，以大哥的口气说：“老井，我全都是为你好，我们都是兄弟，我才说这样的话，否则，我是不会说的。”

“老申，谢谢你，我还想……”

申联彬扔给他一张纸，冷冷笑着说：“我知道你会来找我，我也知道你要什么，这是吴仲川姑姑的地址，在滁槎镇，你去找找他们，有没有线索我不知道。我问是问，工作是工作，分得清的。”

井上林不得不佩服面前的这个老警察。

“那……我走了。”他站起来。

“先给王局打完电话，他交代了的。”

井上林没有办法，只好给王明阳打电话。王明阳正在办公室里，一听是井上林，非常高兴，问了问他追踪的情况，让他回来，说你放心吧，我们一定会找到吴仲川的。何况靠你一个人的力量，也不可能找得到吴仲川。他答应了，说还有一个线索，我过去看一下，明天回市局。王明阳没有阻止，让他注意安全。

他感叹王明阳态度的变化。

去滁槎的路上，他接到了邓青的电话，而且呼得急，一连呼了三遍，没办法，井上林只好停下来，找了个电话，打了过去：“邓青，出了什么事呀，这么急！”

“老井，那个小妮子走了，是偷偷地走的。我找过她朋友，他们说，前两天她接到了一个电话，连夜就走了，不知道去了哪里。我告诉了陆凤，她让我找你，你不是当了副局长吗，还管这件事？”她在电话里说个不停。

“好啦，我知道了，有些事情，等我回去再告诉你。”说完就挂了电话。刚想走，水艳红的传呼来了。他没有办法，只好又拿起电话，询问她有什么事情。水艳红声音很急，很大。她问他是不是在追吴仲川，他说是。她就骂着，你是死人吗，他就是有罪，不是有别人办，你是副局长，为什么还要参与这件事？我告诉你，区虹找了我，说了狠话，如果你杀了吴仲川，她就要花钱做了你。

"上林，听我一句劝，放弃吧，为这样的事情，犯不着。刑警队姜大明伤了，还有司马江，有贾二亮，有陆凤，难道死了贾屠夫，就要吃带毛猪吗？我发现你越来越蠢了，你为什么要这样做，难道是为了一块奖章吗？还是为了年底涨那点工资么？"水艳红话连珠炮似的，让他插话都插不上。

他气得呼呼直喘气。

"你说完了？"

"说完了。"她也喘了口气。

"你还有什么事情没有告诉我？"

"没……没有。"

"说。"

半天，水艳红才哼哼哧哧告诉他，我跟你好，确实是吴仲川做了我的工作，目的就是了解你办案的情况；韩晓雪给了我钱，有几万块吧，也是让我汇报你的情况，我没有办法，我需要钱呀！我想这又不违法，就做了。后来我听你的，没有告诉他们全部。她哭着说，我是怕呀！韩晓雪背后是个大人物，是谁我不知道，我求你，你不要这样，否则，他们真的会杀了你的，像杀谢易梵那样。

井上林这下好像才理出了案子头绪。

他想发火，但还是控制了自己。他知道，跟水艳红这样的女人说不清楚。她喜欢钱，这没有错，问题是有的钱是不能拿的啊！他也知道，她说的话没有错，现在自己是在火上烤，弄得不好，会毁灭自己的。如果这件事的幕后真的是哥哥，那么，最关键的考验还没有到。他相信，吴仲川掌握着哥哥的犯罪证据。

"好了，我明天回去，见面再说。"他挂了电话。

浦文君不见了，吴仲川下落不明，黄鹂的死也没有任何进展，一切都悬在那里，虽然有吴仲川杀人的供词，但是，还缺实物证据。更不用说涉及自己的亲哥哥。他感到很茫然，站在电话亭的外面，抽着烟。

七月的太阳很毒。

骑摩托车更不用说了，跟烤鸭子也没有两样。井上林要抢在中午之前到达滁槎，否则，他就会晕在路上。抽完手里的烟，他就上路了。他把摩托车开得飞快，上午十点钟就到了镇子上。他没有停留，一直开到派出所。所长他不认识，但是，他一说申联彬，一个五十多岁的老警察就走了出来，你就是井上林吧，队长打了电话，我是所长，叫我老田吧。你先休息一会儿，等下我再把情况告诉你。

井上林坐在空调房间，凉快了半天。

“老田，给你添麻烦了。”

“什么话，我们是做这个的，何况是一个局的兄弟，没得说。我等下把你要找的人叫来，你问就是了。”说完他交代了一个小警察，让他去把人叫来。

一会儿，小警察把一个五十多岁的女人带了进来。老田说，这就是吴仲川的姑姑，你问吧，我在边上房间，有什么事，你就叫我。说完就走到另一间屋。女人瞪着疑惑的眼睛，问吴仲川出了什么事情了。井上林说，什么事情也没有，我就想问问，这段时间吴仲川找过你没有？女人说，没有呀！他已经有一年多没到我们家来了，我也有一年多没有去青昌了。她还问，到底有什么事情没有？井上林不好说，搪塞了几句，就把她打发走了。

他把老田喊了进来。

“老田，你派个人调查一下，或者找一个镇子里的领导，看看这段时间她家来过人没有。”老田答应一声，叫了个年龄大的警察，交代了几句，就让他走了。他吩咐厨房做饭，一定要留井上林在这里吃完饭再走。井上林说我还真饿了，不吃饭，我连市局都回不去。吃完中饭，那个警察回来了，告诉老田，这段时间，吴仲川姑姑家真的没有来过人。

“老井，这下你放心吧，我们已经接到市局发的通缉令，有什么事情，我们马上会报告的。”他让井上林好好睡一觉，等天稍微凉快点再走。井上林点点头，回房睡觉去了。

下午起来，天还是热，热得让人受不了。井上林身体再好，也不敢上路。他在想，这个时候，吴仲川在哪里呢？他在想什么？他真的不与认识的人联系？他如何生活？下面的日子如何过？他有些想不通。凭着他对吴仲川的了解，他不是这样的人呀！老田说，你不用想，我虽然不了解他，但是，我了解罪犯。他会找一个地方，猫一阵子，等风平浪静后，再出来。他既然是我们刑警队里出来的，他早把今天的事想了千遍，你一时半会儿抓不到他的。

井上林听到这句话，便问："老田，您也是刑警队出来的？在刑警队干了几年啊？"

"十年。"

井上林倒抽一口气："天呐！你干了十年，我的妈呀！你的经验，我这辈子也学不到。但愿你说得对，但愿过一阵子他会出来。"两个人坐在那里，聊了好一会儿。从谈话中井上林这才得知，老田的资格，比王明阳都老，局里几次要把他调到局里去，他不愿去，他说跟这个地方有感情了。他还说，类似吴仲川这样的人他见得太多了，最终都是走投无路，以失败而告终，没有一个人是胜利者。

老田挥挥手："老井，后面的路很难走，你要有心理准备。已经四点了，你回市局吧，我不留你了。"井上林起身，握了握老田的手，就骑着摩托车回了市局。

41

井上林回到青昌市，没有回市局，而是回了家。他太累了，洗了个澡，倒头就睡，这一睡，就到了第二天天亮。他睁开眼睛，就八点多，洗了把脸，下楼吃了点东西，就骑着摩托车去市局，找王明阳去了。八点半上班，这个时候，王明阳也到了。井上林推开门，看见局长正在倒开水泡茶，一看见他进来了，笑了笑，让他坐，还多泡了一杯茶，端到他的面前。井上林倒没有受宠若惊的感觉，但是，还是睁大了眼睛，看着王明阳，因为，他从来也没有这样对待过他。

“老井，奇怪了是吧，你是问我为什么给你泡茶？”王明阳坐到自己的位置上，抛给他一支烟，感叹道，你还是不了解我，你以为我是那种拍马屁的人是么？我告诉你老井，我比谁都恨那种人。人在江湖，身不由己啊！有些事情，我要不那样做，我这个位置就坐不稳，坐不稳，换个别的人坐，我觉得还不如我啊！最起码我了解警察，毕竟我是从一个普通的警察走过来的。他感慨万端，说了很多话，都是官场上不敢说的话。

井上林跟王明阳打交道很多，他一直觉得这个人阴阳怪气的，特别会巴结领导。在谢易梵和于木根死亡的事情上，他就感到，他一定做了不应该做的事情。他匆忙结案，就证明他心里有鬼。但是，吴仲川事情出来后，他却来了个一百八十度大转变，特别积极，而且，特别认真，井上林一时琢磨不透，不知道对方是什么意思。

猜不透的事，井上林一般都少说话。

“对了，你怎么不说话？”

“王局，我在听你指示。”他一脸认真。

“你鬼，你鬼啊！”王明阳诡秘一笑，半是认真半是开玩笑般地说，“刑警队的人都说你正直，我看你鬼着呢。你这样的人，我一眼就能看出来。好啦！好啦！不说了。你追踪的事情也不用汇报，不是没有逮住吴仲川吗？我告诉你，你逮不着的。你要逮着了，他就不叫吴仲川了，我们刑警队出来的人，个个是人精。”

“那怎么办？”

“休息。”王明阳抽烟。

井上林瞪着眼，不明白什么意思。

王明阳告诉他，你已经是青云谱区公安分局副局长了，你应该在你的岗位，你知道吗，这起案子，由市局刑警队负责。刑警队司马江具体负责这起案子，你放心，我不会搞什么猫腻的。井上林一听，叹了口气，觉得王明阳的话没有错，自己不在这个岗位了，应该把案子交出来，去了分局，什么事也没有做，这有些不合适。井上林吞吞吐吐，半天也没有说出一个字，但是，意思明白了，就是觉得司马江这个人不合适，说他跟吴仲川有矛盾。他还说，如果吴仲川死了，很多事情说不清楚。这样，我们就难办了。

“老井，我明白你的意思，我不是傻瓜。我知道如何办。我想司马江也不是傻瓜，他当然知道如何办了。如果他在这之中做了不应该做的事情，那么，他就是第二个吴仲川。我已经通过省厅、公安部发了通缉令，吴仲川就是跑到天涯海角，我也要抓到他。”王明阳说得斩钉截铁。

“那我回分局了。”

“走吧，把摩托车交给刑警队，去医院看看姜大明。”王明阳从椅子上起来，拍了拍他的肩，一直把他送到大门口。

井上林来到医院，看了看姜大明。姜大明看见是他，马上让他坐，询问追踪经过。他叹了口气，把事情前后经过说了一遍，感叹吴仲川的狡黠。他还说了见王明阳的经过，疑惑不解，说他为什么如此积极，是什么意思？姜大明没有回答，只告诉他，让你回分局你就回去，你不用担心，过几天我的伤就好了，我就可以回去，我在刑警队，你还不放心吗？

“队长，吴仲川是个关键人物。”

“我知道。我不但知道他是个关键人物，我还知道这个案子的背后是一个大人物。在这个案子上我有些消极，这你也知道，有些事情很复杂，现在王明阳转变了态度，我们就要顺其自然，把这个案子彻底弄清楚。”姜大明说了自己的考虑。

井上林的心这才放下来。

离开医院，他来到了刑警队，把摩托车交给了司马江。司马江拍着他的肩说，井局，吴仲川的事情你就放一百个心，我早晚会抓到他的。不要说别的事情，他持枪这一条，就可以判刑，何况他把我们队长打伤了，我不会放过他的。井上林说放心，有你司马江我还能不放心吗？他打着哈哈，离开了司马江，来到了原来的办公室。

“老井。”贾二亮一见井上林，非常高兴，马上跑了过去，拉住他的手，问长问短。陆凤、盖天骄都围了过来，问他这些天都怎样了，去了什么地方。他们七嘴八舌，问个不停。

井上林扼要说了事情经过。

贾二亮说，进出口公司我们又去过了，去年所有进口项目我们都过问了，情况大同小异，每次谈判过程，谢易梵的画都会出现，我们现在判断不准的是，这些事情，跟谢易梵的死有没有关系。如果他们是利用项目谈判贪污受贿，是怎么做的。陆凤接着贾二亮的话说，连路少洲都怀疑谢易梵在这其中做了手脚，但是，如何做的，他也说不清楚。左鹏、郭美丽、席留平都不太配合，说一句留半句，我们也搞不清他们哪句是真的，哪句是假的。盖天骄说，我们还调查了谢易梵存款账户，确实没有钱。井上林说，我去了分局，有些事情我不便插手，我觉得还是两条线，抓住吴仲川，了解案情经过；调查谢易梵，了解他的钱都去了哪里。

“查过莫丽琪的存款吗？”

“谢易梵妻子的妹妹？”陆凤问。

“对，我觉得她跟谢易梵不是一般关系，你们查查看，她们姐妹俩身上，一定有我们需要的线索。注意，一定要悄悄做，否则，她身后的人知道了，你们会惹上麻烦的。”井上林说。

贾二亮答应好好调查。

“还有其他事吗？”他看贾二亮有话要说。

“谢易梵的女儿谢曦从美国回来了，我们找过她。她坚持说，谢易梵一定是被人陷害，说她了解自己的父亲，绝对不会做贪污受贿的事情。她还说，自己在美国留学，没有用父亲一分钱，都是自己打工赚的，她要公安局给个答案，否则，她将上诉，去北京。”他说了自己跟对方接触的经过，还把对方的电话告诉了井上林。

井上林点了点头，记下了电话，就要离开刑警队。

“黄莺呢？”他突然问。

贾二亮叹了口气说，她的观点跟谢曦正好相反，认为进口项目里面，一定有问题，否则，她姐姐那一百万是从哪里来的？她还说，谢易梵是这个案件的关键人物，他的后面，一定是个重要人物，是他们害怕暴露，这才杀了谢易梵。她从姐姐话语点滴中判断出来的。贾二亮为难，觉得如果不弄清楚案件真相，将很难取信于人。

“王明阳说，案子由司马江负责。”

贾二亮和陆凤都哼了一声，摇了摇头，让他负责案子，这个案子算完了，他一次也没有找我们研究，只想着追踪吴仲川。井上林知道这里面的复杂性，不愿意多说，聊了几句别的就走了。

回到分局，见过局长，局长发牢骚，你啊你，真拿我这个局长不当人看，说走就走，说来就来，要不是王明阳给我打电话，我就要找组织处，我这个庙太小了，容不下你这尊菩萨啊！井上林连忙做检讨，说了一车好话，局长这才松了口气，算了算了，你在局里也是个人物，跟你哥哥说说，也帮我动动，我不会亏待你的。井上林打着哈哈，说一定一定。

井上林有了专车，负责预审等三个科室。

“唉！有了权，就是好啊！”坐在办公室里，井上林感叹权力的好处。办公用品，有人送过来，开水有人打，连卫生也不用管。三个科长，下午就过来汇报工作，各说一车好话。井上林一改往日板着的面孔，笑呵呵的，不说对，也不说不对，总是打着哈哈。

下午，他开着车出去了。

井上林要去找谢曦，他要当面见见谢易梵的女儿。他觉得，从女儿嘴里可以更多地了解谢易梵本人，这样，对破案有好处。谢曦从电话中得知井上林是负责父亲案子的警官，答应见他，两人约好了在一处茶楼见面。茶楼离公安局有一段距离，约好下午四点钟。井上林换了衣服，四点前走进了茶楼。这个时候，茶楼人不多。他看见靠窗户边坐着一个文静的女孩子，大概有二十岁的样子。

“是谢曦吧？我是井上林。”

“警官，我是谢曦。”她站了起来，朝他点了点头。

他点了一壶铁观音，两人边喝边聊。

谢曦长得很清秀，文文静静的，她说自己读完初中就去了美国，是一家机构赞助去的。整个青昌市，只有三个名额，她考试好，就落到了她头上。在美国读完大学，就在那里工作了，很少回来。这次父亲出事后，好长时间母亲都没有给她打电话，上个月她才知道，匆匆赶了回来，这才知道事情经过。她深情地说，父亲对我很好，从小时候起，我就没有让父亲操过心，去美国，也没有花家里一分钱。她坚决地说，父亲跟贪污受贿没有关系，说他不是那样的人。

“谢曦，让事实说话吧。”

“当然，我尊重事实。”

井上林告诉她，凶手还没有归案，只有归了案，我们才知道事情全部经过。井上林问她还要不要等下去，她说我等不及，这几天就回去，有了结果，请你告诉我。我尊重法律。我只希望你依法办案。如果你们不尊重事实，我将放弃在国外的工作，回来讨个明白。我不希望父亲在天之灵不清不白。

“我向你保证，一定依法办案。”在这个女孩子面前，他感到有一股激情从脚底下绵绵传来，给他力量。井上林想，不为别的，就为了她对法律的尊重。如果自己不这样做，将万劫难复。

42

区虹在下班的路上堵到了井上林。

“嫂子。”他脸上有些尴尬，还是喊了句。

区虹脸上平静，没有任何反应，挥了挥手，朝一家酒楼走去。井上林无法，只好跟着进去。进了雅间，她要了几个菜，几瓶啤酒，举起了杯子。“老井，我和吴仲川对你如何？你说句良心话。”区虹望着他，认真地说。井上林不敢躲避她的目光，叹了口气，感慨万千。他告诉区虹，嫂子，我跟你说实话，吴哥对我的恩情，我这辈子、下辈子也忘记不了。你们夫妻对我的好，我记在心里。你不要说，让我把话说完，我真没有特别为难吴哥的意思，只是做我们这一行，查到了这个份上，完全是例行办事，我确实不知道车春给他打电话，他真的去了，我只是推测，目的是为他解脱。

“老井，说得多好啊！”

“这是我心里话。”他喝了口酒。

“你的良心都被狗吃了。前几天老吴还跟我说，要帮你操办婚礼，他事事处处都想到你，可是你……挖了坑让他跳，这就是兄弟，这就是朋友？局里已经把你调到分局去了，你官也当上了，你完全可以不再管这个案子。如果局里让你办这个案子，我不怪你，可事情不是这样。不要以为，大家都是坏人，就你一个好人。你要查，好哇，那就查下去吧！我现在可以告诉你，吴仲川背后是你哥，是你哥让他做的，我倒要看看，你如何查下去？”区虹冷冷地望着他。

井上林震惊，浑身发凉。

“你怎么不说话？”

“说什么？”他一时没有反应过来。

区虹说，慷慨激昂呀，慷慨陈词呀！都可以，你不是把法律、把正义放在很重要的位置吗？我要看着你把自己的亲哥哥送上断头台。你记住，你不仁，不要怪我不义。你如果不把案子调查到底，我就去北京告你。查到了井上森，你绕着走，我仍然会去北京告你。我不会放过你的。如果告不倒你，我就做了你，我不会让吴仲川死在你手里，你这个无情无义的东西，我看不起你。区虹说完，拿起包，看都没有再看井上林，走了。

井上林感到从未有过的难过。

确实，这些年来，吴仲川是自己最好的朋友，无论在刑警队，还是当保卫部长，他都跟自己走得很近，有什么事情，都会跟自己聊。自己有什么事情，只要吴仲川能办，他绝对不推辞。我……井上林在这一刻，感到自己太残忍。他知道，这只是刚开始，越往下走，越难。他越来越感觉到，自己的亲哥哥，这个像父亲一样的哥哥，很可能是这起案子的后台。真的要毁灭他？他不敢往下想，毁灭了他，也就毁灭了他一家，嫂子、侄子，而自己，恐怕也没有好的结果。井上林一根一根吸烟，一杯一杯喝酒，他迷茫了，不知道往哪里走，不知道还走不走。他就那样坐着，抽烟，喝酒，叹气，一坐就坐了两个多小时，吴仲川，区虹，井上森，尹冰，井浩，于木根，黄鹂，谢易梵……这些人走马灯一样在他脑海里走来走去，他甚至看到了这些人的面孔，他们在责问他，骂他，恨他，诅咒他。井上林想着想着，晕了过去，倒在桌子上。

当他再次醒过来，看到的是井上森的面孔。

“上林，你终于醒了，吓死我了，你要有事，我如何向父母交代啊！我什么都可以失去，唯独是你，你是我在这个世界上唯一的亲人。”井上森的脸从未有过的苍白，说话声音又回到了二十年前。仍然是那样充满着关切，这让井上林感到，这才是他的亲哥哥，血浓于水的亲情，是任何东西都取代不了的。

他抓着井上森的手，他已经很久没有这样做过。

“谢谢哥，嫂子。”井上林声音哽咽。

边上站着尹冰和水艳红。她们眼睛都红了，显然是哭过。水艳红说，吓死我了，酒楼老板也吓坏了，要不是他从你身上找到工作证，还不知道你是谁呢！刚才王局和分局长都来过，贾二亮、陆凤、盖天骄也来了，哥哥怕影响你休息，都让他们走了。哥哥跟王明阳说好了，你休息一段时间，不要上班，你是累的，你要这样拼命，案子查不出来，人倒要倒下了。

“哥，让艳红照顾我就可以了。”

井上林连忙说，你们都走吧，让水艳红一个人在就行。水艳红也说，我一个人就可以了，反正我也没有什么事情，正好在这里照顾老井。井上森让两个女人都出了房间，他望着井上林，笑着说，我没有猜错的话，是区虹找了你吧？是不是想跟你拼命？不要理她，不是你的错，谁也没有错，他不做，你再设套，也不可能把他套进来。你做得对，你没有错。只是有一点，一定要听局里的，服从命令，听从指挥嘛，这是一个做公安的最基本职责。井上林听了，瞪大眼睛，刚想说什么，被井上森制止了。你好好休息，不要说，你要说什么，我知道。你是我亲弟弟，我能不知道你想什么？你是这样分析的，谢易梵、吴仲川、韩晓雪都做不了这样的案子，只有你哥可以做，是这样的么？你哥比他们聪明啊！是吧。你真是我弟弟啊！你哥聪明不假，但是，你哥不蠢，我混到今天容易么，我会为了钱毁了自己？我有那么蠢么？上林，你做刑警多年，不要按固定的模式办案，如果办案有你想的那样简单，就好了。你可以调查，哥不反对，但一定要听局里的安排，你现在是副局长了，分局还有很多事情要你做，你不应该放弃工作，而插手别人的工作，这不好。我可以告诉你，如果你不是我弟弟，王明阳早就处分你了，难道这个地球离了你就不转了？就你正义，别人都是混饭吃吗？

井上林第一次在哥哥面前无言。

不是他害怕什么，而是觉得哥哥说得对。是啊！难道这个世界就我一个人正义么？离开我就不办案了？哥哥说得对，我们应该听从局里的布置，不应该任性工作，如果大家都这样，工作不乱了套么？办案是不应该按固定的模式想问题，很多事情都是千变万化的，我们想的符合逻辑，但是，不一定符合事实。哥哥符合幕后人物的特征，但是，不可以说，就是他。

“哥，谢谢你的提醒。”

井上林望着哥哥，对他的怀疑释然了，想到自己老是怀疑他，而他却如此替他着想，一种久违的亲情涌上心头，他眼睛有些潮湿。他朝井上森笑了笑，是那种发自内心的笑：“哥，你忙去吧，也叫嫂子忙去吧，我有些累了，让艳红在这里就行了。”

“好，我走了。”他走出门，叫上尹冰就走了，放下两万块钱，还有一大堆礼物。走之前，他再三叮嘱水艳红，好好照顾井上林，他想吃什么，就给他弄什么，不要怕花钱，没有，就告诉你嫂子，由我们出。井上森眼里含着泪，握着她的手："艳红，我已经把你当成我们家的人，上林就交给你了，他是我唯一的弟弟，唯一的亲人，我再富贵荣华，我官做得再大，没有他，生活也没有意思。"

水艳红感动得一把鼻涕一把泪，再三表示，哥，嫂，你们放心吧，我一定照顾好他，你们忙你们的，有什么事，我会给你们打电话。她一直把他们送到门口，这才返回病房。回到病房，水艳红一个劲地说，你看见了吧，有什么事，还不是你哥哥出面，这就是亲人。我告诉你，你这个人就是这样浑蛋，不知道什么是亲情，我警告你，我不管你的破案子，如果涉及哥哥，你一定要回避，不准问，否则，我就跟区虹一样，把你做了。

"区虹找了你？"

"找了。"水艳红噘着嘴说，"她能不找我吗？我只好跟她说，你不知道跟吴仲川有关，谁知道有那么巧，他就去了呢？刑警队那么多人，他也是没有办法。上林，告诉我，你真的不知道跟吴仲川有关，真是碰巧？我把这前前后后的事情想了个遍，这才觉得真的跟他有些牵连。真是他做的，真是他杀了人，还是两个人？胆子太大了，我的妈呀！连人都敢杀。"

井上林摇摇头："我不知道是他做的。"

"现在怎么办？区虹可不会放过你的，她说，这一切都是你设计的圈套，没有你，他们家老吴没有事。……我想过了，吴仲川虽然跟你是哥们儿，但是，事情已经这样了，就听局里的吧，你不要再插手了，我怕你真的说不清楚。"水艳红叮嘱井上林。

"我听你的，听你的还不行吗？"

"乖，这才是好孩子。"水艳红笑了，伸出手，摸着他的头，"好好休息几天，你太累了。哥哥说了，你就交给我了，你再出事，我无法向哥哥交代。你看，有你哥这棵大树乘凉，我们还怕什么呢？什么也不怕！区虹又如何，王明阳又如何，都要听你哥的。"她十分得意，每一条皱纹都散发着兴奋。

"我想吃鸡，有些馋了。"井上林说。

水艳红说，吃鸡算得了什么，我马上给我妈打电话，晚上就给你送来。还想吃什么，只要不是吃我的心肝，我都给你办到。井上林心里乐了，故意朝她胸上抓一把，我想吃它。水艳红像个花公鸡，咯咯地笑个不停，我说什么了，你井上林就是一个吃货，除了吃，就知道这点子事。好了，男人嘛，这也不是缺点，证明你心里有我。好好躺着，我去打电话。水艳红走了，给她妈打电话去了。

病房里安静下来了。

突然的病倒，让井上林重新思考。哥哥的话，让他对案子有了新的认识，是啊！无论是对死去的人，还是对活着的人，都应该有个结果。这个结果，就是要还案子的本来面目，而这关键的关键，就是要找到吴仲川。如果背后的人不是井上森，对他，是一种解脱；如果是，他觉得自己无法躲避，不为别的，是为那几个死去的灵魂，也是为自己的灵魂。活着么，就不是为了一种信仰，如果做人没有原则，死跟活没有任何区别。不要推测，要让事实说话。哥哥说得对，事实胜过一切。

井上林心里清楚了，知道自己该如何做。

43

贾二亮下班后来医院看井上林。

“好些了吗？我刚听说，你太累了，好好休息吧，案子总会有结果的。王明阳现在很积极，我也不知道他是如何想的，司马江更是积极，发誓一定要抓到吴仲川，我害怕这之中再出什么问题，我们都无路可走。”他有些担心。

“二亮，你要怕，就退出来吧。”

贾二亮一愣：“你什么意思。”

“没意思，我怕你承受不起。”

贾二亮无言。

“只是可怜了黄鹂啊！她对你那么信任，还有黄莺，一个多么好的女孩子，把一切都寄托在你身上，你让她们失望啊！”井上林叹着气，望着天花板说。

贾二亮真的急了：“你看不起我？”

“二亮，我是为你好。”井上林说。他告诉贾二亮，案子很复杂，牵扯着很多人。他把吴仲川逃跑，以及方方面面的情况告诉了他。他没有说与王明阳、井上森的关系，只说自己是为他考虑，“反正，黄鹂已经死了，就是弄清楚了，她也活不过来，反而要把你搭进去，有些不值。我想过了，二亮，我有时候考虑太天真，总觉得一名警察，把案子的真相弄清楚，是最基本的，我没有想到，这里面涉及太多人事关系。陆凤有冀北方帮助，听说他是副县长，跟井上森关系铁，他又是我亲哥哥，万一我再不给力，你不就更麻烦了吗？

贾二亮望着他，面面相觑。

“我……”

“怕对不起黄鹂？”井上林说，黄鹂对你太信任，她最后吻你，就是把一切都交给你，当然，她不知道这里面复杂的关系。清明时，我会对她说的，不用难过内疚。井上林反而安慰起他来了。贾二亮被激怒了，他浑身血液贲张，差一点跳了起来。

“老井，你看不起我？”

“我……我没有那个意思。”

“什么意思？你的意思已经很明白了。”他眼睛中透出愤怒，一字一句地说，“我今天向你保证，我可以死，但是，要站着死；我可以活，但是，要顶天立地地活。谢易梵案件的真相我一定给你一个答案，不是为了你，也不是为了女人，而是为了做人的尊严。尊严比什么都重要。”

黄莺推门进来了，望着贾二亮。

“你……你都听见了？”

黄莺牵着贾二亮的手，离开了病房。

两人来到医院外面，她握住他的手：“二亮，你今天可以吻我了。”

“真的？”他眼睛放光，“你真的决定了？”

她望着他，又望着外面熙熙攘攘的人流，淡淡地说：“青春很短暂，我要为自己的青春存一个男人，一个自己心中的男人。虽然这个男人不是自己要的全部。但是，有全部都符合自己想象的人吗？二亮，我会慢慢地让你变成我心中的男人。”贾二亮说我恐怕会让你失望的，我是一名警察，我知道，我身上野的东西太多。如果那样，我们放弃吧，只做朋友，一个交心的朋友，不谈爱。

“友谊和爱有界线吗？”

他噎住了，不吭声。

“不要害怕爱，谁又对爱做个评说。”她伸出手，再次抓住他的手，“只要我们的心没有距离，只要我们相互信任，只要我们都爱着对方，我们就可以疯狂地爱，哪怕明天死去，也是值得的啊！”她一口气说了很多。

他听得痴迷。

吃完晚饭，两人从饭馆出来已经是晚上。她挽着他的胳膊，在路上散步。她说月亮很美，空气很美，青昌的景色很美。贾二亮说，一切的美，都美不过你。他的话，让她笑了，谁说你们警察不会说话，没想到你能说出这样的话？他说你们不了解我们当警察的内心世界，我们跟所有的人一样，都是那样渴望着爱，渴望着有一个心疼自己的女人。我们之所以认真工作，就是为了有一个宁静的爱的世界啊！他说今天晚上你教育了我，是的，我不应该在正义的路上徘徊不前，我应该奋不顾身。我瞻前顾后，是我的不对。她安慰，没有什么不对的，每个人都应该考虑个人利益，但是，我总是想，这个考虑，应该以忠诚职业为前提。

“黄莺，认识你，是我的幸运。你不但给予我一个女人最温柔的东西，而且，你让我看到了光明。”贾二亮很有感触，站在她家楼下，拉着她的手，说了许多。

月亮清幽，风中都散发着香味。

她站在那里：“我该还债了。”

“如果是债就不用还。”他笑着。

她俯过身子，双手吊在他脖子上，调皮地说：“二亮，这是我的唇，第一次有男人的味道。从此，它不会有第二个男人的味道。我要让这种味道永远存在我的记忆里。无论何时何地，你都要记住我的味道。”她眼睛里含着泪花。

“我记住了。”他的嘴被堵住了。

回到家里，父母问她去了哪里。她说公安局，当然是为姐姐的案子。父母叹着气，你姐也不知道是哪根神经搭错了，把钱交了，这下说得清楚么？背上了一个贪污受贿的名，你姐夫来过了，也叹着气。黄莺说我就是要让我姐的灵魂得到安宁，这才找公安局，让他们一定把事实调查清楚，就是贪污受贿，主动交了，也是清白的。父亲叹了口气，什么话也没有说，走进了房间。母亲走过来，询问她姐夫张勇如何。她被问得莫明其妙，瞪着眼睛看着母亲。母亲说，我跟你父亲商量过了，你姐留下一个孩子，这要是找个后娘，还不知道受什么气呢。你姐夫喜欢你，如果你愿意，他同意。

黄莺明白了母亲的话。

“妈，这个不行，爱和同情不是一码事。如果姐夫觉得孩子是累赘，我愿意永远抚养孩子。但是，我绝对不会嫁给他，尽管他是个好男人。”她说得斩钉截铁，母亲没有再说，走了。

回到自己的房间，夜已经深了，这个城市逐渐逃离了喧嚣，变成了一个静谧的美人。深情的一吻，母亲的诉说，父亲的目光，已经让她没有睡意。她来到窗前，站在那里，望着城市黝黑的夜空，她在想，我为什么爱上了一个警察呢？在这之前，她是想都不会想的，也许，这就是命运，是自己逃脱不了的劫数。

黄莺毕业于北京邮电学院，毕业后，就进入外资公司，先是在爱立信，后去了阿尔卡特。她的收入是贾二亮的十几倍，甚至更多，她用的香水，穿的衣服，接触的朋友，都是跟贾二亮不一样的。她的眼里甚至对他不屑。她不相信，在警察这类人里面，还会有真正的男人。她渴望的男人，是顶天立地的男人。

慢慢地接触，他给了她一个新的世界，这个世界是什么，她一时说不清楚，但是，她知道，这是她要的男人。这个男人，比起姐夫张勇来，更有一种让人热血沸腾的味道。

“我选错了吗？”她突然问自己。

她马上否定。贾二亮让她有一种冲动，一种渴望，一种奋不顾身。当然，她还要看，如果他退却，如果他为了个人安危，而把法律置之度外，她不会有任何犹豫，马上会离开他。她觉得，这不仅仅是关于姐姐清白的问题，而是关系到一个人对职业的忠诚。一个不忠诚于自己职业的男人，绝对不会忠诚于爱情。一个不忠诚于爱情的男人，哪怕他拥有亿万财富，也不值得人迷恋。

她给自己的闺蜜沈畅打电话。

“是我，除了我还有谁，你的那个没有在吧？”

“说吧，三更半夜的，我正要睡呢。”沈畅在电话中调侃，让我猜猜，你找我有什么事？找到你的那一半了？月亮要圆了？还是你姐姐的案子有结果了？唉！我说你姐也是，就是贪污受贿了，也用不着交给政府，你看，弄成这样。沈畅认识黄鹂，关系蛮好的。她做梦也没有想到，出了这样的事情。

“不要猜了，我有点……”

“爱上了一个男人？”

“是。你说如何办？”

“谁？”她十分警惕。

她吞吞吐吐说出来了。

“绝对不行。”沈畅非常生气，你一个本科生，找一个大专生，还是一个警察，你有病吗？他一个月有多少钱，风险还那么高？我就知道，他看上你了，勾搭你是吧？你要求他办案，他当然要拿一把了，我说这样的警察没有一个好东西。你千万不要被爱情冲昏了头脑，爱和生活不是一码事。生活就是生活，爱就是爱。你可以爱成千上万的人，但是，生活，你只能跟一个男人。

黄莺说，我真喜欢他。

“可以喜欢，也可以上床，玩玩嘛，但是，绝对不可以跟这样的男人动真格的。否则，你死定了。我不是吓唬你，这是成千上万人的血的教训总结出来的啊！黄莺，我说不清楚，明天中午，我们在‘渔人码头’见面，我请客，请你吃鱼翅炒饭。”说完就挂上了电话。

晚上带来的惊喜，让贾二亮难以入眠。他是第一次吻女人，那种感觉，总是在心里荡漾，搅起数不清的涟漪。他下定决心，一定要把谢易梵的案子弄清楚，不仅仅是为了对一个女人的承诺，也是作为一个警察他必须这样做。想到这里，他就想到了井上林，才理解他为什么要那样固执地办案。一个警察，如果连案件的真相都不敢涉及，那样，活着有什么意思？

“应该像个警察那样活着。”他躺在床上，想着这些天发生的事情，让他感慨万端。做人难，做一个好警察更难。

44

贾二亮和陆凤坐在莫丽琪面前。

谢易梵的案子已经过了好几个月，警察突然又出现在她面前，让她有些惊诧。谈话是在学校会议室进行的，是通过校领导找到她的。见她之前，贾二亮两人商量了半天，决定采取另外一种方式与她谈话。这是井上林琢磨了半天才告诉贾二亮的。两人决定试一试。

“莫老师，知道我们为什么找你吗？”两人商量过了，贾二亮主谈，陆凤记录，关键时候她再插话，一般情况下不要吭声。

活泼好动、快人快语的莫丽琪一时怔住了，瞪着眼睛望着他们，不知道他们是什么意思。贾二亮告诉她，谢曦从美国回来了，她告诉了我们很多关于你与谢易梵之间的事情，我们也与你姐姐谈了话，她把你与谢易梵之间的事情都说了，我们希望你能实事求是地说说你们之间的事情。我们知道，你有难处，但是，事情已经发生了，我们就要面对，隐瞒是隐瞒不了的。有些事情，只有说出来，你的心里才能痛快。另外告诉你，我们很快就会抓到杀害谢易梵的凶手，到那个时候，一切都大白于天下，你后悔就来不及了。

莫丽琪绷紧着脸，一言不发。

贾二亮和陆凤也一言不发，三个人坐在那里，静极了，谁也不愿打破这种沉默。贾二亮他们脸色平静，脸上还有浅浅的笑意，而莫丽琪不知道对方到底掌握了什么。她已经好长时间没有与姐姐通电话了，更不知道她说了什么。她的心里，有些埋怨姐姐，更埋怨谢曦，有什么事情也不跟她通通气。

许久，她抬起头：“我……”

“说吧，莫老师，说出来就好了。”

莫丽琪知道躲不过，只好吞吞吐吐说了她与谢易梵的关系。毕竟是老师，一旦要说，条理清楚，逻辑分明。她长叹一口气，感慨万端。那是多少年前的事情，我已经记不清了，反正，是在姐姐结婚的庆典上，我见到了谢易梵，那个时候的他英俊潇洒，谈吐不凡，一下子就锁住了我的心。我记得那一年，我还在上大学。以后，我就经常找些理由走近他，慢慢地发现，他是那样爱着我姐姐。我的心里，就有些不好受。姐姐生谢曦的时候，我终于找到了机会，把他拉下了水。记得第一次我们上床，他特别害怕，我安慰他，我不会拆散他们的婚姻，我只要他对我好。后来，我也结婚了，但是，我与他仍然保持着若即若离的关系，我们之间无话不说，十分甜蜜。我们要躲避姐姐，又要见面，那种关系十分刺激，让我激动。我跟他在一起，总是感到无比幸福。后来，姐姐知道了。她没有挑明，我们也收敛了。以后我们三个人相处得挺好，姐姐也默认了。姐姐知道，有了我，他就不会到外面找女人。她更知道，像他那样有钱又浪漫的男人，是看不住的。

“他给过你多少钱？”贾二亮对两性关系不感兴趣。

莫丽琪一怔：“我不是为了钱。”

“我知道，你不是为了钱，是为了爱，是吧？但是，这么长时间，他不可能不给你钱吧？你刚才说了，他有钱。这样说吧，我们就想问问你，谢易梵有没有把钱存放在你这里？”贾二亮有些耐不住了，直直地说了出来。

莫丽琪感到受到了伤害。

“你……贾警官，你让我失望。我原先以为，你是最通情达理的一个人，我……我没有想到你如此不堪。年轻人，你以为一个女人爱一个男人就是为了钱吗？我告诉你，普天下人都那样做，我莫丽琪也不会。我猜出来了，你以为谢易梵贪污受贿的钱存在我这里，是吧？你就想从我这里找出来，不要说没有，就是有，我也不会告诉你的。”她情绪激动，眼睛发红。贾二亮知道，她永远不愿推倒心中的偶像，哪怕谢易梵在外面有了女人，她也不相信。她欺骗自己，只是因为，她不愿看到自己喜欢的男人如此而已。

她起身往外走，不顾他的劝阻。

“你相信也好，不相信也罢，我都要告诉你，你不是他的唯一，他在外面还有女人，而且不止一个。你站住，听我说完再走。如果他的钱存在你这里，你不说，就是共同犯罪。我相信你懂得法律，到那个时候，你就没有机会了。”陆凤也不知道如何，突然站了起来，说了一大段话。

莫丽琪没有回头，咚咚走了。

两个人面面相觑。

"陆凤，你说她……"

"我觉得她有些恐惧，在故作镇定，以进为攻。黄鹂交出一百万，谢易梵绝对超过这个数。他不会放在莫美琪那里，放在莫丽琪这里是最合适的。他不可能不考虑万一，井上林的分析是对的，他如果没有犯罪，是不会有人买他的命的，这说不通。"她分析说。

他同意她的分析。

"最近见了冀北方没有？"

"你问这个做什么？"

贾二亮说，我了解过，井上森看上冀北方，就是因为你。他想通过他了解案子情况，现在看来，不仅仅是这样，他还有更深一层的考虑。我没有别的事，我只是告诉你，把冀北方看紧点，他这个人不是省油的灯。陆凤一听，特别生气，你的黄莺给你手机为了什么，是不是为了捆住你？告诉你贾二亮，我的事不用你管，我知道如何办。说完不再理他，上了汽车，就坐在那里，一言不发。

莫丽琪来到姐姐家，和她吵了起来。

"姐，你真让我失望。我承认，我爱姐夫，也做了对不起你的事情，但是，我从未把这种事情告诉别人，你竟然……让我说你什么好呢，告诉了警察。告诉你，警察今天找了我，说姐夫贪污受贿，他是跟别人发生了矛盾才被人杀了的。他们还问我，姐夫的钱是不是存在我这里。我今天就跟你说清楚，我是跟姐夫那样，但是，我没有拿他的钱，一分钱也没有拿。他不在了，我更不能让他寒心，我……"她坐在沙发上，呜呜地哭了起来。

莫美琪站在那里，听完她的话，差点晕倒。

"天呐！我……我就是害怕这样的事情，一再叮嘱他不要贪污受贿，想不到还是没有逃脱这一劫。丽琪，你用脑子想一想啊！你们俩的关系我都默认了，这对于一个女人来说，是多么难的事情啊！我会告诉警察？这是他们诈你的，你啊你，永远是一个长不大的小丫头。"她一把鼻涕一把泪地埋怨她。

从小时候起，莫美琪就特别喜欢这个妹妹，什么事情都让着她，长大了依然是这样。在妹妹面前，她没有刚强，没有面子，什么都没有。不是她想这样，是她硬不起来。她的心很敏感，她早就知道谢易梵跟妹妹有一腿，她不愿证实。当事实摆在自己面前的时候，她装聋作哑，默认了这种关系，想想总是自己的妹妹，要是换了别人，她马上就会跟谢易梵离婚。让她想不到的是，这种关系，让警察看出来了。而且，她内心判断，警察的推测是对的。

“姐，你……”莫丽琪悔之晚矣。

“过去了就算了，反正，谢曦已经回美国了，谢易梵也不在了，就我一个人。我又没有拿他一分钱，让警察调查去好了。”莫美琪萎靡不振，坐在沙发上，脸色苍白。

莫丽琪放声大哭。

她感到莫明其妙：“你哭什么？”

“姐，你要原谅我呀！我不是人，我真的不是人，我欺骗了你，我没有说实话。我对不起你，对不起姐夫，对不起谢曦。”她伏在莫美琪的腿上，哭个不停。

“说吧，无论什么事，我都原谅你。”

莫丽琪这才擦干眼泪，诉说着她与谢易梵勾结的经过。她说姐夫一年前就跟黄鹂、韩晓雪一块，利用进口项目，与老外勾结，吃回扣，贪污受贿。他怕你知道了承受不起，就不敢告诉你。他对我说，如果他出了意外，什么事情也不要做，守住那些钱，等事情过去了以后，交给你，让你和谢曦下半辈子过好日子。所以，对你我什么也不敢说，我害怕警察知道，他用命换来的钱就全完了。我想了想，我不能再欺骗你，否则，我会下地狱的。

“姐，姐夫一共弄了两百多万，全部存在外国银行，三年之内拿不出来，存的是定期。这样也好，三年后，一切都过去了，我就把那些钱交给你。我向姐夫保证过，我一分钱也不要。我莫丽琪已经伤害了你，在钱上我再无所求。”她说完，感到轻松了许多，还拿出手绢，给姐姐擦眼泪。

莫美琪听完她的话，望着天花板，长叹一口气。

“天呐！他……他真是这样？”

“姐，姐夫是爱你的，是为这个家着想的啊！”

莫美琪紧咬着牙，指着妹妹的鼻子，愤怒地说：“我……我真是白疼你了。你以为这样的钱能拿吗？我告诉你，它烫手啊！你为什么不劝劝他，为什么呀！都是你，是你这个淫妇，把他一步一步带进深渊。你毁了我还不够，还要我这条命。你好恶毒啊！你为什么要告诉我，为什么要让我知道，你把我逼上了一条绝路。”她真正愤怒了。在房间里一边走，一边挥舞着手，还把鱼缸推倒在地，人整个疯了一样。

莫丽琪害怕了，她从未见姐姐这个样子。她拉着姐姐的手打自己的脸，感到是自己害了姐姐，搅乱了她平静的生活。姐姐从小就规规矩矩做人，她不贪荣华富贵，不贪钱财，她只要平静的生活。想想也是，姐姐姐夫的收入，已经可以让他们过上中等生活，有再多的钱，又有什么用呢？

她感到自己做了蠢事。

“姐，姐……”

莫美琪已经被她气得昏了过去。莫丽琪没有办法，急忙打 120，把她送进了医院，坐在床边，一刻也不敢离开。晚上，丈夫送饭来了，问姐姐好些了么？她说还是那样。她交代，你今晚哪里也不要去，跟我一块守着姐姐。丈夫答应着，老老实实坐在床边。

45

吴仲川去了哪里，恐怕没有人知道。

只有做过刑警的人，才有他这样的胆量。那天晚上，他甩掉了井上林，把摩托车丢到赣江，换了衣服，搭了辆车去了滁槎，去了姑姑家。但是，他没有进去，在姑姑家花盆底下，拿到了他准备好的银行卡和假身份证，回到了青昌。天气热，他剃了个光头，穿着裤头，戴着墨镜，找了个叫猫猫的卖淫女，以她的名字租了间房子住了下来。

这个叫猫猫的小女孩，来自贵州贫困地区，长得干瘦干瘦的。他在歌厅看见她猫在门口的长凳上，一问才知道是来找饭吃的。带班的小姐说，没有人喜欢她，一看她干瘦的样子，男人们正眼都不瞧。他们喜欢性感的女人，喜欢那种手下有感觉的女人。他走上前，问她在什么地方住。她说我租了一间房，离这里不远。他就给了她钱，让她带着自己来到了住处。他看了看房间，就说我包了你，你就不要到外面做了，跟着我。说完拿出一捆钱交给她，把她高兴得要死。猫猫很听话，帮他做饭洗衣买东西，什么都干。晚上，猫猫弓在他身边，动都不敢动。他把枪压在枕头底下，鼾声如雷，根本就没有把这个小女孩放在眼里。一到晚上，他要出去，就让她在房间守着。女孩子很听话，待在房间里，等着他回来。

“猫猫，怕我吗？”有时候，坐着无聊，他会问。

猫猫点点头。

“我又没有对你怎样，你怕什么？”

猫猫说，大哥没有动我，我就知道你是为了别的。你不动，我总觉得你不是做这个的，你身上有一种味道，一种……杀气附在你身上，我害……害怕。大哥，你不会杀了我吧？

吴仲川开心地笑了笑。

“我杀你做什么？”他朝她招了招手，“你过来，让我看看你，年龄不大，不到二十吧？是不是家里太穷了，才出门做这个的？”

猫猫点点头，怯生生地走到了他面前，站在那里不敢看他。他轻轻地解开她的衣服，一对胸乳像没有长开的菜花，拳头般大小吊在那里，可怜的样子。他脱掉她的长裤，瘦弱的身体还没有他大腿粗，那块酥地光秃秃的，连一根茅草也看不见。他问她多大了？她跟他说了实话，说大哥，我今年刚十六岁。他长叹一声，想象不出男人们竟然下得了狠心……他帮她穿好衣服，拿出一叠钱塞到她手里。

“猫猫，我要在这里住一段时间，我走以后，你就回家吧，这碗饭不是你吃的。”他告诫说。

猫猫感动得眼泪都掉下来了，哥你是个好人，我咋能白要你的钱呢？要不，你要了我吧，我白要你的钱多不好。我娘说了，不能白要人家的钱。我娘说了，靠身体吃饭也比偷抢强，我们是做生意，偷抢是犯法的。他摇了摇头，哥不要你，帮哥做事，哥就高兴。猫猫这才高高兴兴地收好了钱。

晚上，他一个人出去。

他已经跟踪了韩晓雪好几个夜晚。吴仲川被韩晓雪拉下水，是一种偶然，今天看来，也是一种必然。记得有一天晚上，时间已经记不清了。他检查安保，来到她的公司，见到了韩晓雪和浦文君，他多瞄了几眼浦文君，就被韩晓雪锁住了。后来，韩晓雪用浦文君做饵，把他钓上了床，落入了她的圈套。吴仲川当然不惧圈套，但是，当她展现出那个玫瑰色的梦时，他迷惑了。从刑警队出来以后，他郁郁寡欢，又弄不到钱，做一个大厦的保卫部部长，根本不是他的理想。他以为傍着一个有钱女人，何乐而不为？他睡着这个老女人，花着她的钱，偶尔还可以吃吃鲜，和浦文君上床，他很乐意。但是，他没有想到，韩晓雪最终的目标却是要他做杀手。

“杀人？”一天晚上，两人缠绵完了以后，她提了出来。她说得很随意，但是，吴仲川却听得惊心动魄。

“这个我做不了。”他当即拒绝，告诉她，做什么事情都可以，但是，他不会杀人。吴仲川刑警出身，对法律比谁都清楚，杀人偿命，这是跑不了的。

“你做得了的。”韩晓雪告诉他，我对你很了解，你是最棒的刑警，是王明阳的手下，没有人比你更合适的。你不得志，你需要钱，支撑你男人的雄心。她还跟他说，这个叫谢易梵的男人，追我追得要死，我的一切他都知道，我早晚会死在他手上的。她说我想你有办法让这个男人消失在世上的，而且又不是你杀的。

他惊讶她了解得如此详细。

“仲川，帮帮我。”

“我实在帮不了。”

“你提个条件吧？”

吴仲川要为难她，故意说：“一百万。”

这是一个天文数字。他一个月的工资不到六百元，这一百万是一个什么概念啊！好多人连想都不敢想。在青昌，要买房子，在市里最好的地段，可以买好几套。他想让对方知难而退。因为，他不愿做，他没有想到，她竟然一口答应了。

他倒抽一口凉气。

“你……真舍得？”

“为了命，没有什么舍不得的。”

这下让吴仲川为难了，不做吧，答应了的；做吧，他确实感到害怕。不是害怕被别人发现，是害怕眼前这个女人通天的能耐。他告诉她，自己要好好想想，一个星期后再告诉她。但是，一百万要先付一半，另一半做完了再给，不要通过银行，要现金。他提出要求，对方都答应了。韩晓雪临出门时，吴仲川又喊住了她：“明天晚上七点，让浦文君到青昌饭店门口等我。”

“没问题，你尽兴。”她走了。

吴仲川知道浦文君是韩晓雪的药引子，他想知道，这个药引子配了多少服药。但是，他失望了，他使尽了浑身解数，她就像僵尸，就是一声不吭。这个如花似玉的女孩子，竟然如此坚强，这是他没有想到的。最后，他警告她，如果她说出了今晚的事情，死的第一个人就是她。

一星期后，韩晓雪带来了五十万现金。

“你做好准备，我会提前一个星期通知你。你放心，完事后那一半马上给你。记住，如果出事了，与我无关，否则，我会用一百万买你的命。”她的话，不再温柔，显出一种从未有过的冷酷。

后来，他找到了于木根，再后来，于木根杀了谢易梵。一切都特别顺利，要不是井上林没完没了地追踪，这件事他已经摆平了。

他小看了井上林这枚冷棋子。

当他得知司马江负责案子，他就判断，韩晓雪这个女人会做手脚。所以，他要找到这个女人，终于在她外面吃完晚饭后，他在汽车边等到了她。他躺在她汽车后座里，她没有看见，上车后就开着汽车走了。等她开出一段路，他冷冷地说："韩总，久违了，一直开，去赣江边上，我想跟你一块看看月亮。"

韩晓雪听到他的声音，头都没有回，更没有惊讶，冷冷地笑了两声。吴仲川问你笑什么，她说我就知道，你不会离开青昌，你会来找我，让我猜到了。我只是看不起你，我们说好了的，这件事，跟我没有关系，我付了钱，你应该清楚。吴仲川说我当然清楚，但是，现在有些问题变了，刑警队司马江负责案子，你一定知道，我跟他是什么关系。我来就是要告诉你，如果你胆敢借他的手，杀人灭口，就不要怪我不客气。我死了，你也活不成。她把汽车停在路边，一个特别静寂的路边，没有说话，却点燃一支烟，还抛给后面一支。她望着黝黑的夜空说："走吧，今天就离开青昌，去井冈山，那个地方离青昌远，又偏，他们不会发现你的。待一段时间后，等他们过了那个劲，我安排你去香港。记住，到了那里，先给我打个电话，打我办公室的，九点钟打。"

他坐在车里没有动。

"你的家人我会照顾的。"

"告诉我，你的后面是什么人？"

她冷冷地说："我说了，你应该走了，晚了就走不了了。我说过了，我们有协议，我们都认真履行协议，否则，对谁都不好。"

吴仲川打开车门，走了，消逝在黑夜中。

回到住处，他告诉猫猫，今晚就离开青昌。猫猫有些不愿意，母亲告诉过她，没有赚到两万块钱，不要回来，家里等着钱给哥哥结婚。他从包里掏出两万块钱，交到她手里，叮嘱她，路上有人问起，就说我是你叔叔。我要亲自送你回家，把你交给你母亲。猫猫激动得哭了，叔叔是好人，是我从未碰见过的好人。她脱掉衣服，一定要他睡了自己。他拍拍她的脸，帮她把衣服穿好，让她回去以后，好好劳动，不要再做这样的事情。

两人收拾好东西就上了火车。

吴仲川带着猫猫，坐了三天火车，才到达贵阳，一问她，这才知道她的家在桐梓。两人又坐着火车走了一天，才到达桐梓县城。猫猫告诉他，自己的家乡在娄山关镇。他一听，问是不是红军走过的娄山关。是啊！是啊！猫猫兴奋地说，就是那娄山关，离我们家没有几里路，去了我家，我带你去看看。他不再耽搁，马上坐了汽车，来到了她的家。

她的家，坐落在山脚下。

猫猫快乐得像个鸟儿，喊着爸爸妈妈哥哥。还告诉他们，吴仲川是她老板，特地送她回家。她把钱交到母亲手里，一家人高兴得像过年。他在猫猫家住了一个星期，看了娄山关，和她家人处得十分好。看着他们贫苦的样子，吴仲川心酸了，走时再次留下了两万块钱，告诉猫猫，好好待在家里，哪里也不要去。他还说，外面的钱不好赚，以后不要做那样的事情，否则，你下半辈子不好过的。猫猫抱着他，哭了，哭得很伤心。

46

韩晓雪坐在井上森面前，淡淡地笑着。

已经是八月底了，天气仍然十分炎热。她预订了饭店最好的房间，把他约了出来。她调查过，今天他没有会议，晚上也没有安排。她更知道，每天不到晚上十二点，他是回不了家的。尹冰已经习惯了。她更知道，他不会拒绝，因为，这关系到他的仕途。井上森现在有些后悔，他万万没有想到，面前的这个女人如此厉害。以前他总感觉是自己在玩对方，到现在，他觉得自己被人玩。

她说了与吴仲川见面的经过。

井上森脸色淡淡的，还带着笑意，看不出一丝惊恐。她纳闷，问他为什么如此镇定？他说我有你，还有什么事情搞不定？你我联手，没有办不成的事情。她噘着嘴，脸上显出一种女人特有的娇媚，只可惜这种嗲在她这个年龄段让人觉得有些恶心。她说你还不对我好，抱着你的尹冰不放，我除了年龄比她大一点外，哪点比不上她？我告诉你，我是最合适你的女人，有了我，你的仕途一定会飞黄腾达。她的这句话，让他最为高兴。他伸出手，轻轻地把她搂进怀里。这是许久没有过的举动，让她高兴得呜呜哭了出来。

“晓雪，我有我的难处，你应该体谅我啊！”井上森有些感慨，告诉她，官场比战场更为残酷，不要看我风风光光的，我每天都在刀尖上跳舞，稍不注意，就要身败名裂。多少优秀的人才，不是败在自己的智商上，而是败在自己的放任上。一个人，如果不知道控制自己的欲望，没有不失败的。王明阳开始听我的，是想谋求局长位置，现在他想与我做交易，他知道我的秘密，我这个政法委书记就姓王了，你以为我什么事情都能办吗？办不了啊！我要把事情办成，又要不让下属掌握把柄，难啊！他一脸愁容。

“官场真如你说的那样丑恶？”

井上森长叹了口气，告诉她，不进入官场，永远不了解官场的本质，你不要看这个世界花团锦簇，我告诉你，它比什么地方都黑暗。它有一定的规则，谁不按这个规则出牌，死的人就是你。这个规则是你永远看不见的。有一句俗话你忘记了，会议天天开，贪官前三排，若问谁最大，就看主席台。虽然这是老百姓调侃，但是有一定的道理。不是他们愿做贪官，是他们逃脱不了这个规则啊！

“那我们怎么办？”她望着他。

井上森放开她，站了起来，点燃一支烟，在房间里来回走着。他朝她招招手，把她拉到自己的身边，附在她耳边说了半天。韩晓雪瞪大了眼睛，你还要杀人呀！杀的人太多了，总是不好的啊！他皱起了眉，告诉她，杀人当然不好，但是，如果能找到不杀人的办法，那是最好的。他要她想，还有什么更好的办法。他叹着气说，谢易梵对你好么？你跟他上了床，他还不是为了利益，要出卖你我？我们不那样做，死的人就是我们啊！

“那……那我想想。”她坐在一边。

井上森坐在沙发一边，静静地抽着烟。

谢易梵死亡前三个月，他约了韩晓雪来北京见面。那个时候，她还迷恋着这个男人，觉得他是除了井上森外第二个值得她喜欢的男人。他的精明、浪漫，都让她刮目相看。他对韩晓雪第一次提出的匪夷所思的贪污受贿办法十分赞扬，还做了补充，当然，他不知道这是井上森提出来的。在很长一段时间里，她感谢井上森，没有他，自己是不会走近谢易梵的。但是，她没有想到谢易梵却不简单。

他们住在建国饭店。

她痛痛快快地洗了个澡，仔细地给自己化了妆，换上了性感的纯棉内衣，她要让他感到快乐。为了突出自己已经不好看的腰身，她换上了紧身内衣，特别托住了下垂的乳房。她知道他喜欢香奈儿味道，就在紧要处洒了淡淡的香水。头发蓬松，披散在肩上，整个人更显得慵懒，更有风情。她要让他感到惊奇，但是她失望了。

他推开房门，愣了一会儿，就坐在沙发上看着她，好像不认识一样。她走过去，双手抚摸着他的脸问：“你怎么了？有什么不高兴的？不是你叫我到北京来的吗？我还以为你想我了呢！”

“当然想你。”他撑起笑，站了起来。

“可……”

他轻轻地在她脸上吻了一下，跟你没有关系，我工作上有些烦，所以，心情不痛快，约你来北京，就是想散散心。好了，你上午从青昌来，肚子一定饿了，我们一块去吃饭吧。想吃什么，北京菜、潮洲菜，还是鲁菜？北京什么都有。正宗意大利菜、海鲜……她摇摇头说，我想吃什么你还不知道吗？他连忙说，知道，知道，我们这就走。他打了辆车，来到浙江驻京办事处，这里面有家宁波菜馆。他知道她喜欢宁波菜。坐下后，他点了宁波烤菜、咸菜黄鱼羹、酸冬瓜。他想要一瓶茅台，她说我喜欢喝五粮液。

“来，为我们相识干一杯。”他举起了杯子。

“好，干。”她一仰脖喝下去了。

两人谈谈笑笑，聊一些社会上的新闻逸事，就是不谈他们之间的合作关系。她问他喜欢什么样的女人。他说你坐在我面前，还要问这个问题吗？她说你在耍滑头，中国男人挑女人，是越年轻越好。他接着说，是吗？所以你让浦文君做饵，让我上钩。她笑了，不好吗，你不是把饵吃了吗？他哈哈一笑，我不吃你不放心呀！所以，我吃了，你们才放心。他笑得很放肆，让韩晓雪心里一颤。

“谢易梵，你有话就说吧。我知道，你让我来北京，一定有什么事情。哼！我还自作多情，以为你想我呢！”她收住了笑容，认真面对他。

“当然，我想知道你后面的那个人是谁？”

“我后面没有人。”

“骗谁？我没有猜错的话，就是井上森了。”他说，井上森当过我的上级，太了解我。我还知道，是他让你出面找我的，设计好圈套让我钻。你曾经是井上森的地下恋人，而且你一直爱着他。他现在的妻子尹冰，是你同父异母的妹妹，我没有说错吧？我没有别的意思，我要你告诉他，帮帮我，董事长已经让我挤跑了，听说要把路少洲派来。我只要当上了董事长，我们之间的合作不是更好了吗？

她当时听得目瞪口呆。

他从哪里打听到这些的，她不知道，她只知道，如果暴露了井上森，一切都危险了。他是不能出面的。当初韩晓雪找到他，或者说把他拉下水，只要他负责谈判环节，其他的事情由她来操作，每做一次给他多少钱，都是谈好了的。因为，井上森再三交代，只有这样，才能逃脱法律的制裁。她相信他对官场和商场的熟悉要强于谢易梵。但是，她没有想到，事情会发展到今天这个地步。

“易梵。”她放软了口气，你是商人，我们又有了这样的关系，而且，我们之间有协议，你不应该问这么多。你只做你的事情，拿你的利润，这很公平。我如何操作，是我的事情，与你无关。他冷冷地笑了，是，我是商人，商人，说穿了，就是鲜廉寡耻之人，就是利欲熏心之人，就是可以拿任何东西换钱的人。你告诉我，这个世界上，还有干净的东西么？感情，爱情，友谊，协议，承诺，哪一个能算数？在利益面前，根本一钱不值。不要跟我说什么政府官员如何如何，他们跟我们这些商人比起来，更为龌龊和肮脏。

“但是，你不能破坏规则。”

“什么规则？”谢易梵显然急了，我为你们赚的还少么？你们给我那些钱，跟你们比起来，九牛一毛而已。我答应你，如果我当了进出口公司一把手，我会给你一个舞台，给你幕后人一个舞台，公司就是你们的钱袋子，你要多少我给多少。否则，我只好说声对不起了。他看了她一眼，脸上仍然堆满了笑意。但是，她觉得好恶心。为了稳住对方，她说让我好好想想，回青昌后，我会告诉你的。他同意了，吃完饭，付了账，两人就回到了饭店，走进了各自的房间。

当天晚上，她就给井上森打了电话。

第二天，她坐飞机回了青昌。

“你想好了？”井上森拧灭了烟蒂。

韩晓雪从回忆中走了出来。她抬起头，看到了他那对渴望的眼睛，只有这时候，她才能从他的眼睛中看出那份真情。她叹了口气，我可以帮你做，当然也是帮我，但是，完事后，你一定要给我一个说法。我会等，等到你当上了市长，我不是渴望做你老婆，而是那个位置本来就是我的。尹冰骗了我，也骗了你，我要出这口气，否则，活着就没有任何意义。

“我答应你。”他点着头。

“真的？”

“当然。”

井上森站了起来，走到她身边，紧紧地抱住她，抱得她春心荡漾，抱得她心猿意马。他当然知道她要什么，他准备好了给她。她已经好久没有这样，一下子就吊在他脖子上，两人倒在床上，像一块乌云，马上覆盖了天空。

“没有你，我会死。”

“我也是，听话，只要你听话，一切都好。”

“我乖，我听话，听你的话。”她满脸都是笑容。

坐在汽车上，井上森连自己都笑了。在对待感情、欲念，以及女人在事业中的位置上，他认为自己是最理智的。无论多么贴心的女人，都不能向她交底，否则必死无疑。事业没有成功之前，他从不想别的女人，他知道，那种欲望会毁灭自己。女人是伴随着男人成功进入你的怀抱的，最美丽的女人都是为成功男人准备的。当他成功后，他心中压抑多年的欲望，像火山一样爆发了，漂亮女人凹凸有致的线条，漂亮迷人的乳房，那种攥在手里的感觉，还有女人的体香，都会让他如痴如醉，甚至不顾后果把她占为己有。所以，他需要钱，满足自己的欲望，他甚至记不清跟多少女人上过床。

现在的秘书覃晶，就是他的一朵鲜花。

47

韩晓雪没有等到吴仲川电话。

“这个浑蛋，他到底去了哪里？我见到了他，一定要扒他的皮。”坐在办公室里的她，过了一个多月，仍然没有接到电话，这让她有些着急。她说着粗话，当然，这样的粗话她是不会当着人面说的。浦文君也找不着了，不知道去了哪里。从井上森的嘴里，她得知了追捕吴仲川的情况，井上森告诉她，已经向公安部通报，全国通缉，用不了多久，一定会抓住他的。井上森要她实行拟好的计划，她答应了。通过关系，她很快就找到了对象，弄好了一切，就等吴仲川冒头。

晚上，贾二亮约了井上林到外面吃饭，他带盖天骄和陆凤来了。井上林看着满桌子的菜，放在桌子上的四特酒，满脸都是笑意，连那额头上的皱褶都荡着满足。他坐下，点燃一支烟，还是二亮了解我啊！毕竟跟了我几年，是我肚子里的蛔虫，哥哥我已经好长时间没有喝酒了，这个副局长，真不是人当的，一天到晚乱七八糟的事，也不知道做了什么。他发着牢骚，一肚子不满。陆凤噘着嘴，你就知道当你的副局长，把案子都忘记了吧？我还以为你井上林是个认真的人呢，想不到也是俗人一个，戴了帽子，就不看外面天气。现在可是九月，吴仲川已经跑了好几个月了，你到底是什么意思？

“陆凤，我没有意思。”

“没有意思是什么意思？”

井上林伸出筷子，脸上没有半点不好意思：“我们边吃边聊吧，来，我们走一个。”大家没有驳他的面子，端起酒杯，走了一个。他放下杯子，告诉他们，据他得知，青昌已经装好了网，吴仲川一旦落网，必死无疑。那么，谢易梵和于木根的案子，会有结果。但是，我害怕会出现其他情况。他叹着气，这个案子，触动了相当一级领导。盖天骄急了，问，你怕了？如果你怕了，我们就再想办法，二亮说了，一定要把案子查清楚，否则，就不叫人民警察。他看着贾二亮，问他什么意思。贾二亮脸上平静，坐在一旁，没有吭声。

“二亮，你可向黄莺承诺了的。男人说话如果不算数，跟放屁没有什么两样。我们可不喜欢跟着一个窝囊废。”陆凤的话说得很重，重得贾二亮都有些坐不住了，一个劲地叹着气。

井上林问，进口项目都调查清楚了？

“都弄清楚了，几乎都是一个样。每次谢易梵都是在关键时候插手，都是跟画和字码有关系，但是，我们想尽了办法，也弄不清楚他们是如何传递信息的。找不到任何证据，没有证据，我们就没有办法。我和陆凤、天骄研究了半天，感到谢易梵和他的同伙，肯定都想到了这个问题，他们是不会让我们轻易地破解这个秘密的，更不会让我们抓住证据。”贾二亮看着井上林的眼睛说。

“陆凤，你跟冀北方现在如何？”他换了个话题。

陆凤摇着头，不愿谈。

“冀北方已经是县委常委，常务副县长了，下面的人都知道，他是井上森的人，我哥是青昌市三把手，除了书记、市长就是他了，听说明年有可能出任市长。陆凤呀，要牢牢地抓住他啊！抓住了他，就抓住了你们的幸福，房呀车呀钱呀都会有啊！”井上林用一种调侃的语气说着，说得陆凤恼火了。

“老井，你到底想要说什么？”她的眸子冒着火，我们尊重你，就是你的为人。你的正直，无私，敢说真话，都是我们佩服你的地方。你什么意思？冀北方有车有房有钱，我就得嫁给他，就是幸福。她反过来问他，为什么不跟水艳红复婚，她是那样爱着你，为了你，什么事情都可以做。你不跟她复婚，到底为了什么？

井上林被说到了痛处，脸上有些不悦。

“陆凤，哥哥是为你好。“

“不要。”

井上林做了个无可奈何的手势。

一顿饭，吃得大家都不痛快。贾二亮看出来了，井上林有话，但是，不愿说。他也没有问，知道问不出来。陆凤和盖天骄都悻悻的，陆凤把最后一杯酒倒在嘴里，说我有事，先走一步，你们吃吧。盖天骄也接着说，你们聊，我家里也有些事，先走了。井上林和贾二亮看着他俩离去，张了张嘴，没有说话。

剩下他们俩，井上林幽默地笑了："二亮，就咱们哥儿俩，你跟我说句真话，你真的想破了谢易梵那个案子吗？为了这个案子，你愿意付出你的一切吗？包括你的荣誉，职业，甚至生命？"他的语气，有着从未有过的严肃。

"当然，我把人民警察这个称呼看得高于一切。我不敢说别人如何做，我贾二亮绝不随波逐流。而且，我已经对黄莺承诺，一定搞清楚这个案子真相，我如果说了话不算数，我还活着做什么？我苦恼的是，我不知道如何做。"他坚定地说着。

井上林竖起了大拇指。

他告诉贾二亮，如果发现了吴仲川踪迹，不管他在什么地方，也不管队里有没有派你去，你都要跟着，我们需要一个活着的吴仲川，你明白我的意思吗？他说我当然明白，怕有人杀人灭口，像杀了于木根那样，我们的线索就断了。井上林点着头，我知道你明白这点，但是，你记住，不能说出来。只有吴仲川归案，这个案子才会有些头绪。我们想到的，犯罪嫌疑人也想到了，我们要做的，就是走在他们前头。盖天骄看问题很尖锐，但是，毕竟年轻；陆凤那张嘴，我害怕她说多了。你劝劝她，多接近冀北方，我判断，他会经常去我哥哥那里的，而且，我哥哥会用他，我害怕有目的。人有的时候，是需要别人提醒的啊！像我，就是不相信你嫂子会害我，但是，她真的落入了别人的圈套，可怕的是，她自己还不知道啊！

"你不跟嫂子复婚了？"

"再说，不急。"

"司马江会做了吴仲川吗？他们俩的矛盾，刑警队的人都知道。唉！姜大明还在医院里，真要命。"贾二亮叹着气，感到无奈。

井上林也无奈："为什么我跟你说那么多，明白么？好多事情，我们是很难推测出来的。"他不想把话说得太明白。

贾二亮说，我问句话，你不生气吧？

"我们是兄弟，你说什么我都不生气。"

贾二亮吞吞吐吐地说，我知道，你们家就你们哥儿俩，你这样追踪下去，万一，我说是万一这背后的人是你哥呢，如何办？难道你真的要把你哥哥送上断头台吗？毕竟是亲哥，换了我我做不出来。井上林苦笑，如果不是呢？我哥就清白了，我到现在还是不相信，他会做出那样的事情来，虽然一切证据都指向他，但是，我们需要证据。还有，这起案子，已经死了两个人，我不想再死第三个。在职业和亲情方面，如果硬要我选择，我只好选择前者，这也是从小时他经常教导我的。不是我高尚，也不是我如何，我只是一名小警察，我做的事，也只是一名警察应该做的事罢了。

离开贾二亮，井上林心里不是滋味。是啊！哥哥是自己唯一的亲人，如果自己亲手把他送上断头台，自己如何面对九泉下的父母？面对嫂子，她对自己是那么好？想到这里，他不由自主地来到政法委，走进了井上森的办公室。井上森看见是他，马上让覃晶关上门，叮嘱她，没有事不要打扰我。他笑着给他泡茶，拿出中华烟。

“上林，当副局长有些忙吧？”

“还好，比当刑警舒服些。”他露出了淡淡的笑。

井上森坐在办公桌后面，抽着烟。在自己弟弟面前，他的话很实在，他告诉弟弟，为什么那么多人要当官，官越大越轻松，好处越多。否则，没有人会如此跑官的。他要井上林好好做事，哪怕不做事也没有关系，就是不要惹事。有的时候，不做事比做事好。井上林说，我听哥哥的话，把工作做好。

“哥，跟我说一句实话好么？”

“跟你，我从不说假放话。”

“谢易梵案子跟你真没有关系？”

井上森嘴角露出了淡淡的笑意。他告诉井上林，跟我确实没有关系，不要以为我当过进出口公司领导，你就把什么事情都联系起来，这是办案，不是写小说，你这种想法要不得的。你是一个老警察了，你应该知道，犯罪，要有证据，没有证据，你最好不要乱说。井上林说，哥哥批评得对，我就不放心，才这样问的，跟你没有关系就好，我就放心了。井上森说，案子不归你管，你问它做什么？不要多管闲事，王明阳多次找过我，说你太愿意多管闲事。你把自己的事情做好了，就什么都有了。

“哥，我记住了。”他点着头。

“早点跟水艳红复婚。”

“好，我安排。”他答应了。

“那我走了。”

“走吧。”井上森亲自把他送到门外，再次叮嘱，一切都要按规定办事，不要让我为难。王明阳看在我的面上，可以不过问，但是，你也不要让人家太为难了，这是做人，知道么？他教育了井上林一番。从政法委出来，井上林来到公安局，刚进门，就碰上了魏国华，他热情地把他拉到办公室，问他工作情况如何。魏国华主管分局，在魏国华面前，他说实话，说自己不适合当领导，还是喜欢当刑警。

“上林，你总不能当一辈子刑警吧。”他拍着他的肩，和蔼可亲地说，年龄大了，转行，这是必然。当然，你年龄不大，正合适。提你当副局长，跟你哥没有任何关系，这是党委综合考虑过的。“我知道你惦记着谢易梵案子，那个案子复杂，把你弄出来，就是怕你扯到里面去，我们是想保护你啊！明白吗？”

井上林说，谢谢领导的关心。

“不用谢。上林，有什么难办的事就说，我一定尽力。”他说得十分体贴。井上林对魏国华有好感，觉得他比王明阳强。回到分局，他老老实实过问工作，什么话也没有再说。

48

政法委在青山湖开会，晚上吃饭的时候，井上森多喝了几杯，有些醉意。他拒绝了秘书覃晶伸过来的手，指名王明阳扶着自己去了房间。坐下后，他拿出中华烟给他抽，王明阳不客气，拿了一支，也给了井上森一支，两人抽着烟。

“井书记，我给你泡杯茶，醒醒酒。”

“明阳，我没有醉，要你来，就是想跟你说几句话，不要看我们天天在一起，但是，我们很难说知己话。你清楚，在官场，就要说官话。不是我们要这样做，是没有办法。官场有官场的规矩，有官场的游戏，如果我们不按这个游戏规则办事，我们就走不远。”他从未在王明阳面前说过如此贴心的话，这是第一次。

王明阳十分感动：“明白，明白。”

井上森接着告诉他，你们局长去省党校学习，就是回来了，也不可能再当局长，组织上会有新的安排。公安局一直是你负责，我想，市委这块没有问题，关键是人大，如果人大通不过，市委也没有办法。现在是九月，到明年三月两会召开还有一段时间，这段时间出不得事啊！这你心里应该有数。出了事，什么人也救不了你。关于谢易梵的案子，你心里应该有数，吴仲川外逃，无论如何，年底前，一定要抓到吴仲川，给谢易梵案子画上句号。进出口公司路少洲董事长给我打了电话，也是这个意思。还有受害人家属，也要给个交代，否则，我们就不是人民警察啊！

“井书记，我们一定尽力。”

“不是尽力，是必须完成。”

王明阳点着头：“是，必须完成。”

“你记住，谢易梵的案子还没有结案，吴仲川是个重要线索，我听说案子的幕后人要杀人灭口，所以，一定要一个活着的吴仲川，否则，就没有任何意义。刚才我说的关于你的话，是我个人的意思，希望你不要到外面说，不好。说到底，我们还是要听组织的。”他绕来绕去，又绕回来了。

“放心吧，井书记，我心里有数。”

王明阳从房间出来，就回到了饭店大厅，覃晶看见了他，连忙走上前，问井书记还好么，他说好，已经睡了，等下你再去吧。她连忙点头，一直把他送到汽车边。王明阳刚想上车，又站住了，望着覃晶：“认识冀北方吗？就是井书记前任秘书？”

“认识，他前天还来了政法委呢。”

“呃，公安局有什么事就给我打电话，我知道你不是青昌人，肯定有很多事情办的。”他朝她笑了笑，十分和蔼可亲。

“好的，王局，我记住了。”她一个劲地点头。

坐在汽车里，王明阳闭上了眼睛。他的耳边，回响起井上森的话，什么意思？难道他真的是提醒我，不要让幕后人杀人灭口，难道我还不知道这个吗？那么，他特地把我叫到房间里，到底要告诉我什么呢？总不会为了那几句话吧？他想到了司马江，想到了井上林，想到了这起案子中每到关键时刻井上森的话，把这些东西堆积起来分析，他吓了一跳：“他要我杀了吴仲川？”难道他就是那个幕后黑手？难道进出口公司谢易梵案子跟他有关？

他警觉起来。

“走一步算一步，首先要抓住吴仲川。”想到司马江跟吴仲川的恩怨，他担心起来。姜大明躺在病床上，司马江代理队长，一有信息，肯定是落在他手里，他要如何，王明阳也没有办法。他下了决心，调井上林出任刑警队长，节制司马江，他不想让对方每一步都走到前面。

井上林站在他面前，拒绝了他的提议。

“王局，我刚当分局长，这样做不合适吧？而且，姜大明身体马上恢复了，还是让他当吧，我不愿再回去。”井上林明白，自己回去，目标太大，这样对破案不好。他想在暗处，让对方产生错觉，也许有些事情好办些。

王明阳冷冷地笑了。

“你笑什么？”

“我笑你怕了，怕这个案子牵扯你的亲人吧？”

“你……王局，你把话说清楚。我尊重你，你是我领导，但是，我是警察，是人民警察。我只有一个亲人，那就是我哥哥井上森。我向你表态，如果这个案子牵扯他，为了公正，我更要回避。你应该知道，案子的每一件事，都向你请示过的。你不应该说这样的话，我井上林是什么样的人，你难道不清楚吗？”他动了气，站在那里，眼睛血红，若不是他控制情绪，恐怕会骂出来的。

王明阳马上赔着笑脸。

他走上前，递给井上林一支烟，和蔼地说：“老井，不要生气，我只是随便说说，说说，你不要当真。”他说我不当真行吗，你把话说到这个份上。王明阳说你清楚，司马江跟吴仲川是什么关系，我没有猜错的话，幕后的人一定买通了他，你问不出结果的。只有你去当队长，才可以节制他。井上林接过王明阳的烟，心情平静下来，问他，杀害谢易梵幕后的人，到底是谁？王明阳说我不知道，我刚才说的话，你不要当真，更不要告诉你哥怀疑谁，我也不会怀疑他，他是政法委书记，好好的官不当，杀人去？不可能，绝对不可能。他还说，我做刑警多年，好多案子没有破之前，可能是这样，那样，等案子破了，会吓你一跳，案子结果不是你想象得出来的。

“当然。”他相信王明阳的话。

“吴仲川不能死啊！”

“我也是这样想的。”

“那你去当刑警队长？”

“我想想。”井上林走了。

下午，王明阳睡完午觉，刚走进办公室，井上森的电话就来了，是说井上林的，他告诉王明阳，不同意让他弟弟当刑警队长，说我已经跟他通过电话，他本人也不愿意。王明阳大惊，不是惊诧他的电话，是惊诧他为什么这么快就知道。上午，他就是跟党委班子几个人通了通气，没有任何人知道，还有就是井上林本人，显然，不是他告诉井上森的，是谁？难道班子里还有井上森的人？他浑身一个哆嗦。

“井书记，我们再商量吧。”

“那好。当然，我尊重你们党委班子意见。”井上森挂了电话。

王明阳坐蜡了，不知如何是好。服从不服从都不是他的选项。他亲自劝说井上林去了趟哥哥那里，做他的工作，无非是说，如果吴仲川死了，一切线索就都没有了。在弟弟面前，井上森不好再说什么，答应了，还亲自给王明阳打电话，说了事情经过，同意公安局的安排。

“明阳，我没有别的意思，既然我弟弟同意去那就去吧，不过，分局长的任命不能免，只能是兼职。你记住，我要一个活着的吴仲川，否则，你要对这个案子负责。”说完他挂了电话。

放下电话，王明阳真的有些糊涂了。

听对方的口气，好像跟他没有关系，但是，又让人隐隐约约感到，这里面不是那么简单。他问魏国华是什么意思。魏国华说，你没有办错，第一要务是抓拿吴仲川，否则，我们真有些下不了台的。王明阳点点头，挥了挥手，让他走了。魏国华悄悄地去了趟政法委，向井上森汇报王明阳的想法，井书记，你放心吧，吴仲川跑不掉的，他早就应该死了，你说是吧？他朝井上森露出诡秘的一笑，就走了。

当天，井上森找了韩晓雪，她矢口否认找过魏国华。他告诫：你不要相信任何人，包括魏国华，只要我们找他了，我们的把柄就落到他们手里，我们就成了他们的狗。她说不找人，我如何完成你的意思，我又不会杀人？我倒觉得，通过魏国华做司马江的工作，比我们出面好多了。井上森一时无语，电话中半天没有吭声。许久，听筒里才传出一声长叹，他什么话也没有说，就把电话挂了。

井上森同意对方的安排。

韩晓雪有她的考虑，这个考虑，她是不会告诉别人的。她找魏国华，是带着尹冰一块去的，因为，魏国华只认识尹冰，谈事的时候，她又把尹冰支开了。她没有那么蠢，只让他写了个条子，自己去找司马江，说是求他办点事，而且，不要让他告诉任何人。魏国华马上答应了，还奉承说，有什么事就来电话，用不着跑。

“姐，上森知道么？”

“尹冰，不要那么蠢好么？很多事情，他睁只眼闭只眼是最好的，否则出了事，就把他牵扯进来了。他进去了，你我都完蛋，这个道理，你就不懂。”韩晓雪的话，一下子把她噎得无话可说。

她默认了对方的做法。

司马江站在王明阳面前，毕恭毕敬。

“司马，我们都是做这个的，有些事我就不拐弯。我知道你跟吴仲川有矛盾，我也知道，你想做了他。但是这次不行，他的案子，关系到很多具体的事情。你不可以动任何念头，否则我救不了你。”他的脸，绷得老紧，眼睛盯着他。

“王局，不要这样看我。”司马江一脸轻松，掏出烟给他一支，还靠近着，问什么人说了自己的坏话，我做警察多年，难道连这点事情还不知道吗？是不是井上林说的，还是姜大明？我想除了他们两个人，不会有人关心这件事。

“我关心，不行吗？”王明阳望着他，冷不丁地说。

“行，当然行。”司马江嘿嘿笑着，王局，我知道你马上就是正局长，这些小事还用得着你操心？有下面人办就行了。他看王明阳不吭声，马上一个立正，朗声说：“王局，你要是再不放心，你就派个放心的人来，反正，我是代队长，队长还没有人呢。不管你派谁来，我绝对没有意见。”

“这个是你说的。”

“是，我说了。”他猜不透对方是什么意思。

49

晚上，渔人码头餐厅。

黄莺和沈畅坐在椅子上，吃着套餐，有说有笑。黄莺噘着嘴，埋怨沈畅，你每次请我吃饭，不是肯德基，就是麦当劳，我请你，就是鱼翅炒饭，怀石料理，真是铁公鸡啊！沈畅笑着，我不是结婚了吗？手头紧，你是单身一个，不吃你吃谁去呀！我可告诉你，我不同意你跟那个警察好啊！你要是跟他好了，我可不跟你做朋友。

黄莺笑着说，爱情太美妙。

“完了，天空中又少了一个星星。”沈畅望着她，感慨万端，我们这个世界，又失去了一份色彩。她叹着气，感叹黄莺的变化，一个女人，只要爱上一个男人，就什么也不是了。她说你原先多么激进，学历不高的不嫁，个子不高的不嫁，没有钱的不嫁，父母在外地的不嫁，当警察当军人的不嫁，而现在你，爱上了一个警察，竟然说爱情太美妙，我真想看看你那个王子是个什么人。

“你见到了也会爱上他的。”

“呸。”沈畅骂道，“我是不会背叛我们家那位的，他是我认识的最好的男人，无论床上床下，都是最棒的。”

“真不要脸，还床上。”她笑。

“怎么了？我们是合法的。”她瞪着眼。

黄莺说：“合法，合法，你跟哪个男的上床都合法，自己愿意呗！”她的话，说到了沈畅的痛处，虽然是闺蜜，她的脸色却变了，连忙捂住她的嘴，严厉地说：“我警告你，你再要说这样的话，就不是我的朋友。我们家那位，特别忌讳这样的事，我刚把他糊弄过去了。他要是晓得，我一辈子都翻不了身。”

“有那么严重么？”

沈畅叹了口气，感叹说：“没有结婚前，我也觉得现在的处女比外星人还稀奇，哪个人结婚前没有性史？但是，我们错了，男人可以在外面胡搞，就是不能同意女人乱来。唉！我好后悔当初跟别人有那事，但是，事情已经发生了，悔断肠子也没有用。好在我们家那个是个处男，一上床，就顾不得那么多了，我装着害怕，装着什么也不懂，总算把他骗过去了。你要再捅出来，我非撕了你不可。”

黄莺倒抽一口凉气。

“跟那个什么二亮你可不要犯傻。”

“绝不。”她斩钉截铁。

“我担心……”

黄莺说，有你前面的事，我明白了，不到新婚之夜，我是不会把自己交出去的。沈畅赞扬，你们做什么都可以，就是不要上床。我现在觉得，身体是我们女人最为宝贵的东西，交出去，也要一寸一寸交出去，先可以吻吻他，让他品尝到了甜，再一寸一寸交，让他先摸手，再摸胳膊，再摸身子，再……当然你比我懂，就是不要把身子交出去。否则，你后悔莫及。

“你这个老妖婆。”黄莺咯咯地笑。

沈畅再次问起她姐的案子。

黄莺把知道的都说了。

沈畅说，如果你为了案子把自己交出去，我认为太不值。你姐已经死了，再如何她也活不了，而你，是活着的。黄莺说，我当然不仅仅是为了我姐的案子，我是为了人。沈畅说，一个警察，跟你能有什么共同语言？你千万不要一时冲动，一时冲动会害人的。两个人结婚，是要生活一辈子的，这个你千万要想好。而且你姐这个案子，如此复杂，我想后面的人，不会让警察那么轻易破案的，搞不好，会搭上一条命。不是你的命，而是你那个二亮的命。他为了你会不顾一切的，这个你想过没有？

她的话，让黄莺为难了。

“我真的没有想过，我……”

“如果你真的爱他，就放弃。”

“可我……”

“明天叫他过来，我看看。”

黄莺答应了。

第二天，黄莺把贾二亮带到沈畅面前，沈畅像个媒婆，一对眼睛上下看着他，把贾二亮看毛了，问她是什么事。当知道沈畅只想看看他，他火了，说了句你有病，转身就走了，无论黄莺如何喊叫，他都没有停下来，一会儿就消失在路上。

“沈畅，你害了我啊！”

沈畅安慰黄莺，这是必然过程，如果他爱你，一定会向你解释的，如果他不爱你，你也用不着难过。黄莺感到心里不舒服，觉得自己做得有些过分了，她叹着气，搪塞了几句，就走了。沈畅悻悻地说了句，你这个人呀！两个闺蜜，为了这事，心里都不痛快。

“我爱他吗？如果我不爱，心里为什么如此难过？如果我爱，到底爱他什么？是姐姐的事，还是他就是我心中的白马王子？”回到办公室，她坐在那里想着。黄莺想过她跟贾二亮的关系，但是没有如此认真想过。她承认，很多想法，凭着的就是一见钟情。这种一见钟情，到底有多少爱的成分，她有时候也想不明白。但是，她知道，如果你见到一个男人，连一见钟情都没有，就更谈不上爱。她要的爱，是那种纯真、对她一个人好的。

她给他打电话，他不接。

“真生我的气了。”她想。

她接着打，不停地打。

“不要打了，好么？”

“二亮，你真生气了？”

“我哪敢啊！黄莺，你姐的案子，我一定负责到底，至于我们之间的事，就不谈了，你朋友说得对，我配不上你。我只是一个警察，而你是个白领。我一年的工资，还不够你一个月的。放弃吧，我答应了你的事，就是死，我也要办到。”说完他挂了电话。

她再打，他不接。

黄莺感到一阵愧疚。

下午，她来到刑警队找贾二亮。

盖天骄和陆凤看见黄莺，问清楚了她是黄鹂的妹妹，都被她的美丽惊呆了。盖天骄感叹她的漂亮，陆凤眼睛里充满着一种复杂的情绪，噘着嘴对贾二亮说，你的心上人找你来了，赶快去吧。贾二亮瞪着眼睛，来到门口，看见是黄莺，连忙把她拉到一边，问她为什么找到这里来。她说我打电话你不接，我就来了，就这么简单。

“黄莺，我的话说得不明白吗？”

“很明白。”

“那你为什么还来？”

她笑着：“还用问么？”

他长长叹了口气，摇了摇头，一种无奈的表情。黄莺说，怪我没有跟你说清楚，我只是想让你认识一下沈畅，没有别的意思。她那个人就是那样刻薄，你不要在意。贾二亮说，我不在意，而是你在意。我知道我配不上你，我早就说过了，你千万不要把我们之间的事情和案子联系起来，这是两码事。什么事情都可以勉强，但是这样的事情不行。他望着她，脸上有一种复杂的情绪。

她望着他，认真地说：“你喜欢我吗？”

“当然。”他说得十分坦然。

“这就够了。”

贾二亮摇了摇头：“远远不够。”

她不明白，瞪着眼睛看着他。

他说我喜欢你，不代表你喜欢我。我爱你，不代表你爱我。两人在一起，要有感觉，如果你跟我在一起不愉快，我们就可以分开，真的。他还说，我认真想过了，我们之间确实不合适。沈畅说得对，我配不上你。有些事情靠一时的激情是不行的，我们可以好，也可以谈恋爱，但是我们不可以结婚。

“恋爱和结婚可以分开吗？”

她的话把他问住了。是啊！有了恋爱，结婚是自然的事情，怎么可以分开呢？贾二亮后悔刚才自己的话，这分明是不想分开。他想辩解，黄莺摆了摆手，让他不要说。她告诉他：“我听你的，我们就试着恋爱吧，后面的事情我们不想，好吗？试着有感觉，我们就往前走，不行，我们就不走。”她的话，让他不好再说什么。

她抻抻他的衣服，让他注意身体。

“我不会有事的。”他笑着。

黄莺说，时间不等人啊！我多么盼望着结果。她告诉他，幕后的人也一定想到了很多，你一定要想到他们前面去，否则，你的计划会落空的。贾二亮坚定地告诉她，无论他跑到哪里去，我们都要抓到他，一定给你姐姐一个满意的答复。

“我说了，你是个好警察。”

“黄莺，我会对得起自己的灵魂。”

她的脸上露出了满意的笑意，叮嘱了几句，就走了。他望着她的背影，心里有一种甜蜜，但更多的是一种责任，一种沉甸甸的责任。是啊！我们想到的，吴仲川也一定想到了。井上林跟他说，吴仲川在刑警队的时候，考虑问题就比他强，自己的想法逃不出他的思考范围。他皱起眉，心底里还是有一种担心，担心吴仲川死在那个幕后人手里。

回到办公室，陆风说，井上林来电话了，说晚上找你。贾二亮点了点头，去了司马江办公室，询问有没有信息。司马江说，你放心好了，吴仲川我早晚会抓到他的，你放心吧。贾二亮说我要活的，你可不要把他弄死了。司马江笑了，活的，你放心吧，我一定给你一个活的。他调侃说，二亮呀！不要听井上林的，吴仲川是什么人？你就是抓到了他，也不可能从他嘴里掏出什么东西来，要是能掏出来，他就不是刑警队出去的。我了解他啊！

贾二亮从司马江眼里看出了一种不祥之兆。

50

时间已经进入十月初。

在看似平静的表面却酝酿着巨大的风暴。井上林感觉到了，司马江感觉到了，贾二亮感觉到了，韩晓雪感觉到了，井上森当然更为紧张。他巴不得这起案子早结束，因为离明年两会召开没有几个月了。省委考察组已经完成了在青昌市的考察，内定他为明年新一届政府市长。路少洲知道井上林当上了刑警队长，还特地打来电话，让他去了一趟公司，说了什么，没有人知道。贾二亮只看见井上林那张脸更为难看。黄莺还是隔三岔五召见贾二亮，追问他案子情况，他无话可说，只有听任她嘲笑。冀北方跟陆凤缠绵了一阵子，看着实在不能拉她上床，就不冷不热地将她挂在那里，反正他现在不缺女人。司马江倒是跟井上林蛮配合的，只是说到吴仲川，他摊牌了，说抓捕他自己一定要参与。话说到这个份上，井上林也没有办法，只好答应了。

天气凉快了，人却更为烦躁。

二十号刚上班，跟每天一样，王明阳一到房间，就要给自己泡杯茶，这是必需的，而且要铁观音，他喜欢那个味道。泡了茶，坐在办公桌上，他必须抽一支烟，而且要极品金圣，或者极品芙蓉。除了这两种烟，就是中华，其他的烟他也抽不习惯。烟刚抽到一半，他就接到了毕福纯副厅长的电话。他一听，差点从椅子上弹了起来。毕福纯告诉他，半个小时前，部里接到新疆厅的电话，在和田发现了吴仲川。他已经跟和田警方通了电话，让他们坐今天中午十一点二十的航班飞乌鲁木齐，从那里转机去和田。他告诉王明阳新疆警方联系人姓名和电话，让王明阳将消息控制在最小范围，以最快速度赶过去。

放下电话，王明阳马上让局办公室安排机票，让井上林和司马江火速赶到局里，一分钟也不要耽搁。当两个人气喘吁吁地跑进王明阳办公室时，王明阳说你们不要坐，站着。他把厅里刚才来的电话情况说了一遍，交代说，你们俩加上贾二亮、陆凤，坐十一点二十的飞机去乌鲁木齐，然后转机去和田。他说了联系人姓名和电话，并让他们办理好各种手续，带好武器，到了那里，一切听当地警方的。

两人愣愣的，都不明白吴仲川为什么跑到那个地方去。王明阳知道他们要问什么，挥了挥手，你们什么也不要问，也不要告诉任何人，包括家人，马上执行。两人答应，转身去办各种手续了。贾二亮和陆凤听到消息，比他们还兴奋。从装备科领到手枪，精神更加为之一振。陆凤嚷着，这次要是再让吴仲川跑了，我们就跳赣江。司马江说，只要他出现，就跑不了，他要跑了，我一头撞死。他握着枪，眼睛透出狼一样的光。井上林心里一颤，感到这次行动一定十分艰难。

王明阳亲自把他们送上飞机。

临上飞机时，他把四个人叫到一起，下达命令：我要一个活着的吴仲川回到青昌。他特意看着司马江，盯着他的眼睛。司马江明白他的意思，发誓说，我如果公报私仇，就让井上林打死我。王明阳什么话也没有说，拍了拍司马江的肩，点了点头。井上林伸出手，王明阳抓住，抓得很紧，井上林马上明白是什么意思。

十一点二十分，飞机准点飞上蓝天。

王明阳站在那里，看着飞机远去，心里有些忐忑。几年前的一幕又在他眼前闪现。那个时候，他还是刑警队队长，吴仲川、司马江、井上林都是他手下的兵。在一次伏击中，吴仲川和司马江相隔三十米，他在司马江左边，王明阳在右边，谁都没有想到，犯罪分子会从司马江那个位置偷袭。吴仲川看到了，但是，他没有伸出手援助。两个犯罪分子前后夹击司马江，他寡不敌众，受了重伤。若不是王明阳出手，司马江必死无疑。就是这次重伤，让司马江永远做不成男人，永远不能再生育，从此，他视吴仲川为仇人，无论谁做工作，他都不原谅对方。王明阳看到，虽然过去了多年，但是，司马江眼睛里的仇恨没有消退，而且，已经生根发芽了。

回到办公室，王明阳给井上森打了电话。

对方有些不悦，质问他，为什么人没走之前不报告我，人走了你才想起报告？王明阳说我知道井书记工作太忙，何况省厅有交代，我想你不会反对的，你不是告诉过我吗？一定要把他抓捕归案，我正是按照你的意思办的呀！他没有等对方回应，又接着说，上次你跟我说的话我记住了，你就放心吧，我要连这点事情都办不好，我这些年就白混了。最后，他讨好地说："井书记，你就放一万个心吧，我会让你满意的。"

"错了，明阳，不是让我满意，是让人民满意。我们是法律的执行者，当然是严格依法办事的。好，你明白我的意思就好了，我说过的话，一定履行，我也希望你说到办到。"井上森啪地挂了电话。

放下电话，王明阳冷冷地笑了。

史凡接到王明阳的电话，开着车，风一样赶到了市局。他一进门，就嚷着："王局，到底有什么大事呀！这样急着把我找来，这不是要我命吗？"王明阳让他坐，说了省厅的电话情况，井上林他们去乌鲁木齐的情况，让他带两个人，明天坐飞机去乌鲁木齐，转机去和田，到那里和井上林汇合，配合他抓捕吴仲川。史凡说，一个吴仲川用得着派那么多人吗？有了司马江，他跑不了。王明阳说，死了呢？死了谁负责？我告诉你，他要死了，我就得滚蛋。史凡不明白，瞪着眼睛看着他，他说跟你说不清楚，你准备去吧，带上枪，记住，带两个男的，向我负责，不能告诉任何人。

"明白，王局，我这就准备。"

王明阳上前拍了拍他的肩："史凡，青昌市两县八区刑警队长，我就看重你，你毕竟在市刑警大队待过，在我手下做过，多余的话就不说了。吴仲川的案子很复杂，关系到很多人，不管出现什么情况，我要一个活着的吴仲川。"

史凡一挺胸："明白，王局。"

"好，走吧，需要什么，就找我批示。"交代完有关事情，他把史凡送到楼下，这是王明阳从未有过的。史凡很感动，一再说，你放心吧，我要是连这点事情都办不好，我这些年刑警就白做了。王明阳就是喜欢他这样的口吻，跟自己一个样。

安排好局里的工作，王明阳开着车出来了。

他不愿意司机开车，喜欢一个人开着汽车办事。他没有把车开进政法委大院，而是停在一边，站在那里抽着烟。一会儿，一个女孩子悄悄地走了过来，她靠近王明阳，笑着说，谢谢你上次帮忙，家里的事情总算处理好了。他说没有关系，应该的。她说有些事情，我真的不愿参与，原谅我，我实在不知道如何处理。她脸上有些为难，而且有些尴尬。他安慰她，我也是没有办法，你帮了我，天知地知我知，我绝对不会让你白做的。

“王局，说吧，你要了解什么？”

“刚才，他打了电话么，给谁打的？”

女孩子回答说，刚才他打了电话，我在外屋，不是听得太清楚，但是，一定是给一个女人打的，当然不是他老婆。看他神色，有些紧张。对了，他还给冀北方打了个电话，让他有空过来。王明阳点点头，你回去吧，时间长了，他会怀疑的。女孩子会意，转身就走了。他回到汽车里，坐在那里，抽了好几根烟。

井上森看见覃晶，问她去了哪里。

“我哪里也没有去，出去买了点东西。井书记，有事吗？”她走上前，靠近他，露出甜甜的笑意。他伸出手，想抚摸一下她的发丝，她一闪，他很自然地做了个动作，避免了尴尬。他说，没有事，随便问问，问问。他招了招手，让她坐在自己桌子对面的椅子上，问她家里情况，个人情况。她一一说了。他又问她工作情况，满意不满意，她说还好。她接着说，我如果有做得不到的地方，请您多多批评。井上森点燃一支烟，与她聊了起来，说到了冀北方，说他是你的前任，三十岁都不到，已经是副县长了，在青昌市是头一份。她说我知道，但是，我做这个秘书，已经很费力了，真没有想过别的，我知道我的能力。

“覃晶，你很聪明，我喜欢。”

“谢谢井书记。”她站了起来。

“你忙吧。”他挥了挥手，她就走了。

两人的办公室是内外间。

井上森又在房间里打电话，而且声音很大，覃晶听得一清二楚。他是在给市委书记打电话，说到了王明阳，说他这个人还是蛮不错的，当公安局长绝对没有问题。他要市委同意在明年三月的两会上，通过对王明阳的任命。覃晶坐在办公室想了很久，晚上还是给王明阳打了个电话，把下午听到的话转告了他。王明阳马上让她在原地等他，说自己开车过去。一会儿，王明阳就在马路边上的公用电话亭找到了覃晶，高兴地问，你的话是真的吗？

“王局，井上森在电话里是这样说的，我听得一清二楚，没有漏掉一个字，我觉得这件事对你有用，我才告诉你的。王局，可怜可怜我吧，你和井书记我都得罪不起，我考试进公务员队伍很难，我不想丢掉这个饭碗。我家里的事，麻烦过你，这就算我对你的报答，以后不要让我做这个好吗？井书记知道了，我会有麻烦的。”她站在那里，脸上露出少有的为难。

“一定。覃晶，叔叔不会再让你为难。我也是没有办法，告诉你吧，有一起案子涉及他，他又是我的领导，你知道我的处境。我这样做也是没有办法。走吧，井上森这个人色心很重，你要小心。”王明阳再三叮嘱她，这才开车走了。

覃晶的话，让王明阳非常高兴，只要井上森坚持提议，明年三月的两会上，自己一定能当上公安局长。他放松了对他的警惕，开始对他有好感了。但是，当他想到井上森的话，想到他要自己做掉吴仲川，他还是拿不准。他心里非常清楚，吴仲川是自己手里的一张牌，如果没有他，很难说会发生什么变化，官场上的事，说变就变。他不想冒这个险，因为，这关系到他的政治生命。

“抓住他，先关着，等明年三月再说。”他下定了决心。

51

井上林带着人，是下午三点多到和田的。

和田刑警大队大队长买买提，一个三十来岁的年轻人，伸出手，把井上林的手握得紧紧的。他告诉对方，已经接到公安厅的电话，全力配合你们，把吴仲川追捕归案。他说人已经被我们包围在和田市外一个叫吴村的地方，那个地方四面环山，恐怕他是跑不掉的。他让人开来了一辆切诺基，上面还有公安局警牌。他把钥匙交到井上林手里，交代说，里面有个加油卡，新疆全境都可以用。现在我们就去吴村。

四个人上了汽车，贾二亮开着车。

“你看人家，对我们真够意思。”贾二亮自言自语。

“开你的车吧。”陆凤瞪了他一眼。

汽车跟着买买提的车，驶上了公路。

吴仲川自己都没有想到，他会跑到新疆来。

离开猫猫，他就从贵州返回青昌。他当时想，还是听从韩晓雪的交代，到井冈山待一段时间。那个时候，井冈山还没有开放，很僻静。他能找到地方待下去，他当然不是相信韩晓雪，而是害怕这个女人拿他的家人做文章。他知道，她什么事情都做得出来，何况她的背后，是一个绝对有权的人物。他没有选择，只有听她的。

没有想到，他在火车上遇上了麦多多。

麦多多是个混血儿，她说自己的母亲是维吾尔族人，父亲是英国人。她长着蓝眸子，一头金发，十分好看。她操着一口纯正的普通话，而且话密且长，根本容不得吴仲川插嘴。她不开口，别人肯定以为她是外国人，所以，她就有做事的条件。

到了长沙，她就把他拉下了车，住进了饭店。她像风暴，很快就把他裹在里面，两个人很自然地上了床。吴仲川在麦多多面前，好像没了主意，一切都听她的。他没有接触过这种类型的女人，感到好奇，也感到新鲜。上了床，他才感到值了。不要说她肤白如雪，就是她的毛发都与众不同。

“多多，你到底是做什么的？”

“这个重要么？仲川，我家里很有钱，我喜欢旅游，我到贵州来，是想逛逛，没有别的意思。你说你做过刑警，是公安局的，你告诉我，你到贵州来做什么？我没有猜错的话，肯定有事。”晚上，两人在床上缠绵过后，她抽着烟，坐在那里说。

“多多，你是鬼啊！”

“回答我的话。”她吐着烟圈。

吴仲川长叹了口气，这才告诉麦多多，自己是当过刑警，但现在不是。自己一时不慎，欠了别人一笔债，没有办法，跑到这里躲债来了。她说你躲债身上还带着枪，我看你不是一般人。他吃了一惊，脸上变色，掏出枪，指着她的脑袋冷冷笑着：“多多，你知道得太多了。告诉你，我是杀人犯，我不在乎多杀一个人。”

麦多多哈哈大笑。

“你笑什么？”

“遇上你，是我的福分，我就是要找个杀人犯。天呐！你让我找着了。真是上天助我，助我啊！吴仲川，你躲什么，躲个屁，跟着我，你什么都有了。女人，金钱，平安，没有人能找着你。”她光着身子站了起来，走进了浴室。冲洗完了，又光着身子走了出来。她站在他面前，抚摸着自己的身体，望着他问：“你说句心里话，你见到过这样漂亮的女人么？没有吧？你一辈子，吃过中餐又吃西餐，你就没有白过啊！从现在开始，我就是你的，你可以尽情享受我的身体，我只要你跟着我，保护我。”

他被眼前发生的事情震惊了，脑袋有些发蒙，不知道如何应对这个女人。丢弃，有些舍不得。他确实从未感受过这样的痴迷。和她在一起，他又确实感到从未有过的危险。当过刑警的吴仲川知道，这样的女人，你永远控制不了的。她是风，来去无踪；她是云，你永远抓不住；她是彩霞，辉煌是瞬间。他决定，先和她待几天再说，不行，就离开。

他没有想到，麦多多让他走不了了。

晚上，她带着他去见一个人，一个戴着墨镜的中年男人。他们是在公园里见面的。一见面，她就介绍吴仲川，这是我的保镖，特警出身。那个男人看了一眼他，冷冷地笑了，什么也没有说，旁边的人马上打开一个箱子，里面是一捆捆的人民币。她也打开一个箱子，推到对方面前，对方看了半天，合上箱子，一句话没说，走了。

麦多多没有回饭店，当时就带着吴仲川去了机场。在机场候机时，他抓住她的手，瞪着眼睛，气愤道，我没有想到，你是做这个的，算我瞎了眼，你走吧，我不会跟你走的。她没有生气，笑眯眯地靠近他，说，哥。现在她叫他哥。哥啊！妹妹不生你的气，你越气说明你越在乎，你就是现在走了也没有用。我告诉你，到处都是你的通缉令，你以为我不知道你是哪里人、做了什么。我这点事情，比起你的事情算得了什么？我带你去乌鲁木齐，你等一段时间，风过去了你就走，去什么地方我不管。我真的没有害你的意思，我确实为你好。她发着誓说，昨天晚上我的话是骗你的，我是个孤儿，从小就不知道父母是谁，我是吃着百家饭长大的，我被人骗过、打过，糟蹋就更不用说了。男人把我当作一个物件，用完了就完了，什么也不管，碰上你，我才知道你是个好男人。从你搂着我的时候的爱惜，我就判断出你的心。哥，不要抛弃我，陪我过一段日子。她缠绵悱恻，又万分柔情，还有些可怜，让吴仲川无话可说。

第二天，他们坐飞机到达乌鲁木齐。

在那里住了三天，他们就回到了和田，回到了她的出生地吴村。她要在这里休息一段时间，再从这里出境、接货、分流、送货，她已经建立了一条从中亚到内地的贩毒线路。吴仲川当然不知道这里面的情况。他看到的，是一个温柔的女人。

对外，她说他是自己丈夫。

麦多多没有想到，她贩毒的事情早就被刑警大队盯上了。她一进入和田，刑警队就知道。当照片摆在买买提面前的时候，他看到了吴仲川，把他与公安部通缉令一对照，什么都清楚了。

买买提安排人在吴村守着。

“井队，吴村四面都有路，南边通向和田市，北边是墨玉和皮山，东边是塔克拉玛干沙漠，西边通向喀拉喀什河，从那里可以去赛拉图。南北我都派了人，东边不用派人，只有西边让人担忧，你们守在西边路口，防止他从那里窜出来，你们有汽车，应该没有问题。”他布置计划。

“没问题，我听你们安排。”

“好，那就这样，我们分头行动。”他告诉井上林如何走，并再三叮嘱，部里和厅里都打来电话，一定要抓活的，不到万不得已，不要开枪。就是开枪，也不要打死他。井上林答应了，说来的时候，领导已经再三交代了，你们就放心吧。

买买提嗯了一下，就带人走了。

井上林也开着车，去了西边路口。

麦多多和吴仲川住在一个小院子里。她从小就在吴村长大，谁也不知道她的父母是谁，她是村子里一个老光棍从外面捡回来的。养父死后，她一个人就满世界瞎逛。住的房子，是养父的。边上，是养父堂兄弟的家。整个吴村，没有人招惹她，也没有人关心她。反正，她在外面累了，就回来住几天再走，谁也不知道她在外面做什么。每天她都很晚起床，这天却起得出奇的早。吴仲川问，起这么早做什么？她说不做什么，我到外面转转，我怕那些雷子。他要跟着去，她拒绝了，说他是一张生面孔，村子里讨厌外人。说完她就走了。她一走，他也睡不着。吴仲川跟好几个女人上过床，韩晓雪、浦文君，还有自己老婆，还有其他女人，但是，哪个女人也没有麦多多在床上温柔。他讨厌她起床后那种霸道，却喜欢她床上的那个媚劲儿。他感叹家花没有野花香的道理实在好得说不出来。

毕竟是刑警出身，走进吴村的那一天，吴仲川就把所有的路弄清楚了。他不但把路看清楚了，而且把村子里的情况也弄清楚了。麦多多养父的堂兄弟家就有一辆摩托车，而且是本田125的，有八成新，非常棒。他没有想到，在这个地方，竟然有这样好的摩托车。

他当然想到了跑，他每时每刻都想到跑。

麦多多一出屋，他换了件衣服，也出来了。

十月的和田已经有些寒意了。他没有理发，没有刮胡子，十分憔悴，恐怕站在井上林面前，他一时也认不出来的。如果没有麦多多，吴仲川会更加暴躁。有了女人，他的心态更为平静、更为狡黠了，一点点动静都会让他不安。他像头被猎人追捕的狼，竖起耳朵，听着这个世界的点点滴滴。他穿着当地人穿的衣服，弓着腰走着。

他发现了几个穿便装的人。

吴仲川一闪，躲到了一边。公安局的人，掩饰得再好，吴仲川也能看出来。他们的动作，走路步伐，甩动的手，望着前面的眼睛，都是职业锻炼出来的。这是无法掩饰的，像军人，一迈步，就知道。他已经确定，这些人是来抓他的，绝对不是抓麦多多的。他看着他们走进她家院子里，这才闪进堂叔院子里，捅开了摩托车，骑上就往外冲。

等买买提反应过来，他已经不见了踪影。

井上林他们几个坐在汽车里，眼睛盯着村子路口，对每一个出来的人都认真分辨。司马江说，他们判断就那么对，他会从这个路口出来？如果不出来怎么办？陆凤说，就这样抓住吴仲川，是不是太简单了，我以为有场枪战呢。只有贾二亮紧锁着眉，摇着头说，哼，如果就这样抓住了他，他就不是我们刑警队出来的人了。井上林接着贾二亮的话，叮嘱大家，我们都要做好牺牲的准备，我没有猜错的话，他的枪从来都是上膛的。而且，他的枪法很准。司马江说，井上林的话绝对是对的，我们要小心。

“真的？”

“你如果不认真，死的第一个人就是你。”井上林的话，让陆凤胆寒。

52

一辆摩托车疯了一样冲出村口。

大家没有反应过来。片刻，井上林大叫一声："那是吴仲川！"起动汽车，紧紧地咬住。也就几分钟工夫，摩托车和汽车都不见了踪影。麦多多被抓住，她很痛快地承认了那个男人就是吴仲川，说你们抓不到他的，他是头狼，而且他有枪。买买提留下人押着麦多多回拘留所，自己带着人顺着喀拉喀什河边追了过去。

井上林他们看着前面的摩托车，就是追不上。司马江嚷着，井上林，你下来，我来开，我就不相信，追不上吴仲川。井上林发着牢骚，你开个屁，现在要停车，他就跑得没有影了，你就坐好吧，我一定追上那个王八蛋。坐在车后的贾二亮和陆凤没有吭声，紧锁着眉头，一直在拨弄着手枪，仿佛就要与吴仲川见分晓似的。司马江叹了口气，回过头看着他们，你们啊！还是刑警，紧张什么，有什么紧张的，不就是一个吴仲川么？他有枪，我们手里又不是烧火棍。我告诉你们，我们第一要保护自己，当我们遇到了危险，就管不了那么多，就要开枪。

"司马，谁给你的权力？"井上林比他晚进公安局，平时没有太多交往，大多数时候都是敬而远之。一听他的话，井上林恼了，他没有回过头，喝道："你们都听着，我们谁都没要权力杀吴仲川，他牵扯着案子中的重要线索，我们要一个活着的吴仲川，不管什么条件，我们都要保护他，用自己的生命保护。"

司马江冷冷地笑了，不屑一顾。

"司马，我是队长。"

"知道，但是，我有权利保护自己的生命。在生命受到威胁的情况下，我有权做出第一选择。你不要说了，我知道王明阳的意思，但是，有些时候，情况是变化万千的，谁也猜不到明天我们会如何。行了，开你的车吧，抓住人再说。"司马江拔出手枪，把子弹上膛。

井上林感到从未有过的压力。

汽车疯了一样在公路跑着。天气逐渐黑了下来。这里的十月，跟内地不太一样，太阳下去后，格外寒冷，他们再也看不到吴仲川的摩托车了，但是，也不敢停下来，找了个加油站，加满了油，又朝前面走着。好在没有选择，只有一条路，不用考虑朝哪个方向走。晚上十点多，他们到达赛拉图。赛拉图是个小城市，人口不是很多。是进市里，还是绕过，一直往前走？井上林和司马江争论起来了，互不相让。

“他一定会休息，不会再走的。”

“不一定，司马，你不要忘记了上次我们追踪吴仲川的教训，他善于连续作战。我猜想，这个地方绝对没有他的熟人，一定是往前走了，他能跑到哪里去？再往前走就要出内境，难道他要出国？我看有这种可能。”井上林坚持要往前追。

太晚了，找不到人问路。

他们就这样追下去，一直追到天亮。汽车在公路上跑了一会儿，太阳就出来了，几个人疲惫不堪。陆凤说，太困了。贾二亮说，这样追下去，要是追不上就麻烦了。司马江发着牢骚，我倒不怕追不上，我就怕追岔了，出力不讨好啊！只有井上林绷着脸，把车开得飞快。他心里也有些紧张，害怕自己判断错了，但是，他绝对不会说出来，他不想在这个时候让大家失去信心。

大家看着他那张脸，都不吭声。

“那是什么？”陆凤突然嚷起来。

大家瞪大眼睛，发现前面有一辆摩托车在跑，不能肯定是吴仲川。但是，在这样的早晨，在这样的边境公路，还会有谁呢？司马江眼睛放光，绝对没有错，肯定是吴仲川。贾二亮嚷着，总算让我们追上了，队长的判断就是对。要是听了司马的，我们这时候还在赛图拉。井上林没有吭声，但是，他的眼睛透着一种兴奋，一种久违的光。这种光，司马江太熟悉了，那是猎人发现猎物独有的眼神。

井上林再次加大马力。

毕竟是汽车，很快就追上了。吴仲川的心理被井上林猜透了。他不敢在赛图拉躲藏，害怕被追上。他在心里上万次诅咒麦多多，没有她，自己不会来这个鬼地方，要是在青昌，他有一万次机会可以逃脱，可现在，他觉得陷入了绝境。

摩托车没有油，再也走不动了。

他把车丢到路边，掏出了枪，站在那里，像一尊凶神。汽车离他也就一百来米，井上林停住车。人还没有从车上走下来，吴仲川甩手一枪，就把车胎打破了。他号叫：“不怕死的就过来，我死了，你们也休想活着。”说完就往边上的山丘上跑。山丘上长满了低矮的松树，还有遍布的灌木，人很容易躲藏。

四个人下车，分成扇形扑了过来。

“注意，我们要活的，不要打死他。”井上林再三交代。紧接着乒乒乓乓的枪声就响了起来。吴仲川的枪打得很准，但是，打得不多。几个人知道他的枪准，都不敢太往前，只有司马江似乎不害怕，一个劲儿地开枪。就这样，打打躲躲，躲躲往前，从上午追到下午，在靠近麻扎一里路的时候，陆凤的腿终于被吴仲川击中了，倒在地上，一个劲儿地喊着。

“司马，你掩护，我和二亮救陆凤。”井上林说完，就和贾二亮冲了过去，撕下衣服，给她包扎好了。陆凤疼得不行，一个劲儿地哼哧着。贾二亮说，你还要抓吴仲川，就你这样，能照顾好自己就不错了。陆凤发着牢骚，能怪我吗，我也不知道他枪法如此的好。她跟井上林说，我拖你们的后腿了。贾二亮安慰她，什么后腿不后腿的，只要你安全，这是最为重要的。

两个人架着她，来到了麻扎村。

麻扎是个小村庄，不大，有寺庙，相传很古老。井上林和贾二亮都不知道这个地方叫什么，问了半天，人家才告诉他们。他们找了户老百姓家，把陆凤安顿好，司马江就回来了。井上林问，跟丢了？他叹着气，我不放心陆凤，先过来看看，这一回，吴仲川跑不了。他跟井上林说，我问过当地老百姓，前面就是一条路，通向麻扎高原，那是一条死亡之路。我估计，吴仲川也是昏了头，否则，他不会走上这条路的。我们早追晚追都没有关系，他一定跑不了的。

“那就好，再要让他跑了，我们没法交代。”井上林看着陆凤，忧虑着。司马江说，现在没有办法，让贾二亮在这里照顾陆凤，再跟买买提队长联系，让他们派人来接应。贾二亮不愿意，陆凤就说，让他走吧，我一个人行。井上林坚决不同意，有些愤怒，贾二亮，你是警察，服从命令，由我和司马江去就行了，革命分工不同，目的是一样的。联系上了买买提，让他们来接应我们。

“是，我服从。”贾二亮只好点着头。

井上林把贾二亮拉到一边，悄悄地交代，我走以后，一定要跟和田方面联系上，告诉买买提，一定要派人接应我，无论出现什么情况，都要把吴仲川抓获归案，活着押到青昌，绝对不允许出现别的情况。有条件的情况下，要他跟王明阳联系，汇报这边的情况。他语重心长地叮嘱："二亮，你是熟悉这个案子的，你记住，如果我出现什么不测，你不要放弃，一定要还这个案子真相。我们是警察，这是我们的责任。如果我们放弃，会有很多人看不起我们的，包括你的那个朋友黄莺。人的一生，会有很多困难，包括我们办案，会遇到很多阻力，而且会付出代价。但是，我们不能放弃，如果像我们这样的警察都放弃真理，你说，这个社会还有救么？"

"我……"

贾二亮很少听到井上林说这样的话，一听，心里就酸酸的。他知道，这次上麻扎，很有可能出现意想不到的情况，什么情况，谁都不知道。这一刻，他对井上林肃然起敬，觉得他的话让他敬畏。贾二亮咬着牙，点点头，一句话没有说。井上林再次拍拍他的肩，走进房间，叮嘱了陆凤几句，带着司马江走了。

他们一走，贾二亮说："陆凤，我找个地方打电话，联系一下买买提队长，让他们派人来接应，顺便给局里打个电话。"说完，就走出门，找电话去了。这个地方，有电话的人家很少，有长途电话的人家更是少，他找了半天，终于找到一家破旧的邮电所，那里只有一个工作人员，他一看是警察，把那部唯一的电话借给了他。

他拨通了和田公安局的电话。

没有找到买买提队长，他只好跟接电话的人说了半天，把这里的情况说了个大概，让他一定转达买买提队长，让他派人来接应他们。还说了陆凤受伤的情况。打完和田的电话，他又给王明阳打电话。王明阳一听是贾二亮，急着问情况如何。贾二亮说，我们找到了吴仲川，已经把他逼上了麻扎高原，他是跑不了的，井上林和司马江追去了，陆凤伤着了，我在这里照顾。

"二亮，坚持住，我已经派史凡带人接应你们去了。你记住，我要一个活着的吴仲川，如果他死了，没有任何意义，你明白吗？"王明阳在电话里严厉地说。

他说了井上林的交代。

"二亮，井上林的意思就是我的意思，你明白吗？如果吴仲川死了，这个案子也死了，幕后的人永远也挖不出来。如果我们连这样的案子都不能办，我们穿着这身警服有什么意思？你和陆凤都是好样的，你一定要办好这个案子，局里会为你们请功的。”王明阳说了半天才挂了电话。

贾二亮陡然感到自己肩上的担子重千斤。

想了半天，他还是憋不住，又给黄莺打了个电话。黄莺一听他在新疆和田，大吃一惊。当她听到是在追逃犯，感到非常敬佩：“二亮，我知道你是个爷们儿，我希望你不仅是个爷们儿，而且是个好警察。我知道那个吴仲川，他是我姐案子的关键人物，非常重要。他的后面一定是个大人物，所以，抓住吴仲川是破案的关键。你要注意，千万不要大意啊！二亮，我爱你，我希望我的选择没有错，你不要让我失望。”她挂了电话。

这声“我爱你”，让贾二亮浑身是劲儿。

53

麻扎高原海拔四千四百米，除了黄土就是冰雪，基本上没有植物，白天和晚上的温差极大。它离昆仑山不远，靠近边境，过了边境就是巴基斯坦，自然条件极为恶劣。山上很少能看到动物，除了极少的藏羚羊外，就是狼。许多人把麻扎说成死亡之地，是因为人在这样的环境下是无法生存的。虽然是十月，但是，这个地方已经是冬天了，十分寒冷。吴仲川被逼上麻扎，是他做梦都没有想到的。他没有想到，井上林、司马江也没有想到。三个南方人，突然来到陌生的麻扎，都有些惊慌失措。

三个人，没有任何交通工具，只靠一双腿。他们就这样走呀走啊！追了三天三夜，总算让井上林看见了吴仲川，但是，就是抓不着。看着吴仲川在前面不到一百米的距离，就是追不上。井上林和司马江歇着，他也休息，就这样追追停停、停停追追，已经到了第四天的下午。井上林和司马江带的干粮吃得差不多了，牛皮水袋已经没有水了，馕饼还有一个，牛肉还不够一个人的分量。而这些，都是临时找老百姓买的。而吴仲川，基本上什么也没有带，更是饿得不行。他实在跑不动了，为了活命，坐在那里等着井上林和司马江来救他。

“跑呀！你他妈的跑呀！”司马江终于走到了吴仲川前面，猛地踢了一脚。不是井上林劝阻，还不知道要发生什么事情。司马江骂骂咧咧地给他戴上了手铐，推着他走。

吴仲川脸色十分难看，说，司马江，不要公报私仇，我知道你要我死，但是，井上林会让我活着。我告诉你，如果你敢存那么一点私心，你死定了。我了解井上林，他会要你的命，不信，你就试试。司马江大怒，试试就试试，我让你妈的嘴硬。说完上前又猛地一脚，把吴仲川踢得倒栽几个跟头。井上林恼火了，怒吼：

“你他妈的想干什么？不要给脸不要脸，我知道你的资格比我老，但是，你不要忘记了，我是队长，局里反复交代了，不允许虐待他！”他又耐心劝道，不要小心眼，过去了的事情就过去了，如果我们每一个警察都像你，就不是警察，就是地痞、流氓。

司马江哼哼没说话。

吴仲川想说什么，被井上林制止了。

“你就少说几句吧，省省力气。”井上林无奈。

吴仲川一脸疲惫。为了生存，只好打掉牙往肚里咽。他知道面前的司马江是什么人。他叹着气，跌坐在雪地上，嚷着：“我实在跑不动了，你给我一点东西吃吧，我做你们的俘虏。”

司马江不同意，井上林没有理他，把仅有的一个馕饼分了半个给他。吴仲川接过馕饼，抓了把雪，狼吞虎咽地吃了下去。几个人都累了，想休息一晚，再押着吴仲川回去。井上林捡了些干柴，燃起了火，他靠着树坐了下来，司马江、吴仲川也疲惫不堪，坐在火边睡着了。

也不知道过了多久，井上林一激灵，醒了。他一看表，凌晨两点。再仔细一看，司马江还睡着，哪里还有吴仲川的鬼影子？他不知道跑到哪里去了。他腾地起来，困意一下子没有了，叫醒了司马江，两人提着手枪，在茫茫的黑夜中一筹莫展。

“这个王八蛋，让我抓到了，我非毙了他不可。我说过了，吴仲川是什么人？他就是条狼，不，是只狐狸。对这样的人，你还跟他讲优待俘虏。井队，我给你面子，不杀他，你让我打断他一条腿。这样，他就跑不了了。”两人没有目标地在黑夜的雪地上走着，司马江劝井上林，这样是最为保险的。

“绝对不行。”井上林严肃地说，“你这样做，不但违反法律，而且违反人性，太过分了。我警告你，只要我活着，我就不会让你这样做的，否则，不要怪我不客气。”他又耐心劝着，“你跟吴仲川的恩怨已经过去了很长时间，就是心里有想法，也不能这样做呀！你可是一名老警察，还是老同志。吴仲川是罪犯，我们是警察，这是不能改变的，我们是办案，不是来报私仇的啊！你不改变想法，会把自己毁灭的。如果你杀了吴仲川，或者打伤了他，你就变成了罪犯，明白么，天堂和地狱就在一念之间。”

司马江长久没有吭声。

他以为对方默认了，叹着气说："司马，我记得我刚来刑警队的时候，你还告诉我如何做一个刑警呢，我知道你是个好人，只不过心里过不了那个坎，听弟弟一声劝，不要这样做。我们不讲大道理，我受局里委托，就给我一个面子，否则，我如何回去向王明阳交代？你不是毁了他，是毁了我啊！"

"好，井队，我给你面子，听你的。"

"这就对了。"井上林高兴着。

井上林沿着小路，借着微弱的光亮，小跑般往前走。他疾步如飞，司马江跟在后面。他们也不知道哪里来的力量，竟然有如此快的步伐。也许，这就是精神的力量吧。就这样走着、走着，走到第二天的下午，走到太阳西去，终于看见了前面的吴仲川。

吴仲川伤了一条胳膊，应该是摔伤的。他已经疲惫不堪，眼看要垮掉。他看见离自己不远的井上林和冲上来的司马江，再也没有力气迈动步伐。他萎靡不振地跌坐在土坎上，叹着气说："司马，你杀了我吧，我实在走不动了，在这个鬼地方，还不如死。井上林，你这又是何苦呢？把我抓回去，大不了得个奖章，有屁用。放我一马，我绝不会亏待你们，如何？"

"你放屁。"走到离吴仲川几步之遥，井上林和司马江也没有力气了，坐在地上，把绳子扔了过去。"我是警察，你是罪犯，我们不是一条路，乖乖地把手捆上，否则，我枪子可不长眼睛的。"吴仲川无法，让司马江把自己的手捆上了。

"还跑么？"井上林问。

"唉！你就是让我跑，我跑得动么？"吴仲川说。

"你跑呀！我告诉你，你就是跑到天涯海角，我们也会把你抓回来的。你不是想死吗？我不会成全你的，我要让你活着，接受人民的审判。"司马江已经平静了，冷冷地说。

"我 ×××！"

司马江刚想动，又笑了："你想气我，我偏不让你气着。你骂吧，我没有听见。我想过了，我何必杀你呢，回到了青昌，你也会被枪毙的。不要忘记了，你杀了两个人。我不会上当的。"

吴仲川的脸色相当难看。

井上林问吴仲川，手铐在哪里？他说那个劳什么子，早让我扔了，它能铐住我？笑话。井上林不放心，走了过来，看了看捆着的吴仲川，放心了。两人起来，押着他往山下走。

黑暗又一次降临了，夜色比昨晚更黑更暗。三人的腿都有些沉重得抬不起来，趔趔趄趄地挣扎着往前面走着。吴仲川在前，司马江在中间，井上林在后。吴仲川知道他们会有人接应，就故意偏离了原先的路，朝一条从未有人经过的路走去。天漆黑漆黑的，司马江看不清方向，井上林头也有些发木，本能地跟在吴仲川后面走着。

天又下起了雪，一会儿就把路全部盖住了，而且越下越大。三个人，就这样在大雪纷飞的高原上走着。不知走了多久，不知离开原先的路有多远。高原晚上的气候格外寒冷，加上雪天，就更加寒冷。白天还只有零下五摄氏度，到了晚上，就达到零下十五摄氏度，反差相当大。他们就在这样严寒的夜晚蹒跚而行。

三个人，都是机械地走着，好像两条腿不在自己身上。奔波多日的井上林和司马江，疲惫不堪、饥寒交迫以至有些昏沉迷糊。他们都没有想到，在这样的时候，还会出现什么情况。

突然，吴仲川不知道哪里来的力气，猛地转身，利用自己手上的绳子，把司马江捆在树上。他哈哈大笑，看着站在那里发呆的井上林，冷冷地说："井上林，我们做个交易，你放了我，我给你钱，要多少都可以。怎么样？就让司马江这小子在这里冻死。"

司马江瞪大了眼睛，一下子没有反应过来。

井上林站在离他三米的距离，没有掏枪，想笑，脸上冻得绷住了，笑不出来："吴仲川，你做梦吧，不要反抗，老老实实跟我回去，这是你唯一的出路。"

司马江恶狠狠地说，杀了他。

吴仲川没理司马江，呼的一下扑了过来，但是，他没有想到，前面正是一个大坑，他一下子掉进去了。下去之时，也一把把井上林拖了进去，井上林重重地砸在吴仲川身上。他喘着气说："井上林，我们算死在一起了，司马江手冻僵了，解不开绳索的。不会有人来救我们的，唉，想不到我吴仲川算计了半辈子，竟然死在这样一个坑里。"他感叹。

井上林一看这冰窟窿的深坑，有三米多深，四周都是没有化的冰雪，一下子竟然有些绝望。他喊司马江，也听不见回声。司马江在上面听见了，实在没有力气说话。寒冷把他们的意志力全部淹没了。

“井上林，你为什么要这样苦苦追我呢？”吴仲川叹着气，你一个月拿不到几个钱，何苦呢？我看在兄弟的面子上，让水艳红跟着你，让上上下下都不再问这个案子，只有你，一直盯着我！我就是搞不懂，你破了这个案子，又如何？谢易梵是我杀的，于木根是我杀的，混在江湖，不就是这样吗？人家给了钱，我做事，这有什么大惊小怪的。

“吴仲川，我没有想到你变成这样。”井上林说。

“什么样？”他叹着气，“你知道那些贪官贪污了多少钱吗？我告诉你，整个刑警队人员工资都不够贪官们一次受贿，他们过得快活，我们为什么不可以快活？是，我杀人，但是，我也是跟他们做交易，我会从他们身上榨到我一辈子用不完的钱。吴仲川说只要你同意放我，我一定给你一大笔钱，我们俩一辈子都用不完，我知道他们的秘密，我会让他们掏钱的。”

“节省点儿气力吧，我不会与你同流合污的。”

“那我们只有死在这里。”

“死了也不会放你走。”井上林语气坚决。

54

吴仲川还在做井上林的思想工作。

他问井上林，我对你如何？我们夫妇亏待过你么？你说呀！在刑警队，我帮你，把你当成兄弟，我离开刑警队，你哪次找我办事，我不是全力以赴？我承认，我杀了人，每个人都有自己的生存方式，我有我的。你不知道，这个世界有多么肮脏，让你都不敢想。我为什么要过这样贫穷的生活？我可以过得更好。我在刑警队待过，如果你负责案子，我不怪你，可是你已经到分局当副局长了，还设置圈套让我钻，也只有你，让我上当，换了别人，是绝对不可能的，因为，你对我太了解啊！我不明白的是，你为什么这样做。

“吴哥，还是让我叫你吴哥吧。”井上林冷静了，告诉他，“不是我跟你过不去，我绝对没有那个意思。我设置那个套，就是想证明你跟案子没有关系，如果是那样，我心里也踏实了。你应该明白，我井上林绝对不会害你。我还要跟你再说一句，我做这一行，案子弄不清楚，心里不踏实，你做过刑警，应该明白这个道理。”

“好吧，我相信你的话，现在我们做个交易，看在我对你不错的分上，你放我一马，我感激你，一辈子感激你，我吴仲川一定会报答你，我说到做到。”他的眼神中充满着渴望。

“吴哥，原谅我做不到。”井上林叹着气。

“如果是井上森，你也要这样做么？”吴仲川盯着他。

井上林告诉他，没有错，如果他真是你的后台，我仍然会把他送进监狱。我没有选择，我只有这样做。不是我高尚，也不是我不知道亲情，我不为什么，只为自己一辈子过得踏实，对得起死去的灵魂。吴仲川说，你过得踏实，你的亲人过得踏实么？你哥一家就要进地狱，你能过得踏实吗？井上林告诉他，这是他们的选择，每个人的成功，每个人的幸福生活，都不能建立在别人痛苦的基础上。如果每个人都以危害别人、危害社会来获取自己的快乐，这个世界还有救么？你不要说，什么也不要说，吴哥，我没有办法，你只有跟我一块回局里，交给王明阳，后面的事情我不再管。

吴仲川长长叹着气。

“这样吧，我们俩上去，打一架，如果你打赢了，我跟你走，如果你输了，你放我走，这样合理么？老井，我说服不了你，你也说服不了我，我看这是最好的办法。”吴仲川提出了这样一个建议。

井上林冷冷地笑，同意了。

他真的被吴仲川激怒了。

他知道，无论如何也要爬上去，无论如何也要把吴仲川押回市局，否则，自己一切努力都白费了。他不再跟他啰唆，拿起枪柄，在冰壁上砸着。砸了许久，终于砸出了能抓住的冰把。他只有一个念头，我不能死在这里。他让吴仲川蹲在地下，竭力挣扎着往上爬，也不知道爬了多久，他爬了出来。

一回到地面，井上林的两腿便丧失知觉，浑身像瘫痪了一样，寒风一吹，雪水在衣服上凝成厚厚的冰凌，稍做摆动就哗哗作响，如果趴在那里不动，用不了多久，就会冻死在这高原旷野里。他一看司马江，快不行了，他喊一声，他哼一声，他连忙爬过去，解开绳子，用雪使劲儿擦着他的手。过了很久，司马江才彻底恢复过来。他让司马江坐在一边，找来树枝，要把吴仲川拖出来。司马江制止，要让他冻死在那里，井上林说他死了，我们也活不成，无法向局里交代。

“老井，你要救我呀！”吴仲川在下面喊着。

井上林实在没有了力气，吴仲川又重得像头牛，而他手里的树枝也不知道能不能拉他上来。但是，他不能让他死，无论如何要拉他上来，否则，自己无法向组织交代。他看着待在坑里已经有些绝望的吴仲川，做了半天司马江工作，两人这才来到洞口。

“吴仲川，只要老实跟我走，我就救你出来。”

吴仲川像抓到了一根稻草，沮丧地说：“老井，我老实，我快死了还不老实？我答应你，再也不跟你作对了，我一切听你的还不行吗？我不想死呀！老井，你要救我呀！我喊你爷爷行么？”吴仲川有些绝望。

“好吧，看在你老实的分上。抓紧树枝，用点儿劲，蹬在冰坎上，否则，你牛样的身体，我死了也拉不动，知道吗？”井上林命令道。

吴仲川老实了，听从他的指挥。井上林和司马江费了牛劲儿，终于把他拉了上来，自己也累得实在不行了。吴仲川躺在地上，再也不愿动了。浑身冰冷、极度疲惫的井上林，既要坚持赶路，又要防备吴仲川，还要防着司马江，实在没有了力气。他告诫自己：不能躺下，马上要起身赶路，可他就是爬不起来。吴仲川说，我情愿去死，也不愿动了。司马江说，我们三个人，都要死在这里。

就在这濒危的时刻，井上林脑海里又浮现出当警察那天的宣誓，如何做一名人民的警察。他知道，案子不破，罪犯逍遥法外，对国家，对人民，对死去的人，都是不公平的。他想到了自己肩负的责任，咬紧牙关，告诫自己，不能倒下，不能死。刹那间，他感到自己体内气力陡增，他又撑着身子爬了起来。用绳索捆住吴仲川，披着满身冰凌的盔甲，艰难地挪动着沉重的脚步，三个人，一步一步向前走……

“吴仲川，我们还打架么？”

吴仲川有气无力地说：“打，怎么不打？男人说话就要算数，不算数算什么男人？你……你放马过来，我还打不过你吗？我……我告诉你，我什么样的人没有见过。”说完真的站住了，一副要打架的样子。

司马江问清楚了事情经过，同意了。

“我赢了就放了我？”

“可以。”井上林说。

“司马江，你的意思呢？”

司马江说，这很公平，我没有意见，如果井上林连你都打不过，我们抓你没有意义。我司马江虽然要你死，但是，我也是男人，这样的事情我绝对尊重公平，如果你赢了，就滚吧，我们不拦你。他知道，就是放了吴仲川，他也走不出这高原。

“那你把枪放在雪地上。”

司马江解开枪，放在雪地上。井上林也把枪放在一边。谁也不知道他们是怎么想的，竟然开起了这样的玩笑。吴仲川手上的绳子被解开，做好了打架的样子。两个人，像两头狼，相互看着对方。吴仲川借着幽幽的雪光，呼的一下，朝井上林扑了过来。井上林一躲，吴仲川倒在地上，却把他的脚抓了个正着。井上林的脚有些僵硬，一看吴仲川抓住了自己的脚，另一只脚就踢了过去，哪知道也没有站稳，倒在地上，两个人就抱在一起，在冰上打滚。突然，吴仲川抓住了井上林丢在一边的手枪。

"哈，哈，哈，你上当了吧。老井，快举手投降，司马江，别动，否则，我就要让你上天堂。"他摇摇欲坠地站在那里，十分得意的样子。

司马江站在那里，雕塑一样。

"吴仲川，你这个王八蛋，太卑鄙无耻，你是男人么？是男人就不要这样做。我告诉你，我原先心里还尊重你是条汉子，现在，我看不起你，你就是把我们俩杀了，你也是条狗，知道么，狗。"司马江诅咒着。井上林嚷着："吴仲川，我把你当成一条汉子，我叫你吴哥，你这样做，配做哥么？我原先尊重你，就是尊重你的为人，我做梦也没有想到，你竟然是这样一个人！你让我看不起你！你开枪呀！朝我胸前开，我看你有这个胆么。我告诉你，你就是把我和司马江打死了，你仍然活不了，会有人要你的命。"

"老井，现在知道他的为人了吧。"司马江说。

"唉！鬼知道他会变成这个样子。"

司马江说，我早就说过了，他不是人，他要是人，我会变成太监？他让我一辈子做不成男人，我不会让他好过的。老井，你放心，他敢开枪杀你，我会让他知道司马江几只眼。我死了都不会放过他的。吴仲川，你他妈的开枪呀！你不开枪，就不是你娘生的，我看不起你。做一个真正的男人吧，壮烈一些。

吴仲川根本没有想到对方会这样，一时愣住了。

他倒退三步，用尽吃奶的力气号叫道："老井，司马江，不要逼我，你以为我不敢杀人吗？你以为我不是爷们儿吗？我告诉你，杀一个也是杀，杀两个也是杀，我不在乎多杀几个，我比你们还狠。"

"那你开枪呀！"井上林脑子一片空白。

吴仲川真的扣动了扳机。

奇迹出现了，枪没有响。吴仲川气得把枪甩在地上，自己也倒在雪地里。仰天长叹："天呐！怎么……怎么是个臭子？我玩了这么多年的枪，竟然碰上了这样的事。天不灭曹啊，天不灭曹呀！老井，司马江，我不是怕你们，是天要灭我啊！我不走了，我再也不走了，我就死在这里。"他躺在雪地上，再也不起来了。

这样的结果，谁都没有想到。

井上林被司马江数落了一顿。

他说你是老警察了，怎么做这样的事情。我告诉你，我的枪，弹匣下掉了，他捡到了也没有用。而你，竟然就这样听他的话，把枪丢在一边。井上林承认自己脑袋发热，做错了。他捡起枪，拉开一看，这才知道子弹被里面的雪冻住了。他长叹一口气，心里埋怨自己，为什么这样感情用事？为什么就不能改改自己的鬼脾气？这要是光荣了，多不值呀。他插好手枪，借着雪光，用刀砍断了几根树枝，捆扎成一个爬犁，两人拖着吴仲川继续往前走着。

也不知道走了多长时间，他们每走一步，都要使出全身力气。他们只有一个信念，绝不能死在这冰天雪地里，也绝不能让吴仲川死了。太阳出来了，一轮红日从昆仑山中升了出来，照得雪山格外冰清玉洁，像一个高贵的女人。吴仲川也被井上林和司马江的精神感动了，他自觉地从爬犁上站了起来，找了根棍子，也一步一步向前迈动。

“老井，你是条汉子。”他佩服地说。

两人没有理他，继续走着。

55

突然，前方跑出一只受伤的藏羚羊。

“哇，天无绝人之路。”吴仲川紧跑几步，就把那只受伤的藏羚羊踢倒了，他嚷着，让司马江把它抓住了。司马江拿出身上的绳子把它捆住，对井上林说，我们现在死不了，等下我们把这只羊杀了，我们就可以走出麻扎。吴仲川说，你这个办法好，活着是最为重要的。两个生死对头，在面对生死上，却空前地达成了一致。

“住手。”井上林喝住，“你们还有点儿良心么？不要说它是保护动物，它还是一条生命。你没有看见它受了伤么，我看它还是一个孩子，它死了，它母亲多着急呀！我告诉你，我不允许你们动它的念头。”他走上前，撕下衣服，给小羊包扎。

司马江说，何必那么认真呢？

吴仲川一脸不屑：“那就等死吧。”

他没有理他们，牵着羊走着。吴仲川说，你们绑住我的手，我没法走，解开吧，我跑不了的。井上林想想也是，就解开了他手上的绳子。三个人谁也不再说话，就像陌生人，在太阳中步伐艰难地往前走着。他们的腿都像灌了铅，每走出一步，都要用尽全身力气。吴仲川走在前面，后面是司马江，再后面是牵着藏羚羊的井上林。

天气越来越恶劣。

井上林脑海中有几次闪过绝望的想法，又被另一种使命所代替。不能死，我绝不能死，我一定会走出绝境，我一定会迎来光明。他咬着牙，挣扎着一步一步往前走着。

太阳又逐渐地西去，他们几乎再也走不动了。精神支撑着的力量，也快释放到了尽头。井上林倒在雪地上，除了眼睛有意识外，他的体力实在支持不住了。司马江、吴仲川也一样没有力气，看着井上林，一点儿办法都没有了。

“老井，我们都要死在这里啊！”吴仲川说着。

“休息一会儿再说。”他捡来了干柴，燃起了火，靠着火，他们捕到了一只蛇。井上林把它烤了，给吴仲川吃，他不吃，给司马江吃，他也不吃，井上林只好咬着牙吃下去，以增加气力。

火烧得很旺。

他们靠着火堆休息。井上林告诉司马江，你值班，我睡一会儿，他答应了，一会儿他就慢慢睡着了。不知过了多久，反正，井上林醒来，已经不见了吴仲川和那只藏羚羊。他挣扎着爬了起来，喊醒了司马江，冒着飞雪，继续往前追。快到天亮时，他终于看见了一堆燃着的火。井上林也不知哪里来的力量，飞快地赶了过去，这才发现，火上烤着肉，边上放着那只藏羚羊皮，吴仲川已经吃饱了，像头死猪一样睡着了。

井上林走上前，狠命地踢了他一脚。

“你这个浑蛋，竟然把羊杀了。”他诅咒。

吴仲川睁开浑浑噩噩的眼睛，看了他一眼，没有吭声。井上林骂道：“你的良心真的黑了，一个无辜的生命就这样没有了。难道一个人，为了活命，就什么事情都可以做吗？”

司马江没有理他，在那里吃肉。

吴仲川睁开眼睛，冷冷笑着。

“司马，你给老井留一块肉。老井，你看司马江多实在，把肉吃了，我们都活过来了。唉！为了活命，我们没有什么不可以做的。告诉你吧，这个年月，没有信仰，没有忠诚，没有信任，只有利益。为了生存下去，什么事情都可以做，包括杀人。你知道我给贪官们送了多少钱吗？当官的，就没有一个好人，哪个人不是为了利益活着，这没有什么奇怪的，世界就是这样。”他十分不屑。

“你去死吧。”井上林气不过，狠命地踢了他一脚。

“老井，你不应该打人，违反规定。”吴仲川站了起来，瞪着一对狼样的眼睛看着他，“这个地方，就我们三个人，为了活命，你倒可怜一只羊了。羊算得了什么，我告诉你，不要逼我，否则，我会把你们俩都做了。”

井上林举起了枪。

“井队，做了他，我就说是他要杀我们。你放心，这里只有我们俩，没有人知道。王明阳也拿我们没有办法。我告诉你，你不杀他，说不准我们都会死在他手里。”司马江一边啃着肉，一边阴阳怪气说着。

“老井，我胡说八道。”吴仲川抽自己的嘴巴。

吴仲川明白眼前的形势。

井上林放下了枪。

三个人，继续在雪地中走着。

雪仍然在下，而且越来越大。天气越来越冷，冷得人实在承受不住。司马江走不动了，靠在树上歇着。井上林摇摇晃晃，昏倒在雪地里。吴仲川想跑，井上林用微弱的声音说：“你只要跑动一步，我就枪毙你，我有这个权力，知道吗？如果你想活，就老老实实，否则，不要怪我不客气。”

“我不敢，我不敢。”他哆嗦着。

不知从什么地方跑出一只狼狗。

它嗯嗯叫着，围着他们三个人转。司马江和吴仲川都害怕得要死，看它的样子，是头狼。但是，又像狗。它不害怕人，走到井上林身边，用鼻子温暖着井上林的手，使他的意识清醒。他挣扎着爬了起来，和那头狼狗亲热着。他抚摸着它，它乖巧地一动不动。看它样子，这是一头被猎人遗弃的狼狗。井上林给它取名大黄，带着它，喊着司马江，押着吴仲川再往前走。就这样不知走了多远，反正，太阳又出来了，天又黑了，太阳再出来，又黑了。三天后，雪也停了，风也停了，那只大黄，一直跟着他们，和他们三人混熟了。但是，地上已经被雪和冰完全包裹住了。他们都不知道走到了什么地方。三个人都饿得不行，大黄也饿得不行，一个劲儿地在叫。恶劣的环境已经使他们筋疲力尽，连说话的劲儿都没有了。

井上林挣扎着用雪擦拭着自己冻僵的皮肤，他也让吴仲川、司马江那样做。他只希望能看到人迹，盼望着贾二亮带领救援的人员到来。他已经意识到，没有食物，可能等不到救援的人到来，自己就光荣了。因为威胁除了体力不支外，还有身边的吴仲川和司马江，以及已经越来越急躁不安的大黄，它的眸子已经让他感到狼的光芒，感到它要吃人。

吴仲川明白眼前的一切。

“老井，司马，杀了这只狼狗吧，否则，我们都走不出去了。如果我们杀了它，靠着它的肉和血，我们也许能活下去，否则，只有死路一条。你不要怜悯，我们不杀它，它也饿得不行，很有可能我们会成为它的口中餐。动物毕竟是动物啊！它的本性永远也不会变的。”他以乞求的口吻说。

他明白吴仲川的话有道理。

但是，井上林实在下不了这样的决心。这几天，它跟着自己，十分忠诚，总是跑在前面探路，而且，晚上用自己的毛皮温暖他们三个人，再杀它，他觉得不忍。杀一只如此忠诚的狼狗，实在是罪孽深重。司马江看出他的犹豫不决，劝说，井队，不要忘记了你肩上的担子，不要忘记了还有很多事要你做，不要忘记了老百姓的平安需要你保卫啊！一个男人，就应该拿得起、放得下啊！吴仲川也说，我们有了体力，再算我们之间的恩怨也不迟。

井上林下不了决心。

还没有等他做出反应，那只狼狗好像明白了什么，突然向前跑去，在他们三人正前方五米的距离站住，仰天长啸，摆出像狼一样威胁的姿势。它的温驯的眼神已经被贪婪所吞没，往常亲昵的低吟这时候已经变成野兽般的咆哮。吴仲川终于看到了这一幕的到来，吓得一下子瘫在地上。

“完了，这下子完了，彻底完了。”

他知道，这只狼狗的野性比枪更为可怕。因为，枪是靠有灵魂的人指挥的，而动物，完全是另一码事。井上林下意识地从腰间拔出了手枪，垂着手，站在那里，他还没有最后下决心，他还不知道如何对付一只疯狂、恢复了野性的狼狗。吴仲川慢慢向井上林靠拢，他不害怕井上林的枪，他怕狼狗。

三个人，两把枪，一只狼狗，形成三角形。

四周静寂得可怕。

大黄不停地吐着舌头，爪子不停地刨着地下的雪，耳朵竖得高高的。井上林这时候才感到，这可能是一只狼，而不是狗。想到这里，他更感到恐惧。恢复了动物本性的狼比什么都可怕。看到这一幕，井上林脑子里突然间闪现出二十多年前的一幕，那时候自己还没有当警察，在村子里混，老被人欺负，有时候多说一句话，也被人打一顿，不说话，别人也会欺负自己，是哥哥经常来村子里给村长书记钱和东西，让他们关照自己。可以说，没有哥哥的关照，他井上林能不能活到今天，还不一定，更不要说当警察了。

“哥哥对我多好啊！跟父亲一样。”井上林经常这样想，也经常这样对水艳红说。很多时候，他根本不相信这起案子跟哥哥有关，就是听区虹说了，很多线索指向井上森，他仍然有些不相信这个案子跟他有关。因为，哥哥对他太好了，一个如此好的哥哥，心不会如此的肮脏。“难道他的心，也有自己没有看到的一面？难道他也跟这只狼狗一样，恢复了狼性，或者说，原来的狼性自己没有看到？”井上林怀疑自己的判断，因为，站在自己身边的吴仲川就说明一切。“一个对自己这么仗义的兄弟，不是也走到另一面去了吗？何况哥哥在官场上多年，也许他变了，变得我不认识了。”他告诫自己。

“你不要犹豫不决了。”司马江小声说。

井上林仍然像雕塑一样。

吴仲川长长地叹了口气，司马江也感到十分绝望，他们俩都没有想到，一只狼狗，让井上林的心态变得如此仁慈，让他们都不敢想象。除了井上林，吴仲川和司马江都觉得末日来了，眼睛中透出绝望的神情。

56

也许仅仅过了几分钟，他们像熬了千年。

“老井，下决心吧。”吴仲川再次小声说着。

大黄好像听懂了人的话，呼啸着扑向吴仲川。吴仲川叫了一句天呐！就惊恐万状地呆住了。大黄没有咬住他的咽喉，而是站在他面前，吐着大大的舌头。吴仲川用微弱的声音说：“老井，不要犹豫不决，你的时间不多了，饥肠辘辘已经使它失去了忠诚，它要活命，只有用我们的血充饥。我告诉你，不要说动物，就是人，就是夫妻，为了活命，也会选择背叛。”

司马江说，吴仲川的话是对的。

大黄张着大嘴，看着井上林，它倒退三步。这样，三个人，一条狗，也许是狼，仍然是三角形，僵持着站在那里，他们的距离也就五米，没有五米，三米，很近。

井上林和大黄之间微妙的关系变得异常尴尬。两个都一动不动，吴仲川连话也不敢说，他害怕这只狼狗能听得懂人的话，他害怕大黄先把他吃了。谁都不愿打破这个僵局，也许，谁都在等待着最佳时机攻击对方。对于一个体力不支但手握武器的人和一条有着锋利牙齿但精疲力竭的狼狗来说，也许人的胜算稍大些。井上林手握着冰冷的枪把，他在想，它毫不犹豫跟着自己，这三天，没有它，自己的生命也许早就没有了。寒冷的夜晚，它仍然选择了偎依在自己的身边，给自己带来了温暖。

他突然间感到自己的残忍。

“我为什么这样？我为什么要断了自己手足？难道为了活命就可以置自己的手足于不顾吗？难道跟社会上所有的犯罪一样，为了利益就可以把亲情置之度外吗？

难道兄弟之间、手足之间还要用利益来衡量吗？生是什么？死又是什么？如果我们不能像个人，像个男人那样活着，我们的生又有何意义？如果仅仅是为了活着，像叛徒那样苟且偷生地活着，像出卖了灵魂的人那样活着，我们空空的躯壳又有何用？不，我不能这样做。我宁愿一死，也不能背叛自己的灵魂。一个人，最大的可悲不是失败，而是对自己灵魂的背叛。”井上林心里在拼命地挣扎。

“下手吧，老井。”吴仲川细小的声音传来。他的声音十分细弱，但在这人迹绝无的地方，却异常清楚。“老井，你只有一次机会，唯一的机会。我告诉你，你出手一定要快，否则，你不是它的对手。不要怜悯它了，它是狼，狼天生就是让人吃的。我们不吃了它，它就要吃了我们。这个世界就是这样残酷，否则，你生存不下来。下决心吧，你的时间不多了啊！”他的话像子弹一样，刺激着井上林的大脑。

井上林仍然面无表情。

司马江举着枪，对着大黄。奇怪了，大黄不看着他，却看着井上林的枪口。谁也弄不清楚这是怎么回事。这个时候，他想着眼前的狼狗，却忘记了司马江，谁也不知道他是如何想的，连吴仲川在这一刻也忘记了面前的司马江是个什么样的人。

大黄喘着粗气，绿莹莹的眼睛看着他。

“老井啊！就算我吴仲川求你了。这条狼狗已经恢复了野性。饥饿使它没有选择。唉！这就是生存的法则，动物和人一样，为了生存，它已经什么都顾不得了。我们人也不是一样吗？当对手威胁到你的生命时，哪怕是夫妻、兄弟、父母，你都顾不得了。如果你选择了活着，你就下手吧。任何犹豫都会葬送你我的生命。不要犹豫了，它不是人啊！它只是一条狗，不，是一头狼，就是它再忠诚于你，也是动物啊！下决心吧，晚了，你我都完了。”他每一句话，都像刀子扎着井上林的心。

井上林仍然一动不动。

他还是下不了决心。

许久，许久，好像等了百年。

突然，井上林的手枪掉在了雪地上。

于是，情况立即扭转，一个手无寸铁而且体力不支和一条有着锋利牙齿并且饥饿不堪的狼狗，优势显然。吴仲川显然知道了后果，长叹一口气，再次瘫倒在雪地里。大黄丝毫没有放过这个机会，起身将井上林扑倒。井上林没有做任何反抗，心里感到无比的绝望，甚至能感到大黄从喉咙里吐出来的热气，还有它口腔里那特有的腥味。

但是，惊人的事情发生了。

他没有等到钻心的疼痛，没有等到喷涌的热血，却是大黄温暖的毛皮在捂热着他的身体。井上林在生死时刻抛弃了枪，大黄最终没有选择背叛，三个人的生命都得到了拯救。如果他选择了血腥的生存，而大黄选择了背叛它的主人，井上林背叛了自己的灵魂和本性，那么，我们看到的，恐怕就是另一番景象了。

人生很复杂，也很简单，有的时候，我们会落入一种无可奈何的状态之中。官场上，是附和着一些不成文的习惯，把权力当成一种筹码，换取个人利益，还是坚定自己人生信仰？仕途上，是认真做好自己的本职工作，还是混日子，做一天和尚撞一天钟？商场上，是为了金钱不择手段，还是保持自己的道德底线？为人上，是多些宽容和博爱，还是挑拨是非？一念之间，天差地别，决定生死，关键是是否背叛了自己的灵魂。

井上林感到自己的选择是对的，他抚摸着大黄。大黄乖巧地嗯着，一会儿，它转过身，盯着还站在那里的司马江。谁也没有想到，他的枪响了。而且，一枪就把大黄腿打断了，它趴在地上，再也站不起来。井上林愤怒了，爬了起来，就要去抓枪，被司马江喝住。他告诉井上林，如果你敢动一下，我就送你上天堂。吴仲川清醒了，瞪大眼睛，问司马江，你想做什么？司马江想笑，却笑不出来。因为，太冷了。井上林看见他手里的枪是自己的，这才明白他的目的，但是，他还是不相信司马江会如何。

“司马，放下枪吧。”

“对不起，我没有选择。”

井上林彻底清醒了。

“你想做什么？”

“我说过了，要吴仲川死。”

“如果我不答应呢？”

司马江说，你现在没有这个权力，你手里没有枪，有枪的只有我一个，你们俩都是我的俘虏。他坦白地说，我跟你没有仇恨，只要你同意我做了吴仲川，我一切都听你的，你要如何说，就如何说，我绝对没有意见；如果你不同意，我就没有办法了，我只好说对不起了。我劝过你，给了你路，你不走，我也没有办法。人嘛，有时候就是这样，为了利益，只好如此。

“司马，给我一个理由。”

“好吧，也没有什么不可以说的。”司马江倒很痛快，他告诉他们，有人出了钱，要买吴仲川的命，我答应了！我不是喜欢钱，我喜欢仇，他们不出钱，我也要做了他，否则，我活着没有任何意义。既然有这样的好事，我何乐而不为呢？他掌握着很多人的秘密，包括王明阳的，他死了，你好我好，大家都好。吴仲川，明年今天就是你的忌日，你放心，我们兄弟一场，到时候我一定给你送去很多钱，你就安心走吧，你的家人我会照顾的。

吴仲川明白了一切，闭上了眼睛。

一刹那，井上林也不知道哪里来的力气，猛地扑了上前，一下子就把司马江扑在地上，枪也掉在一边。两人在地上扭打在一起，吴仲川一时愣了，不知道帮哪边。他明白，回去了是死，在这里也是死，要不，把他们都杀了。想到这里，他慢慢地站了起来，向两人走去。他突然发现，枪抓在井上林手里，司马江正全力扭动着，抓住他的手，想抢过来。吴仲川走上前，抓住井上林的手，扭动着把枪口对准司马江，手按住他的手指，枪响了，司马江软软地倒在地下，雪地上，是一摊殷红的鲜血。

井上林狠命地朝吴仲川踢了一脚。

“你……谁让你杀了他呀！你这个浑蛋，你害死我了！我告诉你，吴仲川，你以为杀了司马江你就没事了，我告诉你，我依然要把你送上法庭。”井上林气得暴跳如雷。

“我……我不是帮你吗？”吴仲川故意说，“我不帮你杀了他，他非杀了你不可，你放心，回到局里，我就说是我杀的，反正我杀了人，多一个少一个都一样判刑。老井，我绝对不会落井下石，不要说我们这些年关系不错，就是看在水艳红的面子上，我也会帮你。”

井上林腿一软，跌坐在雪地上。

他害怕再出什么事情，揪着自己脸，让自己清醒。用枪逼着吴仲川扎了一个简单的爬犁，放上司马江的尸体和受伤的大黄，他在前面拉，井上林在后面推，一步一步朝麻扎村走去。他告诫自己，一定要坚持走到麻扎，一定要把吴仲川交给局里，否则，就是自己死了，也无法弥补罪过。

吴仲川几次劝他放了自己，都被拒绝。

说得多了，井上林就警告，你再要啰唆，我就要你躺在这里，永远走不出麻扎高原。他告诉对方，听见司马江的话了么，好多人都要你死，你掌握着很多秘密，你说出来，到底是谁杀了谢易梵，后面的人是不是韩晓雪，是不是尹冰，还是别人？我知道，你吴仲川是不会轻易杀一个人的。

吴仲川长长叹了口气。

“老井，我就不明白你为什么要这样？”他摇着头，这个世界黑了，就靠你，能洗白？放弃吧，不要说你进公安局的誓言，那些东西都是骗人的，只有钱是实实在在的啊！司马江为什么要杀我，不要听他鬼话，没有钱，他不会做的，而我，知道那个给他钱的人。但是，我不会告诉你，暂时不会，因为，我知道你的为人。

“那就到法庭上去讲吧。”

“好，看你有没有本事把我送上法庭了。”吴仲川哼着，再次倒在雪地上，起不来了。井上林也累得不行，倒在那里，人整个瘫痪一样。

57

井上林睁开眼睛，已经在和田的医院里。

“老井，你终于醒了。”站在他身边的贾二亮惊喜地看着他，说你已经昏迷了三天三夜，差点儿就过不来了。井上林问自己是怎么到了这儿的？贾二亮说我们找到你们时，司马江已经死了，那只狗也死了，你和吴仲川只有一口气。我们把你们从山上运了下来，又把你抢送到和田，这里的医疗条件好些。井上林问市局有没有来人。贾二亮说，来了，是史凡，你们认识，他带来了两个人。

“老井，司马江真的是你杀的？”

井上林一听贾二亮的话，瞪大了眼睛，望着他，竟然不知道如何回答。他说吴仲川昨天就醒过来了，史凡询问他司马江是如何死的。他告诉史凡，他的幕后人就是你，他害怕你杀了自己，就告诉了司马江，没有想到，被你听到了，你就杀了司马江，为的是逃脱罪责。不是他自己和你扭在一起，他自己也死了。我不相信，和史凡吵了起来，陆凤走了，回青昌了。我说不过史凡，但是，我不相信吴仲川的话，我相信你，你永远也不可能杀了司马江，我就问你，到底怎么回事。

井上林惊讶得半天没有吱声。

“你说呀，老井！史凡已经做了笔录，两支枪送回省厅做鉴定，司马江的尸体也运回青昌，做刑事解剖。明天，王明阳带着人就要来，一切都对你十分不利啊！”他叹着气，不知道如何是好。

井上林语气平稳地诉说了司马江死亡的经过。

“真是那样？”他问。

“你也不相信我吗？你觉得我是吴仲川的后台吗？我千方百计找到他，追捕他，为了什么？如果我是后台，我为什么要这样做？通过这次麻扎高原之行，我认识了吴仲川，知道他心黑，但是，我做梦都没有想到，他黑到了如此地步。我不害怕自己死，我难过这个案子破不了啊！”他满脸都是忧虑。

“那如何办？”贾二亮瞪着眼睛。

井上林想了想，告诉他，无论发生什么事情，你都要坚持把案子调查清楚。我想过了，这件事还没有完，他们还会围绕着进口项目动手脚。如果我失去了自由，你和陆凤一定不要放弃，这绝对是一件大案，而且，幕后的人一定是名高官。你要和路少洲联系，和黄莺联系，再次调查吴仲川的关系人，特别是韩晓雪、尹冰、浦文君，包括冀北方。这些人，都跟这个案子有牵连。只要你调查清楚了，案子会有个眉目。

“老井，我记住你的话了。”

井上林看着他，问贾二亮害怕不害怕失去现在的工作？敢不敢冒风险？井上林说这个案子风险很大，如果你害怕，现在退出来还来得及。贾二亮说，老井，你这是什么话，我是怕死的人么？我跟了你这么多年，你难道还不了解我么？我当警察，就是为了正义，我说这样的话不是我觉悟高，我觉得这是一个警察基本的职业道德，如果我们参与犯罪，看上去我们得到了很多，一百万，两百万，但是，我们失去的东西将无法统计，我们这辈子、下辈子，都将被痛苦所折磨，我们拿到了钱，也买不到幸福。

“那好，我们就这样说定了。”他握着他的手，紧紧地。

一整天，井上林没有等到史凡的到来。

第二天上午，史凡带人过来了，贾二亮做笔录。井上林汇报了整个事情经过。史凡什么话也没有说，只告诉他，会依法办案，你的话，吴仲川的话，都会如实向局里汇报。他把笔录让井上林看，签了字，并安慰他好好休息。

史凡一走，贾二亮安排好井上林，跑到刑警队，给盖天骄打了个电话，询问陆凤的情况。盖天骄说陆凤去了医院，过几天就好了，没有事的。盖天骄小心翼翼地问，发生了什么事情？局里都传遍了，说井上林杀了司马江，司马江的老婆闹到了局里，一定要跟着去和田。贾二亮说，你不要听这些话，你只做你的事情。我没有从和田回来这几天，你特别要注意一下韩晓雪和尹冰，打听浦文君的消息，让陆凤接触一下冀北方，记住，这些情况，不要告诉第二个人。

“明白，我这就去办。”

"队里谁负责?"

昨天刚下了命令,史凡调过来当队长了,姜大明去了新建县当刑警队队长,也不知道局里咋想的。我看史凡还不如姜大明呢。史凡跟王明阳走得很近,听说是他的死党。盖天骄还说,王明阳上午就坐飞机去了和田,估计下午就到。跟着一块过去的还有市局法制处处长金亚萍、政治部副主任邵琪伟,你要注意些,估计没有好事。贾二亮说,我们不管这些,我们只做事,只要把事做好了,就是帮助井上林。盖天骄说,我明白,你放心吧,我一定办好。

他挂了电话。

回到房间,他不敢把电话内容告诉井上林。

下午,王明阳到了。他没有听史凡的汇报,出乎所有人意料,他来到井上林房间,询问他身体情况。井上林几次要说抓捕吴仲川的经过,他都摆摆手,让他先不要说,等身体康复了再说。看完了井上林,他又去看吴仲川,吴仲川要说什么,他仍然摆了摆手,让他恢复好身体再说。看完了两个人,他把主治医生找来,询问两人身体状况,医生说,他们没有什么病,就是太累了,休息两天就好了。

第三天上午,金亚萍亲自询问井上林和吴仲川,邵琪伟做笔录,没让史凡和贾二亮参加。两人跟井上林都不太熟——金亚萍和邵琪伟年纪不小,是老处长了。他们公事公办地询问。完了,让他们签字,把笔录交给王明阳。王明阳看着笔录,脸上没有任何表情,看不出高兴,也看不出不高兴。底下的人,都猜不出他是如何想的。

王明阳召集他们开会。

"说说吧,大家谈谈对这件事的看法。"王明阳声调十分平静,没带任何个人情绪。他跟大家说,吴仲川杀了两个人,他已经承认了,他为什么杀人,只有他自己知道。井上林一直追捕吴仲川,这也不是秘密。司马江跟吴仲川有矛盾,这我知道。他要杀吴仲川,我也知道。如果吴仲川说的是事实,很多情况无法解释;如果井上林是幕后人物,这个案子也不会拖到今天,早就结案了。而且,据我了解,井上林也不可能做吴仲川的幕后人物,他没有这个资格,也指挥不动他。如果井上林的话是事实,那么,吴仲川背后这个人物十分麻烦。否则,他不会这样做。

大家议论了半天,都同意王明阳的分析。

王明阳早就知道讨论不出结果。

“史凡，休息两天，等他们康复了，我们就坐飞机回青昌。你负责他们的安全，出了问题，我拿你是问。二亮，你陪我去和田公安局，这次案子，太麻烦人家了。金处长和邵处长也等在医院里，和他们俩聊聊天，我要他们的真实想法。”他安排完毕，就散会了。

贾二亮带着王明阳拜见了和田公安局长和有关领导。又特地来到刑警队，看望买买提队长，感谢他的帮助。买买提说，我们是兄弟单位，不要说谢谢的话，以后我们去青昌，你们不要把我们当外人。离开刑警队，他们又去了拘留所，见了麦多多。

贾二亮询问麦多多，和吴仲川在一起，他有没有谈过他杀人的事情。麦多多说，他说过自己杀了人，否则，他也不会逃跑。他问对方有没有说杀人的具体经过，她说没有，他不肯说。王明阳问，他还谈过别人的事吗？她回忆，他说过刑警队司马江，说他一定被人买通了，要杀了他；还说过一个叫井上林的人，说他六亲不认，否则，他不会这样浪迹天涯。从拘留所出来，王明阳站在外面，点燃了一支烟，望着站在自己身边的贾二亮，询问他的看法。

“王局，我相信井上林的话。”

“我也相信，但是，上面相信不相信我就不知道了。二亮，官场上有些事情，比案子还复杂千倍。回青昌后，案子还由你负责，向我一个人汇报。你记住，他们还会派人杀吴仲川，我要你想办法抓住那个人。这件事，除了你我，不允许第三个人知道。”王明阳叮嘱。

他还要问什么，王明阳已经上了汽车。

晚上，王明阳给井上森打了电话，汇报了事情经过。井上森在电话中指示，务必把两人押回青昌，绝对不允许再出现任何情况。说完这件事，井上森还告诉王明阳，明年两会上，通过他局长的任命已成定局，只要不再出任何事情。王明阳在电话中一再表示感谢，发着誓说，一定把他交代的事情办好，具体的事，等他到了青昌，再向他汇报。

给井上森打完电话，王明阳又给青昌市和省里有关部门的熟人打电话，了解明年青昌市人民政府市长的人选。得到的结果是，一半人说是井上森，一半人说省委还没有最终确定下来。挂了电话，他来到外面，和田夜晚的天空明亮幽静，一弯月亮高高地挂在天际，数不清的星星在夜空中闪亮。月亮清澈透明，仿佛没有一丝尘埃。他望着天空想，如果人生和官场也与这天空一样清楚就好了，天空的变，你还能根据这天判断出来，而官场上的变，你就要靠嗅觉，否则，你死定了。

他的心里，总感觉井上森不可能当市长。

但是，青昌很多形势发展，都在朝着有利于井上森的方向发展着。他害怕自己赌错了，错了，就满盘皆输。他输不起，因为，他只有这一次机会。

“井上林判断是对的，问题是，我们没有证据。没有证据，什么话也不要说，否则，死的人就是自己。”他在内心，对自己的判断做了肯定。他希望对方再派人来杀吴仲川，他判断对方一定会这样做，只要抓到人，就是抓到了最好的一张牌，有可能是大王，这样，进退皆可。

王明阳对司马江的死，内心还有些欣喜。

当然，他不会表现出来。他永远不会表现出自己的欢乐悲哀。当一个人喜怒暴露在大家眼中的时候，这个人就死定了。

58

三天后，王明阳他们回到了青昌。

吴仲川当然被关进了拘留所，井上林留在局招待所写情况汇报，王明阳不允许他离开招待所。王明阳交代史凡，这个案子还没有完，他已经跟贾二亮说了案子的事情，还是让他负责。他要史凡亲自调查井上林离开青昌前十天，都跟哪些人接触过，向他汇报。史凡答应了。下午，王明阳带着邵琪伟、金亚萍，还有纪委书记苟锐，一块来到市委政法委，向井上森汇报。政法委这边，参加的人员有一室主任任同勋、工作人员武大伟、井上森秘书覃晶。

来之前，王明阳给井上森打了电话。

井上森同意他带人过来，当面汇报。电话中，王明阳没有说如何处理井上林，井上森也没有问。大家坐定后，王明阳看了一下井上森，他意思了一下，就开始汇报案子情况，从发现吴仲川开始，到抓到吴仲川结束。特别着重地说了对井上林和吴仲川询问的经过，把两份谈话笔录交给了井上森。他说完，井上森要邵琪伟和金亚萍都说说。两人说了与井上林和吴仲川的谈话经过，谈了对这件事的看法。他们说完，井上森转过头，询问任同勋和武大伟，问他们是什么看法。任同勋说，从了解情况看，很难判断谁的话是真，谁的话是假。省公安厅对两支手枪的检验已经出来了，打死司马江的手枪，是井上林的。从这种角度看，无论他是出于什么目的，还是吴仲川栽赃于他，他都负有不可推脱的责任，再负责这起案子不合适，这是其一。其二，吴仲川杀人案已经有定论，他自己也承认了，我建议，公安局再进行调查，从而判断他是不是嫁祸于人。

井上森问王明阳的意见，王明阳说井上林正在写检讨。

“明阳，井上林仅仅写检讨是不够的。不管怎么说，司马江死了，是死在他手里的，他不能再负责这起案子，你们另外安排人员。我知道，你们已经免去了他刑警队长职务，任命了新的人员。但是，这件事情太恶劣了，考虑他是我弟弟，我建义，辞退他。”井上森面无表情，口气异常严厉。

王明阳没有想到井上森是这样想的。

“井书记，这样不好吧。”他看了看边上的邵琪伟、苟锐、金亚萍，望着井上森说，井上林的为人，吴仲川的为人，我都十分熟悉，井上林不可能杀了司马江。我觉得，他的汇报是认真的，是值得肯定的，吴仲川是在陷害他，目的就是掩盖幕后的人。吴仲川心里十分清楚，司马江一定会杀了他的。因为，他太了解这个人了，所以，他就要利用井上林的手，做掉司马江，从而嫁祸于他，达到一箭双雕的目的。我们想想看，井上林没有任何理由让吴仲川杀人，而且他们俩的关系，吴仲川也不可能听他的。这明明是个谎言，绝对不可信。当然，对井上林的话，我们也要调查，我想，会有结果的。

“井书记，对井上林的处理，一定要慎重。”邵琪伟接着王明阳的话，谈了自己对这件事的看法。如果我们处理错了，就会放掉坏人，冤枉好人。这样，对死去的人来说是不公平的，何况下面的人，也会有意见。“井书记，我知道，他是你弟弟，你这样做，是大公无私。但是，我们还是要实事求是，绝对不能错怪人。在这个案子中，井上林不可能杀司马江，没有任何道理。”他说了半天，一再为井上林辩护。

苟锐和金亚萍接着谈了自己的意见，一致认为，辞退井上林太过于严厉了。井上森坚持自己的意见，一定要严肃处理，还说不处理，说不过去。王明阳又说了话，还是坚持自己的意见。说到最后，两人争论起来，差一点就撕破脸皮。最后，王明阳妥协了，他说井书记，我们不要争论，公安局会向市委政法委写正式报告，你如何批，是你的权力。我们作为下一级组织，服从。

“那好吧，就这样，散会。”井上森冷冷地说。

离开政法委，王明阳让大家回了局里，把邵琪伟叫到自己车上。他没有带司机，一个人开车。邵琪伟快六十岁了，干不了几年就要退休。他坐到车上，就骂王明阳，你何必呢，何必跟他过不去呢。青昌市上下都在传，他明年就是市长了，二把手，你这样做，对自己没有半点好处。你代理局长一年多了，市委为什么还没有把你扶正，就是井上森那一关没有过，这点你还不明白呀！你挺聪明的一个人，为什么在这点上如此认真，我真的不明白。井上林跟你的关系也不就是那样，你没有必要那样做，真的。

王明阳没有吭声，只淡淡地笑。

汽车开到八一大桥不远，停在赣江边上。王明阳走下车，看着面前的赣江，递给邵琪伟一支烟，自己也点燃一支。他问邵琪伟，你知道井上森为什么要处理井上林吗？他说我不知道。他又问，吴仲川后面的人是谁？你觉得是井上林吗？邵琪伟说绝对不是，但是谁我猜不出来，总不会是井上森吧？王明阳冷冷笑了，为什么不呢？

邵琪伟摇了摇头，坚决否认。

他说井上林负责的谢易梵死亡案件，我知道个大概，谢易梵是进出口公司副总经理，死在饭店了，刑警队开始调查，后来找到了凶手于木根，抓到了，他又死了，后来发现是吴仲川做的。他承认了，就这么多，这跟井上森牵连不上呀！王明阳告诉他，井上森来青昌市之前，是进出口公司一把手，谢易梵是他的老部下，负责进口项目，你说有没有关系？邵琪伟还是摇了摇头，要在项目中做手脚，不是那么简单的，它包括负责项目的副总经理、项目主管、具体谈判人员，哪个环节没做好都不行。我问过井上林，他调查了，不是没有发现问题吗？王明阳说，没有发现问题，不是说没有问题，从井上森今天的态度上，我觉得我的判断是对的，他这样坚持要辞退井上林，就是要搬走这块石头，我偏不让他这样做。

"结果，想到过结果么？"邵琪伟担心起来，"我过两年就要退休了，一辈子就这样了。我太熟悉这个官场。官场是不认你对与不对的，它只认权力。没有权力，你狗屁不是。谁的权力大，谁就掌握着真理。"王明阳感叹，我难道不知道这些么，我帮他办了不少事，但是，我没有得到我应该得到的。你是我的老前辈，我跟你说吧，他答应了我的，但是，我害怕他利用我，如果是那样，他倒霉了，我也跑不掉。而且，我隐隐约约感到，他做的事情，早晚会出事的。

"贪污受贿？"

"不知道。"

"那你知道什么？"

王明阳说，我知道井上森有好几个女人，他要养活这些女人，没有钱是不行的。我没有发现他收受别人的钱，那他的钱从何而来？我想他不是没有贪污受贿，而是做得比别人更隐匿罢了。谢易梵的死，一定跟他有关。他的话，说半句留半句，绕了半天，还不太清楚。邵琪伟说，你的事，你自己小心些吧。王明阳说，你放心吧，晚上他就会给我打电话，我知道如何做。

“老邵，你是我老大哥，今天的话，你知道就行了。”王明阳笑着说。邵琪伟点着头，这个你放心，你信任我，我要是说了，还是人吗？我们共事也不是一天两天了，你放心吧，有什么事，我马上报告。我还是觉得，你小心为妙，井上森不是好对付的。

汽车回到了局机关。

回到办公室，王明阳就给贾二亮打电话，询问陆凤伤好了没有，办案的人员还够不够。还交代他，谢易梵的案子，由贾二亮亲自负责，他已经跟史凡交代了。贾二亮在电话里说，没有问题，有什么事情，我马上向你汇报。贾二亮问井上林的事如何处理。他说你不要问这么多，我说过了，你是警官，你负责案子，跟别人没有关系，我就要结果，知道吗？结果。贾二亮说我明白，我一定把吴仲川后面的人找出来。王明阳说，他们还会派人杀吴仲川的，你要安排好，抓到那个人。在和田，我已经跟你说过了，我再重说一遍，再让他跑了，我唯你是问。说完就挂了电话。

王明阳走着钢丝。

他要跟井上森讨价还价，而这些，当然是为了仕途。既然是讨价还价，那么，手里就要有牌打，他让史凡调查，让贾二亮抓紧办案，就是需要牌。抽完两支火烟，果然如王明阳判断的，井上森的电话来了，说晚上有个饭局，在大东海中心三十层轩庭瑶，是省委组织部的居文斌处长，问他愿不愿来。他一听，马上答应了。井上森说你不要开车，让司机开，要陪着居处长多喝几杯。他说好，一切听井书记安排。井上森说好，七点钟，我们在轩庭瑶碰面。

放下电话，王明阳心情很好，马上做了安排。

他看了看表，还有点儿时间，他给水艳红打完电话，马上坐着车，来到了局招待所。他安排了纪委干部铁永军陪着井上林，名义上是照顾，实质上是限制了井上林的自由。王明阳单独留下了井上林，抛给了他一支烟，说为了你，我跟你哥吵了起来，他要开除你，我保你，但是，你知道，我的权力没有他大，到时候，保不了你，不要怪我。井上林愣了一下，他没有这个心理准备，脸上有些不好看。就那么一瞬，他镇定了，笑着说：“局长，我相信你，我是你的人么！”这句话，王明阳爱听，他拍了拍井上林的肩，就为你这句话，我冒点风险。你今天回家吧，好好享受人生，明天上班的时候过来，不要让我为难。

“一定。”井上林太想回家。

水艳红在门口等着他，见他来，马上挽住他的胳膊。

“艳红，不要这样，我们还没有结婚。”他说。

“明天我们就去民政局。”她笑着，把他塞进了汽车。很快，就到家了。他看着一桌子菜，感叹还是家好。她没有问他如何，只让他喝酒，他也没说她跟吴仲川的关系，喝完酒，洗完澡，就倒在床上。她连碗筷都没有洗，马上脱了衣服上了床。他揪着她的脸说，你就是这点好，知道老子要什么。她说我连这点都不知道，就白活了。你憔悴得像个猴子，在那个鬼地方，还能想什么？来吧，使劲整，整舒服了，你心里就平静了，我也透口气。

“好呐！”他精神焕发，扑了过去。

井上林只有在这一刻，才感到轻松。

他讨厌水艳红，又离不开她。

59

晚上七点，轩庭瑶。

王明阳没有想到，井上森如此用心地安排了今天的饭局。他知道，来的这些人，一定跟自己有关系，否则，他不会邀请自己参加。这是井上森上任后第一次参加这样的饭局，这说明，井上森已经把他看成自己人了。在青昌官场，这是最难得的。轩庭瑶是青昌市最高档的鲁菜馆。一般人是不敢到这里来的。因为，菜有些贵，而且，还收服务费。因为它在三十层，比较隐匿，是一个谈事的最佳场所。

他走进了轩庭瑶春花雅间。

井上森坐在那里，边上坐着两个他不认识的男人，有四十多岁的样子。井上森站了起来，指着那两个男人说："明阳，认识一下，省委组织部屈文斌处长，进出口公司路少洲总经理，公安局王明阳局长，来，大家坐。"他显得十分洒脱。

"王局年轻有为嘛！"屈文斌说。

"屈处夸奖，不年轻了，恐怕比你们都大。"王明阳说出了自己的年龄，真的比屈文斌大两岁，比路少洲小一岁。路少洲说，你的位置很重要，青昌是省会城市，你是公安局长，实权人物啊！我们这些人，跟你比起来，就不值一提了。当然，井书记是我们进出口公司的光荣啊！井上森挥了挥手说，少洲，今天不说这个，我们聚在一起难得，聊聊天，不谈官场上的事。来，我们喝酒。

他举起了杯子。

酒是茅台，菜是正宗鲁菜，有扒原壳鲍鱼、三彩大虾、糖醋黄河鲤鱼、雪丽大蟹、炸蛎黄等，每一道菜都做得色香味俱佳，十分精致。屈文斌说，井书记知道我是山东人，喜欢鲁菜，特别是这里的鲁菜，我看全省也找不出第二个轩庭瑶来。路少洲说，你是山东人，是山东哪里？烟台。呃，我是青岛的，我们是老乡，来，我们俩先干一杯。老乡碰老乡，两眼泪汪汪。两个人谈得投机，倒把井上森和王明阳抛到了一边。

“对不起，井书记，刚才我们……”路少洲有些尴尬，看着井上森，刚想说什么，被井上森阻止了，这不挺好的么，你们认识了，在青昌，又多了个朋友，多个朋友多条路啊！屈文斌说，井书记的话是真理，朋友多了好办事，今天我认识了王局，以后青昌有事我可以找他了。井上森说，我这个书记就没有用了。屈文斌说，哪里哪里，明年你就是市长了，父母官啊！青昌的事还不是你说了算，你说是吧，王局？王明阳说是啊是啊！只要井书记当了市长，我们在青昌就好办事了。井上森笑着说，不要说这样的话，市长也是人民的市长，很累的啊！在青昌当政法委书记，还没有在进出口公司舒服，唉！没有办法，组织上要让自己坐这个位置，不坐不行啊！几个人天南海北聊了不少，酒也喝了不少，就是不谈正事。酒桌上不谈正事，好像是官场的规矩。

“对不起，井书记，我……我喝多了。”屈文斌要走。井上森也没有拦，叫来了司机，三个人一直把他送到汽车上，还握着他的手说，以后有什么事就打电话来。他一个劲儿地说好，就走了。他一走，路少洲说，井书记，我也走吧，井上森说，那我就不送了，有事就打电话。王明阳要说什么，井上森拉了一下他的衣服。他就没有说。送走他们俩，两人返回雅间，重新坐下来。

井上森给他倒满了酒。

“明阳，我对你怎么样？”井上森端着酒。

“挺好。”

井上森叹了口气，亲切地说，无论从哪种角度来说，我都对得起你，我不明白，你为什么在井上林问题上跟我过不去？我先声明，我完全是从工作出发的。王明阳跟他说，我跟你一样，绝对没有个人考虑，完全是从保护你的角度出发的。王明阳停了一下，以特别的语气告诉他，井上林知道你在进出口公司当过董事长，跟谢易梵熟，我已经说服了他，他也放弃了原先的看法，我害怕对他的处理太绝情了，他会惹出别的事情来。现在他是公安局的人，我的部下，还有顾虑，如果不是，那就难说了。

井上森怔了一下，半天没有吭声。

“他是你弟弟，你比谁都了解他。”他望着井上森，故意不把话说完，“你要是把他惹毛了，他是谁的话都不听的。我怕他调查下去，对你明年的事有麻烦。井书记，我确实是为了你好啊！”

井上森眼睛潮湿了，但是，他领会错了。

“谢谢你的好意，我心领了。我井上森坐得正、行得稳，我不害怕什么，既然是我弟弟，那么，他一定得走！我不害怕，我又没有做什么！如果他不走，你还以为我如何了。走吧，马上调离，我给他一个星期，一星期后，我不愿再看见他在公安局。”井上森口气异常坚决。

王明阳愣愣的，恨不得抽自己耳光。

他本想用这个拿对方一把的，没有想到，对方根本不买账，他弄得左右不是人，只好尴尬地说：“井书记，我知道了，报告明天送给你，你要没有什么别的事情，我就走了。”井上森挥了挥手，你走吧，我坐一会儿。王明阳就走了。他走到楼下，坐在汽车里抽烟，一句话没说。他明白，眼前的井上森不是他想象的那样简单，如果走错一步，真的就完了。他开着车，一边走一边琢磨井上森，他要判断他到底要做什么。

井上森早就离开了轩庭瑶。

他从三十层一直来到二十层的东海饭店，走进了房间，韩晓雪洗漱完毕，穿着香奈儿内衣在那里等着他。内衣是红色的，火红的那种，特别鲜艳。她没有起来，而是蜷缩在沙发内，像一个纯净少女，看着窗外。不知咋的，窗外竟然下起了雨，青昌的雨么，说下就下。今晚她订的房间特别大，好像是总统套间，房间里有顶级高保真音响，外面的雨，打在窗棂上，使窗外的景致显得朦胧而又恍惚。他觉得一切都是那样的虚幻，看着她脸上的迷茫，知道她在听歌。他没有理她，也坐了下来，倒了杯红酒，望着窗外。

轻柔的歌声飘浮起来，这是他从未听到的声音：

……

我能想到最浪漫的事，

就是和你一起慢慢变老。

一路上收集点点滴滴的欢笑，

留到以后坐着摇椅慢慢聊；

直到我们老得哪儿也去不了，

你还依然把我当成手心里的宝。

歌声未尽，韩晓雪已是泪流满面，泣不成声。井上森似乎也感动了，他拿出手绢擦着眼睛。他没有听过赵咏华这首歌。这是今年六月台湾歌手赵咏华新专辑中的一首主打歌，十分感人，是韩晓雪一个朋友从台湾给她寄过来的，特别是那首《最浪漫的事》简直就是给她写的，每次听完，她都泪流满脸。在此之前，她一直找不到傻乎乎跟着井上森做事的答案，为了他，好像又不是；赌气，跟尹冰赌气，也好像不是。她有时候不知道自己要什么。家庭，她有，丈夫是那样爱着她，不管她做什么，从不过问。孩子去了美国，有她爸爸陪着，读书也很认真，用不着她操心。她似乎无事可做。反复听这首如叙如诉的歌，在它动人的曲子里，在赵咏华的声音中，那个答案逐渐清晰地凸显在她面前……是啊！我不缺钱，弄到的钱我都给了他。我也不要奢华的生活，我愿意拿出一切去满足他，哪怕去杀人，我只要一样东西，他的爱。

可他就是不给我，他为什么不给我啊！

她站了起来，慢慢地朝他走去，眼睛中含着只有他能读懂的东西。井上森当然能读懂她，他认识这个女人二十多年，比认识他妻子还早，他能不知道她要什么？他伸出手，亲昵地搂住她，尽管这个身子不是他最喜欢的。一个人要做事，就要违背自己的心愿去办事，这是他的座右铭。她望着他，一对明眸目不转睛地望着他，那是一种渴望的眼。

他知道自己在演戏，职业使然，演戏也要演得像。他从来都是这样要求自己，哪怕做假，也要像真做一样，绝对不走过场。他不需要爱情，他不认为男女之间有爱情，他需要钱，有了钱，什么样的花季女人都可以恣意蹂躏。他走上仕途，是把它看成一种买卖，觉得利润很大，这才投资。当然，这些话，他永远也不会告诉任何人。

密匝匝的秋雨覆盖了大地。

“谢谢你，上森，你读懂了那首歌。”她说。

“太感人了，你永远是我手心里的宝。”

她枕着他的臂，扬着缠绵的笑意，问他今天晚上的饭局如何，王明阳如何。他说你的司马江被我弟弟做了。他太不冷静，不冷静的人办不成大事。她问你为什么不把井上林送进监狱？难道还顾虑着什么？他摇着头，告诉她，青昌市不是我的家，我要考虑方方面面的事情。他附在她耳边，说了半天，她问这样做行吗？他说没有什么不行的，事情已经到了关键时刻，只要做了吴仲川，一切都将平静。我已经帮你办好了去香港的手续，做完了，你就走，他们永远没有办法。

“上森，我跟你说，我是为你做的。”

“当然，你是我手心里的宝么！”他拍着她的脸。

“永远爱我？”她仿佛回到了少女时代。

“一定。”他好像不再讨厌她褪去光泽的皮肤，不再恶心那酒葫芦似的乳房以及布满皱褶的腹，干枯的草地、榨不出泉水的老井，反而在那上面吻了一下——我要走了，回去晚了你妹妹要闹事。

回到家，井上森洗了澡，认真漱了口，他要把所有的味道全部冲掉。他感到韩晓雪这样的女人可笑至极，还在谈爱情。世上有爱情么？没有。女人要成为男人手中的宝，要看她是不是宝，这不仅仅是男人的事情，而是两人的事情。

60

处理井上林之前，井上森特意开着车，带着他去了家乡——青昌县滁槎镇，他们是在这个镇长大的。井家村在镇子里。离家久了，村子里没有他最近的亲人。但是，村长见到这个井家村最大的官，还是十分高兴。井上森说，你们忙吧，我们兄弟想到处转转，已经好久没有来了。村长就没有陪同，他们兄弟俩就一块来到田上，看着已经收割完了的晚稻，两人都十分兴奋。这里有他们的记忆，有他们苦难的童年。而这些，永远也不会磨灭。

“上林，记得小时的事么？”

他们来到父母的坟上，看着青草茂盛的墓地，还有那孤独的墓碑，井上森感慨万端。他告诉弟弟，人死了，什么也没有了，什么也不知道了。伟大也好，遗臭万年也罢，都没有意义。那时候你还小，父亲告诉我，人活着是最为重要的。问题是，这个社会太复杂，有时候，它不让你活着，不让你活得痛快。我跟你说这些话，是心里话，跟别人，我是不会说的。你不明白这些道理，你以为，心灵的纯洁是最为重要的。我现在告诉你，如果一个人真正做到心灵的纯洁，那么，他在这个世界上，一天也活不下去了。

井上森坐在坟边，抽着烟，滔滔不绝。

“哥，我很少听到你说这样的话。”井上林脸上平静。

井上森教训般地说，你说什么最大？不是你的话，也不是我的话，而是我们面临的事实，也就是社会现实。我们是不可能改变这个社会的，包括贪污受贿，有商品活动，就有这样的事情。如果我们不能接受它，就好像拿头撞一面墙，希望能撞开，但是，无济于事，徒劳无功，我们受苦最大的原因，就是抗拒事实。

“你今天说了真话。”

“对你，我不说假话。”

井上林长长叹了口气。

“你叹什么气？”

井上林坐在田埂上，抽着烟。他望着熟悉的土地，望着这块生他养他的土地，心中有一种说不出来的情绪。小时候，哥哥为了他，曾经跟村子里的人打过架。他记得有一次，他被孩子们欺负，哥哥为了帮助他，自己被人打破了头。就是那样，也没有人管。他知道，哥哥走到今天，是他千辛万苦奋斗的结果。但是，他更知道，如果哥哥是那个幕后人，他一条路走到黑，就是毁灭自己，毁灭这个家啊！他望着哥哥焦虑的眼神，认真地说：“哥哥，你是我最亲的人。今天，就我们兄弟俩，你跟我说句真话，你真是谢易梵背后那个人么？你刚才说现实，你说得对，我们都要面对现实。现实就是，你不可能沿着你的路走到底，就是我不调查，别人也会做。就是你这次得逞了，也不能保证你每次都得逞。而做这样的事情，一旦开始，是收不住手的。钱是好东西，我也缺钱，但是，我们更要珍惜命啊！哥哥，放弃吧，你还有机会。”

“什么机会？”

“自首，从宽处理。”

井上森哈哈大笑。

“既然这样，那你就调查吧，我倒要看看，你有什么能耐？我现在就告诉你，我不是谢易梵后面的人，我不会做，也不值得做。我要你收手，是这件事牵扯着复杂的人事关系，而这些，是你不懂的。官场事情比你想象的复杂千倍，不是一加一等于二那样简单。我今天带你来家乡，就是要你看在死去的父亲的分上，听我的劝告，我不想亲手把你送进监狱。你不要认为，不犯罪就不会坐牢，你想错了，不犯罪也会坐牢的。”他声音十分严厉。

“如果谢易梵的案子跟你没有关系，你不用操心，我依法办事。我今天也告诉你，我们是亲兄弟，如果案子牵扯着你，我也没有办法，我只有依法办案，这个你比我懂。”井上林望着田野说。

“好，好，好。”井上森连连后退，“你长进了，真的长进了。父亲，你在天之灵看见了么，这就是你亲儿子，是我用命保护的弟弟，他要把亲哥哥送进监狱。哼！我倒要看看你如何把我送进监狱。你不仁，就不要怪我不义。上林，希望你永远不要来求我，我也不会求你，你走你的阳关道，我过我的独木桥。”说完，他扔下烟头，头也不回地走了。

井上林孤独地坐在田野上。

他坐在父母的墓地边，默不作声烧着纸钱。烧完了，他来到赣江边上，望着江那边的滁北，眼睛中透出无限的相思。滁北是他外公的家乡，在家的时候，他几乎每年过年都要去看望外公。外公告诉他，你们滁槎镇，历史悠久，宋代就有街市，经元、明至清，有大小店铺四百余家，米铺就有百余家，还有饮康堂等中药店、紫霞楼等茶社酒楼，在这一带很有名气。早年没有什么交通，全靠水运，都昌、鄱阳、余干、进贤等地的商船络绎不绝，很快就形成了一个兴旺的水运码头。从鄱阳湖周边运过来的猪崽、菜油、毛竹、粗布等农产品，到镇上进行交易。这是一个多么繁荣的小镇啊！活了九十高龄的外公，熟悉这里的每一寸土地。

井上林兄弟就在这里长大的。

他喜欢这里的每一寸土地。

井上森找了个车，走了，回青昌去了。井上林不想回去，想找个地方坐坐。他刚走进村子，就碰上了他小学同学三全。三全说，我听说你们兄弟回来了，到处找也没有找到，你哥呢。他听说井上森走了，说饭都做好了，怎么不吃了饭再走？他拉着井上林，来到他家。三全家坐满了人，都是小时的伙伴。他们看见井上林，问东问西的。还说他哥哥有出息，是我们井家村最大的官了。井上林说官大也没有给家里办事。他们说，官大就是一面旗，就能办事。树大招风嘛，能招风就是好事啊！大家说说笑笑，十分痛快。

井上林在三全家吃了顿饭。

他要走，三全留他住一个晚上再走，还说我们已经好长时间没有在一起说过话了，有什么大事，非得今天就走。他埋怨井上森，来了村里也不到家坐坐，他当了大官，就离我们远了啊！井上林解释，他太忙，身不由己啊！两人又聊了一阵子，三全说，你走吧，有空过来。你记住啊，不管你走多远，家乡是你的根，没有根，你就像浮萍，过不了冬啊！井上林答应了，拍了拍他的肩，坐公共汽车走了。

回到青昌的家，他倒头就睡。睡了一天一晚，就那样睡在床上，没有起来，一直到水艳红过来，揪着他的耳朵，他这才不情愿地起来了。水艳红说，你去了一趟滁槎，中了邪了，这样没有精神，你哥到底跟你说了什么？是不是要开除你？你哥也是，就不能关照一下，总是亲兄弟，把你往死里整不好吧。她还说，我找过尹冰，没敢找井上森，不知咋的，她像死了娘似的。

“闭上你的臭嘴！”井上林骂着。

水艳红噘着嘴，嘲讽地说：“你现在嫌我嘴臭了，不是你喜欢时抱着啃的时候了，那个时候，香着呢。”井上林无奈，他拿这个女人没有办法，硬的不行，软的更不行。她把自己看透了，知道他有几根筋。他点燃一根烟，告诉她，上面一定会处理他，有可能开除公职。他说你还是走吧，我不想拖累你。水艳红一听就急了，穿好衣服，就要去找尹冰，被井上林喝住了。

“你想找死吗？”他一把拉住她。

“我要问问她为什么这样做。”

“这是我的事，关你屁事。”

水艳红说，什么关我屁事，你是我的男人，你的事就是我的事。井上林说，你留点儿脸好么，我是你什么男人，我们已经离了婚，我们什么关系也没有。她一听，就诅咒，你这个没有良心的啊！我是跟你离了婚，但是，我什么时候没尽过做老婆的责任，你要是还有点儿良心，就不应该说这样的话。我告诉你井上林，你休想把老娘甩了，我这辈子跟定你了。

井上林长长叹着气。

“那就听我的。”

水艳红不再吭声了。

“我当然听你的，你是我爷们儿。”她发着嗲。

滁槎之行，让井上林心里更乱。他不但没有说服哥哥，反而闹崩了。他确信幕后人物就是哥哥，但是，心里还是抱着一丝侥幸，希望结果不是那样。他一百个不愿把自己的哥哥送进监狱，但是，又觉得必须这样做，否则，推倒他心中的理想，活着就没有任何意义。井上林的心里，只有长长的叹息。有些话，他是不能告诉水艳红的。水艳红看出了他心里的苦，你难受，我知道。她还说，你看出来了，你哥有问题，你不愿把他弄出来。我觉得你还是听他的话吧，否则，你斗不过他的。

“我明白。”他搂着她，倒在床上。

61

不知井上森怎么想的，政法委批示下来了，把井上林调到新建县公安局，当一名片警。也许，他想缓和这个关系。这样的结果，让王明阳和井上林满意。王明阳特地给新建县公安局打电话交代，待井上林报到后，批准他休息两个月，对方马上答应了。井上林办好了手续，拿着东西就走了，史凡派了个车送他。在县公安局报完到，他分到了城关派出所，所长说，局长打了电话，你先休假，完了再上班。井上林谢谢所长的关心，就去了刑警队，见了姜大明，两个人聊了半天。姜大明说，下面比上面舒服，有些事情，你也不要太认真，太认真没有好结果。

井上林用自己的积蓄买了辆摩托车。

“上林，我们不办那破案子好么？”水艳红知道井上林调离了市局，对他发着牢骚，骂他木头脑壳，死脑筋，不会转弯。她得知吴仲川陷害了井上林，还到拘留所找了一次吴仲川。水艳红说，看在我们好过的分上，你放过井上林吧。他说你错了，跟你上床和井上林没有任何关系，你们已经离婚了。水艳红就骂他不是东西，他说我不是东西，你还来找我做什么。井上林知道后，骂她脑子昏了，吴仲川要能听你的，他就不是吴仲川。

他的话把她噎在那里，半天没有吭声。

“上林，我们复婚吧。”

“等等再说。”

水艳红害怕井上林知道了自己跟吴仲川的关系不要自己，自己年龄大了，再要找男人，也不是那么容易。而且，老在他那里住，也不方便。水艳红瞪着眼，我不等。如果你不同意，我就找别人，你以为我找不到吗？井上林叹了口气，我不是忙吗？她说你忙个屁，现在休假，还忙，忙什么，办那破案子，跟你有什么关系。你要不办，我天天来缠着你，看你如何？说完停了一下，问他是不是讨厌自己。他说我不讨厌，我是没有工夫。复婚，总要像个样子，不能办了证就不吭声吧，对你父母也不好交代。水艳红摇了摇头，我不在乎，明天就去民政局。先办证，有工夫再办酒席。井上林被逼得没办法，答应了。第二天，他们果然去了民政局，办了结婚证，水艳红就名正言顺住进了井上林的家。

井上林天天在外面调查案子。

不久，他找到了浦文君。他跟王明阳打电话，说这个女孩子十分重要，她掌握着很多秘密。王明阳就让贾二亮悄悄拘留了她，带到了拘留所，他亲自过来审问。他没有让别人参与，只让贾二亮和陆凤做记录。为了掩人耳目，王明阳给她起了个假名，叫冯婧。他害怕别人的手伸到这里，那样的话，他们就走到他前面去了。他不想被人牵着走。

浦文君是在一家高级会所被拘留的。

王明阳第一眼看见她，就惊呆了。这哪里是女人，这简直是一个魔鬼。她艳丽无比，魔鬼般的身材，充满性感的腰肢和颤动的胸乳，以及洁白的皮肤，还有她眼里的贪婪、高贵，都让他感到这就是李师师。这样的女人，一定有很多故事。她的眸子没有害怕，反而流光溢彩，一点也不畏缩，盯着王明阳，仿佛要从这个大人物面上找到一点破绽。

问过简历后，他问她知道为什么到这里来吗？

“不知道，好像你们抓人也用不着知道。”

“你会说话。”

“你当然会问。”

“说吧，把跟你上床的男人名字全部告诉我。你记住，你说的每一句话都会被记录，会在法庭成为材料。我希望你不要说假话，因为，假话救不了你，反而会害了你。包括上次你去武汉，跟贾二亮相识，我不想重复我的话，你只有一次选择，选择错了，你就要在监狱待上几年。”王明阳声音很温柔，但话中规中矩。

浦文君认识面前的男人。

“我收了人家钱，保守秘密，这是做我这一行的规矩，我不会破坏规矩的。王局长，原谅我，我不会答应你的，因为，我答应了你，也许我的下场比进监狱更难看。二亮，你不用记，我不会给你答案的。你有你的职业，我有我的职业，我只能说声对不起了。”她说话很平静，平静得让王明阳很吃惊。

“你认识我？”王明阳瞪着眼问。

她说当然，我还知道你是代理局长。

“你……”他被对方说到了痛处。

无论他们再说什么，浦文君就是不再开口。王明阳恼不得、怒不得。他感到碰上了对手，这不是一个普通的女孩子，而是一个见过风雨的女孩子，是一个十分难缠的女孩子。他离开审讯室，来到外面，把贾二亮和陆凤叫了出来，交代他们，一定要从她身上撕开一个口子，除了我，不可以向任何人透露她说的内容。他还把拘留所副所长匡尚富叫了过来，严厉交代，冯婧的案子，除了贾二亮和陆凤，任何人不可以接触本人。保证她的安全，吃好住好，出了事，拿你是问。匡尚富说，局长，你就放心吧。他问所长去局党校学习很长时间了，为什么还不回来。王明阳瞪了他一眼，你是木头脑子吗？他没有回来，不有你吗，想做一辈子副所长？匡尚富马上一个立正，朝王明阳笑了笑，我听局长的。

王明阳被浦文君挠得慌。

井上林接到莫美琪的传呼是在下午两点多钟。

他已经好长时间没有跟这个女人联系了，电话一打通，她说她是莫美琪，他竟然怔了半天没有反应过来，当她说到她是谢易梵妻子的时候，他恍然大悟，连忙说，莫老师好。她说好不到哪里去，但是，我不做亏心事，睡得着觉。她说你如果不忙，来我们家一趟吧。他问是什么事，她说当然是关于谢易梵的事。他马上答应了，说三点钟，准时到你们家。挂了她的电话，他马上给贾二亮打电话，让他带着陆凤，还有盖天骄，二点五十分在谢易梵家楼下碰面。

“案子有突破。”井上林想着。

他骑着摩托车，马上往谢易梵家方向走。浦文君被拘留后，他没有问审讯情况，自己已经不负责案子，问得太多了不好。他知道，这起案子王明阳一定会调查到底的，因为，王明阳需要掌握案子情况，从他去和田的急迫就可以看出来。而且，他对自己太了解，井上林为之前对王明阳的判断错误后悔不迭。

他感到自己一直在对方的控制之中。

谢易梵的家里只坐了两个人，莫美琪和莫丽琪。她们看见井上林带人进来了，姐姐莫美琪马上站了起来，请他们坐。莫丽琪没有动，脸上十分沮丧。井上林让陆凤铺开纸做笔录，他朝贾二亮看了一眼，自己坐在那里没有动。贾二亮开始问，有什么就说吧，我们保证你说的每一句话都记录，成为法庭证据。

莫美琪看了一眼妹妹，莫丽琪特别尴尬，半天才断断续续说出她与姐夫的关系。她说应该是一年前，具体时间我记不清楚了，姐夫找到我，说有一笔钱存在我这里，说我是他最亲近的人，放在我手里他放心。我问他有多少钱，他说有一百五十万，我一听就蒙了，天呐！他哪里来这么多钱？我问他钱是从哪里来的，他说对不起，我不能告诉你，告诉了你对你没有任何好处。我问不出来，也懒得问。钱是以我的名字存的，我一直放在那里，没有动。我没有想到，姐夫突然死了，我就害怕了，又不敢告诉我姐，整日忧心如焚，不知道如何是好。后来听说杀害我姐夫的凶手又死了，那个叫什么吴仲川的人也跑了，我就感到这里面有文章。姐姐发现我不对劲儿，找到我，一定要我说实话，我就说了。姐姐说，这样的钱是要不得的，一定要上交政府。姐姐就把你们叫来了。说完她把存单放在茶几上，望着他们，脸上怯生生的。

“莫美琪，你还有话要说吗？”贾二亮问。

“没有。警察同志，不管谢易梵犯了什么罪，希望你把杀害他的人送进监狱，我们就满足了。我懂得法律，我们不会做违法的事情，存单你们拿走，请给我们开一张收据。”她脸色平静，望着贾二亮说。

贾二亮当即开了张收据。

他望着莫丽琪：

“还有什么要说的吗？”

“没……没有。”她眼神躲躲闪闪。

“没关系，什么话都可以说。因为，这对我们抓到杀害谢易梵的凶手很重要。例如，他跟你们在一起的时候，有没有提到别的女人，提到别的男人，提到别的事情，你们想想。”陆凤接着贾二亮的话，劝着。

“真的没有，他的嘴很严，姐夫为人很谨慎。”莫丽琪说。

“那就这样。”贾二亮站了起来，把笔录给她们签字，她们看了一眼，就签了名。贾二亮一行人走到房门口，又回过头来，叮嘱：“今天的事就到此为止，不要告诉任何人，有什么新的情况，马上与我们联系。好，我们走了。”

回到楼下，贾二亮问井上林：“你为什么不说话？”

井上林摇着头：“我已经不管这个案子，不便再说。我只能在后面帮你们出出主意。你们记住，不要告诉任何人说我今天在场，特别是在王明阳面前。二亮、陆凤、天骄，今天的事情告诉我们，这不是一个一般的案子，这是一个大案。幕后的人，拿的钱就不是几百万的事情，恐怕是上千万，否则，不会有如此复杂。去向王明阳汇报吧，一分钟也不要耽搁。”贾二亮想说什么，井上林已经骑上摩托车走了。

几人商量了半天，都感到这件事不简单。先是黄鹂交出一百万死了，现在谢易梵家人又交出一百五十万，那么，可以肯定，在进口项目中出了问题。出了什么问题？大家心里都清楚。谢易梵的死，肯定跟这个有关系。陆凤说，我们走吧，看王明阳如何布置。贾二亮点着头，开着车，去了局里。

62

王明阳看着那张存单和笔录，愣了。

“井上林知道么?”

“不知道。”

他让他们坐，说容我想想。王明阳脑子在飞快地转着，一百五十万，不是一个小数目。那个时候，他一个月的工资还不到一千元，青昌市最好地段的房子一平方米不到三千元，还不好卖。一百五十万，不知道要办多少事。他再次拿出黄鹂那张遗嘱复印件，看了又看。

二亮：这是一百万元，代我交给政府。张勇是清白的。希望你履行自己的诺言，把犯罪分子绳之以法。我喜欢你的正直，尊重井上林的认真，我想每一个警察都像你们这样，这个世界就太平了。一辈子，要对得起这身警服。

王明阳是从最底层刑警做起的，什么样的案子没有经历过，什么样的事情没有见过，这两件事情就说明，他们在进口项目中贪污受贿，这是确定的。由于在利益上产生了分歧，幕后的人找到了吴仲川，让他做了谢易梵。吴仲川出了事，他们又要杀人灭口，他们精通法律。他们知道，没有证人，就是再怀疑，也是没有用的。他隐隐约约知道幕后人是谁。但是，没有铁的证据，他不敢动，动了自己就要倒霉。

吴仲川和浦文君是两个重要证人。

“把所有材料，放入谢易梵案件档案，存单依照有关规定，办好手续，上交财务处。你们下面的任务，是接着审讯吴仲川和冯婧，要让他们讲实话，不要怕麻烦，要磨得他们开口，当然，绝对不可以采取不正当手段。记住，谢易梵的案子为绝密，谁泄露了，就处理谁。除了向我汇报，史凡那里也不要告诉他，去吧。”王明阳挥了挥手。

贾二亮站起来说，井上林要问怎么办？

“让他问我好了。”王明阳回答。

他们走出市局。贾二亮问，什么意思？陆凤说，不要揣摩领导的意图，我们只做自己的事，不要问为什么。官场的事情，不是我们能领会的。领导有领导的考虑，我们就不要操心了。贾二亮点点头，你说得对，明天早上，我们还去拘留所，我就不相信撬不开他们的嘴。陆凤说，局长可说了，不要采取不正当手段。

“知道了，我又不是傻瓜。”贾二亮笑着。

天黑了，两人下了班。

陆凤约了冀北方，贾二亮约了黄莺，只有盖天骄没有事情，跑去找井上林了，在那里吃了晚饭，聊了半天。陆凤和冀北方好了大半年，不死不活的。冀北方现在比任何时候都高兴，事业风声水起，围着他的女孩子多得数都数不清楚。他每个星期都要到井上森那里走一趟，县里人说，他在政法委的时间比在县里时间多。冀北方听到了，不屑一顾，心里骂他们傻。你在县里做得再好有屁用，领导一句话，我什么都有了。接到陆凤的电话，他还是来了，毕竟两个人有那种关系，他不好推迟。陆凤看出来了，坐下后就说，如果你不愿意，我们就终止这种关系。

“陆凤，我不是那个意思。你看我们已经谈了很长时间，你还是那样。让我说什么好呢？现在有哪个女孩子像你那样守身如玉的呀！我是你男朋友，你不让我近你身，说得过去，总不能躲着我吧？你说过了，我当了副处长就……现在我当副县长都大半年了，你还……”他吞吞吐吐，眼睛透出那种贪婪的色相。

陆凤叹了口气：“你今非昔比啊！北方，如果你爱我，我的身子早晚是你的。包子放在笼里，早晚是你的。但是，你现在不缺女人，我知道，好多女人都巴不得和你上床，你不要说你没有，你的眼睛就告诉了我。”

“我……男人嘛！难免。”

“我今天找你有别的事情。”陆凤看着桌子上的菜，没有动筷子。她告诉冀北方，不要跟井上森走得太近，太近了不好。做事要靠自己，靠拉关系上去，终究不是个事。

冀北方一听她的话，有些恼了。他冷冷笑了：“别的事情，我不计较，这件事，原谅我不能听你的。我走近井上森有什么不好？他是青昌三把手，明年就是二把手，说不准再过一年，就是一把手，我是他一手提拔起来的。我这个人，知道知恩图报，我不会背叛我的恩师。我要调你走，你不走，这怪不得我。你喜欢你的工作，我也喜欢我的工作，我希望你不要对我的工作评头论足。”

“好吧，我不说，倒霉了不要怪我。”

“不怪。说到这里，我也要劝你一句话，不要以为你调查的案子跟领导有关系，就是有关系，你也没有办法。井上森一句话，你就得滚蛋。你那个井上林警官不是滚蛋了么？陆凤，识时务者为俊杰，你是我的女人，我才多说几句，否则，我管不着。”冀北方脸上不好看。

“我不是你的女人，我就是我。”陆凤说完，起身走了，也没有管冀北方什么表情。她决心跟他一刀两断，不再联系。

贾二亮和黄莺并排坐着，很缠绵。

“二亮，你到对面坐着吧，挤在一起不舒服。”黄莺嗔怪地推着他。他不走，就那样紧紧地挨着她，让她没有办法。

“来，我们先喝酒。”她端起了杯子。

“好，干。”他把一大杯啤酒倒进了肚子里。

她说过去了大半年，你的案子还没有进展，真让我失望，还人民警察呢，狗屁，连黑猫警官都不如。他说怎么没有进展？凶手不是抓到了么？我们不是一步一步走到了今天么？井上林警官为了这个案子，到下面当片警了。你要有准备，再往后面调查，我可能也会没有工作了，甚至连命都会搭进去的。

黄莺倒抽一口冷气：“真的？”

“不吓唬你，真的。”他没有一丝开玩笑的意思。

黄莺坚定地说：“如果你为了真理，失去了工作，我养活你；如果你为了破案，牺牲了，我为你终身不嫁；如果你残疾了，我马上跟你结婚。”听完她的话，贾二亮眼睛含着泪花，再次端起杯子：“黄莺，我这辈子娶你了，就这么定了。”

“我还没有答应！”

“你刚才……”

“我是说你为了真理，如果不呢，那就不一定了，是吧？”她扬着笑脸，调皮地说。

“我答应过你，一定。”他把酒倒进了嘴里。

两人说说笑笑，似真似假，十分快乐。在这样的气氛里，没有男人不喝醉的，贾二亮也不例外。他从未感到有今天晚上这么快乐，他从黄莺不多的话中看出了这个女孩子内心世界，而这个世界，正是他千百次寻觅的。渐渐地，他的脑子只能感知到她一句接着一句的埋怨，还有飘浮的脚步。黄莺几乎是半拉着他，这才把他送上出租车。从出租车出来，他记得她扶着他上楼，打开门，倒在床上，他再也不知道了。

63

贾二亮带着人，在拘留所审讯了一个星期，仍然没有收获。吴仲川、冯婧一句话不说，不管你如何问，就是不开口。他给王明阳打电话，对方说，继续审讯，我就不相信他们能坚持住。是啊！坚持不了多久，但是，王明阳却算计到了自己的时间。

井上森打来了电话。

“你抓了个人？”

“井书记，我们天天抓人。”他搪塞。

“女的，叫浦文君，是吧？唉！说什么好呢，这个女人有来头，上面打了电话，我没有办法。如果没有什么大事，就放了吧。如果有事，你把她的材料送到我这里来。该如何就如何，我不会为她承担什么的。”他口气严厉。

王明阳矢口否认。

“对我你还不说实话？”

“真的，我没有说假话。”王明阳肯定地说。

井上森不满意了，电话中说，你让我说你什么好呢？那好吧，你把一个叫冯婧的女孩子放了，下午两点，她姑姑去拘留所接，就这样。他啪地挂了电话。王明阳放下电话，惊得出了一身冷汗，破口大骂贾二亮不是东西。除了他，没有人知道浦文君的事呀！他一个电话，把贾二亮叫到了办公室，大发雷霆，骂他没有用，这样一点事还让井上森知道了。他骂了半天，贾二亮这才怯生生地说，除了我们，拘留所也知道，匡尚富也知道。王明阳说，匡尚富跟井上森没有任何关系，跟案子没有任何关系，如果你没有说，肯定你接触的人中，有说了的人，否则，他不可能知道得如此详细。

“那……放人？”

“屁话，不放人行吗？”

贾二亮看着王明阳，你还有什么事情要交代的吗？没有。那我走了，局长，你放心好了，我一定查出幕后指使的人。一定让吴仲川开口。我就不相信，他能扛一辈子。王明阳走上前，拍了拍他的肩，点了点头。好好干，我想你一定比井上林做得出色的。对了，有空可以看看他，他鬼点子多，嘴又严，只是太一根筋了。去吧，好好办案，这样的事情不可以再出。

贾二亮走了。

下午两点，浦文君走出了拘留所。一出门，她就看见了一辆熟悉的汽车停在那里，她走上前，叫了声韩总，谢谢你。韩晓雪冷冷哼了两声，你跑呀！跑呀！你跑得出公安的眼睛么？你记住了，没有我们，你死定了。这次，没有我出面，你一定会判刑。她拿出一张卡，还有一张火车票，交到她手里，上车吧，我送你上火车，今天就离开青昌，永远也不要回来！如果你不听话，我也救不了你。卡里有五万块钱，这些钱，是让你永远忘记发生在青昌的事，你说了，死期就到了，我想你是明白人。

“韩总，我明白。”她点着头。

“那就好。”她打开门，浦文君上了车。汽车开到火车站。两个人在候车室等了半天，才把她送上火车，一直看着车开了，韩晓雪这才离开车站。韩晓雪来到汽车上，她给井上森打了个电话，就开着车回了公司。

井上林继续骑着摩托车到处跑。

水艳红离开了KK公司，一个人待在家里，没事做。井上林在离青昌不远的青昌县开了家上林瓦罐汤馆，雇了两个人做事，由水艳红负责。馆子生意很火爆，县刑警队长申联彬带着公安局的弟兄们，经常来这里喝汤。申联彬说，老井，不管你如何，在青昌县地面，有什么事，你就来找我。我可不管官场那些乱七八糟的事，我只认你是我兄弟。井上林十分感激，有你的话，我的心就踏实了。

有人管店，他就清闲了，外面跑也不要紧了。水艳红见到钱，也不埋怨井上林了，一切都OK。谁也弄不清楚井上林在外跑什么，两三天，他就要跟贾二亮见一面，把调查的情况沟通一下。井上林说，我感到案子越来越危险了。贾二亮说，我听不懂你的话。他说我也说不清楚，只是一种感觉，我感觉到那个幕后人物，越来越急躁了，案子已经进入最核心部分。浦文君不说话，是她有底气，她知道那个人会出面救她，你看，她不是走了么？我可以说，你再也找不到她了。你的证人没有了。现在一切矛头都集中在吴仲川身上，他要开口了，案子就破了。贾二亮说，他要死了呢？井上林说他要死了，我们一切努力都完蛋。

“我盯着那里，绝对不能出事。”

“这就对了。我们还是要做吴仲川工作。只要他开口了，很多事情就好办了。二亮，不要大意，大意失荆州啊！”井上林的话，让贾二亮汗毛倒竖。

贾二亮他们三个人，倒班盯着拘留所。

但是，还是出事了。开始，吴仲川下身特别痒，谁也没有注意，陆凤到医院开了瓶药水给他，仍然不见好。不但不见好，而且越来越痒，而且有腐烂。贾二亮不敢大意，就带他去了医院，医生按性病给治，贾二亮说，你活该，谁让你寻快活。吴仲川说，天地良心，我已经好长时间没有接触女人了，怎么可能是性病？待吴仲川实在受不了，贾二亮他们向王明阳汇报，王明阳从北京请来了专科大夫，这才查清楚了病源，但是，他的男根已经彻底坏死。吴仲川得到这个消息，当时就愣了，脸色铁青，他不明白为什么会得这样的病。王明阳说，化验证明，吴仲川内裤上有毒。付一来到了医院，把那条内裤送去化验，得出的结论让大家瞠目结舌。付一说，是有人谋害吴仲川。用五十克酸盐，把内裤浸泡，待内裤晒干后，再给人穿，可使阴茎阴囊坏死，彻底毁掉男根。

王明阳气得暴跳如雷。

“贾二亮，你给我查，我一定要揪出那个内鬼。他妈的，小心，小心，还是让他们钻了空子。你是怎么看的？我反复告诉你，要注意，他们还是要杀人灭口的。你倒好，弄成这个样子，如果吴仲川死了，案子彻底查不出结果了。”他对着贾二亮、陆凤、盖天骄，还有赶来的史凡，骂着。

大家站在那里，都不吭声。

“史凡，你马上调查！”王明阳喝道。

史凡马上带着贾二亮调查，很快，就查出来了，吴仲川的内裤是匡尚富给的，他说是区虹送进来的，但是，他老婆矢口否认。王明阳冷冷笑了，站在匡尚富面前，说吧，说了你就轻松了。匡尚富倒很痛快，交代是冀北方让他做的。王明阳一分钟也没有耽搁，派史凡去了新建县，拘留了冀北方。冀北方马上否认了让匡尚富送裤子的事。王明阳不管那么多，把他拘留了，让史凡负责审问，一定要让他们说实话。

“二亮，你盯在医院里，一定要留住吴仲川的命。”

“我明白，王局，我们三个，守在那里。”贾二亮答应。

他们再也不敢大意，三个人，日夜守着吴仲川。吴仲川被病魔击倒了，绝望了，躺在床上，望着天花板发呆。贾二亮说，你看到了吧，不管你怎么扛，你的幕后人都会要你的命。吴仲川看了他一眼，没有吭声。贾二亮说你再不说，就没有机会了，你死了，他们就太平了。吴仲川明白，自己说了也没有用，而且会招来灾难。自己已经这样了，如果死了，妻子和孩子他们还会同情，靠着自己存下来的钱，还可以生活；如果自己说了，恐怕这一切都不存在了。他比谁都清楚公安局办案的过程，清楚王明阳他们要什么，能办到什么，清楚井上林会如何。

陆凤也过来劝他，他仍然一言不发。

他要求见家属，王明阳答应了。

区虹来了，看见吴仲川这个样子，放声痛哭。他说你不用哭，路是我选的，我不怪谁。她说没有你，我如何活啊！他说没有我，你仍然要活下去，还要活得更好。我们还有儿子，儿子以后还会有儿子，我们吴家不会断子绝孙。他安慰她，让她好好活着，他判刑也好，死了也好，都不要管，她活得好，他就放心了。

她有些话想说，他不让她说。

吴仲川当然知道有人监听，他不想让别人知道夫妻之间的谈话。这个公安出身的男人，竟然蘸着茶杯里的水，在桌子上写字，区虹也蘸着水，写着字。写了什么，没有人知道。写完了，他们没有再说一句话，她起身，离开了房间，也没有跟贾二亮打招呼，就走了。

王明阳接到贾二亮的电话，大吃一惊：“你说什么？他没有说什么？蘸着水，在桌子上谈话？这个王八蛋，比克格勃还精，他是怕我们听见什么。二亮，这几天你要注意，弄得不好，他会自杀的。”

“怎么自杀？我检查过了，没有东西。”

“吴仲川不比一般人，恐怕早就想到了这一点。唉！除了井上林，没有人能琢磨透他的心。他陷害井上林，也就是害怕他。注意，不要再出事了，吴仲川要是死了，我拿你是问。”他啪地挂了电话。

王明阳想，案子已经越来越清楚了，匡尚富是冀北方找他调过来的，冀北方是井上森提拔起来的，他又是陆凤的男朋友，你说还有什么事情他不知道。王明阳纳闷的是，拘留了冀北方，为什么井上森没有吭一声，也没有给他打过电话，这让他猜不透。

他给覃晶打电话，询问井上森有没有在电话中说冀北方的事。她说没有，他从未在她面前说过半个有关冀北方的字。这一下，让王明阳更迷茫了，不知道井上森下一步走什么棋。他猜不透对方，这让他感到更加可怕。

他的恐惧得到了证实。

第二天深夜，吴仲川用他不知什么时候偷藏着的刮须刀割腕自杀，等贾二亮发现时，他已经死在了病床上。王明阳来了，史凡来了，连井上森都来了。他们看见吴仲川的尸体，一句话没有说，走了。王明阳的心冷到了底，第六感觉，风暴离他越来越近了。他给井上林打电话，对方听到了，除了叹气还是叹气。

王明阳感到，对方走对了一步棋。

64

三天后，青昌市召开人大会，任命王明阳为司法局长，任命魏国华为公安局长。王明阳听到后，人整个儿冰凉。开会前，他还不知道今天会议议程。待会议宣布后，他整个儿傻了，不知所措。王明阳不是人大代表，他是在电视中听到的。还没有等他反应过来，下午，井上森带着覃晶，还有已经出任青昌市组织部副部长的居文斌，来到了公安局，跟王明阳谈话。

"明阳，这是组织的决定。"井上森口气很温存，"你的事，我多次协调，我说你对公安局很熟悉，在这里工作了多年，你当公安局长，是最合适的。组织部和市委的工作都做通了，但是，省委组织部说，干部交叉任职，是中央的决定，也是考察干部最重要的方面，新提拔的干部，都要经过两个到三个部门任职，才能更好重用。没办法，只能这样。"他看着居文斌，让他再说说。

居文斌说，王明阳同志，组织部这次安排，没有别的意思，完全是出于对工作的考虑。市委市政府对你的工作是肯定的，工作是有成绩的，不管怎么说，升了半格吧，对你也是肯定的。组织希望你不要有想法，一个共产党员，到哪里都是为人民服务嘛！我想你不会有想法的。我跟井书记说了，明天，你把东西好好收拾一下，后天，魏国华正式任职。人大已经任命了，我们就不能再拖啊！

王明阳心里有气，但是，他说不出话来。

"我服从组织，不会有想法的。"他笑笑，脸上很轻松的样子。他知道，这个时候，绝对不可以有什么情绪，否则，就完蛋了。

送走井上森和居文斌，他把杯子砸在地下。

"王八蛋，都是他妈的王八蛋！"他咒骂。

咒骂归咒骂，但是，他毫无办法，他知道井上森取得了先机，给了他一个司法局长，让他说不出话来。邵琪伟来了，看见他死一样的脸色，劝道：“明阳，何必呢，已经这样了，就这样吧，千万不要有想法，不管怎么说，井上森还给你争来了个司法局长，也是正职，正职跟副职差很多啊！”王明阳苦笑着，他本想跟邵琪伟倒倒肚子里的苦水，话到嘴边又咽回去了。他原以为掌握了上司的短处，就可以达到自己的目的，现在才知道，掌握着上司的短处，不是握着糖果，而是攥着刀刃，随时有死的可能。魏国华站在那里，好像做错了事似的。他说王局，我说了我不当，组织上硬要我做，我没办法。他一脸对不起王明阳的表情。

他拍了拍魏国华的肩，什么话也没有说。

王明阳确实感到了冬天的寒意。

覃晶来电话。她告诉他，自己调到市工商局做办公室副主任，她还说，你的事情，我已经知道了，你不要难过，官场上就是这样。她倒觉得，井上森办事还算仁义的。王明阳不愿多说，搪塞几句就挂了电话。他仿佛看到了井上森那张脸，正在嘲讽他的无能。他认了，整整一天，坐在那里打电话，把邵琪伟、金亚萍、史凡、姜大明、申联彬、贾二亮、陆凤、盖天骄等人全部叫到办公室，一个一个交代，表现出从未有过的温情。大家好像知道他心里想着什么，什么话也没有说，只一个劲儿听他说话。

两天后，魏国华上任了。

王明阳到司法局的第三天，就约了井上林喝酒。酒桌上，王明阳再也没有官架子了，拍着井上林的肩膀，一口一个兄弟叫着。他叫了一桌子好菜，还特地要了两条金圣烟给他，说，我现在什么权也没有，就是有吃饭的权，你随便吃，我都可以报销。井上林仍然王局王局叫着，比原先还恭敬。几瓶啤酒下肚，他的话多了，大骂井上森不是东西，说他害了自己。井上林说，他不是对你挺好的吗？你现在是副厅了。他说这个副厅跟公安局的副厅没法比，我当了一辈子警察，到头来却离开了公安局。他知道我要什么，答应了我的，却把我弄到司法局来了，我上当了，知道么？上当了。他真的伤了心，还流了泪，后悔当初自己没有看透井上森。

“你是他亲弟弟，对你那样，我就不用说了。”

井上林没有接他的话，他知道接不得。

“老井，我这口气出不来，你要帮我，帮我出这口气，我知道，你一定能查出那个幕后的人，我想过了，他就是井上森，我缺的就是证据，没有证据，我拿他没有办法。你不用想，他已经不拿你当兄弟了。”他咬着牙，恶狠狠地说。

“杀害谢易梵的不是吴仲川吗？”

“吴仲川后面的人呢？”

“……”

“不知道是吧？我告诉你，就是井上森。你想想看，他原先就是进出口公司董事长，跟谢易梵很熟，对进出口业务更熟，就是他串通了谢易梵，在进口项目中做了手脚。你想想看，黄鹂和谢易梵都把钱交出来了，他会少拿么？我觉得这是一个大阴谋，所有的一切，都是井上森设计的。包括吴仲川的死。吴仲川不肯说，也说是害怕自己说了，必死无疑，而且，我推测，他拿了对方的钱，所以，他不敢开口，包括那个浦文君。”王明阳分析得头头是道。

井上林疑惑，你主管这个案子的时候，完全可以更好地调查，可是你没有这样做，为什么呀！你现在又这样说，我弄不清楚你哪些话是真、哪些话是假。王局，原谅我，我现在不是你的部下，我可以把自己的话说出来。王明阳叹着气，老井，我跟你说实话吧，我不是有私心吗？我想让井上森帮我当上局长，就这样简单。现在这样了，我也没有顾虑了，他对我不仁，我当然要不义了。井上林点点头，你这样说，我就能理解了。可是，我帮不了你，我连自己都帮不了。你知道的，我只是一个普通的片警。

“可是，你有今天，是井上森弄的呀！”

“没错。可是，我要是再弄，恐怕会去坐牢的。王局，实话跟你说吧，我不想坐牢，我已经跟水艳红复婚了，我想好好过日子。”他告诉王明阳，世上好多事情自己都不一定看得惯，但是，我们仍然要过下去。贪污受贿的事情，有纪委和公安局管，我们就不要操这个心了。

井上林拒绝了他的提议。

王明阳骂他，说他变了，自己看错了人。王明阳接着喝啤酒，一杯接着一杯喝，喝得不省人事。井上林没有办法，只好给邵琪伟打电话，他知道两人私人关系很好，邵琪伟又是老人，会好好劝劝他的。邵琪伟接到井上林的电话，带着人来了，把王明阳扶上车，又问他说了些什么。井上林搪塞，他心里不痛快，喝多了。邵琪伟说，我知道他不痛快，但人啊！有多少痛快的事呀！再不痛快，也不能糟蹋自己身体呀！他摇着头，把王明阳拉走了。

井上林跑了这段时间，知道下个月，进出口公司要谈地铁车厢项目。这个项目，是去年定下来的。他推测，这个项目谢易梵一定插手了。浦文君走了，吴仲川死了，听说韩晓雪也要离开青昌市。他已经听到了幕后人的笑声，看到了他那张笑脸。越来越多的证据表明，越是接近事实真相，越危险。所以，他不想答应王明阳，他不想与他做交易，更不想为了个人私利而报复。他虽然是普通的警察，但是，他仍然要履行一个人民警察的责任。

职业的使命已经浸透在他骨髓里。

晚上，他约了贾二亮见面，是在他家里。

水艳红炒了好几个菜，欢天喜地叫着贾二亮。贾二亮一口一个嫂子叫着，你们复婚，也不请我们吃顿饭，太不够意思了。水艳红说，我们老夫老妻的，不要张扬，饭我们一定会请的，等我们忙过这段时间再说吧。她说我跟井上林在莲塘开了家瓦罐汤馆，我们就靠它生活呢，你有空，带着你的女朋友一块儿去，我们欢迎。她问你什么时候结婚，到时候，嫂子帮你操办。三个人，说东说西，就是不说工作。

吃完饭，两人坐在书房喝茶。

贾二亮跟井上林这么年，对他比较了解，知道他把自己叫到家里吃饭，而且是请他一个人来，肯定有话跟他说。贾二亮递给他一支烟，让他有什么话就说，还跟他说，我跟黄莺保证过，一定把谢易梵案子破了，我不怕任何困难，如果我连这些都做不到，我就不配做这个警察，我在黄莺面前，永远抬不起头来。井上林很满意他的话，告诉他，王明阳找过自己，他跟自己说，幕后人物就是井上森，吴仲川的死，自己的离开，王明阳的调走，都跟这些有关系。他还说，现在井上森排除了一切障碍，他的目的达到了。我虽然不赞同王明阳的一些说法，但是，我同意他的判断。现在关键的一点就是，我们没有证据。所以，我们要寻找突破口。下个月进出口公司还要谈判，是地铁项目，左鹏负责，我想这是最好的机会。

“假如他们不动呢？”贾二亮问。

井上林摇了摇头，坚决否定。他告诉贾二亮，这个项目，是谢易梵生前定的项目，数额大，他一定会插手的。而且，谢易梵后面的人，一定会选定新的人接手这个项目。我判断，他们跟外方在项目选定的时候就接触了，一定会有破绽的。他要贾二亮马上跟路少洲联系，紧跟这个项目，一旦抓到证据，就是井上森也没有办法。井上林再三叮嘱，这个行动，不要告诉任何人，有些话，连陆凤、盖天骄也不要说。

“我明白你的意思，放心吧。”贾二亮答应。

“二亮，有风险的。”井上林望着他。

“没有风险要我们这些人做什么？”贾二亮站了起来，神色严肃，他望着井上林，感慨万端，我们做警察的，有时候很孤独，社会上都说我们跟黑社会如何。实在地讲，我们很难啊！我就是为这份孤独、这份风险感到无上光荣。井上森是你亲哥哥，你都能这样，我又害怕什么呢？老井，我害怕的就是你下不了决心，毕竟他是你哥哥，万一是他呢，我怕你放弃。你既然下了决心，我什么话也不说。这不是说大话，是我真心话。是啊！现在的社会，如果连我们都完了，这个世界的末日也到了。我真不敢想象啊！它让我心疼，真的很疼。贾二亮在这一刻动情了。

65

还是在东海饭店，还是在那个房间，还是那首歌。

今天晚上跟那天不一样，井上森心情特别好，而韩晓雪却有些沮丧。她没有躺在沙发上，更没有打开高保真音响、脱了外衣，就那样坐在那里，看着走进门的井上森。他站在门口，看着她，突然，脑子里闪出二十多年前的一幕，那个时候，他刚大学毕业，分配去了外贸公司，就是现在的进出口公司，朋友把韩晓雪介绍给他，她刚二十二岁，梳着一对大辫子，穿着蓝色的上衣、黑色的裤子，十分干净的样子。此后，他们一块儿看电影，逛公园，快乐极了。谁也没有想到，那次下雨，她让尹冰给井上森送伞，从此，他离开了韩晓雪，和尹冰好上了，进而和她结了婚，而韩晓雪也嫁给了别人，而现在，自己却和她滚在一起。

"我选择错了吗？"他问自己。

答案是肯定的，没有错。尹冰肤白如雪，一只秀挺的鼻子，她的神态温柔沉静，淡眉细眼，低声慢语。哪怕知道他在外面有了女人，她也不发火，仍然是那样温存，让他感到，这个女人就是为自己打造的。如果是韩晓雪，她那样霸道，那样能干，那样精明，那样男人化，他是没有办法控制一只高飞的鹰的。就是这样，他每一次出轨，都安慰自己，这是最后一次，一次一次安慰，一次一次原谅，井上森像染上毒品的吸毒者，永远走不出命运的螺旋。

她拿出烟，点燃："你赢了，是吧？"

"错，是我们，我们是一块儿的。"

韩晓雪嘴角露出一丝笑："包括我妹妹吗？"

"当然，她问你好。"井上森走过去，掏出护照和一个存折，放在她面前，脸上泛起了轻松的笑意。

她拿起，冷冷道，这就是你给我的报答？这些年来，我为你挣了一千万美元吧？你就给我这些，这三百万算得了什么？他轻轻地把她搂进怀里，伸出手，轻轻地抚摸着她的发丝。这样的举动，在两人交往多年中，很少出现。她记得，还是他们婚后，他这样抚摸过自己的发丝。以后，哪怕两人上了床，他也从未这样过。她的肌肤一阵阵战栗，起了小小的粒子。手不自觉地伸向裙子，裙摆坠落膝下，全身冰凉。他脸靠近，用唇吻着她的泪滴，她哽咽，心撕成碎片。

灯下，她躺在床上，望着他，不敢相信。

"上森，你为什么要这样待我，太残酷了。"

他告诉她，自己欠她的，这辈子没有办法还了。我们弄的那些钱，不仅仅是我的，而是我们的，我们三个人的，我把它存在国外银行，是对你负责，也是对我负责。政治需要残酷，不残酷，我就不可能走到今天。吴仲川死了，井上林离开了市局，王明阳调走了，贾二亮还是孩子。现在，没有一个人熟悉案子，我们安全了，明年我当上了市长，我就把你从香港接回来！你先避避风，这对你，也是对我，都是上上之选。记住，我们是一条战壕的战友、同事，一荣俱荣啊！

"上森，在你面前，我没有自我。"

"我也是，我不会忘记以前的你。"

她心里感到温馨，是那种久久散不去的温馨。

"明天上午我就走，你不用送。我知道你的使命，我听你的。告诉尹冰，她毕竟是我妹妹，我爱她，让她好自为之。等下你也走吧，我不想留你过夜，在青昌，你是个人物。"她吻着他，笑着。

"我听你的，晓雪。"他咬着她耳根。

缠绵了一阵子，她就催着他走，害怕再出现别的情况。井上森走了，韩晓雪睡不着，披衣起来，坐在灯下，望着窗外的街景，虽然心里有温暖，但是，还是有些寥落而孤单。她知道他这样的安排是对的，是安全的，是为了大家好。但是，从二十多年前见到他起，她就在自己心里留下了青痕，永远抹不掉。恨他，骂他，不想见他，一见到，一碰上他的温柔，她又感动得稀里哗啦。

情是毒，很难戒掉。

烟花真是美丽，尤其在绽放的时候，让人眩晕。从韩晓雪房间出来，井上森没有离开东海饭店，而是走进了另一个房间。自从谢易梵死后，他从未轻松过，今天，他可以轻松一下了。房间里，一个三十刚出头的女人正穿着睡衣坐在那里笑容满面。这是他精心挑选出来的女人，一个想调进公安局的女人，一个求着他的女人。井上森总是告诫自己，不能爱女人，对待女人只能有欲念，而不能有感情。他知道，有了感情，必死无疑。晚上十一点，他走进了家门，尹冰接过他的公文包，说洗澡水好了，洗个澡吧。他答应了，脱了衣服，走进了浴室。

一觉醒来，水艳红发现井上林还坐在那里发呆。

“你怎么了？”她不解，走了过去。

桌子上，是十几张纸，全是撕破的，他把它全部拼好了。纸上画了些生肖动物，有些像幼儿园里孩子的作品，又有些像生肖年邮票上的图案，每张画底下有英文字符，大概是英文名字。她拿起一张看了看，觉得画得蛮好，炭素钢笔，笔法刚劲，造型优美，一笔一画，都显示了画者深厚的功力。

画在A4复印纸上，编了号，分别是A蛇、B马、C羊、D猴、E鸡、F狗、G猪。每一组画形各异，形态奇俏怪状，有的还违反自然规律，如马侧卧，显然让人笑话。特别是G猪，画得很认真，作者借助了雕刻和剪纸艺术的一些笔法，线条粗犷奔放，通过对小猪拱肩、探首、耸鼻、翘嘴等关键部位的刻画，使一只稚拙可爱的小猪栩栩如生、呼之欲出。这七张炭素工笔画，虽然没有上色，但也可以看出作者深厚的绘画功底，一笔一画，看不出有修改的痕迹，显然是一挥而就，而比例、线条又如此严谨，给人以美的享受。

“这是什么意思？”

井上林摇着头，说不知道。

“睡吧，老井，都晚上两点了，明天再弄吧。”水艳红打着哈欠，上了床。井上林睡不着，几天睡不着，看着这些东西，他头都大了，不明白是什么意思。但是，他知道，这里面肯定有秘密。而且，他推测，谢易梵就是利用这些东西，传递着消息。如果不弄懂这些东西，这个案子永远破不了。因为，没有证据。

“这到底是什么意思？”他抽着烟，皱着眉，就是找不到答案。越是找不着，越是着急，越着急，越是迷茫。就这样一个星期，井上林掉进这些残画怪圈里，像走进了胡同，走不出来。

水艳红担心他变傻了。

井上林也跟她说不清楚。

三天前，他通过关系，带着贾二亮和陆凤，找到省数学研究所教授把那几张图给他看。教授年龄很大，研究密码一辈子，他扫了一眼那几张纸，就放在一边，询问井上林想问什么。井上林说，我想了解密码的基本知识。教授说，你这个问题很大，真的很大，一句话两句话说不清楚。我跟你说吧，密码众多，每个码都有它基本的规律，你不掌握这个规律，永远解不出来。凯撒密码，对所有字母进行N次位移；维吉尼亚密码，循环利用密钥作为位移量加密；自生密钥的密码，密钥为前一段密钥长度键盘位移，有时候会循环。替代类，中文电码，四角号码，五笔，字符及各种代码，A变1，B变2，C变3，反字母表，A变Z，B变Y，M变N，键盘密码，软件密码，图画密码，像跳舞小人，音乐密码，用乐谱隐藏信息，音高音长都可以携带信息。还有培根密码，通过改变同一字形态加密。摩尔密码，电报就是摩尔密码。字母频率密码，计算各个字母在文章出现的频率，然后测出明码表，最后验证自己推算是否正确。进制转换密码，如：进出制，1110 10101 1101 10 101 10010 101；转为十进制：14 21 13 2 5 18 14 5……

“教授，你能慢点儿吗？我们听不懂。”三个人像听天书，越听越糊涂，都瞪着眼睛，看着教授滔滔不绝。

教授说，我已经说得很简单了，没有比这个简单的。他摇着头说，这是一门学问，你们想在几十分钟时间里就把它搞懂，那它就不是密码了。有的密码，穷其一生，都搞不清楚，更不要说你们第一次接触它了。我不知道你们喜欢历史么？“二战”的间谍史你们清楚么？在“二战”时期，英国SOE一名情报员，把消息化作莫尔斯密码，用长长短短的针脚缝在衣服样板上传递消息。你带来的那些生肖画，是不是这个意思，你们可以回去研究。反正，密码都是数字游戏，都是利用这个游戏传递编程者真正的意图。但是，我觉得你们把它过于神秘化，现代化通信手段，用不着这些东西，没有什么用处，太费神了。如果泄密者要泄密，完全用不着这些手段，因为，这要双方约定，这个就很难。

贾二亮和陆凤同意教授的说法。

从研究所出来，三个人还争论起来。贾二亮说，这些生肖画没有任何意思，只是谢易梵一种爱好，他负责谈判，何必脱了裤子放屁呢，多此一举。他的报价满足对方的要求就行了，你说对不对？陆凤说，二亮的话有道理，我觉得我们太看重他了，他没有那么高的智商。井上林不同意他们的说法，却说服不了他们。三个人分开后，他就去书店买了很多这方面的书，看了半天，也看不懂。水艳红说过，井上林是一根筋，还真是。

越是这样，他越要钻研。

他已经打开了第二盒烟。

桌子上的烟蒂越来越多了，房间里烟味越来越大了。他就这样坐在那里，看着摆在桌子上的生肖画，整个人发呆。早上起来，水艳红发现井上林趴在桌子上睡着了，她骂他，又心疼他，做好了早餐，放在桌子上，悄悄地关上门，去店里上班了。待他再睁开眼睛，已经是中午了。他洗了把脸，吃完早餐，就骑着摩托车出去了。他要去图书馆，看看能不能找点资料。

路上，井上林坚持自己的判断，这些残画里面一定有文章，否则，不会每个项目，都会出现生肖画。他凭直觉判断，哥哥一定会在这里面做文章，而且自信没有人猜出来。

66

孔泉把贾二亮他们请进了路少洲办公室。

“坐吧，坐吧。”路少洲十分热情，让他们三个人坐，他告诉孔泉安排饭，说吃完饭再走。贾二亮说，改天吧，我们说完了就走，还有别的事情呢。路少洲说，有什么事情呀！我听说你们抓的那个犯人吴仲川死了，恐怕谢易梵的案子就这样了吧，我知道，好多事情不会有结果的。他笑了笑，让贾二亮不要操心，有些事情就是这样。

“路总，我们真的有事。”陆凤说。

“那好，我们就改天一块吃顿饭吧。”他朝孔泉意思了一下，孔泉就走了。会议室就他们四个人，看路少洲的意思，有什么话就可以说了。贾二亮询问，地铁车厢项目什么时候开始谈判？路少洲说，还有两个星期。由谁负责？他说由左鹏和郭美丽负责，我亲自参加，再也不能出现以前的事情了。他保证，这次谈判，我要自始至终参与，看看会不会出现异常情况。陆凤问，谈判底牌除了你，没有人知道吧？路少洲说，当然，我掌握着底牌。

“我们想跟一下这个项目。”贾二亮试着说。

路少洲同意，表示没有问题。

“路总，为了安全，我们只跟你一个人联系——左鹏、郭美丽他们也不要告诉，防止出现意外。谢易梵的死，以及围绕他死发生的事情，已经再清楚不过地说明这里面的复杂性。”贾二亮望着路少洲，认真地说。

路少洲长叹一口气说，公司上下都惶恐不安，都说谢易梵的死如何如何。我们真的希望你们把案子搞清楚，是鬼就揪出来，是人就说清楚。他把自己的手机号码和家里的电话告诉了贾二亮，有什么事情，我们单独联系。重要的事情，晚上十一点以后给我家里打电话，一般情况下我都在家里。陆凤说，除了不告诉左鹏和郭美丽外，任何人都不要说，包括你的上级，因为，我们弄不清楚，底牌是如何泄密的。

“明白，我明白。”他点着头。

离开路少洲，三个人坐在汽车里，议论开了。陆凤说，井上林说得有些邪乎，我就不相信，一个谢易梵，能成了精，还会用克格勃的手法？盖天骄说，你不要忘记了，吴仲川临死前，和妻子见面，还用手蘸着水，在桌子上谈话呢。他的话，让陆凤无言。贾二亮叹了口气，感叹案子的复杂。我跟史凡说了，他同意了，下午，我们先跟省厅联系，谈判开始后，我们上技术手段，我就不相信，他们如果做小动作，必死无疑。陆凤说，如果他们不动呢？我们不是白忙活了？盖天骄说，白忙活了也要做，这是唯一的机会，否则，我们永远找不出吴仲川幕后的人。

大家一致同意紧跟地铁项目。

“陆凤，看看冀北方去吧，他要开了口，这个案子就破了。我不相信，没有人指使，他会冒这个风险。”贾二亮看着陆凤，劝她去看一下冀北方，因为，指使他的人，很有可能是杀死谢易梵的那个人。陆凤不愿去，两个男人劝了半天，她这才同意。

下午，三个人去了拘留所。

贾二亮跟所长说了半天，提审冀北方，让陆凤一个人去跟他谈。冀北方看见陆凤，脸色十分难看，想笑，没有笑出来。陆凤说，我来看你，是因为你以前爱过我，见到你这个样子，我很难过。如果你坚持原先的口供，漫长的监狱生活将伴随着你，你要想好，值不值。冀北方苦笑，没有什么值不值的，生活就是一场赌博，我输了，认了。他望着陆凤，我爱你，一生一世，原先爱你，现在也爱你。我承认，我跟别的女人上过床，但是，上床不表示我爱她们，我只爱你，可惜，你不给我一点温柔！我是男人，我需要女人，你明白吗？她说我不明白，如果你爱我，连这点事情都坚持不了，你的爱又能坚持多久？她的话，让他无言。

“告诉我，谁指使你做的？”

“我不会说的。”他低着头，不敢看陆凤的眼睛。许久，他长叹一口气，“陆凤，官场太残酷，王明阳调走了，井上林离开了市局，吴仲川想嫁祸别人，终究还是走了末路。你知道这世上杀人最厉害的是什么吗？它不是刀枪、毒药，而是事实真相。”

“你害怕？”

“没有人不害怕的。”

“你坚信我们揪不出幕后人？”

“当然，你再要查下去，死的第一个人就是贾二亮，接着是你，再下来就是盖天骄了，你不信，可以试试看。”冀北方说完，再也不理陆凤，转身走了。她看见他的背影，倍感悲伤。冀北方是有才华的，有理想的，只是太迷恋仕途，才有今天的结果。

贾二亮站在视频前，看见了整个经过。

他们站在拘留所外面，望着高墙，高墙外面的野花和草丛，长得十分茂盛。这个地方，原先就是一块菜地，公安局把它买下来后，做了拘留所。拘留所面积不大，却十分安静，因为，它离市区还有一段路程。贾二亮想到冀北方，想到匡尚富，哪一个人都不是傻瓜，都很聪明，但是，他们却办了这样的事情。他想不通，也许，世界上很多事情是让人想不通的。他们错了吗？他望着陆凤，不敢下结论。一个人可以选择这样活着，也可以选择那样活着，很难说对与错。例如吴仲川。

“想什么呢？想黄莺？”她问。

贾二亮笑笑：“还真有点儿想。”

“能坦诚告诉我，你进步了，二亮。”她嘴角露出一丝无奈。

“不要难过，陆凤。”

“我没有什么难过的。”她爽朗地说，“我劝过他，他不听，我无法改变他的人生观，他也不是孩子，应该知道如何做。我只是感叹，现实太残酷了，残酷得让你感到它的冰凉。我害怕你，二亮，如果这样走下去，还会出现什么情况，我猜不出来，我不敢猜。要不，我们放弃吧，反正，放弃也没有人说什么。魏国华刚上来，他不会要求你如何的，你只不过是一名警官，你看史凡，躲得远远的，他既不反对你，也不支持你，他可不是姜大明啊！”

“是呀！姜队长在会如何？”

“他跟史凡不一样，他故意不关心案子，而是让你放手做。他是支持案子的。这跟史凡完全不一样。可惜，还是被王明阳弄到新建县去了。我问你呢，放弃吧？”她眼睛盯着他。

他嘿嘿笑着，没有回答。

陆凤跟在他的后面，上了汽车。盖天骄坐在那里，问情况如何。陆凤摇着头，盖天骄说，我就知道没有结果。陆凤没理他，催他开车。回到队里，贾二亮又给路少洲打了个电话，询问地铁车厢谈判时间，他说没有变化，还是那个时候，到时候我告诉你具体时间，你放心吧，我会安排好的。放下电话，他去了史凡房间，史凡告诉他，魏国华找过他一次，交代刑警队的工作，原先怎么干，现在还怎么干，没有变化。他没有问谢易梵案子情况，我也不想问，你按有关规定做吧，在你职权范围里的事情，你做就行了，需要问我的，你再来问我。记住，我没有指示，也没有意见。

贾二亮嘿嘿地笑了。

“你笑什么？”

“你什么都知道呀！”

史凡不解：“我什么也不知道。”

贾二亮没有再说，朝他点点头走了。来到院子里，他长出了口气，史凡态度上的变化，是他没有想到的，他就是害怕史凡过问得太多了。他明白，看样子，史凡什么都知道，但不想搅到这是非里面。听史凡的口气，魏国华也明白，没有特地问这个案子，这让贾二亮松了口气。

贾二亮给井上林打了电话。

“这样最好，只要他们不过问，我们就知足了。”井上林在电话中说，这起案子很复杂，大家都不愿沾上，害怕倒霉，这样最好。你不怕，我不怕，陆凤他们不怕就行了。有什么事，你就往我身上推，反正，我现在什么都不是。他告诉贾二亮，他去了吴仲川家，区虹什么都不说，从她的态度估计，吴仲川给她留了一笔钱，这笔钱，只有她知道。这是吴仲川用命换来的。从这点判断，他的背后，一定是个大人物，而且，这个案子，一定是个大案。

“大案就好，我就怕不是大案。”

“为什么？”井上林不解。

贾二亮说，费了半天力气，冒着风险，如果抓到的是一只小蚂蚁，有什么意思？我当然想抓一只狮子啊！你这还不明白。井上林笑了，你放心吧，当然是一只狮子，而且，是青昌最大的狮子。他要贾二亮明天把陆凤或者盖天骄派给他，他要出去调查。贾二亮不解，井上林说我已经不负责案子了，找人家谈话不合适。带着盖天骄或陆凤，就是另外一回事了。他要对方明天早八点半在自己家门口等着，贾二亮答应了。给井上林打完电话，贾二亮很高兴，又给黄莺打了一个，黄莺说，案子有进展了？他说当然有进展，我答应了你的事一定办到。黄莺说，我说了的话一定兑现。到时候，我在饭店给你庆贺。真的？当然，饭店由你挑，我说话算数。

67

早上八点半，盖天骄在路口等着。

“怎么是你？陆凤为什么不来？”

盖天骄说，我不知道。大概他们有更重要的事情要办吧，我没有问。他笑着，警官，你知道的，我这个人不愿多问为什么。领导有安排，总有他的道理。井上林喜欢盖天骄这个脾气，话不多，能说到点子上。几天前，他找过一趟路少洲，让他把去年七起项目中方负责人叫到进出口公司，自己要重新问问。路少洲说，青昌本市的项目，你找他们就行了，我让孔泉打电话。七起项目，去年只完成了六起，还有一起要到今年年底谈。他问是不是地铁项目，他怔了一下，问你怎么知道？井上林搪塞，听孔主任说的。路少洲没有再问，告诉他，外地几个项目负责人正在青昌开会，我让他们空出一些时间，你过来就行了，他交代了孔泉办理。

今天是他们约好的时间。

孔泉见到他们，跟他说已经给你们安排好了，就在小会议室，每个人一小时。井上林说好，谢谢孔主任。孔泉笑着说，不要谢，你们弄出个结果，我们就谢天谢地了。盖天骄穿着警服，井上林也穿着警服，他叮嘱，我问你记，盖天骄说好。

进来的第一个人是数字机床项目负责人徐山江。

她愣了一下，发现见面的人不是贾二亮和陆凤，有些摸不着头脑。井上林说，上次见你的是贾二亮和陆凤，我们跟他们是一块的。徐山江这才笑着说，吓了我一跳，我还以为有别的什么事情呢。没有什么事，我们还是想让你重新说一遍项目情况。井上林让她坐，安慰她，麻烦她再说一遍。

徐山江坐定后，重新说了一遍。

井上林看过上次笔录，感觉差不多。他问对方有没有要补充的，她说没有，知道的我都告诉你了。他问你知道谢易梵的案子吗？她如实回答，这次来青昌听说过的。他问你没有什么事情要问的？徐山江笑了，我没有什么要问的。我自己没有贪污，心里就踏实，别人在项目中做了什么手脚，我不清楚。井上林问她对谢易梵的看法，她不痛不痒地说了几句，搪塞说，我们打交道不多，不是项目，我们不认识。她让井上林找进出口公司的人问问。

他看出来了，她是个谨慎的人。

把笔录让她签了字，她就走了。

“老井，我们问不出什么的。”盖天骄说。

“不一定。”井上林固执己见，我们谈话，有可能半天的话都是废话，但是，这之中，只要有一句是我们需要的话，我们就值了。盖天骄问，是什么话？他说我不知道，我要是知道，就不会这样烦恼。他的话，让盖天骄泄了气，心里想，你自己都不知道，还谈什么话，真是的。但是，他没有说，只低头做着自己的事。

高压阀生产线项目负责人余泰祥走了进来。他看见不是上次找他的人，脸上没有吃惊，自己坐了下来，拿出烟，朝井上林一意思，井上林挥挥手，让他吸。他点上烟，坐在那里，等着对方开口。

“我们想了解一下上次的引进项目。”

“嗯。”余泰祥没有问为什么，也没有感到不耐烦，认真把项目谈判情况说了一遍，包括谢易梵画猴一事。井上林问对方知道不知道谢易梵案子情况，他说知道，是这次开会听说的。未等井上林再问，他就谈了自己对案子的看法，把谢易梵的死归结为凶杀，认为他的死跟项目没有关系。谢易梵是一个非常聪明的人，他不会办这样的事情，而且，谈判之中也看不出来。

井上林不愿再问，签完笔录，让他走了。

硬铁制罐厂项目负责人夏雨生，燕宏微电子项目负责人李伟峰，一一走了进来，从他们的嘴里，也没有找到井上林需要的东西。盖天骄十分沮丧，劝井上林算了。井上林摇着头，坚决不同意，一定要把项目全部了解完。

盖天骄第一次感到井上林的轴。

谈话继续进行。

九江小化肥项目负责人、副厂长罗时其走了进来。他有五十多岁的样子，消瘦细高，戴一副眼镜，给人的印象是文雅体面。他的脸上始终和蔼平静。还未等井上林开口，他就说，路总告诉我了，你们要了解一下项目情况，我做了准备。说完拿出几页材料，汇报说，九江小化肥项目，是黄鹂和席留平，包括我们厂副总工程师布小光和我四个人谈的，谢易梵几乎没有参加。这个项目，是前几个月就定下来的。开始谈应该在一九九二年，谈了很长时间没有谈下来，主要是价格。这样，就拖到了一九九三年，也就是去年，因为，再不谈下来就没有时间了。外方报价是一亿三千万美元，这个价格，我们是无法接受的。我们的底价是一亿。否则，我们只好另选厂家。谈了三轮，在第三轮的最后一天，谢易梵这才从青昌赶到了九江，他说项目必须签合同，否则会影响项目上马时间。这样，我们忍痛割爱，一亿一千万签了下来。

“这个底价外商知道吗？”

“绝对不知道，是临时定的。”罗时其强调，我们谈判的四个人，包括谢易梵，一共五个人，在庐山美庐宾馆谈的，封闭谈判，人员出不去，进不来，没有电话，没有呼机，什么东西也不允许带进去。价格也是休息中间定的。定完了，我们就去谈判室，我们五个人，没有一个人离开过，如何泄密？

井上林谈到了生肖画。

“有，是一只鸡。”罗时其说，那天谈判一开始，谢易梵就拿出了自己画的鸡给老外看，他们都争着要。他就每人给了一张，包括我们中方人员。井上林问，你们定完价格回去以后，你有没有看见谢易梵在那张画上写着什么？罗时其摇了摇头，自己实在记不清楚了。他跟井上林说，等下我就给厂里其他几个人打电话，问问他们。罗时其瞪着眼睛，问这里面有什么问题吗？

“没有，只是随便问问。”他搪塞。

“好，想起了什么就告诉我。”井上林给他留下了自己的传呼和盖天骄的电话。他叮嘱，今天的事情，不要告诉别人，免得出现其他的事情。罗时其说，明白，路总叮嘱过我了，你们放心吧。

他走后，盖天骄说，我怎么越来越糊涂了？

“问完了我们再商量吧。”井上林望着他说。

赣南引水工程项目负责人印维平走了进来。印维平四十岁左右的样子，给人的印象是精明。他是赣南市经贸委副主任，是一名政府官员。他告诉井上林，赣南引水工程项目，用世行贷款，总用汇两千万美元，分三十年还清。通过进出口公司，主要是进口一些大型机械，大概是九百万美元。谈了三轮都没有谈下来，卡在价格上，后来还是在九百万美元上签的合同。

井上林问对方，有没有发现生肖画。

“你是说谢易梵的生肖画？”他好像对这件事挺熟的，笑着告诉他们，不要当回事，谢易梵那个人，我熟，他喜欢画画，也喜欢显示自己，每次谈判，都要给外国人画，进出口公司的人都知道，他喜欢这个。不能把人家喜欢这个就跟贪污受贿联系起来，也不能把黄鹂的死，她交的钱，谢易梵的死，他们家交的钱，跟这些东西联系起来，我觉得不合适。

井上林感到他的话有些刺耳。

“你能解释一下黄鹂的钱和谢易梵家交的钱吗？你告诉我，如果不贪污受贿，那钱是从什么地方来的？他们一月、一年有多少收入，是可以查出来的啊！不是我们怀疑，是事实摆在这里。印主任，你有什么话就说，当然是讲真话。”他看着对方。

对方也不高兴：“你是说我没有说真话？”

“我没有那样说，我只是想让你解释一下。”

印维平气呼呼的，他说我不解释，要找答案，是你们公安局的事，跟我没有关系，我说过的话，我负责。盖天骄一看这样，放下笔录，告诉他，我们是调查谢易梵死因，不是跟你探讨谁贪污受贿的。我们是国家公务人员，你是公民，你有义务配合我们工作，如果你做了伪证，将要负法律责任，你听清楚了。笔挺的警服，严正的语言，一下子让印维平泄了气。他望着盖天骄说，警察同志，我不是那个意思，我是说，谢易梵要贪污受贿，用不着那么复杂的办法，他是主谈，串通一下就可以了。何必脱了裤子放屁呢，你们说是不是？

井上林马上缓和：“那是，那是。”

他问有没有发现谢易梵送老外画。

“没有，真没有发现。”他马上说。

“好吧，那就这样，今天的事，你不要告诉第二个人，如果泄露了，影响了案子，你知道后果是什么。”井上林平静地说。

“明白，我明白。”他擦着头上的汗走了。

井上林夸奖盖天骄，你脑子灵活，关键时刻把他镇住了，用不着我教你。对这样的人，就要这样，否则，他们真的不知道马王爷几只眼啊！盖天骄没有接井上林的话，问他，印维平的话有道理，如果谢易梵要贪污受贿，何必搞那么复杂呢？没有什么意思。自己负责项目，做点假，那不是很简单的事情吗？

井上林被问住了，一时想不明白。

“我们的路是不是走偏了？”

“那吴仲川的死怎么解释？还有黄鹂的死，她交回的钱；谢易梵老婆莫美琪交回的钱。对我的处理，对王明阳的处理，这些事情全部联系起来，找不到答案。唯一能解释得通的就是，谢易梵通过画，泄露了我们的底牌，他从中谋利，他和黄鹂拿到了小头，大头给了那个幕后的人。否则，不可能出那么多事。”井上林抽着烟，分析说。

“我知道你指向谁，但是，我们没有证据，推测可以，办案就不行啊！你是老同志，应该比我懂这些。”盖天骄望着他说。

“我当然懂，所以要调查。”他合上了本子。

他要盖天骄把谈话笔录给贾二亮看看。

68

魏国华开始收紧绳索，井上林日子不好过。

在井上林从进出口公司回来的第二天，魏国华去了政法委，谁也不知道井上森跟他说了什么，反正，一回到局里，他就给新建县公安局打电话，要求局里马上停止井上林休假，而且告诫，不允许井上林离开岗位，如果有事，让井上林直接找他请假。县局局长莫明其妙，问为什么？魏国华说，你不用问，执行就行。给局长打完电话，他又给姜大明打，询问井上林找过他没有。姜大明说，没有。魏国华说，没有就好，你离他远点儿。

“怎么了，魏局？”

姜大明跟魏国华关系不是太好，也不是太坏，过得去。一听他问，魏国华不紧不慢说，官场上有些事情我们说不清楚，我也搞不清他们哥儿俩玩什么把戏，但是，他是我们上级，我们就得办，否则，我这个局长当不长。魏国华说你这个人不错，我才跟你说那么多，否则，我不会说的。你不要蹚这趟浑水，否则，你吃不了兜着走。姜大明马上说，谢谢你魏局，我知道了。

挂了电话，他马上给井上林打传呼。

井上林回了电话，听完姜大明的话，他半天没有吭声。他知道哥哥会采取办法，但是，井上林没有想到，他会这样。他感到心里一阵凄凉，一种难以诉说的滋味。他不顾姜大明的喊叫，挂了电话，站在公用电话亭边，不知道应该做些什么。

“是他，幕后的人一定是他。”他叹着气，不明白哥哥为什么那样做。他不缺钱呀！难道他不知道伸手要被捉的道理？他觉得，一定是什么女人，才使得哥哥迷失了方向。他转过身，联系盖天骄，让他把调查的材料复印两份，一份交给贾二亮，自己留一份，说自己要回新建县了，这里的事情就靠你们了。打完电话，他约了贾二亮出来，说自己要回县了，有些事情要交代。

两人约好了在酒馆见面。

“出了什么事情呀！这么急？”一见面，贾二亮就风风火火地说。井上林说，没有什么事，县局打了电话，要我停止休假，回去上班。我要走了，案子的事就交给你了。贾二亮说，你放心吧，我会调查下去的，我答应了黄莺的。

“二亮，你要有思想准备，我判断，史凡马上就会找你，不允许你调查，而且，魏国华会给你施压。如果你继续调查，恐怕会出现你想不到的情况。甚至你的命，你的工作，都会受影响。”他倒了一杯啤酒，端了起来。

“会有那么厉害？”

“会的，甚至比这个更可怕，因为，到了关键时候。”井上林望着他，望着这张年轻的脸。井上林判断，哥哥也好，魏国华也好，都盯着他，他希望贾二亮代替他，把这起案子办到底。

贾二亮的眉皱了皱。

“实话告诉你吧，史凡和魏国华已经找过我了，要我把谢易梵案子全部材料都交了。你打电话前，他们刚刚来过电话。我让陆凤准备了一份假材料，交给他们。你放心，就是不为别的，我也要为自己着想。否则，我们都可能成为第二个、第三个吴仲川。”他把酒倒进了嘴里。

井上林佩服这个年轻人的睿智。

“嘿嘿，毕竟是我带出来的啊！”他满意。

“事实让我学乖了啊！”

井上林还是叮嘱他，要小心。

聊了一会儿，贾二亮走了。

井上林说时间长了，史凡会找他的，现在他盯着自己。离开了贾二亮，他想了半天，还是给哥哥打了个电话。哥哥一听是他，很热情，问有什么困难就说，虽然你对我不好，但是，我会帮忙的，毕竟，我们是兄弟，打断骨头连着筋啊！

“哥，你听也好，不听也罢。我劝你不要走得太远，否则，我真的救不了你。王明阳不是好人，魏国华也好不到哪里去，你告诉了他们秘密，他们就会利用你手中的权。”井上林不忍心，再次劝哥哥回头。

井上森尽管克制，也十分恼火。

“上林，你听清楚了，我不需要你救。你有办法，就把我送进监狱，我倒要看看，你是怎么把你亲哥哥送进监狱的。话说到这个分上，我们兄弟的缘分就到此了，你以后不要给我打电话，我没有你这个弟弟，你也没有我这个哥哥。”他挂了电话。

井上林心里十分难受。

他还不死心，找尹冰来了。尹冰见到他，脸上冷冷的。他说嫂子，尹冰说，你不要叫我嫂子，如果你还知道我是你嫂子，你就什么也不要做，听你哥安排。有些事情，我知道他做得过分了，但是，已经这样了，我们就不要为难他了。他在官场上，也不容易啊！井上林说，你知道谢易梵的死跟他有关系？你知道这个案子跟他有关系？你还知道什么？

尹冰自知说多了，半天无语。

“嫂子，你回答我的话。”

“我无话可说。”

“可你都说了。”

“我什么也没有说。”

尹冰说，犯罪没有证据，你永远没有办法给他定罪。如果你认定你哥有罪，你什么也不用问，依法办案就行了，何必来问我呢？她望着井上林，透出一种说不出来的愤怒。井上林刚到家，一打开门，就被水艳红骂出来了，你是猪呀！竟然跟自己亲哥唱对台戏，我告诉你，你不但毁了你哥，也毁了我。本来我都当公务员了，这下好了，全砸了，泡汤了，一切都完了。

她萎靡不振，一屁股坐在椅子上。

井上林怎么安慰，她都不理他，还警告，如果他再如何，就跟他离婚。两人谁也不理谁，这在他们之间从未有过。井上林懒得说，喝了一瓶酒，倒在床上就睡了。水艳红诅咒着，说他是猪，是狗，说是猪是狗还养得乖，比猪比狗都不如。井上林鼾声如雷，根本听不到她的骂声。

第二天，他回到了县局，再也走不开了。

魏国华又来到政法委，告诉井上森，一切我都按你的意思办了，井上林回到了岗位，不可能再出来，只要他一动，我就知道。说到这里，他望着低头批文件的井上森，试着说：“井书记，上林是你亲弟弟，我看也不要管得太那个了，只是他有些想不通罢了，调查就让他调查么，能调查出什么？谢易梵那个案子，局里已经结案，符合结案要求，不会再出乱子的。”

“保留他的副处级。”

“这是当然，你放心好了。”

井上森抬起头，让魏国华坐，还抛给他一支烟，喊了一句秘书，秘书叶蓝秋就走了过来，冲了杯茶，端到魏国华面前。魏国华受宠若惊，一再谢谢。叶蓝秋走后，房间里就他们俩。井上森脸色恬淡，肯定地说，你当了局长后，工作做得很好，市委很满意，这证明，组织的决定是对的，选择你当局长是正确的，市委希望你继续做好工作，为青昌市改革开放保驾护航。

“井书记，我一定做好工作。”

他为难地说，跟你说一句真心话吧，井上林是我唯一的弟弟，他这个人什么都好，就是太犟了。我在进出口公司当过董事长，他就认定我跟谢易梵有关系，跟他的死有关系，你说这不是笑话么？我脑子再傻，也知道杀人偿命的道理，我没有杀人的必要，你说是么？我一个市委书记，杀人做什么？没有道理嘛！可是他，听不进别人劝，着迷似的。“国华呀！你是我最为信任的人。官场上风云变化，我不怕他调查，我是害怕他被别有用心的人利用了。那样的话，我的日子就不好过了。你明白我的意思么？”井上森一字一句说着。

“明白，井书记。”他点着头。

“贾二亮他们呢？”

“我已经交代了，让他们办别的案子去了。井书记，你放心吧，我不会让他们搞乱你的工作的。何况谢易梵案子已经结案，也没有什么可调查的。”魏国华表现得毕恭毕敬。

井上森十分满意。

说了一会儿话，说到了冀北方。井上森说，对他，你们公安局如何处理？魏国华说，只有匡尚富一个人的证词，还不能证明吴仲川的死跟他有关系，但是，放了，又觉得不合适，挂在那里吧。井上森说，不要挂了，市委已经免了他的职务，把他做离职处理，他已经什么都不是了。放了他吧，不要让他离开青昌市，万一发现了新的线索，再找他，他跑不了的。魏国华说，我们一定按井书记的意见办。井上森马上挥手拦住：“国华，回去以后，不要这样说，这样说不好，这是我的意思，你们再研究研究。”

“明白。”魏国华点着头。

当天下午，冀北方就被放了出来。

晚上，他就出现在井上森家里，站在他面前，十分憔悴。井上森让尹冰拿出两套西服，还有两万块钱，放在他面前，面无表情，严肃地说：“北方，你受苦了，什么话也不要说，我心里有数。回家去，洗个澡，收拾收拾，三天后去新发实业公司上班，我跟他们董事长说了，你去找他，他们虽然是民营公司，却是青昌市最有实力的公司，他们不会亏待你的。”

“井书记。”冀北方声泪俱下地说，“没有你，就没有我冀北方的今天，你是我的再生父母，我一辈子忘记不了你。你放心，你有什么事，我上刀山下火海也在所不惜。”

井上森马上走过去，扶他起来，批评说：“北方，你说的什么话呀！我只做了我应该做的，你不用感谢我，你要感谢你自己。”冀北方站在一边，不停地点着头。

69

井上林和贾二亮都陷入了困境。

井上森把全部心思都用在明年三月人大会上，争取成为新一任市长，是他全部目标。吴仲川死了，浦文君走了，韩晓雪去了香港，公安局停止了调查，他已经没有后顾之忧，对尹冰比原先好多了。他好像有一年多没有跟她过夫妻生活了，而这几天，却过了好几次，尹冰十分高兴。但是，生活总不让他痛快，这天晚上，十二点以后，他们家电话响了起来。

没有人知道井上森家的电话。

他开了一天的会，很晚才回家，听到响声不愿动，让尹冰去接。她穿上睡衣起来，迷迷糊糊的，心里想，谁这么不开眼，这个时候打电话。她拿起电话就嗯了一声，打着哈欠。

“妹妹，是我，晓雪。”

她一惊，睡意全无，马上警惕说，他不在家，你打他的手机吧。韩晓雪语气严肃地说，妹妹，都什么时候了，你还这样。我告诉你，不是看在我们姐妹的分上，我早把你送进了监狱。你应该知道，你们孩子在国外读书的钱、买房子的钱，都是我和井上森赚来的；你现在过的贵族般生活，这些钱，都是他贪污受贿的。尹冰气得发抖，说不出话来。井上森知道躲不过，早就起来了。他接过电话，问有什么事呀！韩晓雪说，没有事，我不会这个时候给你打电话。袁天浩给我打了电话，我已经在北京。地铁项目，下个星期五就要开始谈判，他不接受我们的退款，他放出话来，如果我们这样做，他就要把我和他之间的谈话，口头协议，交到纪委去。我没有想到他如此工于心计，录了我跟他的每次谈话。我想过了，如果那样的话，你我都要进监狱。我想问问你，应该怎么办？

井上森跌在床上。

“晓雪，地铁项目不做了。”

“可是他不答应呀！”

“……”

韩晓雪叫着，你说话呀！

“你有什么办法？”他萎靡地说。

韩晓雪告诉他，自己了解过，地铁项目项目经理郭美丽正在北京办事，估计两天后返回青昌。如果你同意，由我出面找她。她不是特别想出国吗？我们帮她办，也许她会同意的。我求你来一趟北京，我们一块商量。她乞求说：“上森，这是我最后一次求你，为了你，也为了我，我们做完这最后一档子买卖，就金盆洗手，永远不沾。否则，袁天浩真什么都做得出来的。”

“你住在哪里？”

“王府饭店。”她说出了房间号码。

“好吧，明天下午我到北京，我们面谈。”他挂了电话。

尹冰已经穿好衣服。刚才的电话，她听得一清二楚，她不能容忍韩晓雪这样肆无忌惮地与自己丈夫好，这让她受不了。她虽然清楚井上森与韩晓雪的关系，也清楚这之中为了什么，儿子在国外的钱，都是井上森付的，他跟自己说过。但是，没当面那样，自己就睁只眼闭只眼，为了家庭和睦，忍忍就算了。她没有想到，韩晓雪竟然这样。如果这样下去，自己在这个家庭中还有位置吗？

毕竟是夫妻，井上森知道她要说什么。

“尹冰，不要生气，不值得。你姐姐那个人，就那样的脾气，发完了，就完了。……她说的那个事，却是个事。你看，我明年肯定是市长，这几个月，绝对不能出事。地铁项目，我本不愿做的，谢易梵死了，吴仲川死了，你姐去了香港，公安局停止了调查，再也没有人知道这个案子，我也安心了。谁……谁知道那个袁天浩不做。唉！他要捅出去了，我也完了。”他结结巴巴，欲言又止。

尹冰消了气，走了过去，牵着他的手：“上森，为了我们这个家，为了孩子，我们不做。据我所知，你弟弟不会放弃的，还有贾二亮、陆风他们。王明阳盼着你倒霉，魏国华也好不到哪里去。你现在是刀尖上跳舞，很危险的啊！我们给袁天浩两百万，赔偿他的损失，千万别走老路，我有预感，这条路是条不归路。”

井上森沉默寡言，一个劲儿地吸烟。

“韩晓雪只要不到家里闹，我默认你们的关系，谁让她是我姐姐呢。我太了解她的为人，给点儿阳光就灿烂。你不要再与她联系，你以为自己玩得过她？我觉得你不是她的对手。她什么也不是，而你是场面上的人啊！上森，珍惜吧，否则，你一辈子的奋斗都完了。”尹冰苦口婆心劝了半天。

他当然知道这之中的利害。

但是，他不相信别人能解得开这画里面的秘密。当初，他设计这种画，这些字符，这个计划，是费了脑子的。除了谢易梵、韩晓雪，连尹冰都知道得不太清楚。他不相信井上林、贾二亮他们能解开其中的秘密。当然不能冒险，要求百分之百平安。但是，袁天浩是善主吗？显然不是。只要东西一到纪委，自己一切都完了。他不敢赌，他输不起啊！做是危险，不做就不危险吗？他把自己的想法告诉了尹冰，说自己不做，一样危险。尹冰，我面临两难的处境，官场上哪一个人都不是善良之辈，善良之辈是在官场上生存不下去的。魏国华当然不是好东西，他比王明阳也好不到哪里去，我心里有数。我有办法对付他。我结的扣，只有自己来解。他求尹冰代表自己去一趟北京，劝韩晓雪再找一下袁天浩，两百万了结，是最好的办法。万一不行，只好走第二步棋，让她出面找郭美丽，这样做，万一出了事，我们有退路。

尹冰感到为难，她知道姐姐是个什么人。

“上森，我怕说服不了她啊！”

“明天市委要开会，我实在走不开啊！而且，这个时候，我走了，什么消息都会有，好多人正站在那里看着我倒霉，你跟你姐姐说，我们好，大家都好，我们不好，她也好不到哪里去。我相信，她听得进你的话。尹冰，为了我，为了我们的家，你要承受些委屈，不要计较她难听的话。委曲求全嘛！这件事过去了，我就把她送去美国，永远也不让她回来。”井上森耐心劝着。

尹冰看着自己男人为难的脸，答应了。

他把她搂进怀里，感慨万端，我这一生就是做对了一件事，抛弃了你姐，娶你为妻。你的温柔，你的厚道，你的忠诚，都让我感动。你是我一生中最为重要的财富，没有你，我不知道我这样努力为了什么。你和韩晓雪比，天壤之别。我在你身上找到了我一生寻求的东西，那就是爱，醇香而醉人。

尹冰泪眼涟涟。

她感到新婚般的幸福。她吻着他并不英俊的面庞，觉得有一股热流涌遍她全身，这是她跟井上森结婚多年没有过的。她感觉到在这一刻，真正了解了他。只要他爱自己，她情愿把自己撕成碎片，哪怕用她的尸骨铺路，她也是幸福的。她抚摸着他的脸，劝他不要再找女人，有我和韩晓雪，你还不够吗？你把仕途看得如此重要，就要牺牲一些东西，你比我明白这个道理。何况，为女人毁灭自己，实在是不值得啊！

井上森这才知道，尹冰知道他的一切。

“我答应你，尹冰。从此刻开始，我跟所有的女人一刀两断，包括韩晓雪，我只和你在池塘戏水，我要背叛了我的誓言，让我永远做不成男人。”他搂着她，发着誓言。

她捂着他的嘴，不让他说。

“你有这个心，就够了，不要再说。”

“好，我不说，我听你的。”

井上森抱着她上床。

早上起来，他打电话，预订了机票，帮尹冰收拾好东西，再三叮嘱她和韩晓雪好好谈谈。他跟她说，今天要开一天的会，不到晚上十点多钟回不来。有什么事，不要给我打电话，手机都会关着。发短信过来，晚上我给你打电话。她答应了，叮嘱他做事小心些。他摸了她的脸一把，就走了。汽车在楼下等着他。

还未走进办公室，叶蓝秋就告诉他，魏国华来了，在会议室等你，好像有事。井上森一边开门一边说，让他过来，到我办公室谈。他走进办公室，泡茶擦桌子。魏国华过来，接过他手中的擦布，拿到水池子冲洗，回来给他擦桌子，又给他水杯倒满了水，才站在一边，说有个事请示。

“国华，坐吧，不要拘束。”他意思了一下。

魏国华坐了下来：“是这样的，井书记，冀北方我们已经放了。匡尚富承认了自己谋害吴仲川，有他的证词，这个事情好办些，我们把材料报到检察院，你看行吗？”

“我没有意见。”井上森挥了挥手，“你们依据法律和有关规定处理，不用请示我。”他还说，办案的事情，你们公安局办就是了，用不着每个案子都向我报告。

“去吧，国华，我相信你。我相信你会把事情处理好的。”

魏国华起身告辞。

下午，邵琪伟就把魏国华与井上森见面的情况告知了王明阳。他问对方，井上森是什么意思？王明阳说，什么意思还不明白吗？他不愿承担责任，又要好结果。魏国华把冀北方放了，要套井上森的话，我告诉你吧，井上森每次说的话，他都录了音，他还不知道呢。王明阳哼了哼，感慨说，我现在才知道，魏国华为人阴险。邵琪伟说，你在的时候，局里没有一个人，有魏国华那样对你尊敬的，一口一个王局叫着，私底下，一口一个大哥喊着，而现在，站出来反对你的人，就是他。他叹着粗气。

王明阳咬着牙，恨不得撕了魏国华。

“井上森要冀北方做什么？”

“猜不透，反正有用。”王明阳望着外面，脸上露出那种高深莫测的神情。“走多了夜路，会碰上鬼，你不信，反正我信。”他笑着。

王明阳在观望着井上森。

70

韩晓雪看见进门的尹冰，愣了。

“怎么是你，他呢？他难道不来？”她脸色不好看，眼睛透着愤怒，嚷着，“屎都到了屁股头里，他还像只缩头乌龟，我就不明白，哪头轻哪头重难道他不知道？是你不要他来的是么？尹冰，我不记恨你，毕竟我们是亲姐妹，可是，这件事，他要不来，解决不了啊！”

“他来了，也不一定解决得了。”尹冰没有坐下，放下东西，就走到了韩晓雪面前，乞求着，“姐姐，帮帮我们，我们需要你的帮助，市委这几天正在召开会议，他是市委副书记，你说他能走得开么？说实在话，他比你急，出事了，我们损失会比你更惨重。你拍拍屁股去了香港，我们就要为你扛着。你说说看，是不是这个理？”

韩晓雪鼻子哼了两声，显然是不满。

“你一口一个我们，我们是谁，是你们夫妻吧？不包括我，是吧？我是外人，我知道，不管我如何做，我永远是外人。尹冰，不是看在父亲的面上，我早就杀了你。你抢走了我的男人，这些年来，我在地狱里生活，你知道什么是地狱吗？你不知道，你活在蜜罐里，你只会向他发嗲，你还会什么？你知道钱是如何到手的吗？”她发着牢骚。

“我劝过你，不要杀了谢易梵。”她说。

韩晓雪怒了，指着她的鼻子说，你以为我们随随便便就杀人？我告诉你，谢易梵要我们收入的一半，你知道是多少钱吗？你不知道。而这些钱，都在你的手里，他把瑞士银行的存单交给你，你以为我不知道？而你，把钱看得那样死。谢易梵得不到钱，就要举报我们，我们有路可走吗？不是我找到吴仲川，你早就死了。你这个臭娘们儿，是你害得你男人，也是我男人，无路可走啊！

“我……我真的不知道，他没有说啊！”尹冰浑身发抖，跌倒在沙发上，脸色惨白，人整个萎靡不振。

“你知道什么？就知道我跟他上床了，是吗？跟别的女人上床了，是吗？”韩晓雪仍然没有平息愤怒，指着她，咆哮，“一个女人，就要懂得自己的男人，他为什么不愿跟你上床？是你讨厌他的烟味，不愿跟他亲吻；是你，闻到他身上别人的香水味还追问他跟哪个女人来往。你不知道，他在官场上混，很累啊！他要女人平息他心里的惆怅、寂寞、空虚。你以为官场上风光，那是在刀尖上跳舞，是站在悬崖上望天，随时有掉下去的危险。而这一切，你都不知道，你就喜欢钱，到了这个时候，还以为钱可以解决一切。”

“姐，求你，不要再说了。”尹冰咚的一下，跪在她面前，“我知道我不是好女人，我知道我不了解他，可是，他是我男人啊！我不能没有他。没有他，我的天空就没有了，我的太阳就没有啊！帮帮我，你要什么我都给你。”她差一点儿就给她磕头。

韩晓雪愣了一下，没想到事情是这样。

毕竟，她们同一个父亲，血脉相连，这是改变不了的事实。望着尹冰快要崩溃的面容，她突然想起了小时候她们相处的日子。心里一热，伸出手，把她拉了起来，紧紧地搂在一起，什么话也没有说。

“尹冰，你今天来这样，说明你还认我这个姐姐，既然是这样，这件事就由我来处理，是刀山是火海我去，跳油锅我跳，绝对不会牵扯着你们。我只希望你好好爱他，他真是一个不错的男人。”她抚着她的脸，认真地说。

尹冰拿出银行卡，说出了她与井上森商量好的办法。韩晓雪摇着头，钱能办到的事情，我就不会给他打电话了，袁天浩他不要钱啊！我们只能走第二步棋，由我出面吧，你在房间里待着，哪里也不要去，我害怕青昌公安跟着，那样的话，我们一切都完了。尹冰还是把卡塞到了她手里，说你办事要钱。韩晓雪没有推辞，收下了卡，就出门了。

十二月的北京很冷。

韩晓雪来到银行，把三十万放进了另外一张卡，就打车来到建国饭店。她知道，郭美丽住在这里。她是陪父母到北京旅游的。送走了父母，明天就要返回青昌。对郭美丽，韩晓雪还是做过调查的。她家在农村，大学毕业后就分配到进出口公司，每个月还要寄钱回家，因为，她有两个弟弟上学，全靠她资助。她还特别想去美国留学，只是没有条件。这些情况，都是谢易梵告诉韩晓雪的。

拿下她，韩晓雪有把握。

打开门，郭美丽问，你找谁？

“找你，美丽小姐，我是谢易梵生前的朋友，他有一样东西给你。你不用说，我知道他不在了，这不妨碍我的事情。这是他生前交给我办的事。顺便说一下，我在北京，最近才听说谢易梵出事了。”她看见郭美丽发愣，笑着说，不让我进去说吗？不用害怕，我是他的朋友。郭美丽这才说，进吧。她们坐下后，韩晓雪这才把想好的话说了出来。

井上森选中她，就是因为她的精明能干。

郭美丽哪是韩晓雪的对手？几句话下来，她就晕了头，不知东南西北。何况韩晓雪手里攥着两颗炸弹，三十万人民币，去美国读书的邀请书。办完这些事情，她马上给袁天浩打电话，对方听完了问，有把握么？韩晓雪说，把么字去了，就是有把握。她同时警告，这件事，你只做你的，如果你违反了约定，我就送你上天堂。

“韩女士，下个星期我就要去青昌，我们见一面吧。晚上六点，我长城饭店大厅里等你，一块儿吃顿饭，有些具体的事情，我们还要进一步商量。”他在电话里耐心说着。

韩晓雪想了想，答应了。

挂了电话，她看了看表，离吃饭时间还有三个多小时。她返回饭店，告诉尹冰，一切都办妥了，晚上，与地铁项目外方代表一块儿吃饭，韩晓雪问她去不去，尹冰说我就不去了。你去吧，我不便露面。韩晓雪嘲讽，你是怕出了事找到你吧？我告诉你，如果出了事，你跑不了。我和井上森死了，你也要脱层皮。尹冰脸色十分难看，既尴尬，又像吃了死耗子一样感到恶心。她知道，自己一时的贪心，铸就了今天的错。孩子要钱，她就默许了他与她合作。她以为，让他们俩上床就得了，没有想到，走到了今天这一步。

韩晓雪当然理解她的心态。只是她太憋得慌。自从与井上森合作，她就没有痛快过。感情上，他若即若离，诱惑着你，吊着你，像毒，吃不到，更想吃，吃到了，更离不开。经济上，外商给的提成打进设在瑞士的账号，而银行卡在他手里，她知道数字，拿不到钱。虽然她不看重钱，但他这样，让她不爽。尹冰却享受着他们俩给她带来的幸福生活。看见今天她的样子，韩晓雪的心得到了巨大的满足。

她要彻底把对方击倒。

“妹妹，不要怪姐姐，这个世界就是这样残酷无情。跟你直说吧，那个叫袁天浩的人，不知道什么时候看见过你，他提出来了，要你跟他上床，否则，他就把井上森送进监狱。我也没有办法，他不要我，说我老了，没有你年轻。”她嘿嘿笑着，倒了杯红酒，坐在沙发上，慢慢喝着。

尹冰摇摇晃晃，差点儿摔倒。

“这……绝对不可能，我这辈子，除了井上森，没有跟别的男人亲近过。我不会跟别的男人上床的，除非杀了我。”她蹲在地下，号啕大哭。

韩晓雪心身得到了巨大满足，这才走上前，把她扶起，望着她梨花带雨的样子，感叹造物主如此眷恋她。四十岁的尹冰，仍然像少女一样楚楚动人。那可怜相，哪个男人都会为之心动。她五味杂陈，既恨上帝给了尹冰一张好脸，又心疼她的无知，毕竟是自己亲妹妹，有些事情，她做不出来。她擦干她的泪滴，心疼地说，跟你开玩笑的，就是他要，我也不会答应，我只是让你知道，姐姐在这个世界上奔波不易。安心在房间里等我吧，我会顺利回来的。尹冰眼泪巴巴地说，姐，以后我都听你的。韩晓雪安慰了她几句，就出了门，她要去见袁天浩。

袁天浩在长城饭店大厅里等着她。

“韩女士，请你吃一顿饭为什么这样难？我真不明白，你为什么这样忙？”他带着韩晓雪进了一个雅间，脱了衣服，拿出菜单，要她点菜。她说你点什么我吃什么。他就随便要了一些菜，要了一瓶波尔多干红葡萄酒，他们俩都爱喝这个。

两人坐下，他问情况如何？

“没有任何问题，谢易梵死了，我们仍然可以操作这件事。还按我们的约定进行，签合同前，你会得到最终报价。……不过我说清楚，我们只与你联系，请你严格遵守相互约定，否则，我只能说对不起了。”韩晓雪认真说。

“一点儿问题都没有。”袁天浩举起了杯子，告诉她，已经和总部取得了联系，同意我们确定计划，他还说，正式合同签后第三天，我们会把合同金额的2%打入你在瑞士的账号，韩女士，这可是一笔巨大的财富啊！

“我们付出了巨大的代价。”她看着他，并不轻松。

袁天浩说，我们了解过谢易梵的死，我们也知道你们面临的处境，当然，我们不关心这些，我们关心的是我们的合作，我想最好不要出现其他情况，否则，我就有些对不起你了。韩晓雪说，我们彼此彼此吧，从现在开始，我们不再联系。到青昌也一样，有什么事情，我会给你发电子邮件。

“这样最好，我不想出差错。”

“我也一样，因为，我搭上了身家性命。”她起身，没有理他，扭头走了。袁天浩坐在那里，没有动，仍然喝着葡萄酒。

井上森接到了尹冰的短信，知道事情办得成功，他回了个知道了，就没有再发。路上，韩晓雪接到了井上森的电话，他说我是偷偷出来给你打的。谢谢你的出力，我会记住的。她说记住有什么用，我要你，她会给么？唉！什么也不说了，看在我们的情分上，看在她是我亲妹妹的情分上，我再做最后一次，但愿不是最后的晚餐。

打完电话，她蹲在地上，痛哭。

71

百花洲岛上市委招待所。

条形的谈判桌，一头坐着进出口公司董事长路少洲，一头坐着福利公司项目经理大胡子詹严，左边是中方人员，地铁公司副总经理安子建，项目经理左鹏和郭美丽；右边是外方人员，福利公司李特，袁天浩。人员之整齐，在进出口公司商务谈判中从未有过。进出口公司选中这里作为谈判地点，也是出于无奈。去年公司谈了六笔进口项目，每一笔都以吻合中方报价底牌的价格而成交，这不但使中方用户蒙受巨大的经济损失，也给公司信誉造成了不可估量的损害，公司上下惶惶不可终日，特别是谢易梵、黄鹂的死，公安局的调查，员工一个个提心吊胆，弄不清谁与外商勾结。这次地铁项目，路少洲听从公安局的意见，选择了这个与外界没有接触的地方谈，谁知外商刚到青昌，价格一抛，就僵在那里，路少洲只好从市里赶到了百花洲。

路少洲看看大家都不开口，就很客气地笑着说："詹先生，我们知道福利公司在东南亚市场上有良好的信誉，基于这一点，我们选择了你们，但是，你们的报价使我感到很失望，一下子涨了四千多万，这在项目谈判中没有的，也是不可想象的，我们不知道你们到底有无诚意，有，就实实在在报个价。"

"是啊！"安子建接着说，"这个价格有些离谱，詹先生，你要仔细地说明涨价的原因，否则，很难谈啊！"

詹严脸色没有一点儿变化，他一字一句地说，你们上次去考察完，我们又对分项报价做了精确计算，这次为你们引进的地铁车厢，是我们公司开发的最新产品，无论在安全性能还是在技术指标上，都是世界一流的，而且，有些技术，如紧急刹车系统、电子监督系统、自动除障感应技术等，我们还没有应用，所以，这次总报价比在国外时高了一些，完全是合理的，也是正常的。上次报价，只是一个意向，这次才是真正的报价，这没有什么奇怪的。说完摊开双手，做出个没法理解的手势。

左鹏听完后，冷冷地笑了一声，瞪着一对豆眼看着袁天浩，仿佛要从这个四十多岁的人身上看出什么。他刚想说什么，被郭美丽拉了一下衣角，他就没有吭声。左鹏没吭声，安子建可坐不住了，他绷着脸说："詹先生，我们只能在你上次一亿零两百万的报价基础上谈，否则，恐怕我们无法谈下去。"

詹严听完安子建的话，没吭声，只把头摇得像拨浪鼓，坐在边上的李特沉不住气了，瞪大眼睛说："安先生，你这话是什么意思？谈判，就是相互体谅嘛！要按你们去国外那个报价，我们还来大陆干什么，我们回去如何向老板交代？"

安子建用鼻子哼了一声，往椅背上一靠："笑话，你没办法向老板交代，我又如何向公司董事会交代？李特先生，这不是一点钱，十万八万也就算了，这是好几千万，你是商人，商人总要讲信誉吧？"

"算了，算了。"路少洲知道这样争下去也不会有什么结果，就挥挥手说，"技术谈判也完了，商务谈判相互也进行了接触，双方都要有个消化过程，我看这样吧，下午回市里，詹先生你们几个也好好休息一下，晚上我请你们吃顿中国饭，饺子宴，明后两天到外面好玩的地方转转，什么时候开始谈，我们再商量，如何？"詹严同意了，大家收拾好东西回了房间。

路少洲没动，他从红塔山烟盒中弹出一支烟，慢慢地吸着。他刀刻般的眉头在袅袅的烟雾中更加陡峻，犹如一道道沟壑，深不可测，仿佛那里面藏有无尽的愁绪。面对公司这种状况，他解释不是，不解释也不是，他不相信有人真敢与外商勾结，出卖国家秘密。井上林找他，贾二亮找他，虽然他想把事情搞清楚，内心深处还是不太相信谢易梵会如何，但是，地铁车厢项目的报价，彻底把他残留的梦幻击碎。这次，不是自己从经贸委自留资金中准备了五千万美元作为备用资金，外商恐怕会把所有资金吃光，总报价会突破两个亿。

想到这里，他浑身一个寒噤，打了个激灵。

安子建故意放慢脚步，走到会议室门口又折回谈判桌，站在他身边，小声说："路总，不用犯愁，我想……福利公司那个报价是有些天方夜谭，根本没有什么依据，我参考过该公司同类产品在东欧市场的价格，大概一亿美元，就算他们有些新技术，也不会超过一亿一千万，这倒不是主要的，我觉得他要把我们贷款吃完，这点值得我们深思，你说呢，路总？”

“此话怎讲？”路少洲双眼盯着他问。

“詹严是下午到青昌市的，第二天就谈判，半天时间都没有，他们就是神仙，也不可能把贷款数目了解得如此仔细，一报价，就把贷款吃个干净。”路少洲听完他的分析，点点头，又吸了一口烟，心里寻思，就这么几个人，是谁呢？安子建、左鹏，还是郭美丽？他拿不准，但总感到这事有些蹊跷。

安子建看见路少洲沉思的样子，知道他优柔寡断，又劝道：“路总，原谅我直言，我觉得你有时考虑过多，反而让别人抓住了尾巴，该断不断，反受其乱，你说呢？”路少洲问他知道什么，他说谢易梵的死，黄鹂的死，已经很说明问题，你犹豫不决，这样下去，会把你毁灭的。你想想看，如果这次谈不下来，或者把我们的底牌泄露了，上面会怎么着？你没有拿好处，也说不清楚啊！

路少洲心里“咯噔”一下。

他从未这样想过，所以，在配合井上林问题上不是太积极。他隐隐约约知道后台是谁，当然不敢明说。他害怕得罪了他，对自己没有半点好处。反过来，如果出了问题，他把自己问罪了，那就是哑巴吃黄连，有苦说不出来啊！安子建的话点醒了他，是啊！我没有路可走，那就要走出一条自己的路，否则，死的就是自己。

“谢谢你，安总，我明白你的意见。”他笑笑。

“那我走了，路总。”他夹着包，走了。

回到房间，左鹏问郭美丽，你为什么拉我？郭美丽说，我们只是一个项目经理，老板在，我们说多了怕不好吧？左鹏说，你是什么意思？你我都对项目负有责任，谈谈自己的看法有什么不好。我告诉你，谢易梵死了，黄鹂死了，我不想做他们第二。郭美丽冷冷地说，我也没有说不好呀！我怕重蹈覆辙啊！郭美丽的话，让左鹏感到后脊梁冒冷汗，他有些不解地问：“美丽，你说实话，你真认为去年六起项目有人做鬼吗？我怎么感觉不出来？”

郭美丽说，肯定有鬼，你要看出来那就不叫鬼。

“左鹏，项目都是你我做的，你难道没有感到每次谈总是那么不顺利吗？你不觉得我们俩成了别人的枪吗？唉！不说也好，我能说什么，说有人出卖国家秘密，说有人把谈判底牌告诉了别人，人呢？是谁？我拿不出证据，而且，一查，你我就是第一个怀疑对象，那样的话，我郭美丽还能在公司待下去吗？”左鹏被问住了，不吭声，只叹着气，看着窗外，窗外天阴沉沉的，看不清湖面周围的房屋，一切都在雾气笼罩之下，冷冷的北风呼啸而过，卷起地上的沙石和孤残的黄叶，抽打着窗户，一幅落叶萧萧万物残的图画。

路少洲回到房间，井上林站了起来。

“警官，坏透了，坏透了。”他把公文包扔在沙发上，萎靡不振地坐在沙发上，叹着气说，“对方一开口，他们就把我们的贷款吃个精光，比前一轮报价多了四千多万，不是我悄悄地掌握了五千万自留资金，恐怕要吃亏到家了。”

“你手里的五千万有谁知道？”

“没有人知道，除了我，还有经贸委的主任。”

井上林问，市领导知道吗？路少洲摇了摇头，不知道，我叮嘱了经贸委，不要告诉任何人，不到最后，不能露半点风声。井上林又问，你掌握的贷款数呢，有几个人知道？路少洲告诉他，参加谈判的中方人员都知道。因为，这次购买地铁车厢，用的贷款不一样，有世行的，有自筹的，还有通过第三国借的低息贷款。当然都要还的啊！

“这就邪了。”坐在井上林边上的贾二亮不解地摇着头，疑惑地说，“谈判一开始，所有的电话线我们都掐断了，手机都在你这里统一保管，连呼机也收了，而且，詹严他们一下飞机哪里也没去，根本没有跟任何人接触过，他们是如何知道这些情况的呢？”

“唉！”路少洲长叹一声，“坏就坏在这里，让人摸不透。你要说是我们公司的人出卖了谈判秘密吧。是谁？怎么出卖的？你要说不是吧，知道谈判底牌的公司的人就我们几个，难道市委领导里面……这绝不可能。”他摇着头。

陆风说，我看问题主要在公司里面。井上林分析，一般情况下，泄密渠道是多样的，但大多数都跟具体人员有关。“路总，你们不是要回市里吗？谈判暂时歇几天，你尽管按照你们的计划进行，新的计划晚些抛出来，只要他们活动，我们就可以抓住他们的狐狸尾巴。好了，你快回房间去吧，免得别人知道了。”路少洲点点头，拿起包就走了。

“二亮，你跟上詹严他们，陆凤和天骄，你跟着左鹏和郭美丽那部车，我马上去饭店，看看他们预订房间情况。”井上林交代。

井上林已经辞职，贾二亮和陆凤都是偷偷来的。

为了这次行动，井上林找到姜大明，想从他那里借人借车。姜大明很痛快，说我现在就这点权，没有问题，他派了两辆车，一辆车上配了个人。这样，他们的行动，就躲过了魏国华和史凡的目光。刑警队两个人，一个叫石磊，一个叫强卫东，都是刚从警校出来的年轻人。他们接到任务，十分兴奋。

井上林知道，姜大明冒着风险。

如果魏国华、井上森知道他们的行动，一定会采取办法，那样的话，他们什么事情也办不成。井上林知道，哥哥绝对不会放过他们的。只是这些天，井上森被市里的会议纠缠着，又被韩晓雪和尹冰两个女人的事弄得晕头转向，才放松了警惕。

72

晚六点，海天饺子城。

装潢得像秦始皇时代的饺子城，古香古色，桌子椅子墙壁都是仿战国时代的特色，连喝酒的杯子也是那种高高翘起的鼎，弥漫着悠久的文化韵味，带人进入一种怀古的遥远岁月。

詹严、李特，连在台湾长大的袁天浩都赞不绝口。詹严更是兴奋得手舞足蹈，摸摸这，看看那，仿佛每一样东西都是文物，都是宝贝一样，小心翼翼，生怕碰坏。路少洲看见他们那个样子，也有些感触：能吸引别人的东西，恐怕只有老祖宗留下的这点遗产了。

五花八门的饺子端上来了，詹严像观看艺术品一样，呆住了。这个在美国长大的男人，怎么也不相信面粉能做出这样精致的东西。他以孩子般的好奇心，从不同角度，用筷子想把饺子夹起来，但那梭子般的饺子就是不听话，跟他捉迷藏一样，东躲西闪，一次次从他筷子下逃脱。有几次已经夹到了嘴边，调皮的饺子又一个转身，再一次从嘴边溜掉，弄得大家哈哈大笑。这个长年用刀叉吃惯了西餐的美国人，使用筷子跟中国人使用刀叉差不多。

“看看，应该这样。”路少洲给他做示范。

詹严又试了几次，还是以失败而告终，只得把饺子一个个弄到盘里，再往嘴里送。他有些无奈地摇着头说：“唉！你们中国人就是了不起，几千年前就懂得力学的原理，一双筷子，什么都能吃。”

“所以嘛。”他调侃地说，“中国人对数字运用也是独具匠心的。地铁车厢分项报价我都做过了，的确是高了些。”

詹严笑了，无奈地说：“路总，你就让我吃顿踏实饭，今晚就不要谈买卖的事吧，免得扫兴。我已经给总部发去了传真，还要等回音，明后两天，我带他们逛逛，让他们散散心，再和他们好好商量一下。”路少洲点了点头，大家又笑哈哈地聊起了别的，气氛很热烈，也很愉快。左鹏、安子建笑哈哈地显得很轻松，边喝酒边和李特、袁天浩他们谈去国外的见闻，只有郭美丽脸上有些木讷，硬撑起的笑容也有几分难看。路少洲问她哪里不舒服，她说可能是在百花洲上受了寒，感冒了，浑身不自在。路少洲劝她多喝点儿饺子汤，暖暖胃，实在不行就先回去。

郭美丽答应一声就回去了。

韩晓雪收到了邮件。

她来到井上森家。她说一切正常。第一轮谈判一般是成功不了的，签合同会在第二轮，或者第三轮中，这没有什么奇怪的。她问公安局那边有什么动静没有。井上森说，开始，我想把那个贾二亮调离刑警队的，但是，我又想，是不是做得太明显了，弄得此地无银三百两，魏国华要深问，我也不好回答；还有那个史凡，肯定会多个心眼，所以，没有动。我从侧面问了问，贾二亮和陆凤还有盖天骄他们几个是去了百花洲，只要是他们三个去了，就没有事，我就不相信他们能猜出我们的办法来。

井上森脸上呈现出一种从未有过的自信。

“上森，我们还是谨慎些。”她劝道。

他点点头，我已经万分谨慎了，谨慎得快得心脏病了。他叮嘱，只要你那块不出事，我这块绝对不会出事。我反复想过了，我们都是在大家眼皮子底下做的事，又不是背后做的，他们绝对不会猜到我们是什么意思。他称赞自己是个天才，想出这样绝妙的主意。每条线都是单线联系，相互没有干扰，就是出了问题，也只能查出一条线，问不出事情的全部。

“可惜啊！如果谢易梵不跟我们较劲儿，我们这出戏会唱得很好的。还有那个黄鹂，我让谢易梵给了她不少钱，没有想到，她一分都没有花，竟然交了公。唉！这些人为什么这样做？”她不解，瞪着眼睛问他。

“人各有志，不可强求啊！”井上森站了起来，“很晚了，你睡吧，我过去了。”韩晓雪点了点头：“尹冰给了我脸，让我来你们家住，我得给她脸，你放心吧，我不会为难你的。”

井上森走进房间，尹冰正在看书。

“看什么书？你真有雅兴。”

“法律。”

井上森脸色不好看，脱了衣服就上了床：“害怕了，害怕法律的惩罚？尹冰，法律是什么东西，你难道不明白？当你有权的时候，法律就是你的打人棍子，当你什么也不是的时候，法律就是你头上的剑。不要看它，睡觉吧，我知道你心里想什么，让韩晓雪住在家里，也是为了安全，退一步说，也是为了我们好啊！”

尹冰拉灭了灯。

“你为什么不说话？”

“说什么，让我为你做的事唱赞歌吗？我真后悔默认你跟她的关系。我的懦弱，让我受到了惩罚……而你，给孩子留点儿自尊吧。他如果知道了自己父亲的为人，我看你还有何脸面对他。”她长叹着气。

“我怎么了？”井上森愤怒了，“我对他还不够好么？他在美国的一切费用，全都是我支付的，他的房子，是我的钱，他的买卖，是我的钱，他吃的喝的，全是我的钱，我没有他，贪污什么？”尹冰冷冷笑着：“多么好的父亲啊！你都是为了孩子，可惜，你忘记了，那些被你照顾的女人，冷静、费泓艳、覃晶……包括现在的叶蓝秋，还没有算韩晓雪、浦文君呢。你以为养这些女人不花钱，你以为我坐在家里真的不知道啊！我是想让你收收心，悬崖勒马，可是你……”尹冰突然跃起，紧紧地抱住井上森，哭着说，“上森，我想明白了，我们收手吧，我们不做，什么也不做。我们向组织上坦白一切。好么，如果我们这样走下去，她还会裹胁着你再做，你永远没有出头之日。”

井上森愣了片刻，挥手给了她一个耳光。

她捂着脸：“你打我？这就是我嫁给你二十年的纪念？”

“对不起，对不起，尹冰。”他把她搂进怀里，诅咒自己不得好死，怎么可以打你呢。他流着泪说：“我这些年来做的一切，都是为了你，为了这个家。事情走到了这一步，我们没有退路啊！退路是死路一条。不要说组织，就是袁天浩、韩晓雪，就是井上林他们，也不会放过我的。是的，我承认我睡了很多女人，但是，我是爱你呀！官场上是在刀尖上跳舞，我很累，需要放松，所以，有的时候，我只能放纵自己。”他滔滔不绝，一个劲儿地为自己辩护。

尹冰的心真正冷到了底。

她不愿再说，抱起被子，去了儿子的房间。他知道她再也不会回来。结婚二十年，他太了解自己的妻子，不要看她温文尔雅，举止端庄，一旦认真起来，九头牛也拉不回来。空空的房间，寂寥的夜色，他感到从未有过的孤独。他一根接着一根吸烟，满屋都是烟味。下床，把半瓶白酒倒进了肚子里。

“我不会乞求她，我为什么乞求呢？”

他这样想：我又没有做错什么，官场上又有几个清官？按规矩办事失去朋友，按朋友要求办事失去原则，按原则办事失去一切。他走进了韩晓雪的房间。她已经睡熟了，他伸过去的手，把她吓了一跳，继而闻到他的烟味、酒味，脑子一下清醒了。她恼羞成怒，一把推开了他，做什么，在你家里还不能约束一下自己？井上森再次被激怒，一把揪住她的头发，狠命地按在床上，强行剥开她的衣服，也不听她的喊叫。

他像一头豹子，要发泄自己的不满。

“你怎么了？”她发现了他的情绪。

他倒在床上，呜呜哭了起来。

“哭什么？”她惊诧，她从未见过他如此痛苦。母性的东西在这一刻被激发出来了。她的心一下子柔软了，把他的头抱进怀里，放在那个最温暖的地方。她像抱着一个婴儿，还轻轻地拍着。他的灵魂在这一刻彻底放松了，好像回到了悠久的过去，他的儿时，母亲的怀抱。没有哪个人会忘记母亲的温暖，这种温暖是人一辈子永远也忘记不了的，像青痕一样刻在记忆中。

片刻，他突然从她怀中弹了起来。

“我……”井上森瞬间感到自己的荒唐，竟然在她面前呈现出软弱。一个政法委书记，一个官场上的男人，不应该这样。他硬撑着笑了笑，还拍了拍她的脸，穿好衣服，走了，去另一个房间睡觉去了。韩晓雪呆呆的，不知道发生了什么，她看着自己赤裸的身体，诅咒他不得好死，把自己折腾醒了，他却走了。她走下床，倒了杯葡萄酒。

天刚蒙蒙亮，井上森就穿好了衣服，叫醒了韩晓雪，打了辆车，走了。他们来到大东海中心，这里有她长年租的一套房间。他们走进去，没有坐下。他站在那里，扶着她的肩说：“晓雪，我昨天晚上想好了，地铁车厢谈判，我们不能太大意，大意失荆州啊！从现在到明年三月，是我最为关键的时期，如果我当上了市长，我一定给你一个未来。你办完了这件事，就去香港，永远不要回来，如果一切顺利，我用两年时间，弄到我们这辈子用不完的钱，我就跟尹冰离婚去找你，我说到做到。”

韩晓雪惊诧：“你说的是真话？”

“当然，我不骗你。”他发着誓言。

“好，有你现在的话，我死而无憾。”她吻着他，泪眼涟涟，“地铁车厢谈判的事，你不用操心，我一切都会安排好的。退一万步说，就是出了事，我把牢底坐穿，也不会说出你的。从现在开始，我们不要接触，免得被公安局人发现，你走吧。”井上森很感动，一切就拜托你了，事情之后，那些钱，我们五五开，我不会亏待你的。

“上森，不要说钱，我只要你爱我。”

“当然，我永远爱你。”

“超过尹冰？”

“超过一切女人。”他吻着她。

73

郭美丽和韩晓雪见面的情况，落入了盖天骄和井上林眼里。盖天骄兴奋起来了，老井，果然是这个娘们儿在后面操纵。看来郭美丽有问题，否则，她不可能跟韩晓雪在一起。我们了解过了，她跟韩晓雪关系不是太好。见到韩晓雪冒出来，井上林悬着的心总算落了下来，这是他推测中最为重要的一个棋子。如果她不出来，而谈判的这些人又没有动静，他害怕会走了步臭棋，那样的话，谢易梵的案子永远不会有结果。他害怕的就是这一步，但是，他不敢说，怕说出来贾二亮他们更加泄气。

她的出现，证实了井上林的推断。但是，井上林脸上没有任何变化。

“天骄，今天的事，不要告诉任何人。”

“包括二亮和陆凤吗？”

“对。”

盖天骄不理解。

“以后慢慢告诉你，你记住，不要告诉他们。”井上林说，我们跟跟韩晓雪，看看她的背后，有没有别的人。盖天骄答应了。他们是在吃中饭时，跟着郭美丽进馆子，发现韩晓雪的。等她们吃完饭，两人开着车，跟在她们的汽车后面，一直跟着进了大东海中心饭店。他们跟着进了饭店，一核查，发现了韩晓雪在这里租的房间。她进了房间就没有出来。盖天骄说，我们回去吧，不会有什么事情的。井上林说，我没有猜错的话，她们是在商量第二回合谈判的事情呢。盖天骄说对，肯定是商量第二回合如何传递情报。问题是，她们是如何传递的，如果我们不找出来，就是知道了她们要传递谈判底牌，我们也没有办法。

井上林噎住了，一时无言。

“回我家吧，我们一块琢磨琢磨。”

两人回到了井上林家。

水艳红上班去了，家里没有人。他把从谢易梵办公室搜查来的那几张残画放在桌子上，询问盖天骄，这些画跟谢易梵的死有没有关系？跟底牌泄露有没有关系？盖天骄看了半天也看不明白，摇了摇头说，我看不明白，我觉得这几张残画跟谢易梵的死没有关系，跟底牌没有关系。他说你自己想想看，在这个时代，要泄露底牌，用得着如此复杂么？没有必要。谢易梵负责项目，底牌就在他手里，泄露不泄露还不是他说了算？

井上林被问住了，一时不知道如何回答。

“可他每个项目都送人家生肖画做什么？”

“个人爱好吧，跟底牌应该没有关系。”盖天骄坚决否定。

井上林也说不出个所以然。

他再次看着那些残画，A 蛇、B 马、C 羊、D 猴、E 鸡、F 狗、G 猪。每一组画形各异，形态奇俏怪状。井上林看这几张残画也不止一两次了，有一段时间，几乎天天看，就是看不出个所以然来。他敬佩谢易梵的绘画功力。这样的画，没有十几年的磨炼，是绝对画不出来的。井上林知道谢易梵有这个功力，他们也知道自己解不开这个结，所以，他们就大胆地利用谢易梵这个特长，井上林是这样推断的，并坚定地认为是对的，就是找不到钥匙。

“真的是那样，爱好？”井上林有些动摇。

两个人看不出结果，盖天骄就提出，我们还是把贾二亮和强卫东他们找来吧，看看他们那里如何，还是从别的地方下手吧。只要他们动，我们就会有办法的。井上林同意了。两人出门，找到大东海中心饭店保卫处，要了个房间，通知贾二亮、陆凤、强卫东、石磊四人过来碰头。井上林害怕走漏消息，不敢在刑警队碰头。一会儿，四人来了，陆凤说，我们现在成了特务，做光明正大的事情，却偷偷摸摸，这叫什么事情呀！

“陆凤，少说几句吧。”贾二亮说。

井上林挥了挥手，让他们坐下，问情况如何。陆凤说，我和强卫东从昨天晚上跟到现在，也没有发现左鹏有任何动静，他没有跟任何人接头，除了去办公室看资料，就没有到别的地方去。贾二亮说，老外这边，也没有任何动静，连街都没有上，就待在饭店里，真是邪门了。井上林说，我们这边也一样，没有情况。

“我们商量一下，为什么出现这样的情况？”井上林询问着。贾二亮担心起来：“我倒不是担心别的，我是担心这幕后的人，他要是知道引起我们注意了，是不会再出头的，他没有那么傻。”陆凤说：“我跟二亮一样，也有这个担心，我觉得，我们想到的，他肯定也想到了。”盖天骄说：“我倒不担心你们说的这个，我是觉得，如果谢易梵是以泄露谈判底牌获取金钱的，没有必要弄得这样玄机重重，告诉对方就可以了。”陆凤接着他的话问，如果不是那样，请问他老婆交的钱，黄鹂交的钱，是从哪里来的？

盖天骄被问住了。

井上林问强卫东和石磊。

“老井，我们不知道，我们听你的。”他们挺着胸说，来之前，队长交代了，我们一切听你的，你说如何办我们就如何办。

那些画，井上林没有看明白，这其中的道理他也没有弄懂。他心里也有些烦，如果自己走错了这步棋，再要向别人说如何如何，没有人会听他的，包括姜大明。第二轮谈判后天才开始，他还有时间。他坚信，自己的判断是没有错的。

“第二轮谈判后天才开始，还是在原来的地方，我就不相信，他们不会做什么。卫东，石磊，你们今天就回新建去吧，出来时间长了不好，告诉你们队长，后天再过来一下。二亮，你们今天还是回刑警队吧，明天下午，或者晚上，我们再联系一下，有些事情，我再想想。”井上林挥了挥手，显得有气无力。

贾二亮什么也没有说，带着人走了。

他们一走，井上林开着车，来到了司法局。王明阳看见他，很是兴奋，一边倒茶一边问他如何。他说我能如何？我已经辞职了。王明阳说我知道，被人挤下来的滋味是不好受啊！不要怪我啊，我可帮了你忙，没有办法，胳膊扭不过大腿。井上林笑笑，问他如何。他说虽然是副厅，但这个副厅比起公安局的正处都不如，一点权都没有，我又是外行，明年三月人大会，我就会下去，我已经有了准备，人啊！就这么回事。

井上林说起了谢易梵那个案子。

“你还盯着呀！真有你的。”王明阳感到惊讶。

“王局，你是老公安了。这个案子，我是这样想的，你看对不对？”井上林把自己对案子全盘考虑说了出来，当然没有说出幕后人是谁。他说犯罪嫌疑人就是利用生肖画进行联系，泄露谈判底牌，从中牟取暴利。他们这样做，就是为了逃避公安机关调查。

“老井，这个案子一开始我就想到了。”王明阳没有任何惊讶。他坐了下来，抛给他一支烟，自己点燃了一支，“你猜到的和我想到的是一致的。我们把案子前后联系起来，就再清楚不过了，我想过跟你同样的问题，但是，我找不到答案。没有证据，我们没有任何办法。何况，我们每走一步棋，他都会知道。如果我们走错了，像我，哪怕一步正常的棋，你都会落到比我更惨的下场，可不是去新建县当片警啊，可能会坐牢。”

“你害怕吗？”

“害怕。”井上林说了实话。

“那就放弃吧。”王明阳一挥手，“这个世界上，就是贪官杀不尽，杀了一茬又一茬，比盘里发芽的豆芽都长得快啊！何况他拿的钱也不是我们的。没有张三，会有李四，换了李四，王五也好不到哪里去。就拿自己来说吧，我有私心，我要是没有私心，这个案子早破了。现在吴仲川死了，浦文君走了，我们要的一切都没有了，我们还能如何？”他摊着手，十分无奈。

“地铁谈判刚开始。”井上林说。

“你是说他们还……不会有那么蠢吧？一个人，不会之一之二再之三吧。何况明年人大会，他就是市长，不会蠢得这个都不知道吧？”无论井上林如何说，王明阳就是不相信。

井上林问对方这几天见到过井上森吗？

“上午还见过，我看……”井上林不问，王明阳想不起来，他一问，王明阳眯着眼睛，皱着眉，半天没有说话，“他来去匆匆，好像是有些慌乱。对，一定是这样。老井，看来你判断对了，他一定还在做。你哥哥啊，胆子真大。人太贪婪了总不好啊！”

井上林心里有底了。

“魏国华那里……”

“这个人我说不准。”王明阳认真地说。

“史凡……”

王明阳说，你不要套我的话，你有办法的。王明阳上前，拍了拍他的肩："老井，你不太相信我，是吧？我不怪你，我原先是想利用你哥，当上局长。现在我想明白了，我支持你。告诉你吧，姜大明给我打了电话，我知道一切。没有我们这些人的支持，你就是浑身是铁，能打几颗钉，你说是吧？"

"王局，对不起。"井上林站了起来。

"去吧，尽一个警察的职能，做点对人民有用的事情，就是失败了，也没有什么。办完了这件事，你来司法局，这个地方，我说了算。"王明阳一直把他送到大门口。

井上林感到心里热乎乎的。

他开着车去了莲塘，去看了看上林瓦罐馆。馆子十分红火。到处是人，吃饭的人都排了队。水艳红忙得脚丫子朝天，张罗着，招呼客人。她看见井上林，骂道，瞎笑什么，还不过来帮着张罗。他连忙走了过去，招呼客人。水艳红说，你不要瞎忙，我们俩一块做，反正你已经辞职了。井上林说我想想，她说想个屁，省得你哥不放心。回青昌的路上，井上林想，真是我哥做的？到了这个时候，他还有些不相信。总觉得哥哥不会那么蠢。越是这样，他越是想弄清楚这幕后的人是谁。给自己，也给哥哥一个交代。

74

这是个不平常的夜晚。

从王明阳那里回来，井上林感到心里有了底。但是，他同样感到，自己没有退路。如果谢易梵这个案子没有结果，自己的路也走到头了，同样，出了差错，也走到头了。那么，关键的是，如何破解生肖画和英文字符之谜。不破解这些，一切都等于零。

七张生肖画就像七套远古的神符，又像少数民族那种没有解开的文字，整齐地一张挨一张排列在桌子上。粗粗的线条，栩栩如生而又充满着夸张的图案，它认识你、你不认识它的英文字符，简单而又深奥，仿佛它要向他诉说着什么。诉说着一种远古的神话和密语。井上林坐在那里，一会儿望着画，一会儿望着外面的月亮。香烟已经抽了两盒，仍然找不到答案。

“我错了，路走错了？”井上林问自己，好像也在问别人，“难道真的是我错了？不，绝不，这里面肯定有我们没有解开的秘密。哥哥和谢易梵就是看准了这一点，才毫无顾虑，幕后的人同样是看准了这一点，杀谢易梵，杀于木根，杀吴仲川，如此猖獗，如此放肆，如此不把我们放在眼里，不把法律放在眼里，也正是基于这一点。”他把这个案子前前后后一联系，得出了一个血腥的答案。

这个答案让他不寒而栗。

他把调查的项目情况放在桌子上。

A 蛇：数字机床项目。

B 马：硬铁制罐厂项目。

C 羊：燕宏微电子项目。

D 猴：高压阀生产线项目。

E 鸡：九江小化肥项目。

F 狗：赣南引水项目。

G 猪：地铁车厢项目。

从己巳年到乙亥年，七种生肖画，吻合进出口公司七个项目，这难道是巧合吗？是谢易梵的爱好吗？绝对不可能。再把项目负责人徐山江、夏雨生、李伟峰、余泰祥、罗时其等人的谈话笔录一对照，再傻的人也能看出，这里面有问题。他想到郭美丽跟韩晓雪的见面，韩晓雪复杂的关系，他坚信，自己的推断是对的。

他粗粗的手指不停地摆弄着桌面上的七张生肖画，一会儿左看，一会儿右看，一会儿坐着，一会儿站着，然而，这些看起来生龙活虎的动物好像睡了一样，死沉沉的。他又把二十六个英文字母写在扑克牌大小的卡片上，拉开、并拢、组合，顺着、倒着、反着，然而，这些字母也像精灵一样，总是和他捉迷藏，拼不出任何意思。

井上林脸庞依然是那样平和，但他心里烦躁极了，双眼总是在生肖画和英文之间游来游去，心也在画和谢易梵之间来回走动——他要透过生肖画来看清对方。他又想起了莫美琪和莫丽琪的谈话，想起了黄鹂的话，还想起了井上森的态度，极力想从中找出某种联系。但是，他失败了，一种种假设都被推翻，一种种可能都不能成立。他拼命吸烟，三盒烟很快就光了。

皎皎的月色透过窗户上的护栏洒满了一地，也把放在桌子上的扑克牌切割成豆腐块的模样。他脑子忽的一下子开朗了。赶快找来了调查的数据和每次谢易梵送给外国人的画一对照，答案终于找到了。他长叹一口气，感慨道："谢易梵啊，你真是下了功夫，你是我碰到的最有智商的罪犯。遗憾的是，再好的办法，也不能一而再、再而三地用，否则，我们是无法抓到你狐狸尾巴的啊！"

凌晨两点，井上林打传呼，把贾二亮和陆凤召到了家。

"老井，出了什么事呀！半夜三更地打什么传呼，有什么事不能明天说？起火了呀！"贾二亮昨天晚上刚与黄莺见了面，对方一通埋怨，说他没有用，案子还没有结果，弄得他灰头土脸的。

陆凤心情也好不到哪里去。

她去看了冀北方，想再探探他的口气，结果被对方教训了一顿，还叫她滚，把她气坏了。她一进来，就骂井上林不是东西，说你自己不睡，还弄得别人睡不了。这一醒，一晚上睡不着。“老井，你今天不说出点天大的事来，我跟你没有完。我告诉你，我明天就去找水艳红，说你对我……哼哼，看她不把你吃了。”

她的话，说得贾二亮大笑起来。

“陆凤啊，你越来越那个了啊……”

陆凤瞪了他一眼，坐到了井上林对面。

“二位，我破解了谢易梵的画啊！”井上林的眼睛放着光，看着桌子上面摆着的画、英文字符、项目报价、谈话记录，说出了自己的解释。两人听完，目瞪口呆。贾二亮不相信，一手拿着画，一边看着字符，看着那些笔录，一个项目一个项目对照，没有错，一点都没有错。谜底解开了，看这些东西，比看幼儿园孩子的图画还容易。陆凤站在边上，看着贾二亮分析，叹着气，感叹谢易梵太工于心计。

“明天还有一天时间，后天就谈判，我们的时间不是太多啊！可要弄好，这次不能再让这个老狐狸跑了。”陆凤嚷着。

“当然，他跑不了的。”井上林抽着烟。

“老井，你是怎么想出来的？”贾二亮还是不解，一个劲地问井上林。他叹着气，感叹绝望就是生的开始。他说我有一种崩溃的感觉，几次想放弃，又几次站了起来。我想到了这个案子的开始，想到了我们的几次失败，想到了我今天为什么会辞职，想到了姜大明、王明阳、黄鹂，还有那些负责项目的人的话，我把这些东西在脑子里一联系，觉得必须找出答案，否则，我没有路可走啊！

贾二亮说到了黄莺，如果没有结果，她永远都会看不起我，看不起我们人民警察。陆凤说，如果没有结果，冀北方一辈子都不知道自己错在哪里。而那个幕后的人，还会犯罪，人民还会遭殃，国家还会受损失。关键还在于，很多人不再相信警察，这是最为可怕的啊！

“如何了结？”她问。

“二亮，你说呢？”井上林问。

贾二亮说，按照我们的计划，我们必须现场抓住那个人，马上拘留，马上审问，否则，会出乱子的。他说老井，你不要忘记，市局刑警队长是史凡，局长是魏国华，政法委书记是你哥哥。就是姜大明顶着雷，以新建县公安局名义拘留，也要报到市政法委。

井上林明白他的话，贾二亮害怕出现不测。

“这样吧，还有一天时间，我明天想办法，我们一定会有办法的。”井上林说出了自己的想法。

两人表示赞同。

“你们都回去吧，明天把石磊和强卫东叫来，还按原先订的计划，对犯罪嫌疑人进行监督，防止出现意外。这边的事，由我来办。记住，今天晚上的事，不要告诉任何人，否则，我们一切的努力都等于零。”井上林再三交代。

两人答应了，就走了。

井上林把所有材料分门别类弄好，做好了准备。到天亮还有一段时间，送走贾二亮他们后，他困得不行，就睡了一会儿，这一睡就到了上午九点多钟，不是传呼的声音把他叫醒，他还醒不了。传呼是盖天骄打来的，他叫井上林马上来市局刑事中心，说完就挂了电话。井上林一听盖天骄嘶哑的声音，就知道出事了。他开着摩托车来到中心，一走进院子，就看见付一和盖天骄站在那里，脸色惨白惨白的，人整个垮了。

“怎么了，你们说话呀！都怎么了？”井上林心里冷了一下，摇着付一和盖天骄的肩膀。付一说：“老井，你要承受得住，不要急，千万不要急。”盖天骄哭了：“井大哥，他们出车祸了，二亮死了，陆凤送到医院抢救去了，是死是活不知道。”说完蹲在地上，哇哇哭了起来。

井上林瞪着血红的眼睛，推开他们，径直往里面走。门口，魏国华站在那里，叫着老井，你不要乱来。井上林挥手一推，没有理他。再往前走，史凡站在那里，说老井，这是偶然事故，我们也没有想到会出这样的事情。井上林骂道：“滚，滚得远远的，否则，我杀了你。”他在付一的带领下，来到地下室，站在贾二亮遗体边，放声大哭，震天动地。

“是我害了你，二亮。”

井上林心里比刀割还难受。这样的结果，是他做梦都想不到的。他发誓，一定要找到幕后人物，不管他是谁。他拉着盖天骄去了医院，看望陆凤。她躺在抢救室里，是死是活谁也不知道。井上林长叹一口气，残酷的现实告诉他，再往下查，自己生命也会有危险。他望着盖天骄，一字一句地说：“你盯在这里，陆凤如果醒过来，就给我打传呼。”盖天骄答应了。井上林开着摩托车，来到政法委，闯进了井上森的办公室。

他再也没有原先的冷静，像一头发怒的豹子，上前一把揪住井上森的衣领，瞪着血红的眼睛说：“贾二亮、陆凤是不是你杀的？如果你还是条汉子，你就承认。我知道你不是好人，但是，我以为你总是个爷们儿吧，我没有想到，你如此卑鄙无耻，使用这样下三流的手段，我看不起你，你大腿根下没有枪，没有枪，知道吗？”

井上森十分冷静，掰开他的手。

“上林，你冷静，我也是刚刚接到魏国华的电话，才知道出事了。我对每一个生命的逝去，都表示震惊，何况是你的同事。你哥再无耻，也知道杀人偿命这个道理，我不会做那样的蠢事。无论我对你们有什么看法，我也不会做这样的事情，你错怪哥了。”他看着发呆的井上林，耐心解释。

井上林慢慢松开了手。

“你说的是真话？”

“千真万确。”

井上林相信不是，不相信也不是。他哼了一声，甩开他的手，转身走了，走到门口，又站住：“哥，让我最后一次叫你声哥。你听着，我不会放弃，我一定把案子幕后人送上断头台。”

75

明天就开始第二轮谈判，井上林没有时间。

他站在政法委大门口，感到有些茫然不知所措。“我怎么做？如何做下去？二亮没有了，陆凤不在了，盖天骄被魏国华控制了，其他的人更不敢来了。我又不是公安局的人，我没有法律授予的权力，我不能违背法律做事，可错过了，一切都完了。”井上林有些绝望，这次他真正感到在权力面前，自己渺小了。

传呼机响了起来。

打通电话，这才知道是黄莺打来的。她哭着说，二亮为了我，死了，真的死了吗？我一定要见见他。井上林不知道说什么好，只告诉她来刑事中心，一块看看二亮。他们约好了见面的时间。当黄莺站在贾二亮遗体面前，人站不住，摇摇欲坠。付一站在后面，马上扶住她。她脸色惨白惨白的，眼泪像断了线的珍珠，潸然而下。

“黄莺，坚强些，坚强些。”

井上林不知道说什么好，只一个劲儿地劝她。黄莺好像没有听见，她轻轻地抚摸着贾二亮的面容，还俯下身子，轻轻地吻着他的唇，好像害怕惊醒他一样。站在边上的两个男人，也为这一幕感动。她诉说着与贾二亮认识的经过，他们之间的话语，她说没有我的话，他不会死，是我害死他的。我没有想到，现实如此残酷，残酷得你不敢想象。井上林搓着手，跟在她后面，默默无声。

从地下室出来，两人来到外面。

“井大哥，二亮最尊敬你。他跟我说，是你哥哥在后面操纵着一切，我不相信，你今天跟我说一句实话，是真的吗？如果是真的，你下得了决心吗？你斗得过他吗？在亲情面前，我害怕你畏惧了，退却了。”她站在他面前，一对美丽的眸子望着他。

井上林感到浑身燥热。

“黄莺，我在你面前保证，只要我活着，我一定把幕后凶手找出来，不论这个凶手是谁。是我哥哥也好，是我父母也罢。如果我不履行我的诺言，让我死在二亮坟前，一辈子、下辈子不得翻身。”他发着誓言。

“我相信你，井大哥。”

“放心，我不会让二亮这条命白白死去。”

黄莺一步三摇地离去，让人痛断肝肠。

井上林站在街上，给盖天骄打传呼，要他带着所有调查材料到约定地点见他。盖天骄在电话中答应了，就挂了电话。井上林知道，现在盖天骄做事，也是偷偷摸摸。史凡已经向他下了命令，不允许他再管谢易梵的案子，他也不好多问。陆凤躺在病床上，连起床都难，更不要说案子的事情了。一个小时后，盖天骄来了。两人找了个小酒馆，坐在一起，商量着案子。盖天骄把所有调查材料、谈话笔录，全部交给了井上林，井上林小心翼翼地收好。他知道，这些材料关系着谢易梵案子，也关系到几条人命，还有他们几个活着的人的前途。

“井大哥，现在我们怎么办呀！”盖天骄哭丧着脸，十分沮丧地说，二亮死了，陆凤躺在床上，交通队还没有调查，就做出了交通事故的处理。魏国华让史凡处理，史凡正全权处理后事，没有任何人把这件事跟谢易梵案子联系起来。但是，你我都知道，这是幕后人最后的挣扎。

井上林不吭声，把一杯酒倒进了嘴里。

“井……井大哥，我……”

“有话就说。”井上林十分不满。

盖天骄沉默了半天，还是鼓起勇气说，陆凤告诉过我，贾二亮也对我说过，他们都说，这幕后的人可能是你哥哥，我不相信，我绝对不相信！但是，出了这样的事情，我感到，如果不是他，换了别人没有这个能耐。我了解过了，冀北方出来了，这件事，很有可能跟他有关系。他们就是要选在这个时候做，他们知道，熬过了明天，一切都好了。他眼睛躲躲躲闪闪：“井大哥，你为什么不吭声？你下不了决心吗？他是你哥哥吗？可是……二亮可是我们的兄弟，他的命……呜呜……”盖天骄满脸是泪，已经说不下去了。

井上林握住他的手，咬着牙说："天骄，相信哥哥，我如果有一丝私心，对不起二亮在天之灵。一个人活着，就是要对得起自己的良心，如果我连最起码的良心都没有了，我还是人吗？你回去做好准备，不管出现什么情况，明天早上六点钟，我们在百花洲会合。记住，不要告诉任何人，你跟史凡说，家里有事，请一天假。"

盖天骄擦干眼睛，答应了。

还未等井上林离开酒馆，水艳红的传呼来了。他结了账，找了个公用电话打了过去，问是什么事。水艳红说，尹冰来了电话，说让我们晚上去一趟哥哥家，她还说，贾二亮出了事故，让我们不要管那件事，公安局一定认真处理。井上林刚想说什么，话到嘴边又咽回去了。半天，她神秘兮兮地说："上林，二亮真的死了？唉，太可惜了，一个多好的小伙子呀！你不要再参与那件事，我可不想你死，我们的日子还没有过够呢。"

"我死不了。"

"可我害怕。"水艳红这次真的害怕了。她在电话中哆嗦了半天，这才说："我听尹冰的口气，没有商量余地，她可从未用这样的口气跟我说过话。你不要急，好多话我不敢跟你说，可这次，你哥真的伤心了，什么事情都做得出来的。"

"无所谓，大不了就是死。"

"你发神经了？井上森再浑蛋也不会杀你，你可是他亲弟弟。唉！这样看来，你确实伤了他的命脉。听我一声劝，你已经辞职了，什么事情跟你都没有关系，有公安局呢，不要管那样多闲事。我讨厌你管闲事。啊！听话，不要做出蠢事来。"水艳红在电话中劝了半天。他答应了，要是不答应，这个电话就停不了。

水艳红的话，把事情彻底说明白了。

他给公安系统的好朋友打电话，没有一个人愿意管他的事情。没有办法，他只好给申联彬打电话。申联彬一听是他，骂道："你到底怎么了，我听说贾二亮出车祸死了，这到底是怎么回事？难道是人为的？胆子真够大的，做到公安局刑警的头上。"

井上林扼要讲了事情经过，没有说井上森。

"上林，这件事，我不好插手。你是做这行的，我不可能迈过市局，接管这起案子。无论从哪个方面说，都是不合适的。我知道魏国华，他比王明阳更难缠。我最害怕跟小人打交道了。"申联彬在电话中十分为难。

井上林长长叹着气。

申联彬提议，找一下省厅副厅长毕福纯，他原先是我们的班主任，校长，应该对我们有影响。申联彬说，据我了解，毕福纯十分正派，忠诚于职业，为人厚道，他一定会支持你的。井上林答应了，说试试看吧。放下电话，他看了看表，是下午两点多钟了，时间不多了。他把材料准备好，开着摩托车，来到了省厅。

进了省厅，把车停好，他就打听毕副厅长在几楼办公。问清楚了，他就上了楼，站在副厅长办公室门口，耐心地等着。

一会儿，毕副厅长来了。

“毕厅长，我……”

副厅长毕福纯五十多岁，当井上林班主任和校长已经是十年前的事情，他已经记不清这个学生了。何况这些年也没有跟他见过面。井上林面色尴尬，结结巴巴说了自己是哪一届的学生，那个时候的班主任是他。毕福纯一听是自己的学生找自己，也没有回忆是真还是假，毕竟，回忆是幸福的。他热情地把他迎进办公室，询问他在哪里工作，情况如何，有什么事情找自己。当他听说对方是在青昌市公安局工作，高兴地说，前些时候我还给你们井书记打电话，为什么把王明阳弄到了司法局去，培养一个公安局长不容易啊！

井上林一听，到嘴的话咽了回去。

“你怎么了？”他看出来了。

“毕厅长跟井上森很熟吗？”他问。

毕福纯马上明白，笑着说：“你叫井上林，是吧？你是井上森的弟弟，对吧？不管我与他熟不熟，你跟我汇报的事情，我会严格依照办案纪律处理，绝对不会违反规定。这个你放一百个心好了。”

井上林被逼到了死胡同，只好说了全部案情。

“毕老师，你是我最为尊重的人，是你告诉了我如何做一名警察。我今天找你，不是为我个人，而是为了警察的荣誉，我希望省厅能接手这个案子，否则，这个案子会成为死案。别的话我就不多说了，我想你知道我为什么跑到你这里来。还有，我要说明一下，井上森是我的亲哥哥，正因为这样，我才找你。你知道，他是市委副书记，政法委书记。我之所以这样做，没有任何理由，就是要履行一个警察的责任。这起案子，牵扯着好几个人的生命。”他送上了全部材料，说了自己的分析结果。

毕福纯接过材料，看了半个多小时。

“你等等，我去去就来。”他带着材料走了。

一个小时后，他走了进来。跟他一块走进来的还有一个三十多岁的女人。他告诉井上林，这是省厅K处处长焦扬，由她负责这起案子。从现在起，这个案子就是省厅案子，跟任何单位没有关系。具体的事情你跟她商量。他握着井上林的手，激动地拍了又拍，说:“井上林同志，我为你对职业的忠诚感到骄傲，你是我最好的学生。你要永远记住，有的时候，我们的眼前会有黑暗，但是，黑暗是暂时的，光明是永恒的，因为，我们是人民警察，是为人民服务的，这不是口号，这是座右铭。”

“毕老师，我永远是您的学生。”

“好。去吧，我等着你的好消息。”他把井上林送到门口。

井上林带着做了掩护的焦扬她们，提前来到了百花洲，实地看了谈判房间，做了技术性工作。他们切断了一切跟青昌市公安局的联系渠道，做了封闭性处理。焦扬说，只要你的判断是对的，明天我们就能见分晓。井上林说，我就盼望着这一天啊!

76

晚上，井上林没有带水艳红，一个人来到哥哥家里。井上森推了一切活动，就在家里等着他。保姆做了一桌子好菜，上了井上林最爱喝的五粮液。尹冰脸上不好看，绷着脸，冷冷的，井上林叫了声嫂子，她也没有吭声。反倒是井上森，脸上平静，还有一丝笑意，他让弟弟坐，还亲自给他倒满了酒，举起了杯子。

“上林，把酒喝了我们再谈。”

井上林一扬头，把酒喝了下去。

井上森望着井上林，难过地说，贾二亮的事，真的不是我做的。我跟你不说假话，我再贪婪，也知道杀人偿命这个理，何况我仕途一帆风顺，我不会冒这个险的，也用不着冒险。井上林望着他，心里有些凄凉，有些绝望，两人毕竟是亲兄弟，何况还是一个如父亲般的哥哥，井上林想再次劝哥哥收手。一听他的话，心里长长叹了口气，知道很难劝他回头，但是，井上林还是不死心，还要劝劝他。

“哥，我真不知道跟你说真话还是假话。”

井上森笑了笑：“当然是真话。”

“谢易梵案子真的跟你没有关系？你不要犹豫，直说。”井上林眼睛盯着他，又望了望尹冰，尹冰的脸色更加难看。井上森没有回答，也没有拒绝，而是问他，为什么要盯着这个案子，对你有什么好处？我就不明白，这个案子难道比我们兄弟的亲情还重要么？跟我有没有关系又如何？我知道你不会放弃的，我知道你早就锁定了我是幕后人，我就弄不懂，你为什么这样做？

“上林，你说吧，就我们三个人。”尹冰说。

井上林长长地叹了口气。

他告诉他们，不是我要钻牛角尖，也不是我非要把案子弄清楚，是我作为警察的一种基本职能。我是不相信你是幕后人，所以，我要查，我要洗清你的嫌疑，我要让王明阳知道，你是干净的。但是，就这样一个案子，却接二连三死了六个人，谢易梵，于木根，黄鹂，司马江，吴仲川，现在连贾二亮也死了，如果这个案子跟你没有关系，你今天晚上不会把我叫到这里来，就这一点已经说明问题了，还有嫂子的那张脸，它告诉了我答案。哥，不要说假话了，更不要糊弄我，我不会相信的。我今天来家里，就是要告诉你，你已经走得太远了，悬崖勒马吧，你只有这条路可走。我还要告诉你，人是杀不完的，就是我死了，你仍然逃脱不了法律的制裁。我好心劝你，因为，你是我亲哥哥，换了别人，我不会劝的。

让井上林震惊的是，哥哥没有愤怒。

井上森脸上还泛着笑意。

"上林，你有把握送我进监狱？我真的不相信。我说过了，我什么也没有做，当然就不害怕什么，你去调查吧，我相信法律，我尊重事实，当然更尊重你的职业。遗憾的是，你已经不是警察了，你失去了抓我的权力，你可以把这些情况向魏国华反映，如果他相信你的话，就让他依照法律办吧，我向你保证，我绝对不再过问。"他说完，把一杯酒倒进了嘴里，"吃菜，喝酒，说是说，笑是笑，我知道自己对你太严厉了，把你弄成这样。你嫂子说我了，毕竟是我弟弟，我唯一的弟弟，你放心，这个案子完了后，我把你调到别的单位，待遇不会比公安局差。"他打着哈哈。

井上林知道不会有结果。

他不想再说，望了望哥哥嫂子，把一杯酒倒进了嘴里，一句话没有说，走了。井上森使了个眼色，尹冰追到楼下。走出楼房，井上林停住了脚步，没有回头，神色凄惨地说："嫂子，你追我做什么？有什么可追的？哥既然没有做什么，案子跟他没有关系，我说什么话也是多余的。"

尹冰走到他前面，一把抓住他的手。

"上林，看在我的面上，放他一马吧，案子不要追了，追出了真相又如何？没有意义的，真的没有意义。嫂子不想看着你出事，你是他的弟弟呀！他的生命中不可能没有你呀！你不要看他什么也不说，可他心里想着你啊！"她望着他，那对眸子，在夜色中更显得明亮，充满着柔情，"上林，做人难啊，做个官更难！不要说你哥对王明阳不好，他要当上了局长，会把你哥抛到九霄云外，不要说你哥残酷，好多事是说不清楚的。你要体谅他啊！”

“你想过那几条命吗？”井上林叹着气，“别人也是娘生娘养的啊！井浩是你的亲儿子，那贾二亮、黄鹂、于木根、吴仲川、司马江他们呢，哪个不是母亲的儿子？嫂子，你不为自己想，也要为井浩想，你想过他吗？钱是好东西，有些钱是要不得的啊！退一万步说，这起案子就这样过去了，哥什么事也没有，你认为他会收手吗？他背后的那个女人会收手吗？你斗得过那个女人吗？你当然知道我说的哪个女人。”他长长叹着气。

尹冰脸色蜡黄，一言不发。

“对不起，我说重了。”他摇着头。

“上林，我也难。”

井上林说，我知道，我们都难。

两人站在那里，半天无语。

“嫂子，上林，你们都怎么了？”水艳红的出现，打破了尴尬，她望着井上林，埋怨他，是不是你又惹嫂子生气？嫂子，你不要生他的气，他就是那个狗熊脾气，我回去骂他，好么？尹冰一愣，马上回过神来。她让水艳红等等，她上楼去了，一会儿又下来了，提了好几个包，都是好酒好烟好糕点，还有给水艳红买的衣服，塞到她手里，叮嘱她，有空到家里来坐，我一个人也闷得慌。水艳红一个劲地感谢，就差点给她磕头了。井上林看不惯，打了个招呼，拉着她就走了。

回到家，水艳红把尹冰一顿夸奖。

井上林骂她财迷心窍，没有出息。水艳红没有把他的话当回事，一个人高兴着，一会儿试衣服，一会儿吃糕点，还赞扬井上森真有钱，都是好东西。井上林没有理她，一个人躲在房间里，想着明天的事。今天晚上，他想最后一次劝劝哥哥，他知道是这样的一个结果，但心里总是不死心。他知道，如果一切顺利，韩晓雪逃脱不了，如果她被捕，井上森没有退路。井上森完了，这个家就一切都完了。想到这里，他的心还是痛，是那种来自心底的痛。

“唉！他怎么变成这样？”井上林到此时还不敢相信。

尹冰回到家，看着穿好衣服的井上森，愕然。尹冰问，你要去哪里，去找韩晓雪？井上森说，你不要问好么？他已经把我逼上了绝路，我当然要想办法，我会输给他？小时候我就没有输过他。我不相信，他斗得过我。井上森嘴上露出一丝不屑，我倒要看看，他如何把我送进监狱。尹冰哭着，你们兄弟俩为什么要斗个你死我活呢，又不是为了自己的利益，你就跟他摊开了说，我想他还是会顾及亲情的，你毕竟是他亲哥哥。井上森骂她蠢，说她对井上林太不了解，他就是这样的性格，认死理，碰得头破血流也不回头。井上森还说，不要说我是他亲哥哥，就是他父亲，他仍然一样做。他甩掉尹冰的手，下楼开着车走了。

井上森站在韩晓雪身边，是晚上十点。

“怎么了，你匆匆忙忙赶来，出了什么事情？”韩晓雪一看他的脸色，连忙倒了一杯水，让他坐。他接过杯子，喝了一口，冷静了一会儿，把今天晚上见井上林的事情说了个大概。韩晓雪松了一口气，一屁股坐在床上：“我以为什么大事呢，原来是这件事，我知道你弟弟会这样做的，他不这样做，就不是你弟弟了。”

“晓雪，我有些担心。”他说。

韩晓雪说，你担心什么，他已经不是公安局的人，就是知道了，也没有办法，何况生肖密语，他解不开，没有人能解开。我跟袁天浩说好了，跟郭美丽也说好了，变不得的啊！退一万步说，就是他们知道了，抓住了我，我永远不会说出你来，我向你保证，我不会开口的。井上森今天晚上就是要她这句话，一听她说出来了，马上伸出手，紧紧地抓住她的手：“晓雪，你真是我的好女人，没有你，我井上森什么也不是。”

韩晓雪笑靥如花：“我是你的女人？”

“当然，永远都是。”井上森笑着。

他记不清楚跟多少女人说过同样的话。

韩晓雪告诉他，那个贾二亮案件的人，是从香港来的，做完了，我付了钱，他今天就离开了青昌，我用假名找到他的，他没有见过我，也找不到我，你是安全的，永远都是安全的。井上森放心了，点了点头，告诉她，自己要回家，明天还有一个会，唉！没办法，当官的会多，逃脱不了，没有自由。她说你走吧，有我，你放心，一切都会安全的，签了合同，拿到了钱，我就去香港，不再回来。我在那里等着你，你不要食言。

井上森眸子潮湿了，吻了吻她，走了。

他回到家，洗了个澡，躺在床上，睡不着。尹冰想说什么，又不敢开口，井上森说，你有话就说，有什么不可以说的？我们是夫妻，对你，我从不隐瞒什么。尹冰说，我什么也不担心，我就是担心井浩，怕他受到牵连，如果牵连到儿子，我有多少钱也没有意义。他比我的命都珍贵，没有他，我不独活。井上森拍了拍她的脸，显出从未有过的温柔，放心吧，一切都会平安的，踏实睡个好觉吧，明天是个大晴天，风和日丽。

尹冰心踏实了，一会儿就睡着了。

77

谈判的人员，又一起来到百花洲岛上招待所。

上午，他们一块讨论价格情况，下午，就开始第二轮谈判。参加会议的人员有路少洲、安子建、左鹏、郭美丽四个人。跟上次一样，所有的呼机、手机集中保管，切断了一切与外界的联系。

会一开始，大家都不吭声，你看我，我看你，弄得路少洲也没办法，只好苦苦地笑了一下，他知道在座的人都各怀心思。安子建好像看出了什么，开玩笑地说，怎么都哭丧着脸，有什么事呀！左鹏，你说说，价格到底如何考虑？你是经理，总不能看着詹严他们漫天要价吧。

左鹏皱了一下眉，知道躲不过，就直了一下腰说："美丽查过了外国公司前几年出口东欧国家的同类产品，总报价一亿美元左右应该是合理的，加上涨价等因素，总报价超过一亿也说得过去。当然，我们弄不清楚詹严说的新技术到底值多少钱，这要请教国家科委的专家，现在关键问题是我们查不到同类产品的价格。安总，你是用户，你的意思呢？"

左鹏又把球抛过来了。

"我没意思。"安子建不满地说，"我能有什么意思？我当然希望价格越低越好。这次地铁车厢谈判，虽然是政府行为，但我们作为企业，还是要还款付息的。董事会研究过了，总报价不能超过一亿一千万美元，再多，我做不了主，要请示董事会。左鹏，郭美丽，你们负责项目，说说你的想法，看看有什么高招。"

安子建这样一说，郭美丽和蔼地笑笑："唉！商务谈判都是很艰难的，我们也没有什么高招，我觉得左鹏分析得没有什么错，安总的话也有道理，用户满意，买家满意是最好的，问题是要做到这两点很难。我怕安总说的那个数字詹严接受不了，如果谈崩了，再找新的厂家怕是来不及，这些具体的情况大家都要三思啊！路总，你说呢？”郭美丽说出与她年龄不相符的话，把球踢到路少洲这边来了。

左鹏不高兴她的话，你等于没有说。

路少洲转过头，问她多少是比较合理的？

郭美丽被堵在那里，只好开口：“路总，我也拿得不太准，根据我的推测，考虑到目前我们的情况，我觉得总报价一亿四千六百万说得过去，你说呢？”

“不行，不行。”安子建头摇得像拨浪鼓，“路总，你想想看，去国外时，詹严他们的报价才一亿零两百万，一到青昌就涨到一亿五千万，设备还是那些设备，价格却像发烧一样，一下子就上去了，你不觉得这里面有些蹊跷吗？”

“我看不出有什么。”郭美丽硬撑着笑笑。

“肯定有问题。”安子建却认真了，“我看詹严他们可能从别的渠道得知了我们贷款情况，我们贷款不说是那个数吗？否则，他们第一轮的报价不可能那样准确，把我们世行的贷款吃得一干二净。”

路少洲怕安子建纠缠不清，破坏了整个计划，就打断了他的话，说：“行了，老安，话说过了，你这样一说，我们在座的人里面就有问题喽，不要随便猜疑。我看先按美丽的意思定一个盘子，当然，先不要抛出去，看看下午詹严他们有什么新的举动，我会跟你们董事长说的，你不用担心。左鹏，你就按这个框框谈谈看。”

左鹏倒吸一口凉气，一时噎在那里。

“你们听清楚了没有？”路少洲又说了一句。

左鹏这才机械地点点头。安子建还没个完，嘟噜着发牢骚，路少洲好像没听到一样，收拾好公文包才严厉地说：“会就开到这里，刚才研究的情况就我们几个知道，谁传出去谁负责。”

大家都不吭声，无精打采地离开了会议室。

路少洲一进房间，就拨通了井上林的电话，把会议情况说了一遍。左鹏没有进自己的房间，而是进了郭美丽的房间。她看见他，问什么事，让你这样。左鹏说，你得了对方多少好处，这样为他们说话？她一摊手，我没有得他们任何好处，我说的是自己的判断。左鹏冷笑一声，点燃了一支烟，一边抽着一边说，我告诉你，郭美丽，你还年轻了点，他们是狼，是吃人不吐骨头的狼，知道么？谢易梵死了，黄鹂死了，你真不知道他们是怎么死的吗？我现在告诉你，谢易梵利用自己绘画特长，传递商务底牌，与外人勾结，从中牟利，他是死于自己的贪婪。还有，杀害谢易梵的凶手于木根死了，雇用他的人吴仲川死了，这些，都是那个幕后人做的。他是谁，我现在不告诉你，反正，他是个大人物。

“我没有做什么呀！”她脸色惨白。

“我听完你今天的话，就知道你做了什么。唉！是不是跟路少洲一块做的？他为什么不反对？完了，这个国家完了，到处是贪官，到处是豺狼虎豹，都来啃国家这块大饼，国家经得起么？我以为谢易梵死了，这次谈判不会有什么问题，没有想到，他的阴魂不散，路少洲和你，真的做了他的傀儡。”左鹏没有说他是谁。他萎靡不振，一步三摇地走了出去。

郭美丽跌倒在椅子上。

下午，地铁车厢项目第二轮谈判开始。

詹严仍然坚持原来的报价，说这个报价是科学的，可取的，没有必要修改。安子建极为不满地说，你们不是说请示总部吗，总得有个结果吧，你们这样算是怎么回事？李特瞪着一对蓝眼珠说，那好，你们说应该是多少，安子建毫不客气，一亿一千万美元，这是我们最大限度能接受的价格。否则，我们没有必要坐在这里。说完摊着双手，一副无可奈何的架势。

詹严果然拿出谢易梵在去国外考察时送给他的生肖画调侃说：“路总，谢总不在，太可惜了，他上次送给我的画太好了。我问过很多朋友，他们都说画得比专业画家都棒。”郭美丽不动声色接了过来，说我看看，很随便地拿出炭素笔在画上勾了几下，送给了路少洲，路少洲望了一眼，给了左鹏，左鹏懒得看，给了安子建，安子建更是懒得看，交给了李特，李特马上给了袁天浩，他交给了詹严。画转了一圈，又回到了他的手里。

詹严看了一眼，脸色十分平和。

“路总，调节一下我们紧张的气氛，我们继续谈。”詹严对路少洲做了个对不起的手势。

“把那幅画送给我好吗？”路少洲说。

“OK。”詹严满脸是笑，“没关系的，路总要喜欢，我送给你好了。”他站了起来，特地走到路少洲身边，把那张画递了过去。

“好，我们继续谈。”路少洲说。

安子建重复刚才说过的话。

詹严用铅笔敲了敲桌子说，一亿四千六百万，这是我们最后的报价。大家听完，脸色都变了。这个数字，正是他们上午商量的数字。路少洲、安子建、左鹏都哭丧着脸，只有郭美丽脸色紧张而又害怕，望着大家，又不敢吭声。路少洲长叹一口气，对詹严说，你们到小会议室休息一会儿，喝点茶，我们商量一下，好吗？他马上说，没有问题。路少洲喊来了服务员，把他们带到楼上休息去了。

焦扬和井上林带着人走了进来。

井上林从路少洲手中接过那张生肖画，冷冷笑了："真是大胆啊，竟然在这么多人面前泄露谈判底牌。郭美丽，这炭素笔迹是你画的吧，你有什么要解释的吗？"

"我……我没有。"她浑身哆嗦。

"焦处，麻烦你回放一下录像。"

焦扬一挥手，技术处的人回放刚才的录像，郭美丽在画上的动作一目了然。她瘫在椅子上，望着大家发呆。左鹏道，事情已经这样了，你还扛着什么，还不向公安局说了？郭美丽哭了，放声大哭。说了韩晓雪找她的经过，说了给她钱的目的，答应送她去美国留学的承诺，还说了英文字符的密语。

"路总，这次你相信了吗？"

"唉！真是没有想到啊！其他……"

焦扬当场开出拘留证，拘留韩晓雪。

半个小时后，韩晓雪被带来了。

她坐在大家面前，仍然是那样优雅平和，看不出一丝紧张。她望着井上林，打着招呼，像见到了老熟人一样。"呃，是水艳红的男人，你好啊！你已经不是警察，不应该管这样的事。"她的脸上，流露出一丝不屑。

"这跟你没关系，说你的事。"焦扬说。

"我真的不知道。"她摊着手。

"郭美丽，你把刚才的话重复一遍。"

郭美丽低着头，把刚才的话又说了一遍。

"污蔑，你这是污蔑。"韩晓雪跳了起来，嚷道，"我不认识这个女人，我从来没有跟她见过面，我更没有到过北京，我更没有花三十万让她帮我做什么，我告诉你，井上林，我对你老婆不薄，你竟然这样陷害我，你这样做，要负法律责任的。

我实在弄不清楚，我为什么要这样做呢，谈判底牌在你们手里，我能做什么呢？”

井上林出示了她在北京住宿的证明。

“这不能说明什么。”

他出示了她跟郭美丽见面的相片。

“你们跟踪我？”

“你只要说是还是不是。”

“是又如何，不是又如何？”她没有一点害怕，“我就是跟郭美丽认识，跟她见了面，难道见了面，就能确定我勾结了她？我告诉你，办案需要证据，没有证据，你们就得放人。”韩晓雪像头发怒的母老虎，根本不把井上林放在眼里。井上林不急，他要看她如何表演。他知道，她越急，说明她害怕。在另一个房间，焦扬带着人，正跟袁天浩谈话。

井上林知道，这是最后的挣扎。

焦扬明白，事情马上就会有转机。

78

韩晓雪嚷着累了，坐在那里喘着气。

“不说了，韩总。有话你继续说，我耐心听着，看看你有多大委屈。你放心，我们不会放过一个坏人，也不会冤枉一个好人。你是好人还是坏人，你心里清楚。你好好想想，从头说起。有一件事我想告诉你，我们找到了浦文君。”井上林不紧不慢地说着。

韩晓雪脸色陡变。

“那仅仅是男女关系。”她没有底气。

“说吧，交代了就轻松了。”

韩晓雪故意随便说，有一次，谢易梵来我们公司，认识了浦文君，两个人就好上了，这是他们个人的事，我不好过问。她还跟谁上过床，我不清楚。她虽然是公司员工，但是，这方面我管不着。井上林盯着他，严厉地说，你用浦文君，拉谢易梵下水，目的就是进口项目，没有错吧？你们相互勾结，从中牟取暴利。在利益分配上，你们发生了矛盾，你就杀了他，是不是？哼！你以为我不知道，你派浦文君去武汉，杀了于木根，我没有猜错吧？

“我……我没有杀他。”

“谁杀的？”

韩晓雪慌了，继而又冷静下来了，哈哈大笑：“你们诈我？我告诉你们，我什么也没有做。你们说我犯罪，你们有证据么？有证据就拿出来，拿不出来就放了我。我告诉你们，这个天下不是你们的，是全体公民的，我是这个国家的公民，我有公民的权利。”

井上林把七张生肖画放在她面前。

她又一阵冷笑："没错，这些画是谢易梵送给詹严他们的，这能说明什么？我就知道你们公安局没有别的什么真本事，只会抓住一点蛛丝马迹讹诈别人，遗憾的是你们碰上了我，我不会承认什么的。"

"韩晓雪。"井上林怒道，你是不到黄河不死心，不见棺材不掉泪，好吧，我就告诉你证据在哪里。他把七张生肖图摆在桌子上，深沉而严肃地告诉大家，谢易梵在绘画上确有天赋，如果他能修身养性，百尺竿头，更进一步，很有可能做出成绩。但是，他不是追求艺术的完美境界，而是从生肖画上悟出了另外一个门道，那就是他独创的生肖密语。他知道，公安局如果怀疑一个人，会从信、电话、传真等进行监控，所以，他反其道而行之，不用现代化的手段，而用原始的方法。当你找到他的时候，你们一拍即合，他负责谈判这块，你负责外面，相互没有联系，是吧？从去年三月数字机床项目开始，每谈一个项目，他都要送外商一幅生肖画，而且，当着很多人面送的，因而，从未引起别人怀疑。他这套生肖密语十分严谨，一个项目一个生肖，蛇、马、羊、猴、鸡、狗、猪，七种生肖，正好吻合公司七个项目。他把预先设计好的生肖画和密语告诉对方，硬铁制罐厂项目、燕宏公司项目就是这样做的。我们调查过，这是事实，你无法辩驳。

"你……简直是天方夜谭。"她怒道。

"你不用急嘛！"井上林笑道，"我承认你很聪明，如果你不在地铁车厢项目上再做手脚，也许我们束手无策。如果谢易梵死前把这七张生肖画全部销毁，我也许找不到答案，但是，他没有这样做，为什么，我不知道。我估计，你是不想做地铁项目的，你害怕我们找到你。但是，你肯定收了他们的定金。如果是那样，就是一种失策。你想想看，任何好玩的游戏，都不能一而再、再而三地玩的。可是，你却玩了，让郭美丽取代谢易梵玩了。"

"你胡说八道，推理代替不了证据，公安局也不能一手遮天，我告诉你，井上林，我要起诉你们公安局，把你们推到被告席上去。"她急红了眼，"你凭什么说我的那些画就是泄密？"

"韩晓雪。"井上林压不住火了，指着那张乙亥年生肖画告诉她，你看清了，也承认了这张画是谢易梵送给老外的，这就说明你们之间早就勾结好了。这三组画一个是猪头，注明了 BNTT 英文，一个是二十四只猪前腿，下面也有一组 RPTT 英文，再一个是躺倒的二十四只猪后腿，在后腿后面有个猪头，张开了口，仿佛要把猪腿吃掉一样，也有HTTT英文。你告诉詹严，维修厂、二十四节车厢和技术转让费可以分开来谈，但报价必须是一千七百万、八千九百万和四千万，总计一亿四千六百万，数目和公司昨天开会商量的一样，当然你不了解路少洲手里还掌握着五千万美元，否则，你会通通吃光的。从你内心来说，你不想做，你知道公安机关注意了，但你自信我们弄不清楚这些密语，也怕詹严他们反目。你也知道，谈判破裂和价格偏低都是你不愿看到的，你是从成交额中按比例提成的。韩晓雪，郭美丽，我分析得还对吗？

逻辑严密的分析让两人心惊肉跳，额头上也直冒汗。郭美丽已经没有了底气，承认井上林分析得对。她说怪不得去年谈判不理想，原来是这个内鬼。对不起，我鬼迷心窍，充当一次内鬼。韩晓雪仍然在做最后的反抗："你……你凭什么说那些英文代表着数字？简直是瞎编。"

"韩晓雪。"他心平气和地感慨着，说实在话，我是很佩服谢易梵和你的，你们是我参加公安工作以来碰到的最有头脑的智能犯罪。你对我们的工作方法进行过研究，你知道，在科技突飞猛进的今天，那些看似快捷保密的电话传真，实在是毫无作用可言。在你眼里，电话里的每一句话，都有可能成为我们的线索或证据，所以，你从不用这些东西传递消息，而是借助古罗马时代和"二战"时代替式密码，以及卡尔达诺漏格法，把生肖作为项目，把26个英文字母幻化为阿拉伯数字，B为1，D为2，F为3………

"你……"她仍然在顽抗。

焦扬把袁天浩的交代录音放给她听。

她再也说不出来了，瘫瘫地坐在那里，整个一具泥塑。路少洲、安子建、左鹏、郭美丽以及在场的人，一个个目瞪口呆，简直不敢相信这些天方夜谭的故事，竟然发生在自己的身边，觉得像一场梦。

"说吧，你幕后的人是谁？"

"什么幕后？没有幕后，这些事情，都是我与谢易梵做的，没有人指使我。买通吴仲川，杀谢易梵，包括杀于木根、吴仲川，都是我一个人做的。跟别人没有关系。"还未等井上林再问，她痛快地承认了一切，把所有的责任都揽在自己身上。

"你不要忘记了，还有贾二亮。"井上林眼珠子都快要瞪出来了。

韩晓雪脸色陡变："那……那真的不是我做的，是……冀北方做的，是他自愿做的，跟任何人没有关系。虽然……虽然他做过你哥的秘书，可是，这件事情跟你哥真没有关系。井上林，希望你尊重事实，可不要乱说啊！”她开脱自己。

井上林冷冷地笑。

“你笑什么？”

“你没有这个智商。”井上林冷冷地笑，你跟谢易梵都是个傀儡，做不出这样的案子。我劝你不要替别人扛着，扛不过去的。你死了，别人仍然快活。不要忘记吴仲川是怎么死的。你知道很多，你不说，照样死。我们保护不了你。韩晓雪说，既然是死，我又害怕什么？我说了是死，不说也是死，我有说的必要么？井上林，我佩服你的分析判断能力，但是，你再也不要想从我嘴里套出话来，我不会说的。

“那就等死吧。”

“我愿意，关你屁事。”她昂首挺胸。

韩晓雪、郭美丽、詹严、袁天浩被正式拘留了。焦扬派人把他们送到省厅拘留所去了。毕福纯出面，带着焦扬等人，亲自来到青昌市政法委，向井上森和青昌市公安局通报。魏国华、史凡等人，都在政法委听了通报。

回到省厅，毕福纯告诉井上林，这个案子，你们就做到此为止，下面的事情，是我们做的了，你放心，我们不会放过一个坏人。我跟魏国华说，你还是回市局刑警队吧，我们需要你这样的人。井上林拒绝了，我还是回新建县吧，做一个片警挺好。毕福纯拍了拍他的肩，把他送出了门。

天又下雪了，是冬天的雪。

韩晓雪站在屋里，透过高高的窗看着外面的雪，既感叹生命的无常，又觉得帮他做了事很欣慰。她心中默默祈祷，但愿他明年能成为市长，但愿他像只雄鹰，在高高的蓝天上飞翔。

她的耳边，再次飘浮起动人的歌声。

……

我能想到最浪漫的事，
就是和你一起慢慢变老。
一路上收集点点滴滴的欢笑，
留到以后坐着摇椅慢慢聊；

直到我们老得哪儿也去不了，

你还依然把我当成手心里的宝。

……

井上森刚开完市委常委会，回到了办公室。叶蓝秋说，井书记，下雪了，真好看。他浅浅一笑，没有吭声。他点燃一支烟，来到窗前，望着外面的雪花，心中坦然。他已经得到最新消息，省委已经同意他为下届市长候选人。“她会如何，会说出我吗？不，绝对不会。没有一个女人能逃脱感情的毒药，只有情，是杀死女人最好的武器。”他心里笑了。他的脸上，仍然平和，还透出几分高官固有的笑意。这种笑意，是那样让人心里暖和。

魏国华来了电话，说省厅拘留了冀北方。

“让他们办去吧，冀北方已经得了神经病，他的证词说明不了什么！国华，关于我的风言风语，你不要相信，明年，我就会去市里，这一块，就交给你了。交给你，我放心。”井上森平和地说。

“井书记，我听从组织安排。”他挂了电话。

79

一星期后，魏国华找到井上林。

他承认自己对谢易梵案子处理不当，我有我的难处，这你知道的。井上林说，有你的话就够了，你什么都不用说。他说市里给了公安局一个支藏名额，你哥点名让你去，我也没有办法。你要有意见，找一下你哥。井上林说，我没有意见。魏国华宣布了决定。还说这是组织上对他工作的肯定啊！回来就调正处。

“哦！那谢谢组织。”井上林不愿说更多的话。

他知道，说了也没有用。他与哥哥之间，自从贾二亮死了以后他就彻底死心了。井上森是他亲兄弟，贾二亮也是他兄弟，在这两人之间，他的心更多的是向着后者。因为，他知道，没有贾二亮，也许，他不会调查下去，没有掌握谢易梵的材料，他不会死。他害怕面对贾二亮的灵魂，因为，面对他自己不能有任何私情，否则，生死都无法交代。还有，井上林面对黄莺的目光，感到无地自容，那不是一个女人的目光，那是天下老百姓的目光。

所以，他做了他应该做的。

井上林来到贾二亮墓前，黄莺和沈畅远远跟在身后。

他拿出烟，默默点燃，放在墓碑旁，自言自语地说：二亮，你安心走吧，我相信，那个幕后人马上就会现身，他将受到法律的制裁。我向你保证，如果不是那样，我将去北京，一定将这个案子办到底。相信法律是公正的，相信好人一定有好报。他坐在墓碑前，点燃了一支烟，看着那黑色墓碑上的名字，蓦地，他好像感到贾二亮就站在自己的面前，听到了他熟悉的喊声。

“老井，你来看我了，你乏了吗？倦了吗？厌了吗？你就点支烟吧。相信自己，你是最好的。你能从亲情中走出，走到了这一步，你做了不少，千万不要责备自己，坚定地按照你的理想走下去，前面一定是一个灿烂的天空。”

“二亮……”他突然喊着。

黄莺和沈畅跑了过来。

井上林泪流满脸，从回忆中惊醒过来，才知道这一切都是空。贾二亮走了，在高高的九天，在那个永远也摸不到的星空，永远也不可能再回来。他再也听不见那声老井的喊声，永远听不到。井上林觉得自己的胳膊断了，不，脚断了，不，是自己的身体一部分已经死了。想到这里，他觉得有一把刀，冰冷地刺进了心脏，他分明感到那刀切割心脏的锋利，他疑惑地问自己，为什么没有痛？他这才知道，自己的心已经死了。

痛苦残忍地咬住了他的咽喉，泪滴溢满了眼睛。

“走吧，井大哥，二亮会保佑你一路平安的。”黄莺劝着。

他看着她，欲言又止。黄莺看出来了。她挽着他的胳膊，感慨地说：“井大哥，你不要劝我，我这辈子认识了二亮，是我的幸福。他给予我的，我一生一世用不完。我相信，杀害他的人，最终没有好下场。我相信正义，正义是任何力量也战胜不了的。”

“黄莺，你说得对，我相信正义。”

“西藏太苦，你要注意身体。”

井上林脸上洋溢着渴望：“青藏高原的风霜，会锻造我的筋骨，我不会倒下去的，会更加结实。通过谢易梵案子，我认识到了很多，这些经历，让我懂得了如何做一个真正的警察。”

“这就好，我知道，你是条汉子。”她赞扬。

他望着沈畅，黄莺说她是我最好的朋友。沈畅说，井大哥，我对不起贾二亮，我不喜欢他，不喜欢警察，我更不喜欢我的好朋友跟他谈恋爱。但是，对于他的死，我感到痛心，真的痛心。他让我感到，在这个商业发达的今天，在快餐文化泛滥成灾、金钱横流的世俗中，还有这样忠诚于职业的警察。这个故事，有北风吹雪的残缺和艳美，让人落泪和动容。

井上林望着眼前的两个女孩子，眼睛潮湿了。他默默无言，跟她们分手，一个人走了。望着他的背影，沈畅哭了，趴在黄莺肩上，哭得很伤心。

井上森坐在办公室里，脸上仍然平和，还透出几分高官固有的矜持。这种态度，你看不出他心里在想什么。连他自己都感到，在官场上他已经修成正果，贪污受贿，生活腐化，玩弄权术，哪一项他都如鱼得水，没有人奈何得了他，包括自己的弟弟。他知道，叶蓝秋躲他。他更知道，只要她看重自己，只要她有利益，她逃脱不了自己的宿命。他在心里想，权力是多么重要啊！没有它，我什么也不是。

尹冰知道发生的一切。

她来看准备去西藏的井上林。水艳红得知他仍然过问了案子，而且与井上森闹崩了，准备去西藏，一去就是三年，马上跟他离了婚，他又成了孤家寡人。尹冰来的时候，他正在收拾行李。打开门，看见是她，他叫了声嫂子，马上把她让进屋，给她倒了水。尹冰坐在那里，看着他。

“上林，嫂子来看你，不要怪你哥。”

“谢谢嫂子，我不怪他，他做得没有错。”

尹冰说，上林啊！你就是太倔，跟你哥一样，从不认输。谢易梵的案子，你管它做什么呢？破了如何？不破又如何？井上林说，嫂子，你知道事情的全部，是不是？韩晓雪背后，是我哥，是吗？她苦笑，你说出来了，还问我做什么？告诉你吧，上林，我多么想维护这个家啊！多么想维护我们之间的婚姻，但是，我也许是错了。我就是得到了他的人，也得不到他的心。他的心已经走了。我可以说，韩晓雪也得不到，他会找一个更年轻美丽的女人。他有这个资本。我现在不知道如何做。真的，我累了，真的累了。我想休息。尹冰脸色疲倦。井上林说，谢易梵死了，于木根死了，吴仲川死了，贾二亮死了，他已经杀了四个人，司马江和黄鹂虽然不是他杀的，也是因为他而死，你真的还要他疯狂下去吗？现在唯一能阻止他的，就是你了。只要你站出来，就可以阻止他的疯狂。

“那样的话，他就完了。”

“难道我们国家需要这样的政府官员吗？”

她哑然，久久没有说话。

井上林说，说到底，人的一生只在做一件事，那就是安慰自己的灵魂。我想过了，生命无常，世事无常，有时候，我们自己左右不了自己，就像你，在利益和爱情上犹豫不决，你看似得到了自己想要得到的东西，却失去了自己最为重要的东西。我也跟你一样，为了安慰自己的灵魂，失去了我最重要的亲人，我的手脚断了，我犹豫过，我退却过，但是，我们面对的是什么？不要说国家的钱，六条活脱脱的生命啊！就那样没有了。我能做什么？我如果再退却，我是什么？我一辈子、下辈子也不得安宁。司马江、吴仲川、于木根、贾二亮、谢易梵、司马江、黄鹂会在地狱里诅咒我啊！我这个警察还活得下去么？

“上林，我理解。”她点头。

“谢谢嫂子。”

“到了西藏，给嫂子打个电话。一个人在外，要注意身体，有好的女人，就找一个人。我相信命，是你的，总是你的，不是你的，强求也没有用。我相信，你命里的女人，一定在天边等着你。”她撑起了脸上的笑意。

“嫂子，你也注意身体。刚才的话，我回送给你，是自己的总是自己的，不是，强求也没有用啊！祝你一切都好，好人有好报！”他起身，把尹冰送上了出租车。

出租车把她送到赣江边上，她望着滕王阁，八一大桥，望着江对面的红谷滩，感慨万千。想不起是哪一年，为了看雪，井上森骑着自行车，特地带她来到江边，在雪中散步、吟诗，那个场景，死死地刻在她记忆中，不肯离去。而如今，这一切都成了记忆。

雪越下越大，像羽毛纷飞。

她迎着大雪，朝江边走出。她要深深咀嚼着这一年来发生的事情。她不是恨那天晚上他打了自己，而是这一打，让她清醒了。当她得知韩晓雪进了拘留所，知道她在那里什么也没有说，她就知道，他给韩晓雪灌了迷魂汤，她永远都不会清醒。自己不也一样吗？这些年来，她被他的迷魂汤弄得不知左右。他太了解自己，知道自己永远不会说出他的故事，所以，他毫无顾虑。

“他不爱任何女人，他只爱自己。”

尹冰已经得出这个结论。这个结论让她害怕，让她知道要失去什么。但是，她不愿这样生活，她要活在阳光下，哪怕吃不饱、穿不暖。井上林的话是对的，不是自己的，强求也没有用。国家、政府、个人，如果让井上森这样的人爬上了更高的位置，她不敢想象后果是什么。天还会是蓝的么？阳光还灿烂么？漂亮的女人还有安全感么？他败坏的不是个人形象，是共产党几十年铸就的辉煌。这一刻，她下定了决心。从江边返回公路，她拦了辆出租车，直奔省纪委。在纪委门口，她久久徘徊。望着那块红色的牌子，她踟蹰良久，腿打战，再也走不动了。她站着，想了很久，很久，还是咬紧牙，迈开步子，朝省纪委大门走去……